枕草子

創造と新生

春は曙　やうやう白くなりゆく
山際すこしあかりて
紫だちたる雲の細くたなびきたる
夏は夜　月の頃はさらなり
闇もなほ　螢飛びちがひたる　雨など降るも　をかし
秋は夕暮　夕日のさして　山の端いと近くなりたるに
烏の寝所へ行くとて　三つ四つ　二つなど　飛びいそぐさへあはれなり
まいて雁などのつらねたるが　いとちひさく見ゆる　いとをかし
日入りはてて　風の音　蟲の音など　いとあはれなり
冬はつとめて　雪の降りたるは　いふべきにもあらず
霜のいと白きも　またさらでも　いと寒きに
火など急ぎおこして、炭もてわたるも　いとつきづきし
昼になりて　ぬるくゆるびもていけば　火桶の火も
白き灰がちになりて、
わろし

小森　潔・津島知明＝編

めでたきもの
唐錦　錺太刀　作佛のもく
色あひよく花房長くさきたる藤の　松にかかりたる

翰林書房

枕草子　創造と新生◎目次

はじめに

第Ⅰ部　創造する枕草子

第II部　新生する枕草子

＊

はじめに

『枕草子』に関する成果を問うとき、おのずと取らされる構えがあった。20世紀末、研究の総決算をもくろんで編纂された『枕草子大事典』（勉誠出版）を、試みに開いてみる。巻頭に語られるのは「枕草子ほど文学史上に特異な作品はない」こと、「源氏物語と並び称せられるにもかかわらず、研究状況に大差がある」ことなど、〈特殊で不遇な〉作品の境遇が、まずは言挙げされるのだ。

こうした冷遇意識をバネに、筆者もまた「私の枕草子」に偏執してきた所があった。枕草子を選ぶことが、そのまま孤立無援を余儀なくされる状況のなか、しかも名の知れた作品であるがゆえに、外へ打って出るには相応の意匠や武装が必要だと、長く思い続けてきたせいでもあろう。だが本書をまとめるに当たり、ふと気付かされたのは、そうした気負いからの不思議なまでの開放感だった。文学史上に孤立しているとか、源氏研究と比べてどうだとか、言い古された大局はさておき、目の前の本文におぼれる自分がいた。

そんな心境の変化こそ、ひとえに「枕草子の会」で続けてきた輪読の賜物ではないかと思っている。同会は一九九七年、小森潔氏の呼びかけで日本文学協会の部会として発足した。仲間とともに枕草子を読むという初めての体験。それは、一見バラバラだった各人の読みが不意に繋がる瞬間の快楽や、最後まで出口が見出せなくても、議論尽き果てた後の不思議な達成感など、様々な刺激に満ちていた。無意識に刷り込まれていた定説や通説、時に自説にも更新を迫られるなかで、積年の孤独が纏わせた鎧も、徐々に脱ぎ捨てられていった気がする。

メンバーは折々入れ替わりつつも、本文を思うまま語り合う雰囲気は引き継がれて、気が付けば十四年目を迎えている。輪読の成果を何らかの形でまとめたいという思いは、当初から小森氏と私にはあったが、紆余曲折を経ながら、ようやくここに『枕草子　創造と新生』として実現することができた。ただし経緯からすると、年来の企画が成ったというより、自然と期が熟したというのが正確な所だろうか。専攻も異にするメンバーたちからの刺激、さらに若手の驚くほど充実した輪読資料などを見せられるにつけて、今しかないという機運に背中を押された格好である。

せっかくなので、自由論文の寄せ集めではなく、現時点での総括と今後への指針となるようなテーマを設定し、メンバーに分担してもらうことになった。多種多様な切り口にもかかわらず、割り当てもスムーズに進んだ。それでもカバーしきれない分野には会員外の協力も仰げたことで、理想的な布陣に近付けたと自負している。きっかけは編者で作ったけれど、それぞれの論考によって目論見が形になってゆく過程を、あとは見守っていればよかった。

第一部「創造する枕草子」では、「和漢典籍」「信仰・習俗・儀式」「色彩・季節」「装束・身体」「建築・空間」「和歌と散文」「古記録・史実」「家系」という多様な視点から、枕草子が創造した世界と改めて向き合い、その特性・属性をひとつひとつ丁寧に炙り出そうと試みた。第二部「新生する枕草子」では、「諸本・異本」「狭衣物語」「近世の注釈」「枕草子と教育」「小説・評論」「漫画」「海外の研究」という切り口から、枕草子がいかに受容／変容され、また生まれ変わっていったか、時代時代の様相を捉え直してみた。全編を通して、枕草子をめぐる諸問題を網羅する形となっている。巻末には、精緻な「枕草子関連作品リスト」も掲載することができた。

先にひたすら本文におぼれると述べたが、それは決して閉じた世界に安住することを意味しない。毎回の議論を踏まえ、改めて各人が挑んだ枕草子との対話は、「文学史上の位置付け」といった大局にも通じる道標たり得ていると、実はひそかに確信もしている。枕草子とは何か。従って、あらかじめ枠決めするのはやめようと思う。本書に収めた個々の論考が、また論考どうしが見せる思いがけない連繋や反駁が、必ずや21世紀の枕草子像を結んでくれることを期待したい。

津島知明

【第一部】

創造する枕草子

【和漢典籍】

『枕草子』の五月五日――「三条の宮におはしますころ」の段が語る本書の到達点――

中島和歌子

はじめに

『枕草子』三巻本の全三百段中[*1]、比較的後のほうに位置する日記的章段の一つに次がある。

三条の宮におはしますころ　五日の菖蒲《さうぶ》の輿《こし》など持《も》てまゐり、薬《くす》玉まゐらせなどす。若き人々　御匣《みくしげ》殿など薬玉《くすだま》して、姫《ひめ》宮　若《わか》宮につけたてまつらせたまふ。いとをかしき薬玉ども　ほかよりまゐらせたるに、「青《あを》ざし」といふ物を持《も》て来《き》たるを、青き薄様《うすやう》を艶《えん》なる硯の蓋《ふた》に敷きて、「これ　ませ越《ご》しにさぶらふ」とてまゐらせたれば、

　みな人の花や蝶《てふ》やといそぐ日も　わが心をばきみぞしりける

この紙《かみ》の端《はし》を引き破《や》らせたまひて書かせたまへる、いとめでたし。（二二四段・全）

勘物に「長保元年八月九日、自式（ママ）御曹司、移御生昌三条宅。二年五月」とあるとおり、長保元年八月九日の行

啓（六段）以来の定子御在所である平生昌宅での、翌長保二年（一〇〇〇）五月五日（ユリウス暦六月九日）[*2]の出来事である。本書中の年次が明らかな最終記事として、また同年十二月十六日崩御の定子の最晩年の日記的章段として知られている。比較的よく取り上げられる章段の一つで、注釈書を含め諸論が積み重ねられてきた。

そのうち、定子の歌の「わが心」についての説は、次の三つに大別できる。イは定子の悲境、ロは逆に慶事である第三子の懐妊という「史実」を重視し、ハは「いとめでたし」に至る本段の「表現の論理」を重視する。

イ、彰子立后による寂寥・失意、悲運への嘆き。…『枕草紙杠園抄』『枕草子集註』『枕草子全講』『日本古典文学大系』『新潮日本古典集成』『角川文庫』『和泉古典叢書』、藤本宗利氏他[*3]（特に『集成』『角川文庫』は、清少納言の「ませ越しに」の引歌の下の句「及ばぬ恋も我はするかな」を、一条天皇に対する定子の恋心と見る。）

ロ、懐妊中の我が子を思う気持ち。自らの出産への希望と決意。…圷美奈子氏[*4]

ハ、個性的で新しい美を求める心・美意識。…塩田良平氏『枕草子評釈』[*5]（学生社、一九五五年）、下玉利百合子氏『枕草子幻想 定子皇后』（思文閣出版、一九七七年）、田畑千恵子氏、飯島さとか氏他[*6]

本稿は、ハの説を支持するものである。ロやイを全面的に否定するわけではないのだが、ハを外すわけにはいかない。定子の歌は、「香り高い麦秋の新麦をもって作った青刺をいち早く献じた、型破りの贈物を愛でられての御歌」（塩田氏）であり、末尾の「いとめでたし」は、まずは「美を解し、感動を女房と共有する主君定子への賛美」（田畑氏）であろう。但し、田畑氏が「青ざし」を「庶民的で野生的」と評された点や、イと同様の『栄花物語』に基づく「史実」認識をされている点など、いくつか修正や補足すべき点があるように思われる。

よって本稿では、「史実」を再確認し、「表現の論理」を本書全体（他の章段）に広げて見た上で、本段を通釈することにより、本段が、新しい美を追求し、創造し続ける定子の変わらぬ后らしさと、成熟した主従関係を描いていることを、改めて述べたい。単に史実年次が最終というだけでなく、本書『枕草子』のめざしたものが凝縮されているという意味においても、最後の段階つまり到達点を示すと考えられるのである。

一　菖蒲をめぐる類聚的章段・随想的章段の端午の独自性——芳香、少女の競争心など

日記的章段の季節は春が多いが、本段は夏五月五日端午を描く。清少納言の宮仕え中の正暦五年（九九四）から長保二年までの七度の端午のうち、描かれたのは長徳四年（九九八）の九六段「五月の御精進《さうじ》のほど」と本段のみで、その間の長保元年五月某日の一三二段「五月ばかり月もなう」を加えても、日記的章段の「五月」は、宮仕え期間の後半に偏っている。しかし、端午やこの時期の魅力は、知られるように類聚的章段や随想的章段では何度も取り上げられていた。「五月五日は　くもりくらしたる」（八段）以外に、次の三種類があるが、一つの段にいくつも描かれる場合は、二箇所に挙げている。

(1)村上朝まで続いた五月の節会（五日・六日の武徳殿行幸）…八六段「なまめかしきもの」、二〇七段「見物は」
(2)一条朝の朝野の風習…二三段「すさまじきもの」、三五段「木の花は」、三七段「節《せち》は」、八六段、一一一段「卯月のつごもり方《がた》に」、二一〇段「五月四日の夕《ゆふ》つ方《かた》」、二一五段「五月の菖蒲《さうぶ》の」
(3)本書独自のもの（独自の節物としての動植物、京の屋外や山里での牛車での実体験で発見した新しい魅力）…三五段、三七段、二〇八段「五月ばかりなどに山里《ざと》に」

このうち、(1)の五月の節会は、五月が村上天皇の忌月に当たる為に冷泉朝に停められたが（『日本紀略』安和元年八月二十二日条、停節の詔は高階成忠の作）、作者は「昔語《むかしがたり》に人の言ふを聞き」（二〇七段）、想像して憧れている。本書の

「行幸」賛美（一二四・二〇七段）の他、尚古・懐旧の姿勢（八五段他）、特に「村上《むらかみ》の先帝《だい》の御時」憧憬（二一・一〇〇・一七六段）の中に位置づけられる。[*7]また、「今」のあり方以外を求めるという意味では、新しさの追求にも通じるだろう。四月二十八日に「駒牽（引）」があり、五月五日に天皇が武徳殿に出御、次に「太子」「王卿以下」の順で謝酒・着座の後、宮内省が典薬寮を率いて「菖蒲の机」を舁き入れ（『内裏式』『儀式』では中務省の率いる内薬司が天皇用、典薬寮は人給《ひとだまい》の机）、近衛が「射手官人以下官姓名」「御馬所出国毛色」の奏文を奉り、「続命縷《しよくめいる》（薬玉）」を内侍がまず「太子」に、次に女蔵人（八六段の「あやめの蔵人」）が「王卿以下」（同「皇子《みこ》たち上達部《かんだちめ》」）に伝え、賜饌、騎射《うまゆみ》と続いた（『西宮記』三・五月・供菖蒲）。北山円正氏が指摘されるように、[*8]以前は女蔵人が「皇太子以下参議以上」に伝えていた（『内裏式』中・五月五日観馬射式、『儀式』八・五月五日節儀）。後藤祥子氏の「五月節会の中心は太子にある。父が子（嫡子）の長命を祈念するという端午節の趣旨は、後世の端午節句の色彩からもうかがえる」という指摘に、[*9]留意しておきたい。

さて(2)は、当時一般的に行われていたことだが、どのように描くかという点に、作者・作品ごとの独自性が見られる。菖蒲は、六四段「草は」の筆頭にも「菖蒲《さうぶ》菰《こも》」と挙げられるなど、本書で特に関心の高い物の一つである。端午には、菖蒲や蓬が薬玉の材料とされ、屋根にも葺かれた。このことが、山中裕氏『平安時代の年中行事』（塙書房、一九七二年）や後藤氏も指摘されたように、平安中期の端午の風習の「中心」である。菖蒲や蓬が用いられたのは芳香によって邪気を避ける為だが、和歌では「香」を詠むことは珍しく、散文でも多くはない。

①五月五日　しるき香も匂ふなるかな菖蒲草今日こそ玉に貫く日なりけれ（『中務集』三九）

②五月五日、珍しき所に罷りて　香を求めてとふ人もありや菖蒲草あやしく駒のすさめざりける（『恵慶集』七四）

③五日のあかつきに、せうとなる人、ほかより来て、「いづら、今日の菖蒲は、などかおそうはつかうまつる。

夜しつるこそよけれ」など言ふに、おどろきて、菖蒲ふくなれば…ふかす。昨日の雲かへす風うち吹きたれば、菖蒲の香、はやうかがえて、いとをかし。簀子に助（道綱）と二人ゐて、天下の木草を取り集めて「めづらかなる薬玉せむ」など言ひて、そそくりゐたるほどに…ほととぎすの…空をうちかけりて二声三声聞こえたるは、身にしみてをかしうおぼえたれば…（『蜻蛉日記』下・天延二年）

④大将（正頼）、「…あやしく、なまめきてあはれに思ほゆるは五月五日なむある。短き夜のほどなく明くる暁に、時鳥のほのかに声うちし、五月雨たるころほひのつとめて、菖蒲所々にうち葺き（底本「なき」）たる、香のほのかにしたるなむ、あやしく興まさりて思ほゆる。…」。上（帝）、「いとよう定めたまふなり。思ひしごとなり。さらに年の内の節会見るに、五月五日にます節なしとなむ思ふ。花橘、柑子などいふものは、時過ぎて古りにたるもめづらしきも、一つに交じるなむいとをかしき。…」（『うつほ物語』内侍のかみ）

本書は、これらに倣い、次のように菖蒲の香を繰り返し取り上げている。和歌で芳香がよく詠まれる梅・橘を、視覚でのみ捉え（④の破線部も同様）、芳香には一切触れなかった[*10]ことと、対照的な描き方である。

A節《せち》（節日）は五月にしく月はなし。菖蒲《さうぶ》蓬《よもぎ》などのかをりあひたる、いみじうをかし。九重《ここのへ》の御殿《てん》の上《うへ》をはじめて言ひ知らぬ民のすみかまで、〈いかでわがもとにしげく葺《ふ》かむ〉と葺きわたしたる、なほいとめづらし。いつかはことをりに、さはしたりし。空のけしき曇りわたりたるに…（後掲JFに続く。三七段）

B五月の菖蒲《さうぶ》の秋冬過《す》ぐるまであるが、いみじう白《しら》み枯れてあやしきを引き折《お》りあけたるに、そのをりの香の残りてかがへたる、いみじうをかし。（二一五段・全）

後者Bも、薬玉の語が見えず、また薬玉は重陽までは残らないことから（Jの破線部）、屋根に葺かれていた菖蒲の残りと考えられる。当日の香ではなく残り香で、素材が時間的にも広がっている点に注目しておきたい。

なお蓬の「かをり」は、他の同時代の仮名作品では未見だが、本書ではA以外に、次の例もある。

C五月ばかりなどに山里《ざと》にありく、いとをかし。草葉《くさ》も水もいと青《あを》く見えわたりたるに…蓬の 車に押しひしがれたりけるが、輪《わ》の廻《まは》りたるに 近ううちかかりたるも、をかし。（二〇八段）

「近ううちかかりたる」自体は車輪の回転によって蓬が座席近くに上がって来ることであろうが、「車に押しひしがれたりける」蓬であり、次段に「牛の鞦《しりがい》の香《か》」「松の煙《けぶり》の香《か》」が続けて取り上げられていることからも、ここは「さっと匂ったと解すべき文脈」（『講談社学術文庫』）であろう。Cは、節物として切り取られ、屋根に葺かれ、あるいは室内の薬玉に加工された蓬の香ではない。「五日」限定ではなく、「山里」で遭遇した、思いがけない、動的で強烈な蓬の香である。そもそも菖蒲と蓬の「香」を表現したこと自体が珍しいのだが、さらに、その秋冬の残り香や、年中行事用ではない郊外の野生の香へと、時間的・空間的な広がりが見られるのである。

さて菖蒲の取り上げ方は、視覚的な表現においても、日付を含めて定型や和歌の枠組みからの逸脱がある。

D卯月のつごもり方《がた》に初瀬にまうでて 淀のわたりといふものをせしかば、船に車をかきすゑて行くに、菖蒲《さうぶ》菰《こも》などの末《すゑ》短く見えしを取らせたれば、いと長かりけり。…三日帰りしに 雨のすこし降《ふ》りしほど、菖蒲《さうぶ》刈《か》るとて笠《かさ》のいと小さき着つつ、脛《はぎ》いと高き男童《をのわらは》などのあるも、屏風の絵《ゑ》に似て いとをかし。（二一一段）

E五月四日の夕《ゆふ》つ方《かた》、青《あを》き草おほく いとうるはしく切りて、左右荷《ひだりみぎにな》ひて、赤衣《あかぎぬ》着たるをのこの行《ゆ》くこそ、をかしけれ。（二一〇段・全）

前者Dは、「五日」ではなく「三日」の屋外での出来事だが、美意識の基準は屏風絵に拠る（例えば『貫之集』二二七「延喜御時内裏御屏風の歌…菖蒲採れる所、またかざせるもあり」）。しかし、同じく屋外（京内か）のEは、前夜に屋根に葺く為に運ぶ姿を捉えたもので（前掲③参照、『西宮記』「四日夜、主殿寮、内裏殿舎葺昌蒲〈式不見〉」。『新撰年中行事』も同文)、「赤」との対比の為に、「菖蒲」という名よりも「青」という色を優先し、その色彩の対照ゆえに下男の姿にも魅力を見出している。

また、菖蒲の「根」は、次のように取り上げる。

F節は…御節供《おほんせく》（粽）まゐり、若き人々 菖蒲《さうぶ》の腰さし（薬玉）物忌《ものいみ》（緌）つけなどして、さまざまの唐衣《からぎぬ》 汗衫《かざみ》などに をかしき折枝ども長き根に群濃《むらご》の組《くみ》して結《むす》びつけたるなど、めづらしう言ふべき事ならねど いとをかし。さて、春ごとに咲くとて桜をよろしう思ふ人やはある。つちありく童《わらは》べなどの ほどほどにつけて〈いみじきわざしたり〉と思ひて、常に袂《たもと》まぼり 人のに比《くら》べなど〈えも言はず〉と思ひたるなどを、そばへたる小《こ》舎人童《どねりわらは》などに引きはられて泣くも をかし。紫紙に楝《あふち》の花、青き紙に菖蒲《さうぶ》の葉、ほそくまきて結《ゆ》ひ、また白き紙を根《ね》してひき結ひたるも をかし。いと長き根を文の中に入れなどしたるを見る心地《ち》ども、艶《えん》なり。「返事書かむ」と言ひ合はせ語らふどちは 見せ交《か》はしなどするも、いとをかし。…今日《けふ》は心ことにぞ なまめかしき。夕暮のほどに、ほととぎすの名のりてわたるも、すべていみじき。（三七段）

後半で大人達の「根」の贈答も取り上げているが、次のような長さを競うこと（菖蒲合・根合）には触れない。

⑤五月五日、右大将殿（道綱は長徳二年十二月から長保三年七月まで右近衛大将）より、菖蒲合したる扇に、薬玉を置きて、「これが勝ち負け定めさせ給へ」とありしに、殿は左大臣（道長は長徳二年七月左大臣）におはしましかば

左にや袂に玉（薬玉）も結ぶらむ右は菖蒲の根こそ浅けれ（『赤染衛門集』一三五）

Fでは、季節の「折枝」を添え組紐を用いるなどした「袂（袖）」の「根」の飾りを取り上げ、特に地下の少女達の趣向についての競争心を描いている。端午の根をめぐる競争という要素が、大人達の根合からずらされているのである。子供の姿への注目は本書全体の傾向だが、端午も例外ではなかった。当時も端午が子供中心の日だった

のではなく、特に本書が長命祈願全般よりも女子を中心とした子供や「若き人々」の日として描こうとしている。

なお和歌表現には、次の⑥のように、「袂（袖）に菖蒲の根を懸く（根が懸かる）」に「泣く音《ね》」を掛ける型がある。長命と対照的な死による哀傷や、死が免れない病による悲哀を表わすが、ここでは生別の悲しみである。

⑥五月五日、中納言のたまひける、思ひきや別れしほどのこのころよ都の今日にあはんものとは*11 とありければ、

女君、うきねのみ袂にかけしあやめ草引きたがへたる今日ぞうれしき（『栄花物語』浦々の別）

再会した隆家夫妻の贈答歌である。『栄花』では、長徳四年三月に敦康が生まれ（実際は翌長保元年十一月）、そのお蔭で同年五月に帰京できたことになっている（実際は詮子病悩の大赦で前年長徳三年四月二十二日に帰京）。

二　その他の類聚的章段・随想的章段の端午の独自性——楝と屈原

前節では、誰もが端午と結びつける菖蒲に関しても、本書の取り上げ方は種々の逸脱を志向することを述べた。

端午に因む植物は、他に「楝《あふち》」がある。前掲Fにも季節の「折枝」の一つとして見え、「あふ」と掛けた「五月」の恋歌はあり（『六帖』六・楝・四二九二、四二九三、『うつほ』祭の使）、好忠『毎月集』の「五月初め」にも詠まれ、さらに次の歌もある。しかし、Gのような「五月五日にあふ」という表現は、本書以前には見当たらない。

⑦為親の同胞の為国、頭なり、五月五日参りて、宮の御前の遣水を「みかは（御溝・三河）の池」となむ言ふなる、大盤所にて　今年生ひ（新斎宮規子）のみかはの池の菖蒲草長き例に人の引かなむ　返し、女御殿（徽子）

老いの世を言へばえなりや菖蒲草千代にあふちの花をこそ見れ（『斎宮女御集』一二八、一二九）

G木の花は…木のさまにくげなれど、楝《あふち》の花《はな》、いとをかし。かれがれに さまことに咲きて、かならず五月五日

にあふも　をかし。（三五段・末尾）

本書が、「五月五日」と「楝」を直結させた要因としては、⑦の存在も看過できない。その他には、漢籍の知識が考えられる。動植物の漢詩文でのイメージを、説明も無く織り込むのは、初段の「烏」の「あはれ」（孝烏・反哺）や、一五六段「故殿《ことの》（道隆）の御服《ぶく》のころ」の「籬《ませ》」の「萱草《くわんざう》」（忘憂草）にも見られることである。

本書に関わる中国の端午の要素を確認しておくと、五月五日の「端五」（本来は上旬五日の意）の節は三世紀には成立しており、『初学記』歳時部に初めて「端午」の表記が見られる。唐代には、「薬草」を狩り、「艾」の「人像《ひとがた》」を門戸に飾り、葉や根に芳香のある「菖蒲」の葉を切って酒に浮かべて長寿を願い、「瘟」（疫病）避けに五色の糸「五綵絲《ごさいし》」（五色絲・長命縷・続命縷・百索・辟兵繒《へきへいぞう》・朱索とも言う）を「臂《うで》」に懸け、贈答も行い、「ちまき」（角糉《かくそう》・角黍・糉子・粽糉）を食し、九品以上の官人には支給し、「粉団」も食し、「弓矢」でそれを射当てる遊びを行い、「扇《うちわ》」を翰林学士に賜り、諸陵に供え、長江以南では「競渡」が行われていた。また、華中以南では「楝《れん》」の葉を佩びることも行われていた可能性が高い。但し『荊楚歳時記』夏至節には「楝葉を頭に挿す」とある。以上、『中国古代の年中行事』に拠る[*12]が、前節冒頭に挙げた五月の節会で天皇以下が付ける「菖蒲縵《かづら》」や、「馬」が関る行事は見られなかった。次に、これらの要素の出典の一部を、類書に拠って示しておく。

⑧周処『風土記』に曰く、仲夏端午、鶩《あひる》を烹る。角糉〈注に云ふ、端は始なり。五月五日を謂ふ〉。筒糉を進《たてまつ》る〈『続斉諧記』に曰く、屈原五月五日、自ら汨羅に投じて死す。楚人之を哀れみ、此の日に至る毎《ごと》に、竹筒を以て米を貯へ、水に投じて之を祭る。漢の建武の年、長沙の欧回、人の自ら三閭大夫と称するに見ゆ。回に謂ひて曰く、「祭らるるは甚だ善し。常に蛟龍の竊《ぬす》む所となるを苦しむ。菰（『藝文類聚』は楝）の葉を以て上を塞ぎ、綵絲（『藝文類聚』は五采絲）を以て之を約縛すべし。二物は蛟龍の畏るる所なり」と〉。一名角黍〈…〉、一

名糉〈子弄の反、亦粽と作す〉。百索を造り臂に繋く〈『風俗通』に曰く、五月五日、五綵絲を以て臂に繋くるは、兵及び鬼を辟く。人をして瘟を病ましめず。又曰く、亦屈原に因る〉。一名長命縷、一名続命縷、一名辟兵繒、一名五色縷、一名五色絲、一名朱索。又、条達《じょうたつ》等の織組の雑物有り。以て相贈遺す〈…〉。艾を採り戸上に懸く〈…〉。百草を蹋《ふ》む〈…〉。競渡す〈『荊楚歳時記』に曰く、俗に是れ屈原汨羅に死する日と謂ふ。其の死する所を傷み、並びに将の舟楫を命じ、以て之を拯《すく》ふ。今に至り、俗と為る。又『越地伝』に云ふ…〉。是の月、俗は禁多し。屋を蓋ふ、及び薦席を暴すを忌む。〈…〉。（『初学記』歳時部・五月五日）

さて、G（三五段）と前掲A（三七段）の間には、次が挿入されている（能因本も三段が連続）。この段が無ければ、Gの末尾の「五月五日にあふも　をかし」が、Aの冒頭の「節は　五月にしく月はなし」に直結する。しかし、結論から言うと、H（三六段）は、前後の章段を分断するのではなく、むしろ繋いでいる。

H池は　かつまたの池　いはれの池。にへ野の池、初瀬《はつせ》に詣でしに水鳥のひまなくゐて立ちさわぎしが、いとをかしう見えしなり。水なしの池こそ、〈あやしう、などてつけけるならむ〉とて問ひしかば、「五月などすべて雨いたう降らむとする年は、この池に水といふ物なむなくなる。…」…さる沢の池は、釆女《うねべ》の身投げたるを聞《きこ》しめして行幸などありけむこそ、いみじうめでたけれ。「寝《ね》くたれ髪を」と人丸が詠《よ》みけむほどなど思ふに、言ふもおろかなり。おまへの池、〈また何《なに》の心にてつけけるならむ〉とゆかし。…（三六段）

⑦の詞書にも「池」が見えたが、「池ある所の五月長雨のころこそ、いとあはれなれ。菖蒲　菰など生ひこりて…」（一本二五段）のように、「池」は「五月」に菖蒲・菰の生えている場所である。また波線部は、前掲Dの大和国「初瀬」参詣道中に菖蒲・菰を見た経験と繋がる。その前の「かつまた」「いはれ」も道中ではないが大和国にある。さらに、「水なしの池」に続く「さる沢の池」も大和で、寵愛を得られぬことに失望して入水自殺し、乱れ髪が

「池の玉藻」のように見えた「采女」の悲劇への言及は、本書の『大和物語』引用の一環だが（他に一三三・一三八・二六一段等）[＊13]、⑧の「五月五日」の屈原とも類似する。解釈に必須の典故ではないが、「身投げたる」の表現から屈原の故事を想起すれば、一層、前後の章段と共通する要素が増え、これら三段の連続性が強まるのである。

このように、「楝」と「五月五日」の結びつきや、「五月五日」の記事に「身投げ」を含む「池は」が続き再び「五月五日」に戻る背景に、端午に関する「唐《から》」の知識が存在する可能性があることに留意しておきたい。

三　もう一つの端午の日記的章段――ほととぎす探訪、馬、そして下蕨

ところで、前掲②の恵慶歌には「駒」が詠まれていた（二重線部）。「駒」つまり馬は、日本では屏風歌にも詠まれる端午の景物の一つである。もう一例、菖蒲と共に詠み込んだ端午の贈答歌を挙げておく。

⑨同日、清少納言　駒すらにすさめぬ程におひぬれば何のあやめも知られやはする　返し　すさめぬにねたさもねたし菖蒲草引き返しても駒かへりなん　石蔵の宮の御許に、粽奉るとて…（『和泉式部集』四九五〜四九七）

五月の節会では、五日に武徳殿の東の馬場で騎射、六日にも競馬《くらべうま》などが行われた（『西宮記』）。節会が絶えた後も、年中行事として騎射が続けられ、五日が左近、六日が右近の真《ま》手番《てつがい》、三日・四日が各荒手結（予行演習）で、競馬もその前後に行われた。端午が「武徳」「尚武」の日であることは、平安時代も例外ではない。「端午」の「午」に因み、また中国の「競渡」に代わるものである。「五月」は十一月年始説による「午」月でもあった。

端午の日記的章段の一つ九六段でも、「鵲」ならぬ「なにさき」（松ヶ崎・待つが先）への往路、清少納言ら定子女房四人の乗った牛車は、左近馬場での「ま弓」に立ち寄っていた。また、出迎えた高階明順の山荘の調度の中に、

「馬《むま》のかた描《か》きたる障子《さうじ》」があったことも、折に合う点から看過できない。しかし九六段もまた、伝統的景物や年中行事から種々の逸脱を見せていた。「ま弓」も、見たがる供の男達を促し、そこに留まることはしない。

そもそも、「五日のあした」に、「郭公の声をたづねに行《い》かばや」と言って「山里」に出かける行為自体が、新しい年中行事の創出であった。もちろん、「郭公」が「五月」の鳥であることは『万葉集』以来の通念であり（三九段「鳥は」、二〇八段）、また当時、実際に聴きに行くということが、既に歌人達の間で始められていた。[*14]

⑩殿上のこれかれ山里に郭公の声聞きに行きたる所にて、公任の少将あるわたりを思ひかけきこえて、その心ばへをほのめかして、又の翌朝　山里にほの語らひし郭公なく音聞きつと伝へざらめや（『実方集』一三五）

⑪郭公の声を、山辺に尋ねに行くを聞きて　郭公聞きつと聞かばその山の麓に我は家居しつべし（『和泉式部集』八〇二）

しかし、これらは男性貴族達の例である。また、四月末か五月某日であって「五日」には限定されていない。一方、九六段では「五日」に女房達が出かけた。「女もしてみむとてする」という点、そして端午の行事に「郭公の声」を聴きに行くという行為を加えた点が新しい（前掲③④やFの二重線部の「五日」に声が聞こえるのとは異なる）。発案者は女房であるが、職御曹司から「宮司《づかさ》に車の案内《あない》言ひて」出かけたことや、帰参後の定子の「上《うへ》人などの聞かむにいかでかつゆをかしき事なくてはあらむ」などの発言からも、定子の監督・責任の下にあったとわかる。年中行事創造の前例としては、「五節」の小忌衣を侍女達に着せた「小忌《をみ》の女房」の趣向（八七段）や、職での「雪山」作り（八四段）がある。[*15] 特に道隆生前の宮中時代の前者は、定子単独の発案であった。

さらに注目すべきは、この日、歌を詠まなかった点である。帰参後、清少納言らが語った「卯花の垣根《ね》を牛《うし》にかけたるぞと見ゆる」牛車や、それを追いかけて公信が一条大路を走った話を、定子は「をかしき事」として認めず、何度も詠歌を促し、「ものしげなる御けしき」だった。しかし二日後には、宰相の君の「下蕨《したわらび》」についての発言に「『思ひ出づる事のさまよ』と笑はせたまひて」、そのことを清少納言に下の句として詠みかけるなど、「五日」に郭公の歌を詠まなかったことに、もはや拘っていない。そして、「『歌詠《よ》む』と言はれし末々《すゑずゑ》」「元輔《もとすけ》がのちといはる君」である清少納言に対し、詠歌御免を行った。二人の詠歌への囚われは、それぞれ解消されたのである。

また、二人の短連歌は「郭公たづねて聞きし声よりも　したわらびこそ恋しかりけれ」であり、「五日」に因む物として、食用の「下蕨」が最優先されている点も注目される。定子は上の句に「郭公」を詠み込んだ清少納言に、笑いながら「かうだに　いかで時鳥の事をかけつらん」と、もう全く「郭公」は無視したほうがよかったかのように言っており、端午の「下蕨」を承認している。端午は優美（「なまめかし」「艶」）でなくてもよいのである。本段には他に「卯花」も描かれているが、「粽」ならぬ「下蕨」の端午の「節供」が、最も新奇であった。

以上、端午を様々に描いており、それらにおいて、菖蒲やその根などの伝統的な要素も新しい角度から取り上げていること、連想や表現の背後に漢詩文の知識もあること、日本独自の「馬（駒）」も重視していること、さらに新しい行事や節物を追求しており、それが定子の意向でもあることを、三節にわたり具体的に確認してきた。

四　長保二年五月の史実

さて、「三条の宮におはしますころ」の段については、以上のような本書の端午の取り上げ方などは踏まえず、『栄花物語』のかかやく藤壺の巻や、「かくて八月ばかりになれば、皇后宮にはいともの心細く思されて」に始まるとりべ野の巻が語る、「心細」く「悲し」く「あはれ」で、物思いと「涙」に暮れる最晩年の定子の姿を自明とし、彰子・道長方との明暗の対比を前提とした解釈が少なくない（前掲のイ説）。しかし『栄花』は、道長の栄華と死を見届けた編者（恐らく赤染衛門）による後付けの歴史語りであり、前掲⑥の隆家の帰京の理由のような、史実の組み替えがある。また、『源氏物語』だけでなく、本書の影響作品でもある。『栄花』の定子は、長保二年が厄年《やくねん》の二十五歳ゆえに年明けから不安を感じ、それが懐妊によって一層強まり、死の予感を強めた。しかし実際は二十四歳で（『権記』十二月十六日条）、『源氏』の藤壺の厄年四十七歳崩御を踏まえた語りだと考えられる。*16 実在の定子が『源氏』の桐壺更衣・藤壺中宮・紫の上のモデルとなり、逆に『栄花』の定子は、多く彼女達をモデルとして造形されている。当時の定子や道長・彰子を知るには、『栄花』ではなく、同時代の記録に拠るべきだろう。

以下、『御堂関白記』『権記』及び『編年小記目録』（『小右記』本文は長保二年分が現存せず）、これらが無い場合のみ『日本紀略』によって、「五月」を中心に、関連事項の一部を挙げておく。なお書名の傍線部を略称とした。

1月28日　彰子、立后の兼宣旨（御・権）。道長、慶賀を帝・女院に申し、立后の日時等を定む（御）。

2月11日　定子、一条院今内裏に参入、前日10日、彰子、道長が月来住む源奉職二条宅に退出（御・権）。

2月18日　天皇、「男一宮百日」により、定子御在所「北殿」に渡御（権）。

2月25日　彰子、土御門第へ（御）。皇后遵子を「皇太后」、女御彰子を「皇后」となす宣命、内裏南殿の儀及び本宮の儀（御・権）。皇后宮職を皇太后職、中宮職を皇后職になし、「新后」に中宮職を置く（権）。

3月27日　定子、退出（紀）。媄子懐妊と、本書七・一〇・四七（後半）・二二九段は、これ以前。

4月7日　彰子、中宮として初入内（御・権）。5月28日、土御門第に退出（権）。

4月17日　敦康、親王宣下（権）。

5月5日　定子、菖蒲の案や薬玉の公的献上を受ける（本段）。前日4日、「主上、中宮御方に渡御」（権）。

8月8日　定子、今内裏に参入（権）。27日、定子、退出（紀）。9月8日、彰子、参入（権）。

12月15日　定子、生昌宅で媄子を出産、翌未明、崩御（権）。

「八月」は、「霖雨《ながめ》」による洪水もあったが、定子について言えば最後の参内をした月である。懐妊約五ヶ月、通常は里第退出の前後に行われる「着帯の儀」の為と考えられる。『陰陽雑書』第四十八「妊者帯吉日」に拠ると、八日から二十七日の定子参内中の八日壬子、十一日乙卯、十二日丙辰、十四日戊午、十五日己未、二十七日辛未が干支の吉日で、そのうち八日平《たいら》、十五日開《ひらく》、二十七日開は十二直《ちょく》の吉日でもあった。「着帯の儀」の詳細が史料に記されるのは院政期からだが、平安中期にも一定の儀式があったはずである（『御産部類記』の初例は康和四年八月七日の己未・開共に吉日の夜の「女御於禁中有帯」。翌年正月十六日に鳥羽天皇誕生）。萩谷朴氏（『集成』）や圷氏らは、妊娠約二ヶ月である本段の五月五日の時点で、定子らが既に妊娠に気づいていたとされる。その可能性は非常に高い。なお、『栄花』で定子が妊娠に気づくのは、「三月二十日余り」の宮中にいる間である。

一方彰子は、五月五日は確かに宮中にいた上に（但し今内裏）、前日には天皇の渡御もあり、『栄花』かかやく藤壺が描くように、后として華やいだ宮廷生活を送っていたように思われがちである。しかし実は心配事があった。道長が、「宮（彰子）の御読経結願。家の読経初む。内に候する間、悩気有り」（『御堂』四月二十三日条）と発病し、「御悩、已に平癒。仏力の所為、随喜甚だ深し」（『権記』六月二十七日条）と回復するまで、大病を患っていたのである。『御堂』の五・六月は、見舞いとおぼしき五月一日の「内より仰せ有り。東宮又同じ」、二日「東宮より仰せ有り」、三日「内より仰せ有り」の後は空欄である。なお女院詮子も五月八日に発病し、仮死状態にまで陥る。

4月25日　土御門第の馬場で競馬（御・権）。「主人御気色宜しからず」（権）。前日、左近馬場で競馬（権）。

4月27日　「御心地宜しからず」、「鶴君（頼通）の事」を行成に託す、初度の上表（権）。

4月29日「日来尚ほ悩む」により観修・明救による両壇の「修善」(御)。

5月8日「日来所労侍ひ久しく参入せず」「院の御悩、殊に重し」(権)。「左府の所悩は式神の所致と云々」、9日「左府の家中、厭物《えんもつ》を出す」、11日「呪詛者安正を拷訊す」、18日「呪詛の男、獄所より召し出さる」(小)。

5月11日「厭魅・呪詛」が原因だと帝も既に知る、「御病、殊に重し」(権)。

5月14日「邪気《じゃけ》・厭物」により「身、重病に沈み平復を期する無し」、二度の上表(権)。

5月17日「院の御悩、極めて重し。邪気取り入り奉り、御身已に冷え、時剋推移す」(権)。

5月18日「御身、漸く暖まる」、度者《どしゃ》千人を奉る、不断仁王御読経(権)。「母后御悩」の「常赦」(権・小)。道長に度者百人、三度の上表(権)。「左府、厩の馬七疋・装束・餝剣等を以て所々に諷誦」(小)。

5月19日 道長に兼家の霊が付く、25日、道長に付いた霊が伊周の復官・復位で平癒すると告げる(権)。

5月26日 行成、勧学院の名義で興福寺僧による不断大般若経諷読、「今日の御心地、弥《いよいよ》平生に非ず」(権)。


このように、長保二年の夏に自他共に死を覚悟した人物は、むしろ道長と詮子である。修法や読経などの手配で朝野は大騒ぎだった。端午は「続命縷」で自他の続命・長命(千代)を祈る日だが、この年の祈りは、特に切実だったと考えられる。

しかし、道長らの回復と年末の定子崩御を知る『栄花』編者は、彼らの長保二年の不安を定子にスライドさせ、この年を定子の「あはれ」の年として、かかやく藤壺の巻後半やとりべ野の巻前半を語った。道長の大病については、彼自身が行成に教えた道隆室の死(『権記』長保二年七月三日条)と共に翌三年に移した上で、快癒を重視し、道隆室の死や年末の詮子崩御との明暗の違いを際立たせている。しかし実際は、長保二年の端午の頃、道長も世間の人も浮かれてはいられなかったのである。五月四日の天皇渡御も、諸氏は彰子方優位の最有力根拠として位置づけられているが、道長の病状と無関係ではなかろう。月末の彰子退出も同様である。このような事態を、定子らが知らなかったはずはない。むしろ、「厭物」(呪詛用の物)が直後に発見され、「邪気」(死霊・物の気《け》。それによる病気も言う)の言葉が伊周に関ることから、病因として何が取り沙汰されているのかまで、聞こえていたと考えられる。

なお、『小記目録』五月八日条の「式神」は、他の古記録類には例が無く、また、明確に呪詛と結びつくのは院政期である。本来は式盤に宿る神と考えられ、陰陽道における「ただすの神」であり、次が文献上の初見である。

I宮にはじめてまゐりたるころ…暁には〈とく下《お》りなむ〉といそがるる。「葛城《かづらき》の神もしばし」など仰せらるるを…「われをば思ふや」と問はせたまふ。御いらへに…(「もちろんです」と啓すると同時に誰かがクシャミをしたので、定子が「そら言を言ふなりけり」と言って奥に入ってしまった翌朝に)浅緑《あさみどり》なる薄様《うすやう》に艶《えん》なる文《ふみ》を「これ」とて来たる、あけて見れば　いかにしていかに知らまし　いつはりを空にただすの神なかりせば　となむ御けしきは。とあるに…うすさこさ　それにもよらぬはな(鼻・花)ゆゑに　うき身のほどを見るぞわびしき　なほこればかり啓しなほさせたまへ。式の神もおのづから。いとかしこし。…(一七八段)

五　后宮への典薬寮と糸所からの公的献上

さて、以下の節で、ほぼ記述の順に本段の解釈を行っていきたい。まず冒頭の「三条の宮」だが、「前但馬守生昌宅」は、当時の日記に、「三条宅」や定子御在所という意味で「皇后宮」と記されている。「三条宮」という例は、後の『御堂関白記』長和二年(一〇一三)正月二十七日条「今夜、一品宮(脩子内親王)渡三条宮」のみである。本段は、内裏や職御曹司ではないが、あくまでも「宮」、后宮の御在所であることを、まず表明している。

続く「五日の菖蒲の輿」は、薬玉の材料を載せて三日に六衛府が奉る「菖蒲の輿」ではなく、山中氏や飯島氏が指摘されたように、五日当日、宮内省管下の典薬寮が奉る黒木の「菖蒲の案（机）」を指す。後者も「菖蒲の輿」と呼んだ例に、後代のものだが、飯島氏指摘の『日本紀略』応和二年（九六二）五月三日条「諸衛献菖蒲輿・雑花、於南殿」、五日条「典薬寮献菖蒲輿」がある（後掲⑭は本段に基づくと考えられる表現なので根拠にできない）。后と皇太子には二脚、天皇には四脚、奉られた。それぞれ半分が人給（臣下への下賜用）である。

次に、大枠が寛弘八年（一〇一一）までに定められ、寛仁元年（一〇一七）か二年頃に割注などで追記された[*17]行成編纂の年中行事書を引いておく。基本的に、『西宮記』の供菖蒲の条や、『延喜式』の典薬寮「凡五月五日、進菖蒲・生蒋《なまこも》〈寮家、充之〉」以下、及び同書の宮内省などからの引用である。

⑫五日以前、牽進国飼御馬事〈…〉。…

五日、供諸寺昌蒲佩事〈…〉。…

同日早朝、書司《ふんのつかさ》供昌蒲事〈二瓶。居机二脚、立孫庇南第四間〉。

同日、糸所献薬玉事〈二流。蔵人取之、結附昼御座間母屋南北柱。撤丶、萸嚢、改付之〉。

同日、典薬寮供昌蒲事〈高机四脚。若無節会之時、所供也。二脚供御料、立明義門（清涼殿東庭の南）前廊。二脚人給料、立下侍西辺。内蔵寮撤之〉。

『寮式』云、「省輔已下、寮頭已下、共執入進。訖即退出。輔留奏之〈詞見『省式』〉。中宮・東宮黒木案二脚〈一供御、一人給〉。黒木案四脚〈二脚供御、二脚人給。並寮儲也〉」。『省式』云、宮内省申久、典薬寮乃進五月五日乃昌蒲、又人給乃昌蒲止申」。

同日、同寮進東宮昌蒲事〈見『宮式』〉。…

同日、観騎射事〈於武徳殿、有此儀。『兵衛延式』云、「騎射官人二人、兵衛十人」。『近衛府式』云…〉。

　前十余日、奏差定奏名・奏毛文事〈…〉。又給可供奉女蔵人装束事〈…〉。…（『新撰年中行事』上・五月）

「薬玉」については、波線部のように、縫殿寮の別所の糸所が「柱」に懸ける物を二流、献上した。后宮への献上は、儀式書では確認できないが、本書の三七段（J）でも知られ、山中・飯島両氏が指摘する次の類似の記事は、それと典薬寮からの「菖蒲」と両方の献上が揃った、しかも里邸にいる后への献上の前例として重要である。

⑬午時許、参宮（円融天皇中宮遵子の里邸四条第。公任同母姉の遵子は正暦元年中宮から皇后、定子が中宮に。長保二年皇太后）。大夫（済時）被参。定行啓雑事。…典薬寮、進昌蒲、舁立御前庭中。糸所、進薬玉〈置中取〉。彼所女官、相扶参上、立御前簀子敷。女孺四人及下女四人賜禄、有差。…依路程遠、殊所給。…内膳、供御節供。以御台盤、供之。則納所、又供。御節供、従台盤所、供云々。（『小右記』天元五年〈九八二〉五月五日条）

J節《せち》は…空のけしき曇りわたりたるに、中宮などには縫殿《ぬひどの》より御薬《くす》玉とて色々の糸を組み下げてまゐらせたれば、御《み》帳立てたる母屋《もや》の柱に左《ひだり》右につけたり。九月九日の菊を あやしき生絹《すずし》の衣《きぬ》に包みてまゐらせたるを、同じ柱に結《ゆ》ひつけて月ごろある、薬玉に解きかへてぞ捨つめる。また、薬玉は菊のをりまであるべきにやあらむ。されど それは、みな糸を引き取りて物結《ゆ》ひなどして しばしもなし。　御節供《おほんせく》まゐり…（三七段）

『栄花』も、彰子の立后による変化を描く一環として本段と同日を描いているが、実際は前節で述べたように道長の病中である（后の象徴として、他に一七八段の「火焚《たき》屋」や二六二段の「獅子《しし》 狛犬《こまいぬ》」も取り上げている）。

⑭五月五日にもなりぬれば、人々菖蒲、楝などの唐衣、表着なども、をかしう折知りたるやうに見ゆるに、菖蒲の三重の几帳ども薄物にて立てわたされたるに…軒のあやめも隙なく葺かれて、心ことにめでたうをかしきに、

御薬玉、菖蒲の御輿など持てまゐりたるもめづらしうて、若き人々見興ず。（『栄花』かかやく藤壺）

なお、この「薬玉」の材料は、『延喜式』左近衛府に「凡五月五日、薬玉料、昌蒲・艾《ヨモキ》〈惣盛一輿〉、雑花十捧〈盛瓫、居台〉。三日平旦、申内侍司、列設南殿前〈諸府准之〉」と見え、内蔵寮官人や行事の蔵人などが糸所の女官に取り次いだ。同書の内蔵寮では「雑花」が「雑彩《イロノ》時花」とされ、「供御并人給の料」と「諸寺」用の「十五条」をあわせた「五月五日菖蒲珮《ヲモノ》（佩）」の材料として「支子」「橡」「黄蘗」「紫草」「茜」の染料があることから、長く垂らした糸が「五色」であったことがわかる。菖蒲や蓬を貫いて作り、[*18]橘・楝・躑躅など、季節の花々で飾った。薬玉について、麝香・沈香・丁子などの香料を丸めたり丸薬を入れたりすると説明されることがあるが、少なくとも当時は菖蒲・蓬自体が薬草であり、前述したようにその芳香に意味があった。

このように、本段の最初に記された菖蒲と薬玉の献上は公的献上であり、定子が后宮であることの証である。ここに、天皇の恩情を見る向きもある。確かに、長徳二年五月二日の伊周・隆家捕縛の為の里第捜索中に出家し（『小右記』）、還俗した（『権記』長保二年十二月十六日条）定子が后であり続けることは天皇の「私之恩」に拠るが（同・同年正月二十八日条）、后である限り、献上は当然で、天皇の意向とは無関係である。后らしさは、冒頭の「三条の宮」や、さらに、後の「姫宮 若宮」の存在によっても表わされている。宮々を擁する定子は、后の務めを全うしているのである（しかも本段に明記されていない史実では、男女未詳の御子を懐妊中であった）。

六　姫宮・若宮の長命祈願

次に「若き人々 御匣殿など薬玉して、姫宮 若宮につけたてまつらせたまふ。」とあるが、若い女房が当時の定子御在所に何人いたかは不明である。いずれにしても、本段には複数いたと記され、若さや活気が印象付けられている。「御匣殿」は、[*19]定子もしくは内裏の御匣殿別当、定子同母妹で道隆四女、宮々の叔母で、推定年齢十八歳。

「若き人々」に含まれる（『栄花』かかやく藤壺は、定子が生前から敦康の「後見」に指名していたと語る）。

「薬玉（続命縷・長命縷・五月の玉）」は、「命長く福在となむ」祈る節物で（『続日本後紀』嘉祥二年五月五日戊午条の詔）、糸所だけでなく、貴族女性自らも貫いて作り、贈答もし（二二三段）、次のように装束に付け、腰に帯びた（前掲F「腰さし」）。「薬玉して」は、彼女達が公的献上の「菖蒲」で「薬玉」を作ることを言う。⑮や、前掲①③の波線部が参考になる。⑮の養女の例を見ても、「薬玉」作りに興じるのは、「若き」女性のようである。

Kなまめかしきもの…をかしげなる童《どう》女の、うへの袴など　わざとにはあらで　ほころびがちなる汗衫《かざみ》ばかり着て、卯槌《うづち》　薬《くす》玉など長くつけて、高欄《かうらん》のもとなどに扇《あふぎ》さし隠してゐたる。…（八六段）

⑮五月になりぬ。菖蒲の根長きなど、ここなる若き人（養女）騒げば、つれづれなるに、取り寄せて、貫きなどす。「これ、かしこに、おなじほどなる人（詮子）に奉れ」など言ひて…（『蜻蛉日記』下・天禄三年）

「姫宮」は、第一皇女脩子内親王、長徳二年十二月十六日生まれで五歳、満四歳五ヶ月（長保元年は閏三月がある）。日記的章段の最初の六段以来の登場である。よって、「姫宮」の語は読者に六段を想起させる縁ともなり得る。両段は、実は明記されていない次の「宮」を懐妊中という共通点もある。また、冒頭の「三条の宮」からも、六段は想起されやすいだろう。その六段は、日記的章段では本段が唯一の登場である「若宮」第一皇子敦康親王出産の為の三条宅移御を語る段であった。敦康は、長保元年十一月七日誕生（前掲⑥参照）、本段直前の同二年四月十七日に親王宣下があり、時に生後約六ヶ月。端午は初めてだが、「若宮」の語は、さほど幼さを感じさせない。この宮達に皆が作った「薬玉」をお付けした。特に幼子に「薬玉」を献じ、装束に付けた例に次がある。『盤斎抄』の定子の歌の「いそぐ」の解釈、若宮の即位や姫宮の立后を早くと「待ち祝ふ心」は、この贈答歌の発想に近い。

⑯中納言のちごにおはしける時、薬玉奉り給ふとて、女御の御　命をぞ続《つ》ぐといふなるいときなき袂にかかる今日の菖蒲か　御返し　いときなき菖蒲は生ふる所がら誰にかかりて経べき千代ぞは　又（女御）　菖蒲草生ふる沢水清ければ引く人あまたあらざらめやは（『公任集』六九～七一）

公任長男の定頼（長徳元年誕生）に、公任同母妹で花山天皇女御の諟子が、薬玉を贈った際の贈答歌である。叔母の詠んだ二首は、幼い甥の長命と人望・重用を予祝している。前者では、薬玉の漢名「続命縷」を「命をぞ続ぐといふなるいと（糸）」と詠み込んでおり、女性の発想の背景に漢語の知識があった例としても注目される。二首の間の父公任の歌では、この子の「千代」の為には、他ならぬ同族の貴女のご支援が必要なのだと詠んでいる。なお、薬玉の漢名を詠む歌としては、北山氏が指摘された次の延喜十九年の「長命縷」の屏風歌が早い。

⑰五月五日　菖蒲草長き命を続げばこそ今日としなれば人のひくらめ（『貫之集』一三二）

本段の場合も、「姫宮 若宮」に「薬玉」を付けたことを語り、長命が祈念されている。特に「若宮」の存在は、端午が本来、天皇が「太子」の長命を祈る日という点からも看過できない。本書における敦康の唯一の登場が端午であるのは、偶然ではなく、立太子・即位も祈念されていると考えられるのである（それは叶わなかったが、母後朱雀天皇中宮嫄子の命と引き換えに誕生した敦康孫禖子内親王及び姉の祐子内親王は、根合を含め歌合を何度も主催するなど、文化的創造を継承した）。

また、「若宮」だけでなく「姫宮」が併記されている点は、実際に二人の宮が揃っていたという事実だけでなく、端午を男子よりもむしろ女子の視点で描こうとする本書の傾向（前掲F）にも合致する。

なお「命をつぐ」は、ある個人が長命という意味の他に、「命」を受け継ぐの意味にも解せる。後者の意味は、定子の血を引く脩子・敦康、そしてまさに定子が宿し、その命と引き換えに誕生した媄子にも当てはまる。

さて、後の定子の歌の上の句「みな人の花や蝶やといそぐ日」は、以上の描写との対応から、また前節で述べた道長（既に初度の上表済み）や彰子の実際からも、「すべての人が権勢に赴く花やかな節日の今日」（『日本古典文学大系』、前掲イ説の一つ）ではなく、田畑氏が述べられたように、若い女性達が、薬玉を作り、脩子や敦康に付けることにいそしむ端午の今日、という意味であると考えられる。『枕草子春曙抄』に、「薬玉を細工し、子供達に付け、もてはやし興ずる今日」とあるとおりである（「花・蝶」＝「姫宮・若宮」という点は、『磐斎抄』も同じ）。『角川文庫』もまずはそのように捉えているが、「身の悲運を嘆く嘆きが秘められている」とする。

本書以前の「花や蝶や」の例には、次の⑱⑲がある。花やかなことに夢中になるのを批判的に述べた表現だが、批判性は本段とは無関係であろう。井上新子氏が『源氏』夕霧巻の「花や蝶や」、胡蝶巻の「花蝶」などの例を挙げ、後者を「四季折々の風物」と解されている[*20]。本書以後では、『栄花』にも「花や蝶や」が散見する。ここでは、次の二重線部の語が、「花・蝶」の縁語である点に注意しておきたい。⑲の「田」は、穀物が育つ場所である。

⑱物語といひて、女の御心をやるもの…伊賀専女《とうめ》、土佐の大臣、今めきの中将、中居の侍従などいへるは、男女などに寄せつつ、花や蝶やといへれば、罪の根、言の葉の林に、つゆの御心も留まらじ（『三宝絵詞』序）

⑲双六盤の歌…すきものとなりぬべきかな荒小田の花や蝶やに心かけつつ（『順集』八二）

⑳籬に咲く花にむつれて飛ぶ蝶のうらやましくもはかなかりけり（『山家集』中・一〇二六）

なお、⑱の著者為憲の師で⑲の作者の順による㉑の詩序は、「林」の中の「蝶」、「花に蝶」の例だが、漢詩には、「花と蝶」の対《つい》や、「籬」「叢」の中の「蝶」の例もある（但し「籬」と花の例は、㉓のように陶淵明の菊に偏る）。

㉑谿に帰る歌鶯は更に孤雲の路に逗留す、林を辞する舞蝶は還つて一月の花に翩翻たり（『和漢朗詠集』上・春・閏

三月・順、『本朝文粋』巻八・詩序・時節・源順・後三月陪都督大王亭、賦今年又有春詩序一首）

㉒梁の劉孝威「和皇太子春林晩雨詩」に曰く、…葉の珠水を垂滴し、檐の縄空に下溜す。蝶濡れて飛ぶに颺《あ》がらず、花沾ひて色更に紅なり。明離信徳を養ひ、能事春宮に畢る。…（『藝文類聚』天部・雨）

㉓陶令籬辺の菊、秋来色転た佳し。翠は攢《あつ》まる千片の葉、金は剪る一枝の花。蕊を逐ひて蜂須乱れ、英に随ひて蝶翅斜めなり。…（『全唐詩』公乗億・賦得秋菊有佳色）

㉔秋花紫にして蒙蒙、秋蝶黄にして茸《じょう》茸。花低れて蝶新小、飛び戯る叢の西東。日暮れて涼風来り、紛紛として花叢に落つ。夜深けて白露冷やかに、蝶已に叢中に死す。…（『白氏文集』八・閑適・秋蝶）

七　清少納言から定子へのはたらきかけ――青色、唐菓子、籬、赤心

次に、「いとをかしき薬玉ども　ほかよりまゐらせたるに、『青ざし』といふ物を持て来たるを、青き薄様を艶なる硯の蓋に敷きて、『これ　ませ越しにさぶらふ』とてまゐらせたれば」と続く。この「薬玉」は、糸所以外からの私的な献上品である。「ほか」が複数とは限らないが、「他との交流」（飯島氏）があったことは確かである。前文の「若き人々」という言葉から受ける活気に通じると言える。その薬玉に添えて「青ざし」が届けられたことに対しては謙譲語が無く、直接的には定子宛ではなかった。

「青ざし」は、「青き薄様」に載せたことから、まず色が「青」（緑色）だとわかる。紙と植物は、「こちたう赤《あか》き薄様《うすやう》を唐撫子《からなでしこ》のいみじう咲きたるに結《むす》びつけ」（一八五段）、「柳の萌《も》え出でたるに、青き薄様に書きたる文《ふみ》つけ」（八六段）などのように同色が基本で、「薄様」以外では前掲Fの「青き紙に菖蒲の葉」の例もある。「青」は、「五

月」の色であり(C)、陰陽五行思想では「春」「東」の色でもある。やはり生命力、若々しさが感じられる。

さらに、「といふ物」という表現から珍しい物であり、引歌から「麦」で作られていることもわかる。よって、青麦粉製の唐菓子という従来の解釈で問題は無かろう。田畑氏は、「青ざし」の新奇さを「庶民的・野生的イメージ」と捉えられているが、唐菓子であればそれは当たらない。「麁野なる物」(『枕草子集註』)、「下卑たもの」「卑俗な食物」(藤本氏)も同様である。「うつぎ垣根といふもの」(二〇七段)とは異なり、「青ざし」は宮廷文化の枠内にある。しかし、端午の「節供」と言えば「米」製の「粽」と決まっているところに、「青ざし」という「麦」製の食品を呈示した点が新しい。粽は、『伊勢物語』五十二段の「かざりちまき」の例が早く、『延喜式』大膳・五月五日節料・粽料に「糯米」による製法が詳しいが、『和名抄』十六・飲食部・糉《そう》には「菰葉を以って米を裹《つつ》み、灰汁を以って之を煮、爛熟せしむる」とある。本書の端午が、年中行事の枠からの逸脱や節物の組み換えを行っていることは前述のとおりで(第一～三節)、清少納言には端午と「下蕨」を結び付けた前科もあった(九六段)。

後代の『書言字考節用集』六・服食には「初熟麦《アヲザシ》」、『食物知新』一・穀には「初熟麦　釈名青稄子《アヲザシ》〈和名〉、初熟の麦の青き者を取り、舂きて食す。故に名づく。気味、鹹温、毒無く、胃を平かにし、気に益あり」とある(『古事類苑』飲食部及び植物部・一)。萩谷氏や圷氏は、定子の懐妊を踏まえ、妊婦によい滋養の物とされる。直接的な献上ではないが、定子に配慮し、献上を見越して、端午に続命縷と共に届けた可能性はあるだろう。

一方、近い時代の「青ざし」の例は未見だが、次の「若宮」(後の四条天皇)の五十日の御膳の「青き唐菓子」も、同じ物かもしれない。『ユリウス暦』では五月十二日なので、時期的に新麦の収穫にはやや早いようだが、いずれにしても、「青」い唐菓子が、「若宮」の通過儀礼に用いられたことは確かである(寛弘五年十一月一日の敦成や同七年正月十五日の敦良の五十日における御膳の「御台六本」の具体的な内容は『御堂』等に見えない)。

㉕今上（後堀河）第一之皇子、御五十日々也。…今度事、依寛弘佳例、所被遂行也。誠可謂珎重者也。…同若宮御五十日御膳色目《しきもく》。…御台六本〈蒔絵〉。一〈…〉、二〈蘇芳唐菓子、四坏〉、三〈青唐菓子、四坏〉、四〈白小餅、四坏〉、五〈蘇芳小餅、四坏〉、六〈木菓子、四坏〉。…（『民経記』寛喜三年〈一二三一〉四月九日条）

本段の「若宮」は、百日も既に終えているが、次の歌のように、長命を祈る端午と趣旨が同じ通過儀礼との合致が慶事とされていたことからも、清少納言による唐菓子「青ざし」の献上は、妊娠中の定子だけでなく、「姫宮 若宮」も対象であり、「薬玉」と同様に、長命祈願、成長の予祝の意味合いもあったと考えられる。換言すると、唐菓子が通過儀礼での「御膳」になることに注目することで、前半の「薬玉」との繋がりが見えてくるのである。

㉖小一条殿（済時）の女御（娀子）、一宮（敦明）生まれ給うて、三日の夜、五月五日になむありける　岩の上の菖蒲や千代を重ぬらむ今日も五月の五日と思へば　返し、大将　祝ふなる…（『実方集』二八三・二八四）

㉗五十日の程なるちごに、薬玉やるとて　生ひ立たむ程ぞゆかしき菖蒲草ふた葉よりこそ玉と見えけれ（『赤染衛門集』四一九）

ところで、本書中の他の唐菓子の例として、一二八段「二月、宮の司に」の、行成が『餅餤《へいだん》』といふ物」を、「白き色紙」に包み、同色の白梅に付け、「立て文」を添え、内裏にいる清少納言に「進上」した記事がある。*21 行成の官職から、長保元年二月十一日の太政官朝所での「列見《れけん》」の翌十二日の出来事と考えられている（今内裏であれば、本段と同じ長保二年もあり得る）。今回の「青ざし」の贈り主としても、頭の弁行成は、最有力候補者と言えるだろう。定子への「節供」としての献上や、その際の趣向は清少納言の手柄だが、そもそも端午にこの唐菓子が贈られて来なければ始まらない。定子や清少納言を慕い、その志向を解する官人の仕業と考えられる。想像を逞しくすれば、「青ざし」を添えた「いとをかしき薬玉ども」の贈り主は、一条天皇であったかもしれない。天皇と行成の親近や、薬玉の趣向の見事さ、複数あったこと（諸氏は献上主を複数と見る）、定子や親王宣下を受けて間もない幼い敦康らへの天皇の思い、そして天皇が「太子」の長命を祈るという端午の本来の趣旨、母体への心遣いなどから、天皇が私的に贈ったことは考えられる。その場合、贈り主への敬語はあえて省き朧化したことになる。

さて、定子らに「青ざし」を奉る際の清少納言の機知的表現、「これ ませ越しにさぶらふ」（これを、「ませ越し」に進上します）の解釈にも、諸説がある。但し、次の㉘を引くという点は、広く認められている。

㉘ませ越しに麦はむ駒のはるばるに及ばぬ恋も我はするかな（『古今六帖』二・馬・一四二七）
㉙ませ越しに麦はむ駒の罟《の》らゆれど猶し恋しく思ひかねつも（『万葉集』十二・寄物陳思・三一一〇）
㉚うませごし麦はむ駒のはつはつに新肌触れし児《こ》ろしかなしも（『万葉集』十四・相聞・三五五九・或本歌曰）

引歌の背景として、圷氏が指摘されたように、端午が「馬（駒）」に因む日であったことを看過してはならない。もう一つの端午の九六段にも、騎射と「馬のかたかきたる屏風」が見えることは前述した（第三節）。本書は端午の馬を描いていないわけではない。騎射・競馬や駒牽以外の角度から取り上げているのである。「麦」製の唐菓子を得て、端午の「馬（駒）」と結び付け、「麦はむ駒」とし、贈られてきた物を間接的に定子に奉る際の言葉として、「ませ（柵）越し」を用いたのである。「青ざし」を贈られた側は、「麦はむ駒」を必ず想起したはずである。

意味としては、「間接即ち到来品の意」（『古典文学大系』）、つまり「到来物《いただきもの》でございますが」が、まず認められよう。「僅かでございますが」（『角川文庫』）、「わずかでも召し上がれなくては身体が持ちませんよ」（『集成』）は、㉚の「はつはつに」に拠る必要がある（㉘も、旧版『国歌大観』の底本『古今和歌六帖標注』では同様）。

さらに、藤本氏に拠ると、「ませ」には草花の柵、つまり「籬（ませ・まがき）」の意味も掛けられている。定子と「姫宮 若宮」を大切な「籬のうちの花」に見立て、清少納言は「埒外に置かれて、見れど飽かぬという思いで花々を眺め、はぐくむ者になぞらえられている」（但し定子の返歌では、「籬の内」の存在を御子達に限定して「花・蝶」に見立て、「埒外の者同士の共感」「のけ者の胸中を察してくれるのはあなただけ」と謝意を表したという）。氏が引かれた次の『元輔集』の㉛の存在からも、また右で述べた唐菓子の通過儀礼の御膳としての性格からも、「ませ」は「籬」でもあり、その中には「花」のような宮々のいることを表わした可能性は高いだろう。

㉛大弐共政が孫の袴着侍りしに　咲き繁れ千代を籠めたるませのうちにかたみに生ほす撫子の花（二六二）

右は、通過儀礼の日、愛しみ育てられた幼児の「千代」を祈る点や、「撫子」を詠み夏季に関わる点でも、本段の状況と一致する。知られるように、本書には元輔の歌の言葉や発想を踏まえた表現が散見する。例えば次の㉜㉝は、前掲Ⅰの返歌「うすさこさ…」（色の濃淡に関らない「花」ならぬ「鼻」のせいで、思いが届かず憂き目に遭う我が身が辛い。お慕いする紅梅のように濃い紅の私の赤心を、中宮定子様に知っていただきたい）の本歌である。

㉜内の紅梅を、女蔵人に「詠め」と（村上天皇の）仰せごとありけるに、かはりて詠みて侍りし…梅の花香はことごとに匂はねど薄く濃くこそ色は咲きけれ（『元輔集』七八）

㉝村上の御時、殿上の紅葉合させ給ひしに　思ひやるくらぶの山の紅葉葉に劣らぬものは心なりけり（一）

また、「ませ越しにさぶらふ」が、㉘の下の句「及ばぬ恋も我はするかな」（思いの届かない恋を私はしていることだ、私のお慕いする気持ちはなかなか届きません）も伝えていると見る説がある。次の三通りである。

ニ、清少納言は自分が定子（や御子達）に「及ばぬ恋をする」意で用いた。…藤本氏、飯島氏、井上氏他

ホ、清少納言が、定子が天皇に「及ばぬ恋をする」の意で用いた。…『全講』『角川文庫』他

イ′、清少納言は意図していないが、定子は自分が天皇に「及ばぬ恋をする」意と解した。…『集成』、藤本氏

特にホやイ′の説に立つ場合に看過できないのは、二二九段「一条院をば今内裏《いま》とぞいふ」での、天皇の御在所と

定子御在所を隔てる、壺前栽の「籬《ませ》」の存在である（もう一例は一五六段の朝所の「萱草」の「籬」）。但し本稿では、出仕直後（前掲I）から繰り返されている赤心の表明や、後述する主従の関係から、二に従っておく。

さて遡って、「青き薄様」を敷き「青ざし」を載せた「艶なる硯の蓋」についても見ておきたい。「艶」はIやFの波線部にも見え、「硯」は六段以下、本書に散見するが、「硯の蓋」は二年前の端午を描いた九六段と本段のみである。九六段では、帰参後に公信から贈られた「卯の花」の歌への返歌を詠む為に自室に「硯」を取りに行かせた際、定子が「『ただこれして　とく言へ』とて御硯蓋《ぶた》に紙などして給はせ」た。本題の「郭公の歌」を早く詠ませたいが為である。しかし、雷鳴や見舞いで再三紛れ、前述したように二日後には定子も既に拘っていない（第三節）。

但し、九六段が詠歌自体の否定ではないことにも留意しておく必要があろう。短連歌を詠み、九六段後半の庚申歌会では、定子が貴女はなぜ歌を詠まないのかと問う歌を「投げ」て寄越し、清少納言が詠まない理由を歌で答えていた。一方、本段が帰京後唯一の登場である伊周は、本書中にも進講や朗詠が描かれる「才」の人だが、「題」を出し「歌よめ」と強要する。つまり、詠むか詠まないか、和歌か漢詩かといった二者択一ではなく、囚われないことが重要なのである。否定しているのは、「郭公」を聴きに行けば詠歌が必須というような、制度的・通念的なもの（限り・定め・掟）である。九六段の「硯蓋」と「紙」の下賜は、約束事としての「郭公の歌」の催促であった。一方、本段の「艶なる硯の蓋」と「青き薄様」は、清少納言から定子へ（そして定子の詠歌を引き出す）という方向だけではなく、新奇な、しかも食品「青ざし」の献上という自由さの面でも、それと対照的と言える。

八　定子から清少納言への返し――花と蝶、「わが心をば君ぞ知りける」、「この紙」、破る

清少納言の言葉と物の機知的趣向の後は、「みな人の花や蝶やといそぐ日も　わが心をば　君ぞしりける　この紙の端を引き破らせたまひて書かせたまへる、いとめでたし。」と、定子の応答と清少納言の評が述べられる。

定子の歌の上の句については前述した（第六節）。直前の描写に即した、「若き人々」が端午の長命祈願の「薬玉」を作り「姫宮 若宮」に付けることにいそしむ今日「五日」も、という意味である。定子は、清少納言が言った「ませ」の意味が、端午と青麦に因んだ引歌㉘の馬の柵だけでなく、「籬」でもあると認識していたからこそ、その縁で㉛の元輔歌のように、子供達を「花」に見立てたのである。そして、「花」だけではなく、同じく「籬」の縁で（前掲⑳㉓参照）、「花」と並列させて（⑱⑲㉒㉔）、「蝶」も加えた点が新しい。「『籬-花-蝶』という連想の環」を藤本氏が指摘されたが、さらに「蝶」が字音語であり、『古今六帖』の題にはあるが、例歌が物名歌などに限られ稀である点（例えば『古今集』四三五・くたに・遍照「ちりぬれば後はあくたになる花を思ひ知らずも惑ふてふかな」）、⑲の順歌によると「田」も縁語である点にも注目したい。これらの点で「蝶」は、清少納言からの「ませ」の語だけでなく、新奇な「麦」の「唐菓子」とも対応している。両者の表現の呼応は、より緊密である。

さて下の句だが、『磐斎抄』のように「天ぞしりける」の本文であれば、天皇が知っていたという解釈があり得よう。しかし、「君ぞしりける」の本文の拠ってもなお天皇とするのは[*22]いかがであろうか。藤本氏のように「もう一つの含意」ということなら否定しきれないが、「君」＝天皇だけと見るのは、清少納言の働きかけに対して書いた歌として、不自然である。上の句の「みな人」、つまり「若き人々」との対比からも、「君」はそれ以外の人物でこ

の場にいる清少納言と考えられる。本書中には他にも一例、「君」＝清少納言の例がある。同じく定子の歌、前節末で触れた、二年前の端午を描いた九六段の後半「元輔《もとすけ》がのちといはるる君しもや　こよひの歌に　はづれてはをる」である。

定子の「わが心」がどのような「心」であるかは、最初に述べたように説が分かれている。そのうち、彰子立后による寂寥・失意、天皇に対する「及ばぬ恋」（イ）という、定子の「悲境」と直結させる説は、上の句を「人が皆、彰子らをもてはやす今日」と解釈することが前提である点、しかし彰子や道長周辺は当時そのような状況には無かった点で無理がある。道長は大病を患っており、新后彰子は今内裏にはいるが、道長の権勢の存続自体が不透明という、「花や蝶や」にはそぐわない情勢だった。史実を踏まえれば、むしろイ説は不当であり（定子の今内裏退出後、まだ一ヶ月半でもある）、それ以上に、「青ざし」の献上自体にあまり意味を見出していない点に難がある。

また、懐妊中の我が子を思う気持ち（ロ）も、悲哀と慶事の違いはあるが、本文中には書かれていない定子の立場を根拠とする点は、イ説と同じである。圷氏は端午が「世継ぎのための節日」であることを繰り返すが、最終的には「まだ見ぬ我が子を思う気持ち」を強調されている。「世継ぎ」に注目するなら、まず取り上げるべきは、明記された（親王宣下を受けて間もない）「若宮」であろう。宮々の長命に加え、「若宮」の皇位継承が、定子の祈りの一つであったはずである。ちなみに行成は、定子崩御から一年経たない長保三年十月二十三日の内裏御庚申での管絃を批判する際に、「皇后（定子）は国母なり」と記している（『権記』）。また、清少納言の献上の意図に、懐妊への配慮も含まれていたことは考え得るが、「青ざし」を単に滋養の為の物と見るのはいかがであろうか。両者がこれまでに積み重ねてきたものを、より一層重視すべきではないのか。

第三節までに見た本書の端午の独自性や定子の志向を踏まえると、本段で主従の共有する「心」が、懐妊中の宮に対する思いだけということは無いだろう。個性的で新しい美を求める美意識（二）が含まれるはずである。上の句「みな人の花や蝶やといそぐ日も」との対比からも、そう考えられる。清少納言は、「若き人々」が作り「姫宮若宮」に付けて興じる通常の端午の「薬玉（続命縷）」に飽き足らず、新奇な折に合う唐菓子の「青ざし」を得て、「節供（御膳）」として、「ませ越し」に進上した（しかも同時に忠誠心を表わした）。下の句は、そのことへの共感・感謝の言葉である。両者の美意識・姿勢が合致した。

定子は、行動範囲に種々制約があり、清少納言のように牛車で出かけ、夏の「山里」の躍動的で新奇な野性の美（例えば二〇七段末尾、二〇八段）に直接触れることは無かったであろうが、精神的にはアクティブであった。囚われない、枠に収まらない、自由で積極的な人である。

それは、「引き破らせたまひて書かせたまへる」というしぐさにも表われている。「破る」は本書中、唯一の例で、物を「投げ」るのも、定子の二例のみであった（九六・九八段）。定子の逸脱は、精神、言葉（女性間での会話・手紙での詩句の利用や洒落）、趣向（年中行事の創造、絵手紙など）などもあるが、しぐさも例外ではない。*23

そもそも本段は、二二三段から二二六段まで、定子から自筆の和歌を女房が戴いた話が連続する中に置かれている。各段、内容だけでなく様々な書き方や「紙」の工夫による定子の相手への思いやりが見られる。本段の「この紙」は、「青き薄様」である。清少納言も以前、斉信が白詩の対句の前半を書いて寄越した紙そのものに、詩句の後半を踏まえて、「草の庵りを　たれかたづねむ」と「炭」で書き添え、返していた（七九段）。「青き薄様」は、「草の庵」にこそ合う。本段も、端午の「青ざし」に同意・賞賛する「わが心」にふさわしい（なお両段共に、歌物語の『伊勢物語』の歌の書き方、前者は狩の使いの段の「炭」で書く、後者は初段の破って書くとの共通点がある）。定子も、清少納言と同様に、言葉だけでなく書き方・渡し方を含めた全体で、「わが心」を表現していた。

さて、その新しさの追求が、宮中ならぬ「三条の宮」で行われていることにも、留意しておきたい。井上氏は本段の清少納言の言動について、「文学的機知」という観点から二一段の「君をし見れば…」への改作や、さらに遡って一七六段の村上天皇の女蔵人による「雪《ゆき》月花の時（最も君を憶ふ）」の返答との類似を指摘されている。確かに、古歌や詩句を利用した赤心の表明という点では共通するが（二一段とは千代の祈りも共通）、違いにも注意したい。清涼殿で、満開の桜の下、『古今集』による「みやび」を追求した二一段と異なり、本段は、大内裏内ですらない受領の家を舞台としている（中心を離れた場所での「みやび」の実践という点は、『伊勢』の平安京ならぬ、初段の大和国の平城京での例や、惟喬親王章段の水無瀬や小野での例にも似ている）。また、前述したように、言葉だけでなく、端午に唐菓子の「青ざし」を供えること自体に意味があった。定子らによる「文化の牽引」「文化的実践」（井上氏）は、「文学的機知」だけではない。本段は、二一段と異なり、種々枠を越え出ている。

また藤本氏は、「雅びであり続けることが、定子の存在意義を保つ唯一の方法」とされる。しかし、氏自身が触れられた『栄花』の「御子たちあまた」ほどの強調ではないが、本段が記す「姫宮　若宮」の存在も重要である。

つまり、宮廷ではないこここそが、后や「姫宮　若宮」が揃い、文学的機知だけではなく、年中行事の革新を、文化の創造を続ける「宮」なのである。かつては清涼殿や登花殿、道隆薨去後は職御曹司がそうであったが、今はここが主従の共同作業による文化の発信地である。定子は今年も、后宮として、毎年恒例の天皇や東宮と同様の典薬寮の菖蒲机や、糸所の薬玉の公的献上を受け、さらに今上の「姫宮　若宮」の（そして第三の宮すべての）母であるだけでなく、文化面でも后であり続けている。本段は后らしさが凝縮されている。実際には不如意の面も少なくなかったが、本段に描かれた定子は、「名ばかりの皇后」では決してない。末尾の「いとめでたし」は、清少納言の意図を瞬時に理解し、応えたことに限らず、それらすべてを含んだ、変わらぬ后としての定子に対する賛辞であろう。田畑氏に拠ると、定子への「めでたし」は長保年間に復活し、道隆生前の容姿・衣装の賛美を含まず、「中宮として本来あるべき姿で描かれる時」に用いられるという。「いとあはれなり」でないのは当然である。

おわりに

長保二年五月五日。私的な献上の薬玉に添えられていた、麦で作られた「青ざし」という珍しく滋養にも良い「唐菓子」を、清少納言は粽ならぬ新奇な端午の「節供」として献上しようと思った。しかし、普通の方法では定子は満足しない。常に、知的でしかも相手への思いやりのある言葉や趣向を、定子は自身が実践し、相手にも求めてきた。引歌の『六帖』歌の「ませ越しに麦はむ駒のはるばるに」は、「馬」に因む端午に、「麦」の菓子の、直接的ではない到来物の献上に合っている。しかも「ませ」は、馬柵以外に「花」を守る籬でもあって、外から中にいる大切な宮様方への献上にふさわしい。さらに下の句「及はぬ恋も我はするかな」によって、宮をお慕いする気持ちはなかなか届きませんと、やや屈折した表現だが赤心を伝えることができている。このような清少納言による「青ざし」の献上と、その際の言葉や趣向の意味を、定子は瞬時に理解し満足した。端午の今日、若い人達は長命祈願の薬玉を作って子供達に付けるのに夢中になっているけれども、それだけでは当たり前すぎて創意工夫に欠ける、もっと独創的でいたいと思う私の心を、貴女はわかっていたのですね、貴女の思いは届いていますよ。そのことを伝える為に、上の句に「籬」に応じて「花」を、そしてこれらの縁語であり、「青ざし」と同様に「唐」ゆえの珍しさがあり、穀物にも因む「蝶」を、子供達の比喩として詠み込み、下の句では思いを率直に述べた。「青き薄様」に書いたのは「青ざし」こそ「わが心」ということであり、引き破るしぐさは囚われたくない定子にふさわしい。創造・逸脱の姿勢、知的でしかも相手への思いやりのある言葉や趣向は彼女の常である。創造し続ける定子の変わらぬ后らしさと、成熟した主従関係が描かれている。

成熟という点について補足しておくと、出仕直後に「われをば思ふや」「いかにしていかに知らまし」（一七八段、前掲Ⅰ）と聞かれ、その後も問いへの答えを重ね、期待に応え続けた清少納言は、「わが心をば君ぞ知りける」と言われるまでに信頼を得、理解し合える関係になっていた。宮仕えの最初と最後に、対照的で象徴的なやり取りが記されているとも言える。

一七八段と本段との関係では他に、定子賛美の季節が冬春から夏へと変化した点も注目される。寒中から立春の頃の一七八段に始まり、宮仕え賛美が春のうららかな日差し（特に朝日）の下に描かれてきたが（二一・一〇一・二六二段など）、長保二年の「今内裏」での春には、定子の存在があまり印象付けられていない。陽光の下に天皇が笛を吹く姿を描く段（二二九段）は冒頭に御在所が示されるのみで、定澄の任別当の慶賀（一〇段）には定子は全く登場しない。翁丸の段（七段）では「御鏡《かがみ》を持たさせたまひて　御覧ずれば…御前《おまへ》にも　いみじうおち笑はせたまふ」のみが直接的な描写で、四七段は後半に天皇と定子が登場するが、今内裏という場所が明記されず、行成と清少納言との信頼関係の連続性によって、前半の三年前の職御曹司での出来事と繋げた特異な段である。本書は晩年の定子を「春の上」として賛美しようとはしていない。最後の記事が「夏」の端午であるのは、偶然ではなく、宮々の長命や皇位継承の予祝に加えて、定子賛美の季節の推移もあったと考えられる。

季節の変化は、定子に関る色や比喩の変化でもある。雪の「白」や早春の「薄紅梅」「紅梅」や「浅緑」から「青」へ。特に「紅梅」は、元輔が積極的に詠んだ植物であり（前掲㉜他）、字音語であることを含め、「唐」のイメージが強い。後に咲く「桜」は、定子との直結を避け（二一段）、通念的・絶対的な美の代表、ある意味陳腐な存在として位置づけられ（例えばFの破線部）、積極的に魅力を語ることをしない。また紙の色も、一七八段（Ｉ）では定子が「浅緑なる薄様」に歌を代筆させ、清少納言の思いをただしたのに対し、「薄く濃き」紅梅の歌で赤心を表明する弁解の返歌をした。一方本段では、逆にまず清少納言から敬慕する意の言葉を述べ、定子も「青き薄様」で答えた。最初に「浅緑なる薄様」、最後に「青き薄様」に書いた歌を戴いたとも言える。「かみ（紙・神）」は初出仕以来の二人の紐帯であり、本書の成立にも関るキーワードである（他に二二六・二六一段や跋文など）。

最後に、定子や清少納言が型どおりではない新しさを追求する際の拠り所として、「唐」の知識（風俗、故事、漢詩文、漢語、字音語など）があったことについて述べておきたい。本段の場合は、しいて挙げれば唐菓子や「蝶」だが、他の端午の描き方には「楝」や屈原の故事が関わっていた。また、会話や手紙でそれらの知識を用いる際、常に相手への思いやりがあることは、他の和歌などの場合と同様である。「唐」の知識は、古歌や歌言葉が共同体の紐帯であるように、単なる知的な飾りではなく、知識の共有自体と、言葉の内容によって相手を思いやる、我が心を伝えるという、二重の意味での紐帯である。ここでは、結びつき自体が本質と言えるだろう。また、それゆえに、知識を類書などから手軽に得たか否かも問題ではない。共有と使い方に意味がある。なお、定子は薄葬の「遺令」（『権記』長保二年十二月二十一日条）などから、漢才の本質（儒教的徳義・仁愛）も弁えていたと言える。やはり后なのである。

注

＊1　以下、章段番号・本文・勘物は、津島知明氏担当の『新編枕草子』（おうふう、二〇一〇年）のそれらに拠るが、元が漢字表記である場合の（　）付きのルビは省く。諸傍線はすべて、『枕草子』も他書も引用者が付した。なお

本稿は、中島が担当した同書の脚注・補注と重なる部分もあるが、追加・修正も多い。歌集の本文・番号はすべて『新編国歌大観』に拠るが、漢字を当てた。仮名散文は、『三宝絵』は『新日本古典文学大系』、他は『新編日本古典文学全集』に拠る。史料は『大日本古記録』『史料纂集』『新訂増補国史大系』『故実叢書』『図書寮叢刊』に拠り、句読点を付した。漢文・漢詩は私意に拠る訓読文で挙げた。漢文の割注は、〈 〉に入れている。

＊2　内田正男氏編著『日本暦日原典　第四版』（雄山閣出版、一九九二年）に拠る。

＊3　藤本宗利氏『枕草子研究』（風間書房、二〇〇二年）所収「「三条の宮におはしますころ」の歌語り」。

＊4　圷美奈子氏『新しい枕草子論　主題・手法　そして本文』（新典社、二〇〇四年）の第二章のⅰ「五月五日の定子後宮――まだ見ぬ御子への予祝――」、同ⅱの第四節「五月五日の「あやめ」の歌―子供への予祝」。

＊5　田畑千恵子氏「定子晩年章段の語りと表現――日記的章段のかたち」（『國文學』41-1、一九九六年一月）。

＊6　飯島さとか氏「枕草子研究――長保二年の定子――」（『国文』92、二〇〇〇年一月）

＊7　勇晴美氏「失われた節会への愛惜――枕草子の五月　三六段、八五段、二〇五段の五月節――」（中野幸一氏編『平安文学の風貌』武蔵野書院、二〇〇三年）。拙稿「枕草子における今昔の対比表現に関する一考察」（『国文学研究ノート』20、一九八七年六月）、「枕草子」（山中裕氏編『古記録と日記　下巻』思文閣出版、一九九三年）でも、同趣旨を述べた。なお勇氏は、清少納言の推定生年で『蜻蛉日記』上に「桟敷」での見物が記された康保三年（九六六）の端午が村上朝の最後の武徳殿行幸であること、花山朝の寛和二年（九八六）五月二十六日の武徳殿行幸・節会（『紀略』）を清少納言が見聞した経験が本書での愛惜に影響した可能性があることも指摘されている。

＊8　北山円正氏「五月五日とあやめ草」（『神女大国文』20、二〇〇九年三月）。

＊9　後藤祥子氏「五月五日」（山中裕氏・今井源衛氏編『年中行事の文芸学』弘文堂、一九八一年）。

＊10　塚原鉄雄氏「清少納言の嗅覚（五・七）」（『明日香』29-4・7、一九六四年四月・七月）。

＊11　拙稿「『栄花物語』の和歌と歌言葉――伏線としての「思ひきや」と須磨巻引用を中心に――」（『礫』260、二〇〇八年六月）で、物語中の機能などを論じた。返歌の型は、地の文を含め『栄花』正篇に多用される他、『赤染衛

門集』に散見し、和泉式部にも例歌が複数あるが、『紫式部集』や『源氏』には見られない。三人が共有し、清少納言は視覚的な美、和泉は男女関係の悲哀、赤染は更に広い人間関係での悲哀に使い分けた言葉の一例である。
＊12 中村裕一氏『中国古代の年中行事　第二冊　夏』（汲古書院、二〇〇九年）の「五月」から抜粋・要約。
＊13 九六段も、「げにぞ〈かしがまし〉と思ふばかりに鳴き合ひたる時鳥の声」という描写を含め、『大和物語』二四段の醍醐女御藤原能子の歌「ひぐらしに君まつ山の郭公とはぬ時にぞ声も惜しまぬ」を踏まえるか。
＊14 車田直美氏「「尋郭公」考」（『中古文学』54、一九九四年十一月）。元輔・能宣他の例が挙げられている。
＊15 『源氏』絵合「さるべき節会どもにも、この御時よりと末の人の言ひ伝ふべき例を添へむとおぼし」参照。
＊16 拙稿「源氏物語の道教・陰陽道・宿曜道」（増田繁夫氏・鈴木日出男氏・伊井春樹氏編『源氏物語研究集成　第六巻　源氏物語の思想』（風間書房、二〇〇一年）などでも述べた。
＊17 西本昌弘氏編『新撰年中行事』（八木書店、二〇一〇年）。本文の括弧・句読点・ルビは、引用者が加えた。
＊18 『万葉集』三・挽歌・四二六・山前王「…郭公鳴く五月には菖蒲草花橘を玉に貫きかづらにせむと…」等。
＊19 増田繁夫氏『和泉古典叢書』や東望歩氏（『新編枕草子』付図「貞観殿」解説）らの説。なお御匣殿別当以外の中宮三役は、掌侍が馬の内侍（『拾遺抄』『如意宝集』等）、宣旨は高階光子（『栄花』浦々の別）か。
＊20 井上新子氏「『枕草子』「三条の宮におはしますころ」の段考――定子後宮における文学的機知という視点からの試解――」（浜口俊裕氏・古瀬雅義氏編『枕草子の新研究――作品の世界を考える』新典社、二〇〇六年）。
＊21 行成は、長保二年十月二十日に、「餅餤」を道長・彰子にも献上している（『権記』）。
＊22 山田利博氏「『枕草子』「三条の宮におはしますころ」段についての一試解」（『宮崎大学教育文化学部紀要』9、二〇〇三年九月）。なお、「青ざし」の「庶民的な目新しさ」に疑問を呈された点には同意したい。
＊23 定子の女房達も、局から清涼殿に慌てて走って向かったり（一三七段末）、大内裏を探検して陰陽寮の鐘楼に登ったり官庁の椅子を倒したりしている（一五六段）。

【信仰・習俗・儀式】

『枕草子』の宗教関連章段考——仏事の声を中心に——

園山千里

はじめに

平安時代は律令時代に多大な影響を受けていた唐文化からの離脱による「国風文化」[*1]の隆盛期でもあり、律令国家体制の崩壊による社会変動が生じた時代である。浄土教の発達、私的密教修法の発達などと相俟って、個人の価値観も変わらざるを得ず、信仰意識も変化していく。信仰形態は密教修法、寺院や霊場への参詣、読経、念誦、写経、造仏など多種多様である。よって人々は現世利益や来世希求など、祈願の種類によって信仰形態を柔軟に使い分けるようになる。[*2]そのような時代状況のなかで、文学作品にはいかなる宗教場面が描かれるか。『枕草子』の宗教関連章段について考えていきたいと思う。

『枕草子』にはどのような宗教関連章段があるのか、そして、そのような章段は後世の読者にいかに受け取られていたのか。まず、三巻本『枕草子』[*3]における宗教に関するすべての章段と内容についての整理を行う。それを踏まえて『枕草子』独自の仏事に関わる表現、とくに読経や修法などに携わる人物に関する美的表現について述べていきたい。

一　清少納言批評における「真名」

紫式部が清少納言を強く意識していると思われる顕著な例として、次の『紫式部日記』の文章はあまりにも有名であろう。

清少納言こそ、したり顔にいみじうはべりける人。さばかりさかしだち、真名書きちらしてはべるほども、よく見れば、まだいとたらぬこと多かり。[*4]

「清少納言こそ」と係助詞の「こそ」を使って、はじめに清少納言の名前をあげることからもわかるように、名前を前面に押し出すこの記述があまりにも強烈な印象を与えるためか、紫式部の清少納言への対抗意識を考える際に引き合いに出されることが多い一文である。両者の対抗意識を問題にするには格好の材料となるが、清少納言側からの紫式部批評はうかがい知ることができない。[*5]

『紫式部日記』は清少納言が「真名」を書き散らすことについて厳しい意見を述べているが、はたして清少納言は紫式部に非難されるほど、それほど「真名」を書き散らしていたのだろうか。「真名書きちらしてはべる」とは一体何を指していっているのかが問題となろう。この点についてはいくつかの指摘がある。まず「真名書きちらしてはべる」とは、『枕草子』にみられる漢籍を使った「自讃談」[*6]のことを指すのだろうといわれている。[*7]一般的に「自讃談」と呼ばれる章段の清少納言の返答をみると、そのほとんどが漢籍を取り入れた形式となっている。それゆえ「真名書きちらしてはべる」と批評されても致し方ないかもしれない。

次に、漢籍だけでなく、仏典に関わる言説の多用についても批判の対象となり得たと指摘されている。[*8] たとえば、「小白川といふ所は」（三三段）や「御方々、君達、上人など、御前に」（九七段）などの章段に、仏典を絡めた語りの展開がみられる。前者は、法華八講を中座する清少納言に義懐が、『法華経』方便品の一節「是ノ如キ増上慢ノ人退クモ亦佳シ」を踏まえてその振舞を笑い、それに対して清少納言も方便品を踏まえて切り返す。後者は、『法華経』方便品の「十方ノ仏土ノ中ニハ、唯一乗ノ法有リ。二モ無クマタ三モ無シ」を踏まえて、中宮からの問いに自分が一番でありたいと答える清少納言のやりとりがみられ、女房たちに「一乗の法」だとからかわれる場面である。どちらも清少納言の言動を揶揄する場面で『法華経』を踏まえた応酬がみられるのである。『枕草子』以後の作品、特に『源氏物語』が仏典や仏教知識を物語展開に巧妙に導入するのとは異なり、『枕草子』は直接的にわかりやすいかたちで仏典を作品に取り入れている。なおかつ、諧謔を伴った出来事のなかで、笑いを誘うために『法華経』を踏まえた語りが展開されることが多い。そのような行為は紫式部の感性からは受け入れがたいことであり、清少納言批評に至った要因のひとつだと思われる。

『紫式部日記』は「真名」の実体を具体的に記さないため推測の域を出ないが、「真名書きちらしてはべる」という批評に至った要因として、清少納言の漢籍や仏典使用は十分に考えられよう。

二　仏事の諸相――宗教関連章段の整理

『枕草子』にはどのような仏事関連の章段があるのか全体像を確認してみよう。個々の章段については、『枕草子』の仏教や信仰を考察する先行研究において、すでにふれられているが、『枕草子』の宗教関連章段の基礎的研究として全体像を提示しておきたい。三巻本『枕草子』をテキストとして、仏事に関連する言葉・行為を見いだせる章段を余すところなくあげた。会話の中で仏教関係の言葉が使われているもの、寺の鐘が聞こえるといったものまですべて宗教関連とみなした。以下のように大別すると五つに分類することができよう。

〔教典をめぐる言説・法会〕

「経は法華経さらなり」（一九六段）と始まるように、ほかの仏教経典と比較しても『法華経』が『枕草子』に及ぼした影響は大きいと言われている。[*9] 増上慢五千人が釈尊の説法から退出しようとする「方便品」の話を踏まえた義懐と清少納言とのやりとり（三三段）、一仏乗を説く『法華経』の教義を踏まえて仲間の女房たちから清少納言がからかわれること（九七段）、「如来寿量品」を暗誦する男の姿（一八二段）、「提婆達多品」を踏まえた和歌の伝聞（二八八段）がある。『法華経』の経文ではないが、仏語をさりげなく使う従者（七一段）、勤行した暁に仏になるすばらしさを説く中宮定子（一二四段）のことばがみられる。

法会に関する章段としては、「説経の講師は、顔よき」とはじまる説経聴聞（三一段）、八講中に帰宅を催促する和歌（三二段）、聴聞中に隣り合う男女の姿（二四八段）、説経を聞く時の振舞について（二二一段）、道隆主催の一切経供養（二六〇段）、道隆の追善供養（一二九段）、盆供養（二八七段）がある。

御仏名については、御仏名の翌日の出来事（七七段）、雪が降らない御仏名（九四段）、中座した御仏名の帰り道の情景（二八三段）にみられる。また、遠くて近いものとしての「極楽」（一六一段）、『寿命経』（二五九段）、『陀羅尼経』（二〇〇段、一本三段、一本二三段）についての言説がみられる。

〔参詣・参籠、願文〕

参詣・参籠場所には、清水（一一六段、二一三段、二二五段、二三八段）、長谷（三六段、一一〇段、二一二段、一本二七段）、稲荷（一五二段）、賀茂（二一〇段）、太秦（二一一段）がみられる。これらの地名は寺や仏、神についてあげる章段（一九五段、一九七段、二六九段）にもみられる。また、藤原宣孝の御嶽参詣（一一五段）。場所は明示されないが、参詣中の風流な装い（九四段）、任官祈願の物詣（二三段）についての段もある。神仏に立願する願文については、寺や神社においてよどみなくよみあげる願文（二九段）、博士が作成する願文（八四段）、漢文の書のひとつとしてあげられる願文（一九八段）がある。

〔法師〕

法師についてはさまざまな視点から言及されている。[*10] 法師のことばについて（四段）、修行の苦労（五段）、法師を子に持つ母親の苦労（六八段）、女法師の登場（八三段）、夜居の僧（一二〇段）、太った法師（一四三段）、法師について（二六八段）、法師の出世（二七九段）、大きいほうがよいとされる法師[*11]（二一七段）、頼もしい存在としての法師（二四七段）、定澄僧都（二〇段）、声の良い僧（一八一段）がある。法師の長所・短所、両方の側面から述べられる。

〔加持祈禱、読経、修験者〕

物の怪調伏や病気治癒に従事する修験者や読経を行う人物について描かれている。祈願のための御誦経（二一段）、修験者の苦労（二三段）、物の怪調伏（二六段、一五一段）、結願のための物忌み（八〇段）、勤行を勤める阿闍梨

（二一九段）、加持祈禱について（一二二段）、季の御読経に携わる威儀師（一五〇段）、経をよむこと（一五二段）、読経について（一五九段）、経をよむ時間（二〇〇段）、「きらきらしきもの」としての修法（二七六段）がある。

〔仏事に関する物・音〕

水晶の数珠（四〇段）、蓮の葉（六四段）、鐘の音（七〇段、一七四段）、巻数（一三二段）、九条の錫杖・回向文（二六一段）。

以上のように、さまざまな側面から仏事が描出されていることがわかろう。神事についても参詣・参籠場所にみることができるが、宗教関連全体からみてみると、その登場機会は少ない。いずれにしても『枕草子』執筆時における宗教の諸相をみることができるわけであり、『枕草子』は宗教に関する経験や知識を駆使して、章段内の語りをより豊富なものにしていったのだろう。

三　宗教関連章段とのつきあい方

平安時代の貴族階級の女性たちがいかに仏教を受容していたかをみるうえで、『枕草子』は最良のテキストであると松尾恒一[*12]は述べている。『枕草子』と同時代の作品『三宝絵』が、源為憲が尊子内親王のために仏教を啓蒙したものであるのに対して、『枕草子』は女性がいかに仏教を受容していたか、その情況を考えるさいの「証言」に成り得るというのである。その上で、平安中期の貴族社会では密教・修験道・陰陽道が重要な役割を果たしていた、と松尾は『枕草子』の記事から指摘する。また、松岡智之[*13]も仏教受容を知るうえの手がかりとして、『枕草子』の仏教関連記事に着目している。『枕草子』には経典の一部が巧妙な会話として利用されたり、経典を口ずさむ僧侶が登場するが、そのような仏教経典の「言葉」の共有が、学問・教養としての仏教受容のあらわれであったのだという。松岡は仏教思想の浸透力を仏教経典の「言葉」利用からみていくことで、「学問・教養」としての仏教受容を指摘するのである。たしかに先の分類表でも確認したように、『枕草子』は仏事に関する知識や情報を作品の中に多く取り入れている。その点で、仏教受容を知る重要な材料を持っているといえよう。

しかし、その素材を手がかりとしてさらに踏み込んで考察するには難しい面もある。よく知られているように、『枕草子』には寺院や参詣・参籠を題材としながらも、信仰とは異なる方向に話が展開することも多く、『枕草子』論として宗教の問題を考察するには問題が多かったのも事実である。たとえば、太秦への参詣の記事である。

八月つごもり、太秦に詣づとて見れば、穂に出でたる田を、人いとおほく見さわぐは、稲刈るなりけり。「さ苗取りしか、いつの間に」、まことにさいつごろ、賀茂へ詣づとて見しが、あはれにもなりにけるかな（二一一段）

稲の成長を『古今和歌集』（秋上）「昨日こそ早苗取りしかいつのまに稲葉そよぎて秋風の吹く」と絡めて、秋が到来する情景を「あはれ」であると賛嘆した文章となっている。「さ苗取りしか、いつの間に」を和歌に還元することがこの章段の眼目であり、参詣先の記述は一切ない。これは参詣に関する章段に顕著な叙述方法であり[*14]、たとえば仏事に関しても、その周辺を描くのみで仏事が中心的話題になることは少ない[*15]。仏事一辺倒にはいかない『枕草子』は、仏事という観点から立ち入ることに困難をようしていた。さらに『枕草子』には当然のように仏事以外の記事もあり、さまざまな種類の話題が混在としている。それこそがいわゆる「随筆文学」といわれる真骨頂でもあるのだが、そのような特質を内包する『枕草子』において、仏事のみに焦点をあてるのは『枕草子』の全体像のほんの片鱗にふれるのみであり、それゆえ当時の平安仏教の辞書的紹介としてふれられることが多かったのも事実だろう。平安仏教を例証する資料的価値として『枕草子』は扱われる可能性を十分持ち得ていたのである。また、仏事を独自の観点で描写する『枕草子』は、ときに仏事に対する姿勢が不謹慎であるとして清少納言の信仰如何にすり替えられる危険性も伴っていた。

『枕草子』には当時の仏事に関する話題が頻繁に登場する。そのため仏教を知る手がかりとして扱うこともよいとは思う。平安仏教を知るためのひとつの目安となるのは確かだからである。しかし、『枕草子』という作品に記されたときから、すでにそれらの仏事は『枕草子』の表現世界に絡められていることを決して忘れてはならないのである。その表現をいかに読みとるかが、後世の私たちに課せられた問題なのではなかろうか。

しかし、ここで問題となるのは『枕草子』と仏教との関係である。『枕草子』は仏教といかに向き合おうとしていたのか。それとも、いったい向き合おうとしていたのだろうか。三田村雅子[*16]は『枕草子』には「罪や得らむ」と表現する罪意識が頻繁にみられるが、それは「清少納言の無意識に深く根を下ろした仏教への思いの篤さを物語る」と述べている。さらに、「枕草子は憑かれたように仏事空間を描きながら、なおかつそこからの脱線・逃亡を試みずにいられない文学」であると、清少納言にとって仏教は「はるかなる憧れの対象」であったという。なおかつ、「冷笑的に距離を置かずにいられない、アンビバレントな感情」を起こすものであるとも論じる。清少納言にとって仏教は身近な存在であるがゆえに、ある一側面だけでなく、多角的な視線を持ち得ることもできたということだろう。

沢田正子[*17]は軽薄な不信心の気配を禁じ得ないと、『枕草子』の「不信心」を認めながらも、宗教や信仰の世界を聖なるもの、尊きもの、かくあるべきもの、等という画一的な規範で捉えず、時には仏の怒りも恐れず、厭わず、彼女流の価値観、信念に基づき、いわば、いわゆる聖なる世界を俗に解放するような趣でわが意を披瀝して憚らないのである

と述べ、従来の美意識や価値観を超えた独自の世界を、信仰の面でも同様に取り入れていったのではないかと指摘している。これは『枕草子』の、ある意味混沌とした宗教世界を的確に表現した指摘であり、『枕草子』という作品の中で宗教関連章段の位置づけを試みる氏の方法論は、今後とも重要な論点になると思われる。

四　声を中心とする仏事の世界

『枕草子』は読経や修法などに携わる人物を美的表現でもって書きとめている。自らの声を発声して神仏との接触を得ようとする人々の姿である。ここでは、仏事を描く章段に特徴的にみられる祈りを捧げる人物の美、特に声の美に着目していきたい。*18『枕草子』の分析に入る前に、声による仏事がいかに重要なものかまず確認しておきたい。

『三宝絵』の年中行事のひとつとしてあげられる「比叡坂本勧学会」は、村上天皇の御代である康保元年（九六四）九月十五日に創始された。紀伝道の学生の中から志を同じくする者が集まり創始された勧学会の趣旨は次のようにある。

人ノ世ニアル事、ヒマヲスグル駒ノゴトシ。我等タトヒ窓ノ中ニ雪ヲバ聚トモ、且ハ門ノ外ニ煙ヲ遁ム。願ハ僧ト契ヲムスビテ、寺ニマウデ会ヲ行ハム。クレハ春、スヱノ秋ノ望ヲソノ日ニ定テ、経ヲ講ジ、仏ヲ念ズル

事ヲ其勤トセム。コノ世、後ノ世ニ、ナガキ友トシテ、法ノ道、文ノ道ヲタガヒニアヒス、メナラハム。[*19]

内容としては、はかない世俗の生活から逃れるために、晩春と晩秋の十五日と日を決めて西坂本の一堂に集い、僧と契りを結び『法華経』を講じる勤めをしようということである。「法ノ道、文ノ道」と仏道と文章道を並列して述べる点からもわかるように文人趣味的色彩が強い集まりだと言われている。[*20] 具体的には以下のような展開で行われた。

十四日ノ夕ニ、僧ハ山ヨリオリテフモトニアツマリ、俗ハ月ニ乗テ寺ニユク。道ノ間ニ声ヲ同クシテ、居易ノツクレル、「百千万劫ノ菩提ノ種、八十三年ノ功徳ノ林」トイフ偈ヲ誦シテアユミユクニ、ヤウヤク寺ニキヌルホドニ、僧又声ヲ同クシテ、法花経ノ中ノ、「志求仏道者、無量千万億。咸以恭敬心、皆来至仏所」ト云偈ヲ誦シテマチムカフ。十五日ノ朝ニハ法花経ヲ講ジ、夕ニハ弥陀仏ヲ念ジテ、ソノ、チニハ暁ニイタルマデ、仏ヲホメ、法ヲホメタテマツリテ、ソノ詩ハ寺ニヲク。(中略) 僧モ互ニ法花経ノ、「聞法歓喜讃、乃至発一言、即為已供養、三世一切仏」トイフ偈、又、竜樹菩薩ノ十二礼拝ノ偈等ヲ誦シテ夜ヲアカス。

十四日夕方に、叡山の僧二十人と大学寮紀伝道の学生二十人、つまり聖と俗とが一堂に会し、互いに声を同じくして、白楽天の詩と『法華経』の偈を誦して音の唱和をつくりあげ、十五日の朝には『法華経』を講じ夕には弥陀仏を念じ、その後は暁に至るまで漢詩を作り、詩文や偈を朗詠・吟詠して仏を讃えて夜を明かしたという。このように講経、念仏、偈や詩文の朗唱を主軸とする仏事について『三宝絵』は、

娑婆世界ハコヱ仏事ヲナシケレバ、僧ノ妙ナル偈頌ヲトナヘ、俗ノタウトキ詩句ヲ誦スルヲキクニ、心オノズカラウゴキテ、ナミダ袖ヲウルホス

と、声によって成し遂げる仏事の意義について述べている。傍線部の言葉の原典となるのは『唯摩経』菩薩品の

「音声と語言と文字とを以て仏事を作す有り」であり、それをさらに天台大師智顗撰とされる『金光明経玄義』において「此の娑婆国土は音声もて仏事を成す」と説いた一句を、文学史上はじめて『三宝絵』の勧学会が集約したものであった。仏事は声をもってはじめて意味を成すものなのである。[*21] たとえば、『法華経』は経典自体が、長行（散文）と偈頌（詩）の繰り返しから成り立つように経文を読誦することを基本としている。仏教の世界は音と声によってつくりあげられることを目的としているわけである。そのような音声による仏教的世界を芸術的に高めあげ、ひとつの〈場〉として再現したのが法会という仏事であろう。法会とは、仏教に関する儀式、法要・追善供養・法華八講などを指し、国家的なものから私的なものまでその規模も様態もさまざまである。法会は多くの人に仏教を伝える〈場〉である。人々が法会に聴聞するのは、厳粛な法会の法悦に浸り結縁を得るため、また導師（講師）による一流の説教を聞くためである。寺院へ参ること自体が功徳であり、『三宝絵』下巻「修正月」の冒頭には、年頭の祈念として「一歩モ寺ニムカヘバ、百千万劫ノツミヲケツ」と、一歩の寺への歩みによる滅罪の功徳を説いている。同じく、『三宝絵』「山階寺涅槃会」にも『涅槃経』を典拠として、「此会ヲオガミ、此経ヲキクモノ、ハジメテ身ノ中ノ仏ノタネヲアラハス」と、法会聴聞が善根となり仏性をあらわすことを明確に主張しているのである。このような法会は、貴族だけではなく一般の民衆にも結縁の機会を広げていく。

『枕草子』の法会には清少納言をはじめ、法会に集う人々の様子が鮮やかに語られる。導師（講師）の姿やその挙動が描かれるとともに、法会に集う聴衆の位相がみられ、法会において聴衆が中心となる語りが展開される。[*22] 一方で、加持祈禱をする僧や、誦経をする人物も描かれる。個人が声の仏事に従事する場面である。『枕草子』はどのようにそのような人物を捉えていたのだろうか。まずは修法や読経に関する章段をみてみよう。

・修法は、奈良がた。仏の護身どもなどよみたてまつりたる、なまめかしうたふとし（一二二段）

・たのもしきもの　心地あしきころ、伴僧あまたして修法したる（二四七段）

どちらも修法についてのものだが、前者は仏の護身法を読みあげる尊さについて述べたものであり、後者は病で伏せった身を勇気づける感謝のあらわれとして修法を捉えている。「きらきらしきもの」（二七六段）には、

孔雀経の御読経、御修法。五大尊のも。御斎会。（中略）尊星王の御修法。季の御読経。熾盛光の御読経

と、公や宮中で行われる儀式としての読経や修法が列挙してある。そのなかでも、「季の御読経」は春秋の二季に宮中で行う『大般若経』を衆僧が読誦する儀式で、国家の安寧と玉体の安穏を祈る行事である。「えせものの所得るをり」（一五〇段）には「季の御読経の威儀師。赤袈裟着て、僧の名どもをよみあげたる、いときらきらし」とあるように、読経自体は当然のごとく「きらきらしきもの」であるが、威儀師が僧侶の名簿を読み上げる、その声にも威儀正しい立派な姿をみている。

また、

たふときこと　九条の錫杖　念仏の回向（二六一段）

と、尊きこととして錫杖の儀礼に発声される頌文と、称名念仏の後に『観無量寿経』を唱える回向文をあげている。このように、崇高な理念として修法や読経などを描く章段の存在は、『枕草子』成立時において声における仏事の意義が的確に把握されていたことを証明づけよう。

「うらやましげなるもの」（一五二段）には、

経など習ふとて、いみじうたどたどしく忘れがちに、かへすがへす同じ所をよむに、法師はことわり、男も女も、くるくるとやすらかによみたるこそ、あれがやうにいつの世にあらむとおぼゆれ

と、経典を流暢によむ法師や男女が登場している。経を「よむ」とは声に出して読むことであり、その願望が「あ

れがやうにいつの世にあらむ」という言葉に込められている。『三宝絵』「比叡坂本勧学会」に声の意義が集約されていたように、この章段には当時の経典に対する人々の心構えや願望が見事に凝縮されている。経典を「くるくるとやすらかに」読誦することは、声による仏への接近を意味しており、それゆえ願望のまなざしで、『枕草子』はこれらの人々をみつめるのである。

「正月に寺に籠りたるは」（一一六段）は、清水寺参籠中の出来事である。清少納言は局という境界を隔てた空間から、聴覚を最大限に使用して、隣で祈りを捧げる人物の姿を想像している。

かたはらによろしき男の、いとしのびやかに額など、立ち居のほども心あらむと聞えたるが、いたう思ひ入りたるけしきにて、寝も寝ず行ふこそ、いとあはれなり。うちやすむほどは、経を高うは聞えぬほどによみたるも、たふとげなり。

さきほどの願望明示とは異なり、ひたすら祈りを行うその姿に好感と敬意を称している。思い詰めた様子で不眠不休に五体投地を行う男の姿を想定して「いとあはれなり」と述べて、耳に聞こえてくる読経の調べについて「たふとげなり」と形容するように、最大限の称賛を行っている。声でもって仏事をなす理想的な人物像が描かれているのである。

「心ゆくもの」（二九段）は、

神、寺などに詣でて、物申さするに、寺は法師、社は禰宜などの、くらからずさはやかに、思ふほどにも過ぎて、とどこほらず聞きよう申したる

と、法師や禰宜が流暢に快く願い事を申し上げたことは心地よいと述べている。滑舌のよい爽やかな発声は神仏の区別なく共通の認識だったことがわかる。ここでは読誦の神髄が、俗人（聴衆）の立場から端的に表現されている

のである。神仏との媒体となる法師や禰宜の勤めぶりは、俗人にとっては祈願を行うさいの声の質によって判断するしかない。同段はほかにも「物よく言ふ陰陽師して、河原に出でて、呪詛の祓したる」と「心ゆくもの」が羅列されており、やはり雄弁であることが法師や禰宜に要求されていたことがわかる。『枕草子』にとって読経や修法などに従事する人物は身近な存在として美的対象になり得たのである。

五　不謹慎な験者の姿

前節では美声や雄弁でもって仏事に従事する人物への理想像をみることができたが、一方でそのような規範から逸脱する人物についても『枕草子』は描いている。ここでは密教と修験道に携わる人物についてみてみよう。加持祈禱の修法は、旧来の社会秩序が崩壊する九世紀末から十世紀にかけて、つまり鎮護国家に対する祈願から私的な祈りへと変遷を遂げて、物の怪調伏や病気治癒などの民間における祈禱として機能するようになる。[*23] このように、祈禱が物の怪調伏や病気治癒などを目的とした個人相手に行われる場合、修験者はより身近な存在として世俗的な雰囲気を醸し出す存在として表現される。「病は」（一八一段）は、験者による病気治癒が行われるさいの、僧の不相応な振舞について描く。

御読経の僧の、声よき、給はせたれば、几帳引き寄せてするたり。ほどもなきせばさなれば、とぶらひ人あまた来て、経聞きなどするも隠れなきに、目をくばりてよみゐたるこそ、罪や得らむとおぼゆれ。

祈禱を行う部屋には見舞客が押し寄せている。見舞客の中には女性もいたのだろう。あろうことか読経を行う僧が、傍らで患者の快復を祈る女性の姿に目を奪われてしまうのである。「声よき」僧を採用したにもかかわらず、実相を判断するのは難しいことなのである。読経の中途で女性に目移りをする僧への嫌悪感は「罪や得らむ」という罪の受容によって表わされている。「目をくばりてよみゐたる」には、本来の勤めを忘却して世俗に囚われる中途半端な僧の姿を的確に表現していよう。

次にあげるのはどちらも読経を行う人物の場違いな睡眠についてである。不快なもののひとつとしてあげられている。

・聞きにくきもの　声にくげなる人の、物言ひ、笑ひなど、うちとけたるけはひ。ねぶりて陀羅尼よみたる（一本の三段）

・にはかにわづらふ人のあるに、験者もとむるに、例ある所になくて、ほかにたづねありくほど、いと待ち遠に久しきに、からうじて待ちつけて、よろこびながら加持せさするに、このごろ物の怪にあづかりて困じにけるにや、ゐるままにすなはちねぶり声なる、いとにくし（二六段「にくきもの」）

後者は、とくに急病人の祈禱のためにようやく探し求めた修験者であったため、期待を裏返した落胆が「いとにくし」という不快語に込められている。声の仏事に関わる者への願望が大きいため、そのぶん意気阻喪も大きくなる。

同じく睡眠に関する章段「すさまじきもの」（二三段）をみてみよう。

験者の、物の怪調ずとて、いみじうしたり顔に、独鈷や数珠など持たせ、せみの声しぼり出だしてよみゐたれど、いささか去りげもなく、護法もつかねば、あつまりゐ念じたるに、男も女もあやしと思ふに、時のかはるまでよみ困じて、「さらにつかず。立ちね」とて、数珠取り返して、「あないと験なしや」とうち言ひて、額より上ざまに、さくりあげ、欠伸おのれよりうちして、寄り臥しぬる。

修験者は「せみの声しぼり出だして」懸命に物の怪を退治する祈禱を行うが、思うような成果をあげられず、同席する男女に「あやし」と不信感を抱かせることになる。最終的には修験者自身も気力が萎えてしまい「あないと験なしや」と欠伸をして臥せてしまう。ここまでは先ほどの例と同様に睡眠に惑わされる修験者の姿であるが、この章段はつづいて、

いみじうねぶたしと思ふに、いとしもおぼえぬ人の、おし起こしてせめて物言ふこそ、いみじうすさまじけれ

と、修験者を起こす人物への周囲の配慮のなさが強調されている。[*24]「いとしもおぼえぬ人」と人物が限定されているが、たとえその人物の存在自体が疎ましいのであろうと、祈禱を無理強いするその人物の言動を非難することは、修験者への同情を意味するだろう。修験者の困難な仕事を客観的に、惻隠の情でもって捉えた場面であり、祈禱の結果のみを即座に求める同席者に対する批判へと話題が転じているのである。「苦しげなるもの」（一五一段）にも、

こはき物の怪にあづかりたる験者。験だにいち早からばよかるべきを、さしもあらず、さすがに人笑はれならじと念ずる、いと苦しげなり

と、祈禱の効験がないため笑い者となってしまうだろうと、物の怪の調伏を行う験者の立場から推量している。さらに、そのような験者について「いと苦しげなり」と同情の念を抱いている。批判だけでなく相手の立場になり、敬意をもって修者に接しようとする姿勢がみられるのである。

以上のように、『枕草子』は声による仏事の思想を理想的な人物像を登場させることによって表現していた。また、修験者に顕著にみられたように、理想から逸脱する人物に対しても、批判をしながらも最終的にはその人物に寄り添うかのような配慮の言葉を添える。声による仏事の意義を、仏事に従事する〈人物〉の視点から明確に表現しており、声の仏事に従事する困難さも併せ持って表現するのである。

おわりに

『枕草子』の宗教関連章段の整理、宗教関連章段に関する問題の所在、そして声に従事する人物について考察した。それらの人々について『枕草子』は、その行為が周囲の人々により批判の対象となったとしても、あくまでも当人への配慮をみせて、好意的に受け止めようと努める。それは声の仏事の意義を明確に認識していたからであり、その規範を外れた人物であったとしても温かなまなざしを向ける。それは仏事に関する敬意のあらわれとみることができるのではなかろうか。敬畏の念を持って当時の宗教を受け止めていた証しであろう。その宗教の有様を『枕草子』は仏事に従事する〈人物〉に焦点をあてて描写するのである。『枕草子』における〈人物〉を中心とする語りの方法は、宗教章段を考えるうえで重要な視点となるであろう。

注

＊1　「国風文化」と称することについては、一九九〇年以降の対外関係史や文人貴族に関する研究を通じて疑義や批判が生じている。そのような状況を踏まえて、「歴史評論」（二〇〇八年一〇月）は、「特集「国風文化」を捉え直す」において、国文学・考古学・歴史学それぞれの分野から「国風文化」を捉え直す新しい論点を提起している。

＊2　平安時代の信仰については、三橋正が『平安時代の信仰と宗教儀礼』（続群書類従完成会、二〇〇三年）において貴族社会における信仰について論じている。日本の宗教を信仰という側面から解明しようとする一連の論考は、平安貴族の信仰形態を考える上で示唆に富む。

＊3　使用テキストは、松尾聰・永井和子校注・訳『枕草子』（新編日本古典文学全集、小学館、一九九九年）による。

＊4　『和泉式部日記・紫式部日記・更級日記・讃岐典侍日記』（新編日本古典文学全集、小学館、一九九四年）。

＊5　清少納言への対抗意識については、拙稿「清少納言への対抗意識―「朝顔」巻の場合―」（監修鈴木一雄・編集小山利彦『源氏物語の鑑賞と基礎知識　薄雲・朝顔』至文堂、二〇〇四年）を参照。

＊6　「自讃談」という術語の問題点については、拙稿「『枕草子』―「自讃談」をめぐる覚え書―」（「立教大学日本文学第八十五号」二〇〇一年一月）において述べた。

＊7　『紫式部日記　紫式部集』（新潮日本古典集成、新潮社、一九九五年）には、「まな書きちらしてはべるほど」の頭注に「清少納言が漢字を書きちらしていたという資料はないが、『枕草子』には、漢学の才をひけらかしたところがいくつかあり、それらをさすのであろう」とある。

＊8　稲賀敬二「『枕草子』と『源氏物語』」（稲賀敬二コレクション6『日記文学と『枕草子』の探究』笠間書院、二〇〇八年）。

＊9　今成元昭「古典籍からの影響　枕草子と仏典」（『枕草子大事典』勉誠出版、二〇〇一年）は、『法華経』が『枕草子』に及ぼす影響は、他経典とは比較にならないほど甚大であるとして、『枕草子』における『法華経』と諸経典の使用箇所を指摘する。

＊10　三田村雅子は「「清少納言の信仰―「罪や得らむ」の周辺―」（「国文学解釈と鑑賞」一九九二年一二月）において、「清少納言が仏教者に心惹かれているとすれば、何よりもまずその言語芸術家としての側面であろう」と述べ、人々の願望を代弁・説得する「「法師」という言語芸術家はあなどれないライバルであり、挑発者であったに違いない」という。

＊11　松尾聰・永井和子校注・訳『枕草子』（新編日本古典文学全集、小学館、一九九九年）には、「大きにてよきもの」（二一七段）の「法師」の頭注に、「なぜ「法師」があげられているか不明」とある。田中重太郎『枕冊子全注釈四』（角川書店、一九八九年）は、「法師」の語釈において「体格のりっぱな法師。このころの法師は、運命を開く祈禱師でもあり、病気を治す医師でもあった。読経の声も大きく、頼もしく、心強く思えるから「法師」は大き

いのがよいのである」とある。

＊12　「『枕草子』に見る平安仏教」（『枕草子大事典』勉誠出版、二〇〇一年）。

＊13　「日常生活の中の仏教―学問・教養として―」（監修鈴木一雄・編集三角洋一『源氏物語の鑑賞と基礎知識　早蕨』至文堂、二〇〇五年）。

＊14　沢田正子「『枕草子』祈りへの歩み」（浜口俊裕・古瀬雅義編『枕草子の新研究　作品の世界を考える』新典社、二〇〇六年）にすでに指摘があり、氏は「寺院や社の状態、あるいは信仰、宗教への思いなどよりは、その前後の過程、物詣の途次の自然や人事の風物や風情などにより深い関心、興味が注がれている」と述べる。のちに、題目「枕草子の祈りへの歩み」として、沢田正子『源氏物語の祈り』（笠間書院、二〇一〇年）に所収。

＊15　この問題については『枕草子』の法会を軸として、拙稿「『枕草子』の法会～延慶本「得長寿院供養事」との対比を軸に～」（小峯和明編『平家物語の転生と再生』笠間書院、二〇〇三年）において述べた。

＊16　「清少納言の信仰―「罪や得らむ」の周辺―」（「国文学解釈と鑑賞」一九九二年一二月）。

＊17　「『枕草子』祈りへの歩み」（浜口俊裕・古瀬雅義編『枕草子の新研究　作品の世界を考える』新典社、二〇〇六年）。

＊18　『枕草子』の美の世界を「音」という感覚に着目することで、より立体的に『枕草子』の実相をみる論として、沢田正子の研究（「枕草子の音」『枕草子の美意識』笠間書院、一九八五年）がある。氏によると、『枕草子』の聴覚の世界が視覚と共存している場合、音自体への興味は薄れて、状況や場面設定の一環として「音はその場面に付随的に流れて場面の情調を高めることに功を奏している」という。また、視覚と聴覚とが共存する例として「正月に寺に籠りたるは」（一一六段）の場面をあげて、誦文の声や金鼓の音色についてはふれられず、人間への興味へ話題が強くなると指摘する。

＊19　『三宝絵　注好選』（新日本古典文学大系、岩波書店、一九九七年）。

＊20　勧学会については、小原仁『文人貴族の系譜』（吉川弘文館、一九八七年）、平林盛得『慶滋保胤と浄土思想』

（吉川弘文館、二〇〇一年）、後藤昭雄『天台仏教と平安朝文人』（吉川弘文館、二〇〇二年）、増田繁夫「花山朝の文人たち」（『源氏物語と貴族社会』吉川弘文館、二〇〇二年）から学ぶことが多かった。

＊21 「声仏事を作す」については、阿部泰郎「中世の声」（『国文学』一九九二年一二月）、阿部泰郎「中世の音声―声明／唱導／音楽」（『中世文学』第46号、二〇〇一年）の研究が示唆に富む。筑土鈴寛が「宗教芸文」という、音と声の世界である「芸」を「文」のうえに用いた言葉を使ったように、中世世界は音と声から成り立つといわれる。そのような音と声に関する研究に、網野善彦「高声と微音」（『ことばの文化史　中世Ⅰ』平凡社、一九八八年）、網野善彦「中世の音をめぐって―高声と微音―」（『芸能史研究』105号、一九八九年）、笹本正治「神と人をつなぐ音―中世の音と声―」（『中世文学』第46号、二〇〇一年）などがある。

＊22 拙稿「『枕草子』の法会～延慶本「得長寿院供養事」との対比を軸に～」（小峯和明編『平家物語の転生と再生』笠間書院、二〇〇三年）。法会については武久康高（『枕草子の言説研究』笠間書院、二〇〇四年）が同時代の社会的、歴史的諸言説と『枕草子』の法会空間にかかわる言説状況を考察しており、非常に示唆に富む。武久が社会的に形成され流通する諸言説とのかかわりのうえで法会を捉えるのに対して、拙稿では聴衆というアプローチの仕方を掲げて、法会に集う聴衆という観点から『枕草子』の表現の独創性を論じた。

＊23 速水侑『平安貴族社会と仏教』（吉川弘文館、一九七五年）。

＊24 この一文は能因本系統にはみられない。

【色彩・季節】

枕草子の色彩と季節

――「いみじう暑き昼中に」と「あてなるもの」の段をめぐって――

鈴木裕子

はじめに

『枕草子』というテクストが創造する作品世界の特性について、色彩と季節という観点からアプローチすること、それが私の課題である。古典文学における色彩という研究テーマについては、[*1]既に先学による貴重な業績の種々があり、『枕草子』に限定しても、色彩表現の精査から作品論へとつながる研究史の堆積がある。季節についても同様である。充実した研究史の末端に、私が何かを付け加えることができようとも思われないが、自分なりに『枕草子』のことばが織りなす作品世界の魅力について考えてみたい。

色彩と季節――この二つの概念は、もとよりそれぞれ別個のテーマとして自立しうるものであるけれども、互いに連関し補完し合って作品世界を構築している部分もある。本稿では、そのような部分に着目し、これら二つの要素をできる限り連関させながら、『枕草子』の作品論に挑戦してみたいと思う。

ところで、今回「色彩・季節」というテーマを目にしたとき、すぐにいくつかの段が思い浮かんだ。その中でも、所謂随想的章段と類聚的章段からそれぞれ一例ずつ短いものを挙げてみる。[*2]

いみじう暑き昼中に、いかなるわざをせむと、扇の風もぬるし、氷水に手をひたし、もて騒ぐほどに、こちたう赤き薄様を、唐撫子のいみじう咲きたるに結びつけて、取り入れたるこそ、書きつらむほどの暑さ、心ざしのほど浅からずおしはかられて、かつ使ひつるだに飽かずおぼゆる扇もうち置かれぬれ。

（「いみじう暑き昼中に」第一八四段）

あてなるもの。薄色に白襲の汗衫。かりのこ。削り氷に甘葛入れて、新しき金鋺に入れたる。水晶の数珠。藤の花。梅花に雪の降りかかりたる。いみじううつくしきちごの、いちごなど食ひたる。

（「あてなるもの」第四〇段）

前者は、真夏に届いたという真っ赤な手紙の鮮烈さが、私の記憶に刻まれていたものであろう。後者は、春から夏の季節の中で挙げられている白や紫、紅の色彩の美しさと、「あてなるもの」として選ばれた実際の「もの」の意外性とが相まって、印象深かったのだろう。とりわけ、苺を食べている子どもがどうして「あてなるもの」なのか、不思議と言えば不思議であった。[*3] むろん、読者に対する説明の欠如ということは、この場合だけではなく、作品世界の処々に見られることだ。

本稿では、これら二つの段を具体例として、色彩と季節の描かれ方に着目しつつ読み解きながら『枕草子』の表現の特徴について考えてみたい。なお、蛇足めくが、取り上げた二つの段は、三巻本の本文に拠る。能因本には、「いみじう暑き昼中に」の段はなく、「あてなるもの」の段についても、列挙するものや順序に相違がある。本稿では、他系統の本文との相違点やそれに起因する問題については特に言及しないことを予め断っておく。

一　夏の色、そして「心ざし」の色

1　夏の色・赤

「いみじう暑き昼中に」の段に描き出されているのは、ある真夏の昼中の日常のひとこまである。扇であおいだり、氷水に手を浸したりして大騒ぎしているというのだが、そこには多分にはなやいだ雰囲気が感じられる。そこに「氷」があるからだ。夏の氷は限られた者にしか手に入らない贅沢品であった。おそらく、宮中で夏の一日、氷室に貯蔵されている氷が振る舞われ、清少納言たちも宮廷生活者の特権として「氷水」を得たものであろう。ちょうどそのような折に届けられた、「こちたう赤き薄様を、唐撫子のいみじう咲きたるに結びつけて」という手紙、それに対する感激の言葉でこの段は締めくくられている。

咲きほこった赤い唐撫子の文付け枝に結びつけられた真っ赤な薄様の手紙は、現代の感覚では、夏の手紙としては暑苦しい感じがすると思われるかもしれない。現在の新しい注釈書でも、[*4]次のような注が付けられている。

○新大系の脚注

・この上なく赤い紙、それに加えてまっ盛りの石竹（＝唐撫子）と、暑さをきわだたせるような道具立てである。

・こんな暑くるしいものを、この暑さの中で書いてくれたのか、と感じ入ってしまう。

○新全集の頭注

・暑さの盛に、濃い赤色のとりあわせはいよいよ暑さを増す。それを書いてくれた人の暑さを想像して、志の深さを思いやる。

しかし、はたして清少納言は、届けられた手紙に「暑苦しいもの」というような感覚を懐いたのだろうか。集成の頭注にも指摘されているように、「冬はいみじう寒き。夏は世に知らず暑き」（第一一五段）というような物言いをする清少納言の感性に思いをめぐらせれば、彼女にとって、赤はむしろ夏の暑さの極限を象徴する色として相応しい色と思われるかもしれない。そのような意味では、真夏の赤い手紙とは、清少納言の嗜好にかなう手紙と言えよう。高橋亨氏は、暑い真夏の昼日中という「現実感覚の耐えがたさ」の中にいるからこそ「美による現実感覚の救済が必要」なのだとし、真赤な手紙が贈られてきたことに対して、「清少納言にとって、そのみごとな感覚はいっそうきわだって印象づけられたはずである」[*5]と述べている。

けれどもここは、単にそうした色彩感覚の問題だけではなくて、早くに田中重太郎氏の指摘[*6]があるように、季節の夏の色としての赤は、五行説における色彩の配当による連想が働く色であることに着目したい。田中氏は、この「いみじう暑き昼中に」の他に、「小白河といふ所は」の段の次のような場面を例に挙げて、夏と赤との関連を指摘している。

……前略……朴、塗骨など、骨はかはれど、ただ赤き紙を、おしなべてうち使ひ持《も》たまへるは、撫子のいみじう咲きたるにぞいとよく似たる。……後略……（「小白河といふ所は」第三三段）

夏の法事に集った貴族たちが一斉に赤い扇を使っている様子が、咲きほこった撫子のように見えたというのである。おそらく、夏という季節と赤色との組み合わせが陰陽五行に関わるものであることは、当時の世界観として貴族社会で共有された知識・教養であっただろう。古代思想を知識基盤として、言わば共同幻想としての夏の色・赤のイメージが共有されたというべきであろうか。このような観念的な色彩表現も、『枕草子』の世界を構築する要素の一つとして挙げてよさそうである。

2　送り主の心ざし

次に気になるのは、この手紙の内容である。清少納言は、どのような文面か、和歌があったのかなかったのか、内容には少しも触れてはいない。恋文であるかもしれず、そうでないかもしれない。暑中を見舞う挨拶の文であったのかもしれない。ただ、想像を働かせて、文付け枝の唐撫子に関連した内容の歌が記されているとすれば、そこには大切に思う相手への心が読み込まれていたものとおぼしい。

「撫子」は、夏から秋にかけて咲き、その花期の長さから「常夏」の異名がついたと言われる。美しい可憐な花が愛でられたばかりでなく、「撫でし子（娘）」（撫でて慈しむ子やいとしい女性）の意に通じるので、『万葉集』での大伴家持らの和歌をはじめとして、平安時代の和歌でも数多く詠まれている。[*7] 異名の「常夏」とともに、恋のイメージを表す和歌の例も多い。この場合も、恋文でなくとも、撫子に関わって、親愛を込めた言葉が記されていたのではなかろうか。だが、敢えてそのようなことには触れないのであろう。

清少納言は、この撫子の花を好んだらしい。「草の花は」（第六五段）の段では、「草の花は、なでしこ、唐のはさらなり、大和のもいとめでたし」と、撫子を挙げているが、和歌によく詠まれる大和撫子よりも唐撫子の方を第一番に挙げて「さらなり」と評価している。いかにも唐風好みの清少納言らしいし、和歌的情趣を少しばかりはずしてみせるという、例の手法でもある。それはともかく、真夏の手紙の文付け枝に唐撫子が選ばれたのは、単に季節の花という以上に、手紙の送り主が清少納言の好みをよく知っていることを窺わせよう。撫子のなかでも赤の色味の強い唐撫子と濃い赤色の薄様とは、清少納言への真夏の手紙として、選びに選んだ組み合わせであった可能性があろう。

ところで、赤い薄様の手紙の印象が強いため、その配色の趣向にばかり目が行きがちだが、この清少納言の批評の眼目は、別のところにもあるように思われる。何よりも、清少納言は、この手紙を「暑苦しいもの」として受け取ったわけではないと思う。「こんな暑苦しい手紙をわざわざ書いてくれた」というのではなく、「こんなすてきな手紙を暑い盛りにわざわざ書いてくれた」というのではないか、ということである。「書きつらむほどの暑さ、心ざしのほど浅からずおしはかられて」という言葉を注意深く受け止めれば、文付け枝と手紙の趣向の巧みさはそれとして、この酷暑の昼日中に、わざわざ自分のために硯に向かって文を認めてくれた手紙の送り主の「心ざしのほど」に思いを至し、感激しているらしいことがわかるのではないか。赤色が「暑苦しい」色というわけではなく、何もしたくないような暑い夏の昼中に、わざわざ手紙を書いてくれたという行為と心ざしへの感動であったかと思われるのである。この手紙のためにどれほど暑い思いをしたか、どれほど自分のことを思ってくれているか、それがこの一通の手紙に込められ、託された相手の厚い心がしのばれるのである。昼日中を過ごして幾分涼しくなった時分に手紙をよこしてもよかろうものを、暑さを厭わずに書き綴り、手折った唐撫子に付けて届けてくれた、という行為そのものに重い意味がある。赤い薄様の手紙に清少納言が感激し、扇をうち置いて手紙を手に取らずにはいられなかったというのは、何よりもそうした行為から推し量られる送り主の真心を受け取ったからに相違ない。

さらに連想を進めるならば、そうした心尽くしが清少納言に正しく伝わるであろうということを、手紙の送り主は信じていて、わざわざ酷暑の昼日中に届けてよこしたのではないかという気もする。送り主の清少納言への信頼感、そしてそれに応えうる清少納言であること、そのような二人の関係性こそ、他ならぬ清少納言自身が表明したかったことなのではなかったか。

手紙の料紙や唐撫子の赤に託された「心ざし」というならば、「赤心」という語彙も思い浮かぶ。

まず思い出されるのは、玄宗と安禄山の対話である。あるとき玄宗が身体肥大した安禄山の腹を指さして「此胡腹中何所有（一体その中に何が入っているの）」と尋ねたところ「有赤心耳（臣の腹中は、唯だ赤心のみ）」と答えた[*8]という逸話である。「赤心」は真心であり、換言すれば玄宗への忠誠心を意味している。もっとも、安禄山の場合、赤心・真心どころか黒心・邪心であったわけであるが。

また、『後漢書』（本紀光武帝紀第一上）や『十八史略』（巻三東漢光武帝）にも有名な故事がある。それは、降伏した将兵を信用する蕭王・劉秀（光武帝）の態度に、相手の将兵が「蕭王推赤心置人腹中（蕭王、赤心を推して人の腹中に置く）。安得不效死乎（いづくんぞ死を效さざるを得んや）」と言い、心服したという記事である。他者に接するのに、相手も自分自身と同様に真心の持ち主であると推察して疑わず、隔て心を置かない、という姿勢を見せた蕭王・劉秀が、将兵の忠誠心を獲得したという逸話である。

そしてまた、この言葉は、記紀にも出てくる。[*9]『日本書紀』では、例えば高天原を訪問した素戔嗚尊と天照大神との対話にも用いられている。「黒心（邪心）」がないことを訴えた素戔嗚尊に対して、天照大神が問う言葉、「若然者、将何以明爾之赤心也（もし然らば、何を以ちてか爾が赤心を明さむとする）」（神代上）である。この場面は、『古事記』では、「然者、汝心之清明、何以知（然らば、汝が心の清く明きは、何にしてか知らむ）」（上巻）と記されている。もとより「明し」と「赤し」は同義の言葉であり、「赤き心」とは、清明な心、この場合は天照大神に対する忠誠心[*10]を示すものであることがわかる。

清少納言が、紫式部ほどに『日本書紀』に通じていたかどうかは定かではないが、『枕草子』世界の処々で、漢籍の知識を基盤にしてのコミュニケーションが繰り広げられていることを思い合わせれば、彼女が漢文語彙「赤心」に関する知識を持っていなかったとは考えにくい。

無論、手紙の送り主が、自身の真心を手紙の赤色に託し、清少納言に発信したものだとしても（論証できるようなことではなく、想像にすぎないけれども)、そもそもの「赤き心(赤心)」が上位者への忠誠心を表すものであるならば、本来の意味用法からは逸脱しているということになる。けれども、それは、断章取義的な「誤用」というよりも、言葉の持つ喚起力による理知的なやりとりの一端を表していると言うべきものであろう。

例えば、第一二八段「二月、官の司に」の段における藤原行成との明るい戯れの贈答の逸話が思い出される。行成は、白い色紙に包んだ「餅餤」を「いみじう咲きたる」梅(白梅であろう)に付け、冗談の立文を添えて清少納言に贈った。それに対して清少納言は、真っ赤な薄様に「みづから持てまうで来ぬ下部は、いと冷淡なりとなむ見ゆる」と書き、紅梅に付けて返事を奉った。折り返し、行成は自ら参上して「下部さぶらふ」と口上した。知的な洒落たやりとりである。これ以外にも、『枕草子』には、行成と清少納言の親しい交遊関係の数々が記されている。相手が行成のような名士であればこそ、作品世界にその名を示したであろうが、それ以外にもこのような、知的な遊び心ある社交的なやりとりが、男女を問わず繰り広げられたことは想像に難くない。「いみじう暑き昼中に」の段に記された赤い手紙の送り主も、そうしたやりとりを交わした一人であったかもしれない。

そもそも『枕草子』という作品自体が、読者に対してしばしば著しい説明不足を呈しているのであり、読者は、自力でさまざまな情報を手繰り寄せつつ、表現世界の欠如した部分を埋めながら読むことを要請されているのではなかったか。

この段に限ってみても、そこには語り出されていない「情報」が、読者の連想力の発動を誘っているように思われる。夏の昼日中に届いた赤い薄様の手紙への感激というささやかな出来事に落着する短い段であるが、『枕草子』の他の段から得られる情報や、貴族社会の教養基盤に思いを致す読者ならば、料紙の色といい文付け枝・唐撫子の選択といい、清少納言の好みを熟知しているらしい送り手の心尽くしのほどが想像できよう。

また、夏の色・赤の鮮烈なイメージとともに、送り手の「心ざし」を思う清少納言の言葉から、浅からぬ「心ざし」の色としての「赤色」（赤き心）を了承する読者ならば、手紙の送り主と清少納言との間で交わされる知的な「遊び」の雰囲気と、そういうやりとりを楽しむ心の繋がりがしのばれよう。

　何にせよ、夏の色・赤に託された手紙の意味に着目してみたとき、本段には、一つの理想としてあるべき交遊の形というものが、ある夏の日の出来事としてさりげなく示されていることに気がつくだろう。

二　イメージの重層・春から夏へ

1　「薄色に白襲の汗衫」

　二つ目の段は、類聚章段「あてなるもの」である。今、三巻本『枕草子』の本文と章段の区分に従って読んでいるけれども、決して章段それぞれが完結したものとして閉じられているわけではなく、章段と章段がある部分で呼応し、あるいは連続し連関して『枕草子』世界を構築しているのだ、という読み方で作品に向き合っていることを、改めて明らかにしておきたい。

　そのような観点で言うならば、「あてなるもの」には、前段「鳥は」から繋がる連想の流れが読み取れるということになる。萩谷氏は、「前段「鳥は」の条を受けた「かりのこ」や、前段末章の夜泣きする乳児を受けた苺食う稚児など、明らかに前後授受の連想関係が見出される」[*11]と指摘しているが、それだけではなかろう。

　「あてなるもの」では、色彩としては装束の薄色と白だけで、他に色の名は示されていない。けれども、「かりのこ」の卵の色、「削り氷」の白、「藤の花」「梅の花」「いちご」の色など、具体的な色彩をともなってイメージされるものが挙げられている。「あてなるもの」の段の内容を粗々たどりつつ、色彩の表現を確認してみよう。

まず、最初に挙げられている「薄色に白襲の汗衫」[*12]については、「薄色」が、薄紫か薄紅か、今、必ずしも明確に限定できない。現代の大方の注釈（全注釈、集成、角川文庫、新全集、古典叢書、新大系など）では薄紫と解しているが、『春曙抄』[*13]では、「薄色は薄き紅など也」と注をつけている。紅も古来親しまれてきた色であり、『枕草子』においても装束の色として頻出している。一方、高貴な色として紫への嗜好も記されているので、大方の注釈では、「あてなるもの」の段としては、より高貴な色のイメージが強い紫が相応しいと判断したと推察される。

しかし、それでよいのだろうか。今のところ想像の域を出ないのだが、「薄色」は、常にただ一色に限定できるような、服飾に関する色彩用語ではなかったかもしれない。用いられる状況（季節、他の色彩との配色、着用する者の年齢や立場などの種々の条件）によって、紫系統になったり、紅系統になったりはしなかっただろうか。そうであるならば、「あてなるもの」の段でも、薄紫に白襲の汗衫という装いと薄紅に白襲の汗衫という装いとの両方のパターンを同時代の読者もイメージすることになったものかもしれない、という考えを棄てきれないのである。よって、ここでは試みに「薄色」は「薄紅、もしくは薄紫」であるとして、一色に特定しないでイメージしてみたいと思う。

白襲の汗衫は、表裏ともに白色の童女の上着。成人女性の唐衣に相当する、童女の正装である。『春曙抄』では、「白重の汗衫は童女の初夏の衣服也。うすいろにこれをかさねたるがあてやかなると也」となっている。

『枕草子』本文では、「あてなるもの」として第一に「薄色に白襲の汗衫」という優美な装束を挙げておきながら、それをまとう童女の身体や内面性には全く触れていない。

藤本宗利氏は、装束のみが提示され、それを着用した童女の「姿態・仕草・性格等」が描かれないことに着目して、「視覚に訴える表層美のみを提示することにより、読者の通念を撹乱するという方法」[*14]であると論じている。

しかし、美しい色彩の装束だけが提示されているとしても、この装束が童女の着用するものであることは自明であれば、むしろ童女のイメージを喚起させ得るものと了解することが自然な流れのように思われる。藤本氏の指摘は、『枕草子』作品世界の特質を言い当てて鋭いと思うが、この場合は別の解釈に立ちたい。

例えば、小林茂美氏は、本段は「視覚美のサンプルの印象列挙」であると言い、薄色に汗衫の白という配合美は「無垢の童女の襲であることで、その色彩調和もすがすがしい」[*15]と鑑賞している。氏は、挙げられた装束からそれをまとった「無垢の童女」の面影を喚起しているに相違ない。おそらく、小林氏だけでなく多くの読者は、ここに挙げられた優美な装束の背景に上品な童女が着用している姿を連想し、それを美的なイメージとして了承するであろう。それは、欠如した言説を埋めながら作品を読み込んでいくための一つの読み解きの方法でもあると思われる。

諸注では、どうだろうか。角川文庫の現代語訳では「薄紫色の袙に白がさねの汗衫」とだけ記されているが、新全集では「薄紫色の上に白襲の汗衫を着ているの」と現代語訳し、新大系では「薄紫色に白襲の汗衫を着重ねた姿」と脚注をつけている。やはり、優美な装束をまとった上品な感じの童女の姿として、装束と童女のセットでイメージしているものであろう。童女のイメージは、それを喚起し得る読者に委ねられているものであって、言葉としては表現されていないとも言えるかもしれないが、ここは、換喩の機能を果たすものとして解釈したい。

実は、可憐で上品な童女というイメージは、前段「鳥は」から「あてなるもの」を読み継いだときに、より明確になる。前段からの繋がりにおいて読みつないでいくことで、童女の装束が単に美しい色彩だけを提示する「もの」ではなく、清少納言がその「もの」に担わせている「意味」、イメージの広がりを了解できるのではなかろうか。

夜泣きするちごという、マイナスの印象をかきたてるものの提示は、それまでに述べてきた「鳥は」の内容から読者が想像・創造したものを大いに反転させるイメージであるが、こうした結びの意外性、最後に読者の思惑を裏切っていくありようは、『枕草子』の表現の特徴の一つであることは認められていよう。

夜泣きするちごという、鬱陶しくも煩わしくも気がかりでもある生身の子どもが発散する旺盛な生命力の発動のイメージで終結した「鳥は」の次に、「あてなるもの」として優美な童女の晴れの装束を目にした読者は、装束の美しい色彩ばかりが挙げられているとしても、自然とそのような装束にふさわしい童女をイメージするだろう。それは、夜泣きするちごに象徴されるような、夜の静寂を攪乱しつつ、大人たちの領分に暴力的に闖入する子ども、大人たちの秩序ある生活に整然と組み込まれることのない子どものありようとは、対極にある子どもである。童女の正装姿という、美しい大人の女性の雛形のような子どもと言ってもよい。大人の手によって優雅な晴れの装束で着飾られ、整えられた童女のたたずまいの可憐さ。[*16] それは、可憐な小さなものの壊れやすさ、あやうげなイメージへと展開して、次の「かりのこ」へと繋がっていくことになる。

「かりのこ」（萩谷朴氏に拠れば、カルガモの卵）[*17] の、割れやすくて、いかにもあやうく、大切に扱わなくてはならないという卵の感じ、孵らない卵かもしれないという不安をも内包するイメージである。それは、さらに次の削り氷へと繋がっていく。

削り氷が夏場に貴重で贅沢な嗜好品であることは、先に触れたとおりである。氷は主水司に属する氷室に貯蔵されていたが、それを手に入れることができるのは、特権的立場の者だけであった。夏の氷に、やはり貴重な甘葛を入れて、それらが表象する贅沢な気分を、一瞬の喜びとして味わうのである。

稀少な削り氷の繊細な白色の美しさ、ほどなく溶けてしまいそうなはかなさは、童女の装束から、「かりのこ」へと連なる繊細・可憐であやうい イメージ・美意識の流れでもある。[*18] 春から夏という、生きとし生けるものどもが旺盛な生命のエネルギーを発散させ、上昇へと向かう季節の括りの中で、視覚美に訴える可憐であやうげなイメージが「あてなるもの」として提示されているのである。

2　「水晶の数珠」と「藤の花」

透明な水晶の数珠は、光を分散させて冷たくきらめくものという共通性によって、削り氷からの連想であろうとは容易に了解できる。しかしそれだけでは、あまりにも分かりやすすぎよう。

そもそも、水晶の数珠そのものは、『源氏物語』その他の同時代の作品にも見あたらず、『枕草子』でも、他に法事の際の持ち物として一例あるのみで、珍しいものであると思われる。その他に、『枕草子』には、比喩表現としての「水晶」が二例用いられているので、まず、比喩表現としての水晶の例を見ておこう。

月のいと明かきに、川を渡れば、牛の歩むままに、水晶などの割れたるやうに、水の散りたるこそをかしけれ。
（「月のいと明かきに」第二一七段）

銀《しろがね》などを葺きたるやうなるに、「水晶の滝」など言はましやうにて長く短くことさらにかけわたしたると見えて、言ふにもあまりてめでたきに、……後略……
（「十二月二十四日」第二八五段）

前者は、月下に牛車で川を渡った時の模様を描写した段である。後者は、中宮が催した御仏名の半夜の後、牛車に乗り合わせた男女が銀世界と化した冬の町を行く模様を綴った段である。庶民の家々の屋根も雪で覆われたので銀で葺いたように見えるし、つららも長く短く垂れて、水晶の滝のように見える、というのである。

どちらの場合も、水晶の透明なきらめきが印象的な比喩として用いられている。硬質な美しさと、それが砕け散るはかなさ、もろさを併せ持つ水晶への作者の嗜好性が見られると思う。

法会の持ち物としての水晶の数珠は、最長段である二六二段「関白殿、二月二十一日に」の段、中の関白一族の栄光の日々の記録といえる積善寺供養の一節に描かれている。

御車ごめに十五、四つは尼の車、一の御車は唐車なり。それにつづきてぞ、尼の車、後口より水晶の数珠、薄墨の裳、袈裟、衣、いといみじくて、簾は上げず、下簾も薄色の裾すこし濃き。次に女房の十、桜の唐衣、薄色の裳、濃き衣、香染、薄色の上着ども、いみじうなまめかし。

（「関白殿、二月二十一日に」第二六二段）

女院詮子の車に続く尼車、その車の後・前の簾から水晶の数珠や薄墨の尼衣がのぞいていたという。清少納言は、春のひざしに反射した水晶の数珠のきらめきを見逃さなかったのである。

この盛大な仏経供養の盛儀は、正暦五年二月に関白道隆主催によって営まれたもので、女院詮子や中宮定子の行啓もあり、はなやかなものであったことが、『枕草子』の記事からも窺える。春の一日、道隆の権勢を誇示する盛儀に集う人々の色彩豊かな装束や、たくさんの会話が記され、活気に満ちている。はなやかな主家の栄光を目の当たりにして、宮仕えして間もない頃の清少納言の興奮のほどが読み取れる。その時、思いがけなく目にした水晶の数珠のきらめき、それは、主家の栄光を象徴する春の日の思い出を構成する記憶の断片として清少納言の脳裡に刻まれたものではないか。「あてなるもの」の水晶の数珠の背後に、そうした記憶のきらめく断片を想起するならば、単に美しい「もの」ではなく、清少納言がその「もの」に担わせている「意味」、イメージの広がりが了解できるのではなかろうか。

次に挙げられる「藤の花」は、和歌的伝統的な美意識にかなうものである。その紫の花の高貴性については、『枕草子』の中でも、しばしば言及されている。藤の花は晩春から初夏の花であり、「あてなるもの」で挙げられている「もの」たちが属する、春から夏の季節の流れにもあてはまるものである。最初に挙げられた薄色（薄紫の場合）からの「あてなるもの」の系統として考えることもできよう。また、形態のイメージとしては、連なる数珠の形態から垂れ下がる藤の花房へと紡がれていったものとも言えよう。

さらに言えば、「水晶の数珠」から、第二六二段の春の一日にきらめいた水晶の数珠の記憶の断片が想起されるならば、「藤の花」も単に優美な花という「もの」ではなく、やはり清少納言がその「もの」に担わせている「意味」つまり、栄花を極めた主家・藤原一族の象徴としての藤のイメージを担うものともなろう。「もの」が有する季節と色彩の意味と、「もの」に託された象徴性・「記憶」という観念的な「意味」とが、重層するおもしろさを味わうことができると思う。

3　「梅花に雪」の配合から「苺など」を食う「ちご」へ

「梅花に雪の降りかかりたる」は、花の季節としては藤の季節を遡り、初春の頃となる。雪は、削り氷や水晶の冷たく透明感のある白色から容易に連想できようが、梅の花は、雪をいただく白梅なのだろうか、それとも紅梅なのだろうか。

現代の諸注釈で、紅白の別を明記しているものとしては、「雪と梅との純白。雪の透明さ、日光による輝き」と、白梅をイメージしている集成と、紅梅と解釈している全注釈などがあるが、客観的な判断基準が見出されるわけではない。

ここは、限定しなくてよいのではないだろうか。まず、削り氷（銀の器に盛られているとイメージするならば白に白の配色美はなおさら強調される）からの雪の連想、あるいは水晶の数珠の冷たい光からの連想で言うならば、透明感のある白色と白梅の調和がよかろう。それは、『万葉集』以来『古今集』その他同時代の多くの和歌にも詠まれた、雪に見紛う白梅（あるいは、白雪を白梅に見立てる）という和歌的な美意識にもかなう。*19

一方で、「梅は濃きも薄きも紅梅」という「木の花は」の段での発言を思い合わせれば、清少納言の嗜好を思い、紅梅を想起するだろう。その上、この段で挙げられている「もの」たちの総てが、一般的に「あて」という語彙でイメージされる通常の美意識に、必ずしも屈折なくすんなりと結びつけられないことを思い合わせれば、この場合でも必ずしも和歌的美の規範に沿うイメージを「正解」とする必要も無いのではなかろうか。

また、最初に挙げられた衵の薄色（薄紅か薄紫か）からの「あてなるもの」の系統を考えるならば、「薄色（薄紅の場合）に白襲の汗衫」という最初のイメージへの回帰を促すことになろう。藤の花の、衵の薄色（薄紫の場合）のイメージからのつながりに対して、もう一つの薄色（薄紅の場合）からの連想としての紅梅という色彩の流れが展開される。

そして、その紅色は、次に提示されるちごの小さな白い指がつかむ苺の色につながっていく。和歌的美のイメージで白梅に雪を思い描いていた読者も、この苺の紅のイメージに出会って、雪をいただいた花は紅梅でもあったのかと、その可能性を思い直すかもしれない。そうした場合は、苺の紅色の連鎖作用によって、後戻りし、表現を反芻し、イメージを重層させることになる。

ところで、苺は、食べ物でもある「かりのこ」、「削り氷」の流れを汲む「もの」であるが、「食ひたる」という明確な行為を表す語彙によって、ちごの行為として提示されている。苺そのものではなく、愛らしいちごが紅の苺を食べているというありよう、言い換えれば、ちごの食欲が満たされている様子が、苺の季節、春から夏へ流れる時間の中での子どもの日常として切り取られ、「もの」として規定されたのだ。「あてなるもの」としては意表をつく「もの」の提示で段は締めくくられたことになる。

苺は、『枕草子』では他に、「見るにことなることなきものの文字に書きてことごとしきもの」(第一四九段)として挙げられている。「いちご」という言葉の背後に、漢字表記の「覆盆子」を思い浮かべたとき、その漢字の事事しさと、小さな可憐な「いちご」の実質的な「もの」との微妙なイメージのズレとアンバランスさ・あやうさが感じ取られよう。それは、実は、あてなるものとして挙げられたものたちにも共通する感覚であろう。実態とそれを書き表す文字表記とのズレの感覚、それは、こどもという存在の危うさ、あてなるものが内包する本質的なあやうさと繋がるのだと言えよう。

一方で、人生の春を成長しゆく「ちご」の食欲を満たす紅の苺のイメージ、それは、旺盛な生命力の色でもある。「夜泣きするちご」の煩わしくもあやうげな負のイメージを反転させて登場したのは、優雅な色彩の晴れの装束によって喚起される上品な、はかなさを内包するような童女のイメージであった。しかし、最後に描き出されたのは、それとは異質な生命の躍動を感じさせる、それはそれで美しく尊い、あるべき子どもというものの表象ではなかろうか。ちごがものを食べている時の無防備なあやうげな感じと、その反面の無邪気な食欲との、アンバランスでありつつ絶妙な配合である。

「あやうさ」の感覚と力強い生命力と、そのアンビバレンツな感覚の揺らぎこそが、「あてなるもの」の末尾を締めくくるのに相応しい「もの」と言えるのかも知れない。

三　さいごに、イメージの創造と解体ということ

それにしても、「あてなるもの」として最後に挙げられた、「いみじううつくしきちごの、いちごなど食ひたる」

とは、つくづくと不可思議な一文であると思う。

ものを食べることへの忌避感は、『枕草子』の此処彼処に書き込まれていた。その中で、ちごの「食欲」は、たいそう可愛らしいちごであること、「いちごなど」という婉曲的な言い回しであること、また、食べているものが、胡桃でもなく楊桃でもなく、瓜や柑子でもなく、ほかならぬ苺であることにより、かろうじて食欲の猥雑なイメージから逃れ得ているのだろう。「いちご」という果実に特別なイメージがあると思われるが、別の機会に言及したい。

「あてなるもの」一連が、伝統的な美意識にかなう、言い換えれば、和歌的な美意識の範疇に収まる藤や梅、「かりのこ」などを配しつつ、削り氷や苺を食うちごなど、明らかに逸脱すると思われる「もの」を配しているのは、戦略的な構成意識に拠るのであろうか。作者の挙げた「もの」に対して読者が共感と同意だけでなく、違和や反論を懐くように、それらは意識的に取り混ぜられ、確信犯的に挙げられているのだろうか。やはり、解けがたい謎として残ってしまう。

「あてなるもの」として列挙された「もの」たちは、それぞれに連関するイメージを形成しつつ、あるいは多義性をもって重層するイメージを奏でながら春から夏への季節感の中で共働する小宇宙を創りあげたかのようである。それは、また他の段の此処彼処に散逸する「もの」たちを呼び起こし、『枕草子』作品世界の記憶と繋がっている。

そうすると、もしかすると「薄色に白襲」という童女の装いには仲間内では共有できる「記憶」があるものかもしれない、あるいはまた、「いみじううつくしきちご」とは誰なのか、これも仲間内で共有する「記憶」の一片であるかもしれない、振る舞われた削り氷にも何か背景があるのでは……などと一度創りあげたイメージが解体されて、また新たな想像が誘発される。想像は果てしなく、とりとめなく収束するところを知らない。

収束し難い想像力の発動、それは、類聚章段だけに限られたことではないと思う。例えば現に、「いみじう暑き昼中に」の段もまた、謎や想像を誘発するものであった。この短い段は、しのぎがたい夏のありふれた一日をスケッチしただけの「随想」として読み置くのでもかまわないと思う。けれども、本稿では細部に目をとどめて、清少納言にとってあるべき交遊の形が示されているのではないかと読み取ろうとしたわけである。が、それにしてもどのような手紙であったのか、送り主との関係はどのようであったのか、具体的には謎であって、書かれない部分への興味は尽きない。角川文庫でも、現代語訳の後に「受け取った手紙は、艶書であろうか、それとも女友達からの手紙であろうか」という評が付加されている（下巻・三二〇頁）。こんなふうに、書かれないものへの「読み解き」を誘い、イメージの創造と解体を繰り返させる、そういう「読み」の誘惑から逃れがたい、『枕草子』とは、そのような作品であると思われてならない。

色彩と季節が連環し補完し合って作品世界を構築する、そうした表現の方法の仕組みについて、「いみじう暑き昼中に」と「あてなるもの」の段を例に取り上げて、作品としての読み解きを試みたけれども、『枕草子』世界のごく一部を切り取って見たに過ぎない。書き尽くされていない「意味」や「意識」の繋がりと広がりを探り当てる営みを続ける端緒としたい。

注

＊1　色彩関連……伊原昭『平安朝文学の色相—特に散文作品について』（笠間書院、一九六七年）、同『色彩と文芸美—古典における—』（笠間書院、一九七一年）、同『日本文学色彩用語集成〈中古〉』（笠間書院、一九七七年）、同『古典文学における色彩』（笠間書院、一九七九年）、同『王朝の色と美』（笠間書院、一九九九年）等。沢田正子

「枕草子の色彩表現」(「静岡英和女学院短期大学紀要」第二十四号、一九九二年二月)、松田豊子「清少納言の基本姿勢―色彩表現と仮説検証―」(「光華女子大学同短期大学研究紀要」第十六号、一九七八年十二月)、須田美智子「枕草子の色彩語をめぐって」(「大妻国文」第十三号、一九八二年三月)等。

季節関連……西下経一「枕草子の季節感」(「文学」第七巻第九号、一九三九年九月)。石田穣二「枕草子における日本的季節美感の成立」(「国文学解釈と鑑賞」第二十一巻第一号、一九五六年一月)。武長世以子「枕草子に於ける季節感」(「宮城学院国文学会会誌」第十五号、一九五七年十二月)。田中重太郎「夏と赤と・春と浅緑と―枕冊紙の一季節感―」(「平安文学研究」四十八輯、一九七二年六月)。森本茂「清少納言・枕草子の世界　自然―風物・風土・四季―」(清少納言の文学と環境」)(解釈と鑑賞第二十九巻十三号、一九六四年十一月)。内海ひろえ「「枕草子」における季節感」(「日本文学ノート宮城学院女子大」第七号、一九七二年二月)。大槻昌子「枕草子における季節感―夏の美を中心にして―」(「武庫川国文」第十二号、一九七七年十一月)。田中新一「清少納言「四季」意識」(『源氏物語と源氏以前　研究と資料』武蔵野書院、一九九四年)等。

＊2　『枕草子』本文の引用は、『新編枕草子』(おうふう、二〇一〇年)に拠り、表記を私に改めた。

＊3　現代では一般的にイチゴと言えば、近世になって日本にもたらされたとされる栽培種のオランダイチゴを指すが、ここで言うイチゴはそれ以前の在来種であることは言うまでもない。ここでのイチゴは、小林幹夫氏に拠れば、キイチゴ(ラズベリーの近縁種)であるという(「恵泉　果物の文化史(2)キイチゴ」「恵泉女学園大学園芸文化研究所報告　園芸文化」二号、二〇〇五年五月)。

＊4　本稿で引用した注釈書は、以下の諸本に拠る。

・全注釈(枕冊子全注釈)、角川書店、一九七二年。
・集成(新潮日本古典集成枕草子)、新潮社、一九七七年初版。本稿では一九九一年九刷版に拠った。
・角川文庫(新版枕草子上・下)角川書店、一九七九年・一九八〇年。
・解環(枕草子解環・四)同朋舎、一九八三年。

・新全集（新編日本古典文学全集枕草子）、小学館、一九九七年。
・古典叢書（増田繁夫校注枕草子）、和泉書院、一九八七年。
・新大系（新日本古典文学大系）、岩波書店、一九九一年。

＊5　『枕草子講座』第三巻（枕草子鑑賞第一八五段「いみじう暑き昼なかに」の項目）有精堂、一九七五年。

＊6　田中重太郎「夏と赤と・春と浅緑と─枕冊紙の一季節感─」（『平安文学研究』四八輯、一九七二年六月）。萩谷朴氏も、「ただでさえ暑いのに、一層暑さを感じさせる色彩効果であるが、五行思想から言えば、夏の方位は南、色は赤（赤烏・朱雀）である」（『枕草子解環』四、同朋舍、一九八三年）として、五行思想に言及している。
なお、集成の頭注には、次のようにある。「第百十三段に、「冬は、いみじう寒き。夏は、世に知らず暑き」とあったように、いかにも暑苦しい感じの真赤な色彩が、盛夏の酷熱と相剋して、むしろ暑さを忘れる、いわば心頭を滅却する態の銷夏法を清少納言は体得していたもののようである」

清少納言が「冬は、いみじう寒き。夏は、世に知らず暑き」と断言する感性と本段とを関連させる萩谷氏の読みには従うが、「心頭を滅却する態の銷夏法」云々の鑑賞部分については、清少納言がそのような銷夏法を体得していたとは読み取れず、受け入れがたい。

＊7　例えば次のような和歌である。
・わが宿の撫子の花盛りなり手折りて一目見せむ子もがも（万葉集・巻八・一四九六・大伴家持）
・山賤の垣穂に生ふる撫子に思ひよそへぬ時の間ぞなき（拾遺集・恋三・八三〇・村上天皇）
・二葉よりわが標結ひし撫子の花の盛りを人に折らるな（後撰集・夏・一八三・詠人不知）
・塵を塵をだに据ゑじとぞ思ふ咲きしより妹とわが寝るとこ夏の花（古今集・夏・一六七・凡河内躬恒）
・思ひ知る人に見せばや夜もすがらわがとこ夏におき居たる露（拾遺集・恋三・八三一・清原元輔）

＊8　『十八史略』の引用は、新釈漢文大系（明治書院）に拠る。

＊9　『日本書紀』及び『古事記』の引用は、新日本古典文学全集（小学館）に拠る。

＊10　同様の用い方は、大伴家持の長歌で、「……赤き心を皇辺に極め尽くして……」（巻二〇・四四六五）にも見える。大伴氏が先祖代々いかに天皇に「赤心」で仕えて来たかを誇り高く歌い上げた一節である。ここで言う「赤心」とは、天皇に対する忠誠心を意味している。

＊11　注4の解環。

＊12　多く、「薄色」は衵の色として解釈されている。つまり、「薄色」の衵に白襲の汗衫を重ねて着用しているということになる。それに対して増田繁夫氏は、注4の古典叢書で、三重の襲であると指摘している。つまり、下が「薄色」で上に白が二重になっているという。何れとも判断しがたいが、白色二重の下に「薄色」が透けて見えるイメージで了解したい。

＊13　『春曙抄』は、北村季吟古註釈集成3『枕草子春曙抄上』（新典社、一九七六年）に拠る。

＊14　藤本宗利「「～もの」型章段における「ずれ」の方法」（「常葉国文」一四号、一九八九年一〇月、『枕草子研究』所収、風間書房、二〇〇二年）

＊15　『枕草子講座』第二巻、枕草子鑑賞第四〇段「あてなるもの」の項目（有精堂、一九七五年）。

＊16　『枕草子』の世界には、多様な子どもの生態が描かれている。泣いたり動きまわったり、子どものエネルギーを発散し続けるような子どももいれば、行儀正しくふるまい、従順に働く子どももいる。しかし、どのような子どもであっても、やがて子どものエネルギーを失って大人になっていく。子どもの時代は短いのである。『枕草子』には、そうした子どもの領分の危うさ、はかなさがいろいろな角度から描き出されている。「あてなるもの」の段に挙げられた「薄色に白襲の汗衫」も、そのひとこまにつながり得ると考える。

　なお、『枕草子』におけるこどもの様態については、三田村雅子氏の「〈ほころび〉としての身体―「汗」「髪」「衣」―」（『枕草子　表現の論理』有精堂、一九九五年）に、特に「ほころびる童」として、斬新な視点での読み解きが提示され、啓発を受けた。

＊17　注4の集成や解環。

＊18　何の説明もなく提示されている「かりのこ」だが、「うつくしきもの」（第一四六段）でも挙げられ、愛らしい、守ってあげたくなるような小さな「もの」というイメージは了承されよう。

文学的な素材としては、和歌での用例や、『うつほ物語』、『伊勢物語』（五〇段）などが想起され、「かりのこ」は、単なる物体としての「もの」のイメージだけではなく、文学的な背景を持つ「もの」として提示されていると思われるのだが、読者はそれと特定できないし、清少納言も特定するつもりもなかったかもしれない。書かれなかった「もの」の背景を埋めていくのは、さまざまな歌や物語などを想起する読者の営みである。

とは言え、「かりのこ」と「削り氷」とを結ぶ連想の糸筋には、やはり『うつほ物語』の場面のつながりという連想が働いていると思われる。『うつほ物語』愛好者清少納言とすれば、「藤原の君」で、源宰相実忠があて宮に贈った「かりのこ」に書き付けられた和歌「卵（かひ）の内に命籠めたる雁の子は君が宿にて孵さざるらむ」のシーンや、「国譲中」の懐妊中の女一の宮が削り氷を食するシーンなど、印象に残るものではなかったか。ただ、それらがどう繋がりうるかを論証できない。また、新しい器に盛られた「削り氷」とは、時に食欲を失った妊婦が盛夏に食することがあるものとして、「三条の宮におはしますころ」（第二二四段）などで語られる定子の懐妊中のエピソードと、記憶を共有できる者たちには明らかなひとこまとして、繋がり得るものなのかもしれないなどと想像はできようが、それも論証できるようなことではない。

＊19　白梅と雪の組み合わせは、和歌に多く詠まれる素材であった。

・わが園に梅の花散るひさかたの天より雪の流れ来るかも　（万葉集・巻五・八二二・大伴旅人）
・梅の花それとも見えずひさかたの天霧る雪のなべて降れれば　（古今集・冬・三三四・詠人不知）
・雪降れば木ごとに花ぞ咲きにけるいづれを梅と分きて折らまし　（古今集・冬・三三七・紀友則）

一方、中国から移入されたと言われる紅梅も、同時代の和歌に詠まれないわけではない。

・春雨やふりて染むらむ紅の色濃く見ゆる梅の花笠　（元輔集）

【装束・身体】

『枕草子』におけるまなざしと身体――書く「女」たちの戦略から

橋本ゆかり

はじめに

『枕草子』を評価する時、よくも悪くも『紫式部日記』の清少納言評が取り上げられる。[*1]

1、清少納言こそ、したり顔にいみじうはべりける人。さばかりさかしだち、真名書きちらしてはべるほども、よく見れば、まだいとたらぬこと多かり。かく、人にことならむと思ひこのめる人は、かならず見劣りし、行末うたてのみはべれば、艶になりぬる人は、いとすごうすずろなるをりも、もののあはれにすすみ、をかしきことも見すぐさぬほどに、おのづからさるまじくあだなるさまにもなるにはべるべし。そのあだになりぬる人のはて、いかでかはよくはべらむ。（『紫式部日記』、二〇二頁）

『紫式部日記』の作者〈紫式部〉は、享受の歴史の中でいつしか〈清少納言〉と彼女の書いた『枕草子』の抑圧者にされてしまった。しかし、こうした言説は、〈紫式部〉の名前を借りた抑圧ではなかったか。「女」と「女」を喧囀させることで、「男」が蚊帳の外にあるかのように見せていく物言いであり、実はその物言いこそが、「女」の表現することと読むことへの抑圧として働いてしまう。[*2] 抑圧も解放も、享受の歴史の中にこそまたある。本稿は改めて、『枕草子』と『紫式部日記』という二つのテクストの差異から『枕草子』を論じてみたい。それは優劣をつけるために差異を見るのではなくて、テクストを読むために差異に注目するのである。

また、一方、『枕草子』は「見られることの屈辱とともに、見ることの喜びを語る」としばしば論じられる。[*3] しかし、見られることが屈辱としての常識が書かれた当時にあったとしても、見られることの快感は否定されないのではなかったか。見られたくもない男たちからの好奇のまなざしに対するいいようのない嫌悪はあったとしても、見てもらいたい美しい晴れやかな男たちに見せる快感は否定できないであろう。この人、この集団に見られてもいいが、この人に見られるのは不愉快という微細でありながも重要な事柄がある。『枕草子』は、男たちの差異と、女たちの差異と、その差異の中に生まれる快楽と不愉快とを「見る」まなざしの中に述べていく。語る、語られる身体とまなざしに注目しながら、書く「女」たちの戦略を読み解いていきたい。

一　書く「女」たち――仮名文字による物語の系譜から

『枕草子』が登場する平安時代には、男が「女」に仮託して書いた『土佐日記』に続き、正真正銘の「女」が書いた日記が続々登場していく。その最初である『蜻蛉日記』は、

2、世の中に多かる古物語のはしなどを見れば、世に多かるそらごとだにあり、人にあらぬ身の上まで書き日記して、めずらしさまにもありなむ、天下の人の品高きやと問はむためにもせよかし、とおぼゆるも

（『蜻蛉日記』、八九頁）

と、「作り物語」の「虚構」に対して異議申し立てをして、「日記」で「私が私の真実を書く」として、政治家として活躍する兼家の妻としての生活の苛立ちを書き連ねた。一方、『和泉式部日記』は、世間の好奇のまなざしや中傷を受けた敦道親王との自らの恋を、自らの視線で語る。そこには、男性官人が書いた記録や『栄花物語』から立ちあがる大胆な敦道親王像とは異なる、繊細でゆらゆら揺れて恋する少年のような親王像が浮かび上がる。そして、その繊細に揺れる親王との間に育てられていく〈和泉式部〉の恋が物語られている。『蜻蛉日記』が「作り物語」の虚構に対する異議申し立てであるのに対して、『和泉式部日記』は世間の無責任な好奇のまなざしと噂とによって形成されていく「虚構」対する異議申し立てとも解釈出来る。『和泉式部日記』は自らを三人称化して語る点があることから、「日記」ではなくて「物語」とも呼ばれる。現代において有名人たちが好奇のまなざしに晒されて、あれこれとマスメディアに取り上げられ、世間の好き勝手な噂に取り囲まれる日々の中に、自らブログを発信して、世間が好き勝手に作り上げる物語に対して、自らを語り直して新たな物語を示す様相との重なりを連想することが出来るのである。

さて、このように、自らの恋や結婚を語るこの二つの日記に対して、『紫式部日記』と『枕草子』は、一条天皇をはさんだ二人の中宮のそれぞれに仕えた女房が、主に宮中を舞台に見聞した出来事をつづる体裁となっている。そして、〈作者〉が自らを主人公として対象化するのではなくて、見聞した出来事を語りつづる視線の中に、〈語り手〉〈作者〉が立ち現われていくテクストである。『枕草子』は、後世に作られた「随筆」というジャンルにくくられ「日本三大随筆」の中に数えられもするが、実際にあった出来事を素材にした記録的要素があるという点で、こうした平安時代の女性たちが書いた日記の系譜に連なっているのである。[*4]

しかし、そのことは、『うつほ物語』『竹取物語』『源氏物語』と同じく、「物語文学」の系譜を否定するものではない。そもそも『日記』は『蜻蛉日記』も『和泉式部日記』も『更級日記』も「私」を三人称化して語る点が見られることから、「私」の物語とも解釈できるが、『枕草子』は、「私」のまなざしを対象化してつづる「私の物語」と理解出来る。

だが、『源氏物語』などの物語文学を読みなれていると、『枕草子』には違和感がある。その違和感とは、語り手であり作者である〈清少納言〉以外の登場人物の心内語が無い点である。読者は、一方的に〈清少納言〉が分析することに寄り添って、読み進める。多視点、全知視点で語られる物語とはその点が「日記文学」と呼ばれる作品群の違いとなる。語り手が全面的に顔を出す物語なのである。『うつほ物語』には心内語があまりないと言われる。『竹取物語』には、心内語が登場する。『枕草子』には語り手以外の登場人物には心内語が語られない。『枕草子』は宮中の記録的側面が注目されるが、文体においては、『うつほ物語』や『竹取物語』と『源氏物語』の間にあって、物語の語りの視点が新たに展開する途上にある作品と位置づけられるのである。

二　書く「女」の戦略その2――「書く」女と「産む」性

さて、本稿冒頭の引用文1について戻るが、『紫式部日記』が清少納言を批判する要点が「漢文」であることには、注意したい。すでに葛綿正一と吉井美弥子がこの点に注目して論じているように、宮中の侍女の日記における「漢字・漢文」をめぐってのことである点は、見逃せない。[*5]

『紫式部日記』は一条天皇の中宮彰子の出産をめぐる宮中の騒ぎを記述した後、同僚の女房である和泉式部、赤染衛門の和歌を評価する。その和歌による同僚女房の評価に続いて、清少納言を「したり顔」で「真名書きちらす」ことを批判していく。葛綿正一が指摘するように、『紫式部日記』と『枕草子』には、「中宮彰子の女房」に対して「中宮定子の女房」、さらには「和歌」に対して「漢文」との対比構造があることを指摘できる。

この葛綿の指摘した構造に、さらに新たな視点を付け加えておきたい。『紫式部日記』は、中宮という「女」の出産を世間中が注目し、皇子を産むことで賛美される出来事に多くの記述が割かれる。いわば「女」が「産む性」であり、その「産む性」を世間が賛美していくことを観察し、記述しているのが『紫式部日記』である。対して、『枕草子』には、定子の「産む性」が描かれない。政治的状況をかんがみるならば、定子が産むことは政治的に栄華とは結びつかず、定子に死をもたらしたものでもあるから、そのような負の側面を書かないのは当然かも知れない。しかし、逆に言えば、『紫式部日記』は彰子の出産の記事を書かない選択肢はあったが、一方、その華やかに賛美する人々を真正面から批判することは、果たしてできたであろうか。〈紫式部〉と〈清少納言〉はそれぞれの女房の立場にあって、『紫式部日記』は「産む性」を見つめ描き、『枕草子』は「産む性」を描かないという対比構造があるのだ。

そして、『紫式部日記』は「女」の「産む性」を見つめ描き、「女」の「産む性」を描かない『枕草子』の作者に言及するのである。そして、この「真名書きちらす」得意顔の清少納言を批判した叙述は、〈紫式部〉自身を回顧する叙述へと転じて行く。

3、書ども、わざと置き重ねし人もはべらずなりにし後、手ふるる人もことになし。それらをつれづれあまりぬるとき、ひとつふたつひきいでて見はべるを、女房あつまりて、「おまへはかくおはすれば、御幸ひすくなきなり。なでふをんなか真名書は読む。むかしは経読むをだに人は制しき」と、しりうごちいふ

（『紫式部日記』、二〇四頁）

紫式部は夫が亡くなった後、厨子に入った漢籍を取り出して読む。もう読む人もなくてしまわれていたそれらの書物を、紫式部は独り、取り出して読むのであった。しかし、そうした彼女の行動を侍女たちは、引用3傍線部「ご主人さま（＝紫式部）はそんな風でいらっしゃるから、幸薄いのだ。どうして女が漢文の書物なんかを読むのでしょう。昔は女がお経（の漢字）さえ読むのを人は止めたものです」と、「女」が「漢字」を読む行為を批難し、だから「幸せ」にはなれないのだ、と悪口を言う。それに対して、〈紫式部〉は、

4、物忌みける人の、行末いのち長かめるよしども、見えぬためしなしなりと、いはまほしくはべれど、思ひくまなきやうなり、ことはたさもあり。

（『紫式部日記』二〇四頁）

と、考える。侍女たちが「『女』が漢字を読むと「幸せ」にはなれない。昔は漢字を書いたお経を読むことさえ人は止めるものだ」というのは、縁起を担いだ人が長命を願ってのものいいであろうが、そんなことが叶ったためしは聞いたことがない、と理論的に反論を思い浮かべる。しかし、そんな理論的に論破することは侍女たちに対して思いやりがないだろうし、「ことはたさもあり（実際そうなのかも知れない）」と、自分にいい聞かすかのように『紫式部日記』で〈紫式部〉は述べている。

さて、ここで、〈紫式部〉は何をもって「はたさもあり」と考えたのであろうか。「女」の「幸い」を、どう受け止めたのか。夫を失った彼女に対して「幸薄い」と侍女が言ったのであるから、侍女たちのいう「女」の「幸い」は男女の結婚生活を指すと理解出来る。

『紫式部日記』はさらに続けて、〈紫式部〉の書いた『源氏物語』を読んだ一条天皇に、

5、「この人は日本紀をこそ読みたるべけれ。まことに才あるべし」

（『紫式部日記』、二〇八頁）

と、褒められたエピソードに転ずる。「才」とは漢文の教養を指す。しかし、褒められたその「才」が要因となって、同僚の、またしても「女」たちによって「日本紀の局」とあだ名をつけてからかわれたとする。

こうした文脈の中に、〈紫式部〉の父が言った、あの有名な一言が記されていくのである。すなわち、

6、「口惜しう、男子にて持たらぬこそ幸ひなかりけれ」とぞ、①つねに嘆かれはべりし。(「残念だ。おまえが男でなかったのは、まったく私に幸せがなかったのだ」と、常に嘆いておられました。)

(『紫式部日記』、二〇九頁)(現代語訳橋本)

というあの父の言葉である。この言葉は簡潔に言えば、「才があるおまえは男だったらよかったのに、女だから意味がない」と言い換えられる。しかも、この言葉は、傍線部①にあるように、「つねに」つぶやき言い放たれていたことが分かる。一条天皇に「才」を認められるほどになった教養は、かつては「父」には持っていることの価値を否定されたのものであった。「父」による「女」の「才」への抑圧である。〈紫式部〉の〈清少納言〉への批判が「漢文」の教養をひけらかす点にあることは、「父」と侍女や同僚の「女」からの抑圧の記憶と連鎖している。〈紫式部〉はこの抑圧に対して、ストレートに反発することをせず、知っていても知らないフリをしていることを『紫式部日記』で明かす。知らないとはいわないのだ。フリをするという戦略を記述するのである。〈紫式部〉は「才」を活かして幸せになれるのは「男」であると考える「父」と、結婚を女の幸いと考える「女」たちによって抑圧を反復された。その反復される抑圧を書き記す中に、中宮彰子に『白氏文集』を進講していることを続けて記述していく。

7、宮の、御前にて、文集のところどころ読ませたまひなどして、さるさまのこと知ろしめさまほしげにおぼいたりしかば、いとしのびて、人のさぶらはぬもののひまひまに、をととしの夏ごろより、楽府といふ書二巻を

ぞ、しどけながら教へたてきこえさせてはべる、隠しはべり。宮もしのびさせたまひしかど、殿もうちもけしきを知らせたまひて、御書どもをめでたう書かせたまひてぞ、殿はたてまつらせたまふ。

（『紫式部日記』、二〇九～二一〇頁）

中宮彰子への進講を〈紫式部〉も彰子を隠していたのに、帝も道長もそれに気づき、道長は中宮彰子に『白氏文集』の二巻を立派に仕立てて贈ったという。それは、すなわち、道長という「時の権力者＝男」によって、中宮彰子への『白氏文集』の進講を評価応援され遂行したことを意味する。侍女や同僚の「女」たちが批難しようと、「父」が「男だったら役に立ったのに」と言い放とうと、「結婚という女」の幸せも、「律令官人として活躍する男」としての幸せとも次元の異なる、新しいジャンルの「書く女」という「生」を〈紫式部〉は生きた。そして、〈紫式部〉は権力の中枢にある「帝」と「大臣」という二人の「男」に「書く女」という「生」を評価されたのである。そのことへの誇りと幸せが、「中宮彰子への『白氏文集』の進講を評価され応援されて遂行した」ことを語るこの箇所には伺える。

吉井美弥子は、「書く」ことに性差による社会的制約がある中で、『紫式部日記』が「中宮出産の記録」を書くことについて注目する。そして、男が漢文日記で書くような政治色が濃い内容でありながら、「男」でなく「女」であるからこそ踏み込んでかけることを示すことに、「なみなみならぬ自負」を読む。[*6] なるほど、確かにそうである。本稿ではその吉井論を受けて、「漢文」を「書くこと」さらには「読むこと」に「男／女」の制約があって、それを越境する時には、「男」からだけでなく「女」からも抑圧をされることを、改めて確認しておきたい。さらにはその抑圧に屈せず、「書く女」という性差を越境するジャンルの生を〈紫式部〉は生きたのであるといえるのだ。そして、〈紫式部〉の「書く女」というジャンルの中での幸せを記述するに際して、その自分の価値を確認するための鏡として、〈清少納言〉への評価を語っているのである。〈清少納言〉への批判は、フリをしないフリへの批判だ。〈紫式部〉の「書く女」の戦略を際立てるには、〈清少納言〉は必要不可欠だったのである。敵役としての〈清少納言〉の「真名書き散ら」すことで「得意顔」をするというそのパフォーマンスの根幹を、〈紫式部〉はある意味、評価しているのである。自分と対にして書き記したい、「才」を持つ「書く女」なのだから。[*7]

『紫式部日記』の「中宮出産記事」は詳細で長い。女が「産む」ことで賞賛される一方で、女が「才」を持つことで批判される世論が厳然としてあることを、『紫式部日記』は示す。長く詳細な記述がこの日記において重要なのではなくて、むしろ、短い記述ながらも「才」を持つ「書く女」というジャンルの生を示すそこにこそ、『紫式部日記』の真髄がある。「書く女」という新しい生を示すことは、「女」に対して「産む性」と「結婚の幸せ」ばかりを言う世論に対する批判ともなる。それこそが、『紫式部日記』の真髄ではなかったか。それは「産む性」を描かず「才」を隠さずサロンを盛り立てていく定子と〈清少納言〉のパフォーマンスを記述する『枕草子』の陰画として見えてくる。

逆に言えば、「産む性」を描けない『枕草子』の戦略としての「才」の誇張の意味するところが、露わになる。『枕草子』もまた、「女」をそうした当時の常識的価値に閉じ込めない戦いを、語っていたのではなかったか。

三 〈見る／見られる〉快楽

さて、こうした明るく戦う『枕草子』において、その戦いぶりにおいて指摘されるのが、「漢文」で表現する戦いに加えて、「見る」という視線をめぐる攻防についてである。『枕草子』の「見る、見られる」視線に関しては、三田村雅子が早くに論じている。[*8]
〈清少納言〉は「見られること」を屈辱と思い、自分の容姿に対してコンプレックスを持っていたとまず言われる。[*9] しかし、改めて、その根拠とされる箇所を見てみよう。「見られること」への屈辱が示されている箇所として示されるのは、「宮にはじめてまゐりたるころ」の段である。

8、宮にはじめてまゐりたるころ、物はづかしき事の数知らず、涙も落ちぬべければ、夜々まゐりて、三尺の御几帳のうしろに候ふに、絵など取り出でて見せさせたまふを、手にてもえさし出づまじうわりなし。「これはとあり、かかり。それか、かれか」などのたまはす。高杯にまゐらせたる御殿油なれば、髪の筋なども、なかなか昼よりも顕証に見えてまばゆけれど、念じて見などす。いとつめたきころなれば、さし出でさせたまへる御手のはつかに見ゆるが、いみじうにほひたる薄紅梅なるは、限りなくめでたしと、見知らぬ里人心地には、「かかる人こそは、世におはしましけれ」と、おどろかるるまでぞまもりまゐらする。（『枕草子』、一一七段）

引用8では、宮中での女房生活を始めたばかりの〈清少納言〉は「ものはづかしき事」がたくさんあって涙がこぼれてしまうと〈清少納言〉の心内は語られる。「はづかし」とは、相手が立派でこちらが決まり悪くて体裁が悪いという気持ちである。その相手とは、続いて〈清少納言〉の視線で語られる定子に違いない。[*10]〈清少納言〉の視点から語られる記述であるから、この先は「見る自分（＝〈清少納言〉）」と「見る自分（＝〈清少納言〉）の目に映る定子」が描写されていく。火影に照らされて自分の髪の一本一本の筋までも見えてしまうのはきまりが悪いけれど、そのきまり悪さに負けまいとするかのように、「堪えてみたりする」とある。自分の髪が火影の明るさでどのように詳しく見えるのかを意識できるのは、眼前の他者の髪がどのように見えるかを「見ている」からである。そのはっきりと髪一本一本が見える明るさで相手を自分が見るのだと語るところに、〈清少納言〉の並々ならぬ強い好奇心が示されている。そして、続けて素晴らしくつやつやと輝いた薄紅梅の手はこの上なく立派であると、「そんなことを見たこともなく知らなかった田舎人」である自分の気持ちには、「こんな人がこの世にいたのだ！」とはっと気づいてしまうほどに、じっとお見つめ申し上げる、という。すなわち「見る」ことは「知る」ことなのだ。

〈清少納言〉のここでのはずかしさは、相手の立派さに圧倒されていることだけに拠るのではない。「立派さの度合い」を「知らなかった」ことを「知る」行為の中に、生み出されている。〈清少納言〉の眼前にあってその目に映る定子の描写と、〈清少納言〉の行為と心内語が、この場面の語りのフレームを行き来する。「見る」ことの怖れは、「知らなかったことを知る」ことへの怖れなのだ。〈清少納言〉の「知らないことを知っていく」知的行為の中にある驚きを、この語りのフレームの行き来から、読み取りたい。よって容姿へのコンプレックスがあるが故の見られることの屈辱というものは、この語りからは、読み取れない。

女主人であれば、屋敷の奥まった場所にあり、人に見られることはしない。女と男、女と他者を媒介にする女房は、男やさまざまな人に見られる。そこに屈辱があるという前提のもと、初めて出仕した〈清少納言〉のこの場面には、見られることの屈辱が言われもする。しかし、当時の常識の観点から、誰彼に見られることは屈辱だとしても、ここにはそれは語られていない。〈清少納言〉は「見る＝知る」ことからさらには、知性の輝きを放つ快感を、この後、手に入れていくのである。「見る＝知る」ことの緊張は、「見る＝知る」ことをする自分が見られることに繋がっている。この「見る＝知る」ことをする自分が見られる、そしてそれを見せる快楽へと、『枕草子』を書くことで〈清少納言〉は飛翔していくのである。

四 〈本当〉の戯れと支配――語る場と書く場から

さて、〈清少納言〉の容姿コンプレックスの根拠と指摘されるもう一つは、「返る年の二月二十日余日」の段の次の箇所にある。

9、いとさだ過ぎ、ふるぶるしき人の、髪などもわがにはあらねばにや、所々わななき散りぼひて、おほかた色ことなるころなれば、あるかなきかなる薄鈍、あはひも見えぬきは衣などばかりあまたあれど、つゆの映えも見えぬに　（『枕草子』、七九段）

傍線部には、「恋をするには盛りを過ぎて、年増な人で、髪も自前ではなくて――付け髪、今で言うエクステを付けているのであろう――、所々（綺麗にまとまって波打つ若い黒髪と違って）乱れ散っている」とある。先に引用した「宮に初めて参りたるころ」の段では、髪が、「高杯にまゐらせたる御殿油なれば、髪の筋なども、なかなか昼よりも顕証に見えてまばゆけれど、」と、髪の一本一本までもが見つめられ描写されていた。この場面で今度はまた、女の髪が、恋（物語）の場面に似つかわしくない残念な姿として、残酷なくらいに見つめられ語り示されている。

初めて出仕した時に、まず見て驚かされた定子のあの立派な「いみじうにほひたる薄紅梅」の手に対して、この場面の「さだ過ぎたる人」もまた、今度は髪と衣が残酷なくらいに見つめられ描写されている。衣は、お仕えしている定子の父・道隆の服喪に女房として従って、「薄鈍」の喪服である。[*11] 女房が喪服であるなら、その道隆の娘定子の衣の色は、この時まして喪を示す濃い鈍色であったに違いないが、それは描写されていない。[*12]

この「さだ過ぎたる人」については、諸注には〈清少納言〉と指摘するものもある。[*13] そのためこの箇所が〈清少納言〉の容貌コンプレックスの根拠とされもする。この段で〈清少納言〉に髪や衣をまなざされている対象は、実際は〈清少納言〉自身かも知れないし、全く第三者かも知れない。しかし、この場面で、「さだ過ぎたる人」が清少納言でなければならない理由はない。ただ間違いなく言えるのは、そのまなざしのありようの中に、まなざす人＝語り手である〈清少納言〉が物語られるということだ。

この場面の、残念な年増女の描写は、美しく若い男子、頭中将藤原斉信の華やかさを描写した直後に示される。重要なのは、この語りの視線に示される落差である。美しい男子斉信は、次のように描写される。

10、桜の綾の直衣の、いみじうはなばなと、裏のつやなど、えも言はずきよらなるに、葡萄染のいと濃き指貫、藤の折枝おどろおどろしく織り乱りて、紅の色、打目などかがやくばかりぞ見ゆる。白き薄い色など下にあまた重なりたり。せばき縁に、片つ方は下ながら、すこし簾のもと近う寄りゐたまへるぞ、まことに絵にかき、物語のめでたき事に言ひたる、これにことはとぞ見えたる。御前の梅は、西は白く、東は紅梅にて、すこし落ちがたになりたれど、なほをかしきに、うらうらと日のけしきのどかにて、人に見せまほし。

（『枕草子』、七九段）

この記述に続けて、先のあの残念な姿の女の描写があるのだ。斉信の衣は、華やかな桜の綾の直衣に葡萄染めの濃い指貫を身につけている。衣のつやや織り模様の華やかさやが、生地の裏表観察されて、描写される。鮮やかな赤い色の衣の下には白い薄い色が幾重にも重ねられているとあり、表の衣の赤色が一層際立っている様子が伺える。紅白の花のような姿である。

斉信が訪れた梅壺に居る女房が喪服であれば、この女房の主人も、そして恐らくこの部屋の人々もみな喪の色に染まっているだろうと想像される。鈍色に染まった御簾の内側に対して、そこに訪れた御簾の外側にいる男子は、内側の喪の色とはかけ離れて対照的に華やかな姿を見せる。折も折り、庭には西に白梅、東に紅梅が咲き、おだやかな春の日に照らされてのどかである。二つを続けて語る〈清少納言〉の目には、紅白の花は、紅白の花のような斉信の姿と競演をしていることになる。こうした斉信の姿を〈清少納言〉は「物語がすばらしいこととして語ったりしているのは、まさにこのことだろう」[*14]という。そして、縁に腰掛ける斉信と紅白の梅の景色を「人に見せたい」と、〈清少納言〉は思いを語る。そして、〈清少納言〉は「物語の登場人物」のようなその斉信のありようを中宮定子の御前で語り披露する機会を得る。しかも、みなが「物語」談義をしている場においてである。

この「物語」に関する語りの場において、「そんなに衣の糸まで見る人があろうか」と、〈清少納言〉の観察力と語り口は定子をはじめとする人々の賞賛と笑いを取る。その様子から、〈清少納言〉が場の人々に語ったのは、斉信の美しい姿のみであるらしい。しかし、一方で『枕草子』は、その斉信が熱心に色っぽく簾の内側に語りかけていた相手が、髪が薄くてエクステを付けている年増女であることの滑稽さを「書く」ことで暴いてみせている。しかも、人々が「そこまで（美男子の衣を）見るか」と人々に言わしめた〈清少納言〉の意地悪なくらいの詳細な視線と語りは、「書く」ことにおいては、この年増女の方に対しても発揮されてあるのだ。

つまり、「物語」のような、斉信の美しいかっこよさは、斉信をめぐる出来事をどこで切り取るかで仕立てられるのであって、眼前に映る範囲を広くして、カメラのように視線の位置を引いて、御簾の外にいる斉信の姿と御簾の内にいる周囲の女房をも映し出せば、「美男子斉信のかっこいい物語」は「美男子斉信の滑稽物語」に転落してしまうのである。斉信を語る噂（物語）のニュアンスを百八十度変えてしまうのだ。その情報の操作と噂（物語）創作の鍵を握るのは、《出来事》を見る人でありかつ語る人である女房の〈清少納言〉なのである。〈清少納言〉に見られているのは、御簾の外の男ばかりでなく、内側の女たちもであった。だから、さらに付け加えるならば、〈清少納言〉の話を笑っている人たち（＝御簾の内側にいる女たち）もまた、〈清少納言〉の語り方によっては、いつでも笑われる人に転落してしまうのである。この段は、《見た出来事》と、人々に口承の場で《語った出来事》の間に、どのような選択があるのかを「書く」ことの場に、示しているのである。語った出来事も、語らなかった出来事も、「あった」〈本当〉のことなのであるが、世間に対しては《語った出来事》だけで、出来事の評価が一転する。そのことの可笑しさと危うさを、『枕草子』は書き付けていく。すなわち、出来事の〈本当〉を支配し、場の評価をコントロールする「見る人（＝知る人）」かつ「語る人」の優位性とその快楽を、「書く」ことで示すのであった。

まとめ

さて、この段は、最後に斉信の語りかけに対して、「女」が『白氏文集』という「漢詩」の一節を引用して返事をして、それを斉信が褒めたエピソードでまとめられている。「女」の「才」を「男」が賞賛するエピソードである。これによって、この段は、前段「頭中将のすずろなるそら言を聞きて」の段に連鎖する。すなわち、登場人物である斉信と〈清少納言〉による「男女で交わす漢詩」の話題に連鎖していくのである。前段では、〈清少納言〉と斉信との「漢詩」をめぐるやりとりが実は男たちの連帯の場で操作されていたことが明らかになる。よって、この連鎖する二つの段は、「見る＝知る」ことによって操作される〈噂〉をめぐる男女の攻防と戯れが示されているといえる。そして、女が「漢詩」を知ることを隠すよりも顕す知性を評価するまなざしが示されている。それは、

『紫式部日記』が示した「世間」のまなざしとは真逆である。また、紫式部の書いた『源氏物語』が〈噂〉と戦う登場人物の葛藤や〈本当〉をめぐる攻防を描いているのに対して、『枕草子』は〈本当〉が作られるものであり、〈本当〉の作り方を遊びとする宮中の生活を描いていたのである。[*15] だから、あの『紫式部日記』の清少納言批判は、『源氏物語』の作者の発言としても、興味深い。

『枕草子』は宮中の男女の出来事の〈本当〉を支配をする「見る女」たちと「見られる男」たちの戯れを記述していく。『枕草子』を読んでいると当たり前すぎることが、『源氏物語』では、女主人公に葛藤をもたらすものとして描かれていく。どちらを前景化して主人公化するかに、『枕草子』と『源氏物語』の違いがみえるのである。見ることの怖れから、見ることの快感へ、そして、見る、見せることによる支配の快楽へと、〈清少納言〉は書くことの中にまた飛翔していく。産む性を描かず、見る見せる快楽を生きる行為を書き付けるそのテクストには、女が「産む性」であることが第一義の中宮と宮中を記述することにあって、『紫式部日記』や『源氏物語』とはまた異なる批評性を放っているのである。

＊本文引用は松尾聰・永井和子校注・訳『新編日本古典文学全集　枕草子』（小学館）、藤岡忠美・中野幸一・犬養廉・石井文夫校注・訳『新編日本古典文学全集　和泉式部日記・紫式部日記・更級日記・讃岐典侍日記』、菊地靖彦・木村正中・伊牟田経久校注・訳『新編日本古典文学全集　土佐日記・蜻蛉日記』から。表記は私に改め、便宜的に傍線や傍点を付し、引用末尾に（　）で当該頁を記している。『枕草子』は、引用テキストに従って、段数を記している。

注

＊1　藤本宗利「『枕草子』の新しい読み―教材としての『枕草子』」（『枕草子研究』風間書房、二〇〇二）は、「同時代人の、しかもきわめて有名な作家悪口」と表現する。それを受けながら、安藤徹「『枕草子』というテクストと清少納言」（『〈国語教育〉とテクスト論』ひつじ書房、二〇〇九）は、「清少納言という名に『したり顔』というレッテルを貼りつけることがいかにも正当／正統／正答のように受容され、『枕草子』の読みをも相当に呪縛してきた」と指摘している。安藤論からは、『枕草子』をどのように読むかに対する慎重な態度を学び、改めて考えさせられた。

＊2　上野千鶴子『女ぎらい』（紀伊國屋書店、二〇一〇）は、「ミソジニー」について分かり易く述べる。

＊3　三田村雅子「見る／見られる／見せる―枕草子の視線構造―」（『枕草子　表現の論理』有精堂、一九九五）は、「『見られる』脅えとの闘いが、枕草子という作品を一貫する独特の屈折と韜晦を呼び寄せたのではないだろうか。」と述べ、『枕草子』における清少納言の「見る／見られる／見せる」視線構造を解読し、「多層化する語りや枠組みや、まなざしの交錯は、その虚構空間構築のための抜かすことのできない手続きであり、段階だったのである。」と指摘する。この三田村論の視座には大きな示唆を受けた。

＊4　津島知明「『随筆文学』以前」（『動態としての枕草子』おうふう、二〇〇五）は、『枕草子』が「随筆文学」という近代の評価によって、「随筆作家清少納言」という呪縛に規定されてきた『枕草子』の読みの内実を掘り起こしている。

＊5　葛綿正一「平安朝文学史の断面―権力・エロス・言葉」（『源氏物語のエクリチュール―記号と歴史』笠間書院、二〇〇六）は、『枕草子』と『紫式部日記』における漢詩をめぐる記事を対照して、そこにセクシャルな意味合いがあるなしに注目して論じて、刺激的である。本稿は、葛綿論の視点に大いに学んだ。吉井美弥子「『紫式部日記』論―「女／男」へのまなざし」（『読む源氏物語　読まれる源氏物語』森話社、二〇〇八）は、『紫式部日記』は、「女が望んでも、表立って認められて漢籍に関わることがかなわない、そうした社会的・文化的な〈性差〉という

制約の中で、この日記が書かれていることを『紫式部日記』はみずからあきらかにしている。女と男の〈性差〉が、ものを書きあらわす『表現』という行為において厳然としてあることへの違和感がここに確かに窺われるのである。」と、表現することのジェンダーに注目して述べる。そして、そうした社会的制約の中で『紫式部日記』が「中宮出産の記録」を書くことの意義について論じている。男が漢文日記で書くような政治色が濃い内容でありながら、男でなく女であるからこそ踏み込んでかけることを示すことに、「なみなみならぬ自負」を吉井は指摘している。

＊6　注5吉井論に同じ。

＊7　『枕草子』は『紫式部日記』の先行作品である。しかし、『紫式部日記』を書いた紫式部が、『枕草子』を読んでいたかどうかの事実は分からない。『新編古典文学全集　枕草子』解説にあるように、自分と同じ資質を紫式部は清少納言に見たことは、確かに言える。二つのテクストを対にして読む現代の読者からは、さらにこの二人が「書く女」というジャンルを生きている点で、並べることができる。そこから『紫式部日記』の〈紫式部〉による批評もおき直して、理解できるのである。

＊8　三田村雅子『枕草子　感覚の論理』（有精堂、一九九五）。

＊9　三田村雅子「反転するまなざし—虚構性について—」（『枕草子　感覚の論理』有精堂、一九九五）。

＊10　中嶋朋恵「『枕草子』の世界における御簾の内・外」（『枕草子の新研究—作品の世界を考える』新典社、二〇〇六年五月）は、「見られる」ことの戸惑いは否定しないが、「同じ御簾内にいる定子や伊周のような主人側から見られるという場合に限れば、これは女房の一方的な恥辱とはいえないのではなかろうか」とする。中嶋は一連の清少納言が「見られる」ことについて、定子の目にかなうか否かがみられている点の重要性を指摘している。本稿では、定子に評価されることの以前に、自身が「見る」ことによって「知る」知的興奮を、この段に読み取りたい。

＊11　金子元臣『枕草子評釈』（明治書院、一九二一）、五十嵐力・岡一男『枕草子精講』（學燈社、一九五四）、池田亀鑑『全講枕草子』上巻（至文堂、一九五六）、秋山虔・池田亀鑑・岸上慎二校注日本古典文学大系『枕草子　紫式

部日記』（岩波書店、一九五八）、新編古典文学全集頭注などの注には、定子の父道隆がこの記事の前年に薨去しているので、定子方の人はみな喪に服した衣をつけているとする。

＊12　服喪については、「喪葬令」第廿六（日本思想体系『律令』岩波書店、一九七六）参照。死者に対して近親であるほど、喪服は濃い鈍色となる。

＊13　鹽田良平『日本古典読本　枕草子　奥付』（日本評論社、一九三九）、（萩谷朴校注『新潮日本古典集成　枕草子』（新潮社、一九七七）松尾聰・永井和子校注・訳『完訳　日本の古典　枕草子（一）』（小学館、一九八四）、渡辺実校注『新日本古典文学大系　枕草子』（岩波書店、一九九一）では、「さだすぎたる人」を清少納言と解する。

＊14　『源氏物語』玉蔓巻では、光源氏と玉蔓との間で物語論を語る場が展開されている。

＊15　『源氏物語』玉蔓巻での物語論では、ウソとマコトが話題となる。「正史にはのらない真実が物語にはある」と光源氏は言う。『枕草子』において、中宮を交える物語談義の中で、〈清少納言〉が出来事の〈本当〉を支配していることが語られる点は、『源氏物語』の中の物語談義と比して興味深い。『源氏物語』の物語論については、拙著『源氏物語の〈記憶〉』で論じたので、読まれたい。『源氏物語』は他者の視線と言葉とどのように戦うかを示した物語である。

【建築・空間】
『枕草子』戸考

東　望歩

はじめに

『枕草子』における建築・空間を考えるに当たって、今回考察の対象とするのは、『枕草子』における戸の用例である。

寝殿造の柱間に取り付けられ、内外を隔てる建具には、格子・蔀・戸があるが、このうち格子・蔀と戸は、その建具としての性質、周辺空間との関係が異なる。

寝殿造における外部空間と内部空間の連続性は、母屋に廻しつけられている廂・簀子に実現され、そして、それは格子・蔀によって支えられている。寝殿造はそもそも「庭儀のための開放的な列柱空間の住宅建築」であり、それを住居として使用するにあたっては、「庭との空間的連続性以外の束縛を受けていない自在性に富んだ空間を、障屏具で区画し、敷物・調度を配列して儀式や生活に合わせた空間を作る」可変性が重要であった。*1 開放的な列柱空間、すなわち柱のみを持つ吹き放しの空間を基本構造とする寝殿造は、儀式の場としての機能を保全しつつ居住空間としても使用する建築形式であり、格子・蔀は、開いた際に軒下に吊すことで、柱間の隔てを一時的に消し去って庭との連続性を実現させる建具である。その開閉によって、内外の境界を都度引き直し、周辺の空間秩序を変容させるのである。対して、戸は二つの別空間を戸口によって限定的につなぎ、移動可能とするものである。このため、「庭との連続性を妨げない建物の妻や出入口を象徴する場所」[*2]に用いられるのである。枢戸と框戸、板戸と障子戸など開閉方式や材質などに様々な形態を持ち、それは周辺空間との関わりを示すものである。作中における位置関係や動きの重要な指標ともなる。

『枕草子』に確認できる戸には、「妻戸」三例、「遣戸」六例、「戸」五例、「黒戸」四例がある。[*3]『枕草子』において、戸という表現がどのように用いられているのか、他作品における用例を参照しつつ、具体的に検討、考察していきたい。

一 「妻戸」について

妻戸は建物の妻、すなわち端に設けられた外開きの枢戸である。外との隔てである妻戸には、外からの視線を遮るために御簾がかけられている。『うつほ物語』「南の簀より上りて覗きたまへば、東の妻戸の簾上げて、人ものめし居たり。」(楼の上・上③四二〇頁)、『落窪物語』「衛門、妻戸のもとにて、「ここに立ち寄りたまへ」と言はすれば、いとおぼえなく、あやしと思ひながら寄りたる、袖口のいと清げにさし出だして」(二三二頁)はそれぞれ妻戸にかけられた御簾について言及したものである。『源氏物語』では、妻戸前の御簾の内側に半身を入れて室内の様子をうかがおうとする光源氏や夕霧の様子が、「妻戸の御簾をひき着たまへば」（花宴①三六五頁）、「妻戸の御簾をひき着て、几帳の綻びより見れば」（野分③二八四頁）という表現で描写されている。この御簾の内側にある母屋に面していない廂隅の一間四方は妻戸の間とも称される。妻戸前の簀子や妻戸の間は、最初の接客空間である。[*4]妻戸は、外部に接した隔てであり、移動の可能性が常に確保された出入口だが、妻戸は出入りの際に都度開閉するものではなく、格子と同様に日中開け放し、夜間は閉められている。『枕草子』に確認できる妻戸の用例は、全て朝の場面であり、格子とともに開かれている。

人は なほ暁のありさまこそ、をかしうもあるべけれ。（中略）格子おしあげ、妻戸ある所は やがてもろともに率て行きて、昼のほどのおぼつかなからむ事なども言ひ出でに すべり出でなむは、見送られて名残もをかしかりなむ。（六一段「暁に帰らむ人は」七六〜七七頁）

暁に 格子 妻戸押し開けたれば、嵐のさと顔にしみたるこそ、いみじくをかしけれ。（一八九段「風は」二一五頁）

わが乗りたるは 清げにつくり、妻戸あけ 格子上げなどして、さ水と等しうをりげになどあらねば、ただ家の小さきにてあり。（二八八段「うちとくまじきもの」二八七〜二八八頁）

『枕草子』では、右にあげた三例に見るように、妻戸は格子とともに開かれるものとしてのみ登場する。しかし、他作品では異なる用いられ方をされている。

他作品の用例としては、先に引いた『うつほ物語』一例、『落窪物語』一例のほか、『蜻蛉日記』四例（うち妻戸口一例）、『和泉式部日記』三例、『紫式部日記』四例、『源氏物語』一一七例（うち妻戸の間二例）がある。

『蜻蛉日記』では、格子が閉まっている際に単独で開くものとして、「南面の、格子も上げぬ外に、人の気おぼゆ。人はえ知らず、われのみぞあやしとおぼゆるに、妻戸おし開けて、ふとはひ入りたり。」（二六六～二六七頁）、「まだ格子はあげぬほどに、ある人起きはじめて、妻戸おし開けて」（二七一頁）と表されるのが妻戸である。妻戸には内側に掛金具があって夜間施錠されている。兼家が突然訪問した夜、「夜もうらもなよううち臥して寝入りたるほどに、門たたくに驚かれて、あやしと思ふほどに、ふと開けてければ、心さわがしく思ふほどに、妻戸口に立ちて、「とく開け、はや」などあなり」（二七二～二七三頁）とあり、この後、妻戸の施錠をめぐって、古歌「君や来むわれや行かむのやすらひにまきの板戸をささで寝にけり」を踏まえ、「やすらひにだになくなりにたれば、いとかたしや」「さしてのみまゐり来ればにやあらむ」という「固し」と「難し」、「指す」と「鎖す」を言い掛けた応酬がなされる。『源氏物語』空蟬巻でも、空蟬のもとに忍び入る光源氏を手引きする小君が、女房たちが寝静まった頃「妻戸を叩きて入る」（①一二三頁）のだが、この時「戸放ちつる童」の存在が記されている。若紫巻でも、紫上をひそかに連れ出す夜、「妻戸を鳴らしてしはぶけば、少納言聞き知りて出で来たり」（①二五三頁）とあり、ここでも夜には妻戸が施錠されていたこと、突然の訪問には妻戸の開閉で対応したことがうかがえる。

また、道綱母養女に求婚する遠度の訪問に際して、「格子二間ばかり上げて、簀子に火ともして、廂にものしたり。助、対面して、「早く」とて、椽に上りぬ。妻戸をひき開けて、「これより」と言ふめれば、歩み寄るもの、またたちのきて、「まづ御消息聞こえさせたまへかし」としのびやかに言ふなれば、入りて、「さなむ」とものするに、「思しよらむところに聞こえよかし」など言へば、すこしうち笑ひて、よきほどにうちそよめきて入りぬ」（三三〇頁）という妻戸を目前にしたやりとりが記されているが、これは求婚作法、求婚意志表明としての「居初め」[*5]の問題に関わって登場する妻戸である。廂に御座を用意されていても、一旦、妻戸前の簀子にとどまって言葉を交わすことで居初めの手順を踏んだのだろう。二日前に「今日よき日なり。円座かいたまへ。居そめむ」（三二九頁）と願って叶わず、「いとかひなきわざかな」（三三〇頁）と落胆して帰った遠度のこだわりであり、そうした形式を整えていこうとする遠度に対して、「思しよらむところに聞こえよかし」と応えた道綱母は求婚の許しを与えたのだろう。そして、遠度は、形式を整えた上で、「よきほどに」改めて妻戸から廂に入ってくるのである。

『和泉式部日記』で「女」のもとを「宮」が訪れた際、「ものばかり聞こえむと思ひて、西の妻戸に円座さし出でて入れたてまつるに」（二一頁）とあるのも居初めの形式と関わるものと考えられる。妻戸前の簀子に御座を用意された「宮」は、「古めかしう奥まりたる身なれば、かかるところに居ならはぬを。いとはしたなき心地するに、そのおはするところに据ゑたまへ」と自分の「宮」としての身分をほのめかすことで妻戸のうちに入ることを望むが、「女」は聞き入れず、妻戸前の簀子で夜ふけまで語り明かすことになる。それでも「かくて明かすべきにや」と心に決めた「宮」が「やをらすべり入りたまひ」（二二頁）て二人は契りを交わすが、この時、「なさけなきやうにはおぼすとも、まことにものおそろしきまでこそおぼゆれ」と「宮」が告げるのは、身分差にひるむことなく、形式を整えて今回の訪問を求婚意志表明としての居初めと位置づけようとする「女」に対して、身分をたてに早急な関係を望む自身の行動を正当化しようとしたものといえる。

この他、『和泉式部日記』に登場する妻戸は、「《まどろまであはれ幾夜になりぬらむただ雁がねを聞くわざにして》とのみして明かさむよりはとて、妻戸を押し開けたれば」（五〇頁）、「夜やうやうふけぬらむかしと思ふに、門をうちたたく。あなおぼえなと思へど、問はすれば、宮の御文なり。思ひがけぬほどなるを、「心や行きて」とあはれにおぼえて、妻戸押し開けて見れば」（六一頁）の二例である。どちらも「宮」の訪れがない夜、自ら「妻戸を押し開け」ている。

『紫式部日記』では、妻戸における人の出入りは作中確認できない。『紫式部日記』において、妻戸とは隔てであり、場の指標であって、開閉したり出入りしたりするものではない。「渡殿より見やれば、妻戸の前に、宮の大夫、東宮の大夫など、さらぬ上達部も、あまたさぶらひたまふ」（一三六頁）、「妻戸のわたりも御湯殿のけはひに濡れ、人の音もせざりければ、この渡殿の東のつまなる宮の内侍の局に立ち寄りて、「ここにや」と案内したまふ」（一六〇～一六一頁）、「宮の大夫、御簾のもとにまゐりて、「上達部御前に召さむ」と啓したまふ。聞こしめしつとあれば、殿よりはじめたてまつりて、みなまゐりたまふ。階の東の間を上にて、東の妻戸の前までゐたまへり」（一六三～一六四頁）、「身舎の東面、東の廂に、内裏の女房も十余人、南の廂の妻戸へだててゐたり」（一七二頁）の全四例は、全て土御門殿の寝殿南廂東面にある妻戸である。土御門殿で紫式部は寝殿と東対をつなぐ渡殿に置かれた局のひとつ曹司しており、[*6]ここから見える東の妻戸の様子が取材されているのである。

『源氏物語』では、妻戸が登場する場面にはいくつかの傾向がある。まず、物語前半に当たる用例では、光源氏が室内に入り込む出入口である。空蟬巻において、空蟬と軒端荻を透き見するため、「東の妻戸」（①一一九頁）から廂内に入り込む。また、その夜、小君の手引きを得て、この妻戸から二人の寝所に忍び入るのは、先に確認した通りである。花宴巻における朧月夜との再会も、妻戸に半ば入り込むことで果たしている。若紫巻において紫上を連れ去る際にも、「心も知らぬ者」に門を開けさせて車を入れ、さらに「少納言」に妻戸を開けさせている。しかし、須磨巻において、左大臣邸から出立する際、「中納言の君、見たてまつり送らむとにや、妻戸おし開けてゐたり」（②一六八頁）という場面を挟んだ後には、光源氏が恋のために出入りする場所としての妻戸はいったん消え、光源氏以外の男性たちによる見る場所としての妻戸が確認されるようになる。

少女巻において夕霧は「妻戸の間に屏風など立てて、かりそめのしつらひなる」（③六一頁）ところに「かしづきおろ」された五節舞姫を垣間見、蛍巻において兵部卿宮は「妻戸の間に御褥まゐらせて、御几帳ばかりを隔てにて近きほどなり」（③一九八頁）から、蛍の光に照らし出された玉鬘を垣間見る。常夏巻では父内大臣が近江の君を「妻戸の細めなるより、障子の開きあひたるを見入れたまふ」（③二四二頁）。野分巻では、野分の朝、見舞いのために六条院を訪れた夕霧が「東の渡殿の小障子の上より、妻戸の開きたる隙を何心もなく見入れたまへるに」（③二六四頁）紫上を垣間見ることになり、光源氏は「かの妻戸の開きたりけるよ」（③二六六頁）と気づく。さらに夕霧は異母妹である明石姫君のもとを訪れ、「例はものゆかしからぬ心地に、あながちに、妻戸の御簾をひき着て、几帳の綻びより」（③二八四頁）その姿を垣間見る。

光源氏が再び妻戸に登場するのは、若葉上巻である。「かの須磨の御別れのをりなどを思し出づれば」（④六八頁）という文言が引き込んだゆえだろうか、暁の見送りの場面が続く。しかし、須磨巻の見送りの場面が、須磨へ流れる失意の朝であったように、どれもどこかいびつな別れの場面である。女三宮のもとから「鶏の音待ち出でたまへれば、夜深きも知らず顔に急ぎ出でたまふ。いといはけなき御ありさまなれば、乳母たち近くさぶらひけり。妻戸押し開けて出でたまふを、見たてまつり送る」（④六八～六九頁）と夜中に立ち去る光源氏を「乳母たち」が見送る。朧月夜との逢瀬を果たした帰りは、須磨流鐸の朝と同じ「中納言の君」という名の女房に見送られるが、「中納言の君、見たてまつり送るとて、妻戸押し開けたるに、たち返りたまひて、（略）わりなく出でがてに思しやすらひたり。（略）御身を心にえまかせたまふまじく、ここらの人目もいと恐ろしくつつましければ、やうやうさし上がりゆくに、心あわたたしくて。廊の戸に御車さし寄せたる人々も、忍びて声づくりきこゆ」（④八三～八四頁）と人目を気にする女房たちや供人たちにせき立てられるように去ることになる。また、夕霧巻において落葉宮への恋に惑う夕霧は、「西の妻戸より、いとうるはしき男の出でたまへる」（④四一七頁）姿を目撃されるが、その姿を誤解されたことにより、病気がちだった一条御息所を悲嘆の死に追い込むことになった。その「妻戸の簀子に押しかかりたまうて」（④四四〇頁）弔問する[*7]夕霧の姿は、皮肉な対比だろう。そして、この妻戸はのちに「例の妻戸」（④四四八頁）と作中で表され、この夕霧の恋に重要な場として定位されている。

第一部を結ぶ幻巻では、もはや相対するひともなく、妻戸は一人佇む場所となる。七夕の夜に「星逢ひ見る人」を紫上を失った光源氏は、「まだ夜深う、一ところ起きたまひて、妻戸押し開け」（④五四三頁）、悲嘆にくれる独り寝の夜、妻戸を押し開けて孤独をかみしめる姿は『和泉式部日記』にも見られるものである。

以降、妻戸の用例は、竹河巻「梅が枝をうそぶきて立ち寄るけはひの花よりもしるくさとうち匂へれば、妻戸おし開けて、人々あづまをいとよく掻き合はせたり」（⑤七一頁）のように開け放って訪問者を迎えたり、宿木巻「女どちはしどけなく朝寝したまへらむかし、格子、妻戸などうち叩き声づくらんこそ、うひうひしかるべけれ、朝まだき、まだき来にけり」（⑤三九一～三九二頁）と訪問者が気遣ったりする緊張感のないものへ変質する。

宇治十帖の世界では、匂宮と中君が暁の別れを惜しみ、「明けゆくほどの空に、妻戸おし開けたまひて、もろともに誘ひ出でて」（総角⑤二八二頁）山里の風景を眺めており、第一部には見られなかった『枕草子』が描き出したような恋人たちの姿を見ることができる。薫もまた按察の君との別れに「妻戸押し開けて、「まことは、この空見たまへ」」（宿木⑤四一八頁）と誘うが、この場合は、名残を惜しんで妻戸でなされるような心の籠もった別れではなく、早々の出立を恨めしく思う按察の君を「言い紛らはしてぞ出でたまふ」に過ぎない。妻戸での暁の別れ、というモチーフを意識的にずらして用いることで、薫と匂宮の違いを示している。

浮舟の物語では、妻戸は薫、匂宮と浮舟の関係にとって重要な場として繰り返し登場する。薫は、「人召して、車、妻戸に寄せさせ」（東屋⑥九三頁）、浮舟を自ら抱き上げて三条の小家から連れ出す。しかし、宇治に据えられた浮舟のもとに匂宮が現れ、二人は契りを結んでしまう。浮舟との恋に溺れる匂宮は、京からの叱責により不承不承宇治を起つ際、「妻戸にもろともに率ておはして、え出でやりたまはず」（浮舟⑥一三五〜一三六頁）と暁の別れを惜しむのであった。さらに重ねた宇治川のほとりでの逢瀬から浮舟は匂宮に「抱き」上げられて戻り、そんな二人を「右近、妻戸放ちて入れたてまつる」（浮舟⑥一五六頁）。そして、薫と匂宮の間で苦しんだ末、浮舟は「皆人の寝たりしに、妻戸を放ちて出でたりしに、風ははげしう、川波も荒う聞こえしを、独りもの恐ろしかりしかば、来し方行く末もおぼえで、簀子の端に足をさし下ろしながら、行くべき方もまどはれて」（手習⑥二九六頁）とのちに回想するように、妻戸を自ら開け放ち、そこから自らの足で姿を消すのである。

車を寄せる場所としての妻戸は、東屋巻の用例のほか、「御車の榻を召して、妻戸の前にぞゐたまひけるも見苦しければ」（蜻蛉⑥二三六頁）にも見られる。また、「渡殿の方は、左の大殿の君たちなどゐて、もの言ふけはひすれば、妻戸の前にゐたまひて」（蜻蛉⑥二五五頁）は、西対と渡殿の間にある西南妻戸で、この場面は『紫式部日記』の土御門殿東南妻戸を想起させる。

二　「遣戸」について

遣戸とは、板の四周に框を廻し、敷居と鴨居の溝にはめ込んでそこを滑らせることで開閉する引戸である。引戸は、回転式の格子・蔀や妻戸（枢戸）のように、開閉に際して周辺にスペースを必要としない。引戸という形式の建具は、スペースに恵まれているとはいえない日本に特徴的なものである[*8]。ただし、妻戸と比べて遅くに成立したこともあり、遣戸の用例はあまり多くない。『うつほ物語』、『蜻蛉日記』、『和泉式部日記』に用例はなく、『源氏物語』に六例（うち遣戸口二例）、『紫式部日記』に「殿もしのびて、遣戸より北におはしませば」（一七六頁）一例のみがある。『源氏物語』では、夕顔の宿、浮舟が隠れ住んだ三条の小家、匂宮が浮舟を連れ出した対岸の「はかなう造りたる家」、荒れた宇治院、女一の宮の侍女である小宰相の君の局という「立派な家とはいい難い」住居に限定して用いられることが確認されている。[*9] 枢戸と比べて省スペースであることがこうした傾向につながるのだろう。『源氏物語』におけるこうした使い分けは蔀の用法に準じる。[*10]『紫式部日記』では、妻戸と同様、出入りする建具というより場の指標として用いられている。

『落窪物語』のみ十五例（うち遣戸口二例）と例外的に用例が多いが、落窪の君が閉じこめられた雑部屋の遣戸がそのほとんどで十二例を数える。この遣戸を挟んで、救出までの物語が展開されるためである。[*11] 遣戸は掛け金で施錠するほか、開閉のための溝に支えをすることで戸が開かなくするようにできるものであり、このことがこの舞台で重要な役割を果たしている。落窪の君が閉じこめられた雑部屋の遣戸は、継母北の方によって施錠されている。そこで、あこぎは、三郎君の助けを得る、縫物のために開けられた隙を狙う、典薬助の訪問に気が緩んだ隙を狙う、典薬助の手紙を差し入れるふりをする、など様々な手段で、遣戸の向こうに閉じこめられた姫君のもとに食物や手紙を落窪の君に差し入れていくのである。反対に、典薬助の訪問のために遣戸が解錠されてしまう時には、典薬助が落窪の君のもとに辿りついてしまうことを防ぐため、「遣戸の片の樋に添へて、えさぐらすまじく、さして」（一三一頁）、もうひとつの方法で遣戸を開けないようにしてしまう。遣戸が施錠とは別の形で開かないようにできる構造の建具であることを利用した物語展開といえるだろう。

雑部屋以外の遣戸としては、あこぎの「曹司」に二例、もう一例は継母北の方にそそのかされた父中納言が落窪の君の住む「寝殿の放出の、また一間なる落窪なる所の、二間」（一七頁）に説教に訪れ、「遣戸を引きあけたまふよりのたまふ」（八六頁）の一例がある。父中納言は、巻一冒頭、用足し帰りに落窪の間を「さしのぞいて見」（二五頁）、落窪の君のみすぼらしい様子に心痛める場面もあるが、そこでは建具について言及されていない。落窪の間の建具については、遣戸のほか、道頼の求婚物語では「格子」、継母とのやりとりでは「中隔ての障子[*12]」での出入りが確認できる。

『枕草子』に確認できる遣戸の用例は六例[*13]である。

あながちなる所に隠し伏せたる人の、いびきしたる。また、忍び来る所に長烏帽子して、さすがに人に見えじとまどひ入るほどに、物に突きさはりて「そよろ」といはせたる。伊予簾などかけたるに、うちかづきて「さらさら」と鳴らしたるも、いとにくし。帽額の簾は　ましてこはしのうち置かるる音、いとしるし。それも、やをら引きあげて入るは　さらに鳴らず。遣戸をあらく立て開くるも、いとあやし。すこし　もたぐるやうにして開くるは鳴りやはする。あしう開くれば　障子なども　こほめかしうほとめくこそ、しるけれ。

（二六段「にくきもの」四四頁）

「にくきもの」という表題から、そっと忍び入る逢瀬に鳴ってしまうものとして「簾」「遣戸」「障子」を挙げ、それに対する意識や注意が書き記されている。ここで確認できるのは、障子（障子戸）と遣戸の違いである。障子戸は、内部を仕切る障子をスライドして開閉できるようにすることで、障子によって仕切られた空間の行き来を可能にした内部建具である。格子状に組んだ細木に紙を重ね貼りした障子と板戸である遣戸では重さが著しく違う。「遣戸を荒くたてあくる」際に大きな音がするのはもちろん、軽くて音が立てにくい「障子」でさえ、「あしうあくれば」「こほめかしうほとめく」という記述は、こうした違いを意識したものである。

内の局　細殿いみじうをかし。上の蔀あげたれば　風いみじう吹き入りて、夏もいみじう涼し。冬は、雪　霰などの風にたぐひて降り入りたるも、いとをかし。（中略）あまたの声して詩誦じ歌などうたふには、たたかねどまづあけたれば、ここへとしも思はざりける人も立ちどまりぬ。ゐるべきやうもなくて立ち明かすもなほをかしげなるに、几帳の帷子いとあざやかに裾のつまうち重なりて見えたるに、直衣のうしろにほころびたえすきたる君達、六位の蔵人の青色など着て、うけばりて、遣戸のもとなどにそば寄せてはえ立たで塀の方にうしろ押して袖うち合はせて立ちたるこそ、をかしけれ。（七四段「内の局細殿」八四〜八五頁）

細殿の遣戸をいととう押し開けたれば、御湯殿に馬道より下りて来る殿上人、萎えたる直衣指貫のいみじうほころびたれば色々の衣どものこぼれ出でたるを押し入れなどして、北の陣ざまに歩み行くに、開きたる戸の前を過ぐとて纓を引き越して顔にふたぎていぬるもをかし。（二三二段「細殿の遣戸を」二四一頁）

登華殿西廂を題材にした二章段にも遣戸は登場しており、細殿の建具に遣戸が使われていることが分かる。ただし、七四段冒頭には「上の蔀あげたれば」とあり、『承安五節絵』に見られるような細殿の西面が全て遣戸となっている状態ではないようである。『大内裏図考証』巻第十七「登花殿」に「西面渡廊、当西庇南第一間、対凝花舎東孫庇第二間階」とあり、登華殿の西廂、すなわち細殿の南端から、登華殿の西側にある梅壺（凝花舎）の孫廂につながる渡廊があったと推定されている。この渡廊に出る西面南端の建具は、当然蔀ではなく遣戸だろう。また、一五六段「故殿の御服のころ」に「細殿の四の口に殿上人あまた立てり」（一八九頁）とあり、「四の口」すなわち北第四間の建具も遣戸と推測されている。北第一間から第三間、南第二間から第五間（中央）までの建具については、遣戸であるのか蔀であるのか不明である。また、先に引いた七四段「内の局細殿」に確認できる「遣戸のもとなどにそば寄せてはえ立たで」「簾を押し入れてなから言ひたるやうなる」などの表現から、南隣にある弘徽殿の西廂（細殿）と同様、登華殿の細殿にも簀子が付いていないのではないか、と考えられる。
『枕草子』で登華殿細殿以外に遣戸を確認できるのは、一条院の小廂に見える三例である。細殿も小廂も清少納言の局が置かれている場所で、局口にはやはり遣戸が使われることが多いようである。

一条の院に造らせたまひたる一間の所には　にくき人はさらに寄せず、東の御門につと向ひて　いとをかしき小廂に　式部のおもとと　もろともに夜も昼もあれば、上も常に物御覧じに入らせたまふ。「今宵は内に寝なむ」とて南の廂に二人臥しぬる後に、いみじう呼ぶ人のあるを、「うるさし」など言ひ合はせて寝たるやうにてあれば、なほいみじうかしがましう呼ぶを「それ起こせ、空寝ならむ」と仰せられければ、この兵部来て起こせど　いみじう寝入りたるさまなれば、「さらに起きたまはざめり」と言ひに行きたるに、やがてゐつきて物言ふなり。しばしかと思ふに、夜いたうふけぬ。「権中将にこそあなれ。こは何事をかくゐては言ふぞ」とて　みそかにただいみじう笑ふも、いかでかは知らむ。暁まで言ひ明かして帰る。また「この君いとゆゆしかりけり。さらに寄りおはせむに物言はじ。何事をさは言ひ明かすぞ」など言ひ笑ふに、遣戸あけて女は入り来ぬ。

（二七六段「成信の中将は入道兵部卿宮の御子にて」二七六〜二七七頁）

長保元年七月の内裏焼亡による遷御から長保二年十月に新造内裏へ還御するまで一条大宮院が「今内裏」として使用され、一条天皇の御座所である中殿（北対）を「清涼殿」と呼び、「壺」を挟んで東西の「渡殿」でつながる「その北なる殿」（北二対）を定子の御座所としたことが、二二九段「一条の院をば今内裏とぞいふ」に記されている。太田静六氏による一条院推定復元図では[*14]、北二対はなく、寝殿、北対、東対、東北対、西対を推定し、さらに西二対、東二対についても考えられるとしていたが、一条院では、南殿（寝殿）が紫宸殿、中殿（北対）が清涼殿として使用されており、推定復元図に従った場合、定子の御座所となる北殿（北二対）が存在しないことになってしまう。しかし、『権記』長保二年二月十八日条「主上渡御北殿、中宮御上壺寝」の記事によって、定子が北二対を御座所としたことが確認されている。*15

この時期における一条院の使用形態については、「紫宸殿分用南殿、仁寿殿分用西対、綾綺殿分用東対、清涼殿分用中殿」(長保元年七月十三日条)を基本とし、そのうち西対の西廂および北廂には、公季女義子、顕光女元子という二人の女御の曹司が置かれたことが「西対北廂可為女御達(藤原義子・同元子)御曹司」(七月七日)、「女御二人曹司、以西対北西廂可給之」(七月廿一日)と『権記』に記される。西対母屋は女御たちの曹司ではなく、五節の際に東対とともに舞姫の控室(五節所)として使用されている。東対は、五節のほか、三条第二皇子敦儀親王著袴の儀が行われ、結政所にも使用されている。東北対は、『権記』『御堂関白記』『小右記』長保元年九月八日条から道長の直廬であったことが確認でき、さらに『権記』長保元年十一月七日条「以三位藤原彰子為女御、即詣御曹司、東北対」以降、彰子が曹司している。つまり、寝殿(「紫宸殿」)、西対(「仁寿殿」)、東対(「綾綺殿」)、北対(「清涼殿」)を「今内裏」として一条院が機能するための基盤とし、さらにキサキたちが使用する後宮が北二対、東北対および西対北西廂に置かれる。後宮ではない「仁寿殿」に当てられているはずの西対の北廂と西廂を「承香殿女御」元子、「弘徽殿女御」義子の曹司としたのは、仁寿殿北隣にある承香殿、仁寿殿西隣にある弘徽殿を、それぞれ北廂、西廂に当てたのだろう。西対を晴向きの母屋および南廂・東廂と生活空間として使用される北廂・西廂に分割し、別空間と捉えることで、複数の殿舎を置いたのである。

二七六段に登場する遣戸は、「東の御門」が見える北二対東面の小廂の西側、南廂に入る場所にある。普段は「式部のおもと」と気ままに過ごしている小廂だが、この時は「今宵は内に寝なむ」と「南の廂」に入ってしまい、小廂で「いみじう呼ぶ」成信のために二人を起こしに来た兵部が「さらに起きたまはざめり」と報告するために小廂に戻ってそのまま居明かしている。ここで「入り来ぬ」際に「遣戸あけて」とあることから、小廂と南廂を隔てる建具が遣戸であったことが確認できる。*[16]

この小廂については、「一条の院に造らせたまひたる一間の所」とあり、一条院を「今内裏」として使うにあたって、もしくは、北二対を定子の曹司とするにあたって、増築したと思しい。「清涼殿」として使われた北対との位置関係から「北の陣」（三〇頁）と呼ばれた「東の御門」を見通せるという小廂は、東廂の外側に張り出して設けられたもので、小廂と称されるのは、南北に短い小部屋*[17]であるためと解されている。また、同じく小廂を舞台とする四七段後半記事から、東廂に接している西面戸（「奥の遣戸」）だけではなく、南面も遣戸（「南の遣戸」）であることが分かる。

つとめて、日さし出づるまで式部のおもとと小廂に寝たるに、奥の遣戸をあけさせたまひて上の御前宮の御前出でさせたまへば起きもあへずまどふを、いみじく笑はせたまふ。唐衣をただ汗衫の上にうち着て宿直物も何もうづもれながらある上におはしまして、陣より出で入る者ども御覧ず。殿上人のつゆ知らで寄り来て物言ふなどもあるを、「けしきな見せそ」とて笑はせたまふ。さて、立たせたまふ。「二人ながら、いざ」と仰せらるれど、「いま顔などつくろひたててこそ」とてまゐらず。入らせたまひて後もなほめでたき事どもなど言ひ合はせてゐたる、南の遣戸のそばの、几帳の手のさし出でたるにさはりて簾のすこしあきたるより、黒みたる物の見ゆれば、のりたかがゐたるなめりとて見も入れでなほこと事どもを言ふに、いとよく笑みたる顔のさし出でたるもなほのりたかなめりとて見やりたれば、あらぬ顔なり。あさましと笑ひさわぎて几帳引きなほし隠るれば、頭弁にぞおはしける。

（四七段「職御曹司の西面の立蔀の」七一〜七二頁）

三　「戸」について

『枕草子』における戸五例[18]のうち、「開きたる戸の前を過ぐとて」（二三二段「細殿の遣戸」二四一頁）、「宮の大夫殿は戸の前に立たせたまへれば」（一二五段「関白殿黒戸より」一五五頁）は、それぞれ遣戸および黒戸にを受けた「戸」である。こうした用例は、他作品にも多く、妻戸のほか、障子も「戸」で受けられる。

他三例は「上の御局」にある戸だが、うち一例は、二一段「清涼殿の丑寅のすみの」に登場する「中の戸」である。ここで「中の戸よりわたらせたまふ」（三三頁）とあるのは、上の御局に来ていた一条が、大床子御膳に赴く際、夜御殿（塗籠）を通り抜けて昼御座側に行ったことを示しているのだろう。中の戸（中戸）は母屋や廂の内部を仕切る戸のことで、塗籠の戸を指すことも多い。[19] 廂と母屋の境に置かれた戸を指す用例は管見の限り見当たらず、むしろ、『うつほ物語』「塗籠はなくて、中戸を立てて」（国譲中③二三六頁）、『紫式部日記』「身屋の中戸」（一五七頁）など、住み分けのために母屋内の仕切りに立てられた戸であることを明示した用例が目につく。こうした中の戸のあり方を踏まえると、二一段にある「中の戸」は、夜御殿（塗籠）北面の戸を指すと考えられる。

『栄花物語』巻第三十一「殿上の花見」において、「上の御局におはしまして、女房ぞ弘徽殿に局して下り上りける」（③二二〇頁）上東門院彰子のもとに、藤壺を直廬とする後一条后威子が参上して対面する記事で「大宮よさり上らせたまひて、中の戸あけて御対面あるほど、いとやすらかに疎からず、めでたき御あはひなり」とある。この「中の戸」は、「清涼殿の北廂の東第一間と第二間との間にある戸」[20] とされているが、藤壺上御局と弘徽殿上御局の間にある戸とも思われる。同一のものと把握される空間を区分するために立てられる戸を中の戸と定義づけるならば、母屋および東廂の北二間を上御局というひとつの空間として把握し、そこに中の戸を立てて、西側を藤壺上御局、東側を弘徽殿上御局とすることで住み分けに対応している、と解釈することもできるのではないか。『枕草子』の「中の戸」も同様に藤壺上御局と弘徽殿上御局の間にある戸を指すと解釈できる可能性がある。『枕草子』では、弘徽殿上御局という表現はなく、つねに「上の御局」という表現がなされている。本章段および七八段、九一段から、定子が東弘廂に面する弘徽殿上御局側を使用していたことは疑いを容れないが、定子が夜間のみならず日中も日常的に伺候していること、正暦年間当時、定子以外に一条後宮に入っているキサキがいなかったこともあり、一柱間しかない弘徽殿上御局のみではなく、状況によっては北廂や母屋側の藤壺上御局も合わせて使用していたようである。ただし、後述する九一段において、弘徽殿上御局と藤壺上御局の間にある戸が「中の戸」とはされていないことは、注意すべき点である。この点を考慮すると、やはり、『栄花物語』の「中の戸」は廂内の仕切り戸、『枕草子』の「中の戸」は母屋内の仕切り戸とそれぞれ捉えておく方が適切かもしれない。

清涼殿の丑寅のすみの北のへだてなる御障子は、荒海のかた、生きたる物どもの おそろしげなる手長足長などをぞ かきたる。上の御局の戸を押し開けたれば 常に目に見ゆるを、にくみなどして笑ふ。高欄のもとに青き瓶の大きなるをすゑて、桜のいみじうおもしろき 枝の五尺ばかりなるを いと多くさしたれば、高欄の外まで咲きこぼれたる昼方、大納言殿、桜の直衣の すこしなよらかなるに 濃き紫の固紋の指貫 白き御衣ども うへには濃き綾のいとあざやかなるを出だして まゐりたまへるに、上のこなたにおはしませば 戸口の前なる細き板敷にゐたまひて、物など申したまふ。御簾の内に 女房 桜の唐衣どもくつろかにぬぎたれて、藤 山吹など色々このましうて、あまた小半蔀の御簾よりも押し出でたるほど、昼の御座の方には御膳まゐる足音高し。警蹕など「おし」と言ふ声聞ゆるも、うらうらとのどかなる日のけしきなど いみじうをかしきに、果ての御盤取りたる蔵人まゐりて御膳奏すれば、中の戸よりわたらせたまふ。

（二一段「清涼殿の丑寅のすみの」三三頁）

「上の御局の戸」についても問題は多い。上御局周辺については、時代によって大きく変遷していることもあり、考証が難しく、位置関係が摑みにくい。多くの清涼殿図では、北廂の西第一間が欠けて東西三間となっているが、これは「現存最古の元九条家延喜式の内裏図によると、黒戸廊・北庇の東境界線が石灰壇（東庇）・校書殿らの東境界線の延長線上にあって、清涼殿の弘庇の部分だけを張り出して、北庇の東隅を欠き黒戸廊を後退させているなどの形跡はみとめられない」のであり、弘廂が他よりも張り出していることを確認せずに「転写の過失から、北庇の東隅を欠くものと間違った」ためのものである。[*21] つまり清涼殿には南北九間・東北二間の母屋に西廂と東廂、東西四間の南廂（殿上間）と北廂がつく。東廂には弘廂が張り出しており、このため、東北隅が欠けているかのように見えるのである。この弘廂の北端にあるのが「清涼殿の丑寅のすみの 北のへだてなる御障子」である。上御局は母屋および東廂の北二間、後宮殿舎との位置関係から、母屋の二間四方を藤壺上御局、東廂の北二間を弘徽殿上御局と呼ぶ。藤壺上御局を東西に分けて、東側を「萩の戸」とするものもあるが、これは後世のことで、「夜御殿背後の空間は、藤壺上御局だけにあて」「東庇の弘徽殿上御局に隣接した」[*22]と考えるべきだろう。

「清涼殿の丑寅のすみの北のへだてなる御障子」とは、東弘廂の北端に立てられた荒海障子である。表に『山海経』を題材にした「荒海のかた、生きたる物どもの　おそろしげなる手長足長など」の唐絵が、裏には宇治の網代を題材にした大和絵が描かれている。[*23] 荒海障子の表絵、すなわち南向きの絵を見えるのは、東面の格子を上げた時だが、問題の一つは格子を「戸」と表現するのかということ、もう一つは「押し開けたれば」という表現である。清涼殿の東面格子は一枚格子で、内側に「引き上げて」外御簾を吊るものである。内開きの一枚格子は「引き上げ」、外開きの二枚格子は「押し上げ」るという表現の違いが生じることを考えれば、ここで「押し開け」られている「戸」が清涼殿の東面格子でないことは明らかである。この後、北廂東端の妻戸前の「細き板敷」に座す伊周の姿を記述していく文脈を考えれば、北廂東端の妻戸とする解釈が妥当だろう。この後、妻戸前の簀子に座る伊周と語らうため、定子が「長押のもとに出でさせたまへる」とあり、ここでは、北廂までを上の御局としてしつらえられていたらしいことがうかがえる。だが、北廂側からは荒海障子の裏に描かれた大和絵が見え、表の「荒海のかた、生きたる物どもの　おそろしげなる手長足長などをぞかきたる」は見えない。この矛盾を理解するにあたっては、第一章で確認したように、『枕草子』では妻戸が上格子とともに開けられるものとされていることが関わるのではないか。つまり、ここには朝の上格子で東面の妻戸と格子を開ける際に荒海の絵が見えることが記されている。この後に妻戸前での出来事につながる文脈から、格子よりも妻戸を優先した「上の御局の戸を押し開けたれば」という表現を取ったのではないだろうか。

上の御局にもう一例確認できる戸は、九一段「上の御局の御簾の前にて」である。上御局に殿上人たちを召して管弦の遊びがあり、それが暗くなるまで続いたので、下格子をしないままに灯りをともしたことで、「戸のあきたるがあらは」になってしまう。

上の御局の御簾の前にて　殿上人日一日　琴　笛吹き遊びくらして　大殿油まゐるほどに、まだ御格子はまゐらぬに、大殿油さし出でたれば、戸のあきたるがあらはなれば、琵琶の御琴をたたざまに持たせたまへり。

（九一段「上の御局の御簾の前にて」一一七頁）

この「戸」もまた、東面格子と解されることがあるが、やはり格子を「戸」と表現することには違和感が強い。上御局内の戸を指すと考え、当該箇所については、「遣戸も一部開いていたのであろう。格子も上げたままだから、明るくなった室内は御簾を通して「あらは」に見えてしまう」[*24]との見解に従いたい。いわゆる弘徽殿上御局と藤壺上御局を分ける戸の向こう、母屋側に定子は座していたのだろう。ここでも、上御局全体がひとつの空間としてしつらえられ、使用されていることがうかがえる。

四 「黒戸」について

最後に黒戸を取り上げる。

頭中将のすずろなるそら言を聞きて いみじう言ひおとし「『なにしに人と思ひほめけむ』など殿上にていみじうなむのたまふ」と聞くにも はづかしけれど、「まことならばこそあらめ、おのづから聞きなほしたまひてむ」と笑ひてあるに、黒戸の前などわたるにも 声などするをりは 袖をふたぎてつゆ見おこせず

（七九段「頭中将のすずろなるそら言を」八八頁）

殿上より、梅の花散りたる枝を「これはいかが」と言ひたるに、ただ「早く落ちにけり」といらへたれば、その詩を誦じて 殿上人黒戸にいとおほくゐたる、上の御前に聞しめして、「よろしき歌など詠みて出だしたらむよりは、かかる事はまさりたりかし。よくいらへたる」と仰せられき。

（一〇二段「殿上より」一三八頁）

二月つごもりごろに、風いたう吹きて空いみじう黒きに 雪すこしうち散りたるほど、黒戸に主殿寮来て「かうしてさぶらふ」と言へば 寄りたるに、「これ 公任の宰相殿の」とてあるを見れば、懐紙に「すこし はるある心ちこそすれ」とあるは、げに今日のけしきに いとようあひたる

（一〇三段「二月つごもりごろに」一三八〜一三九頁）

関白殿　黒戸より出でさせたまふとて　女房のひまなくさぶらふを、「あな　いみじのおもとたちや、翁をいかに笑ひたまふらむ」とて分け出でさせたまへば、戸口近き人々　色々の袖口して御簾引き上げたるに、権大納言の御沓取りてはかせたてまつりたまふ。

（一二五段「関白殿黒戸より」一五五頁）

黒戸については、清涼殿北廊の西面戸を指す場合と、のちに黒戸御所と呼ばれる北廊自体を指す場合がある。これらの用例では、どちらと解しても位置関係や動きの読みが大きく変わることはないが、二九五段「大納言殿まゐりたまひて」において、上御局から下がる際に「またの夜は、夜のおとどにまゐらせたまひぬ。夜中ばかりに廊に出でて人呼べば」（二九一頁）と記していることから、北廊を黒戸と表現する意識は、少なくとも『枕草子』では成立しておらず、「黒戸」が北廊西戸もしくは西戸周辺を指す、と理解する方が良いように思われる。しかし、二二九段「一条の院をば今内裏とぞいふ」に「御笛の師」（二三九頁）として登場する藤原高遠の家集『大弐高遠集』六五番歌詞書に、「堀河の中宮の内裏にさぶらひ給ひしに、上の御局の黒戸の前の遣水のほとりに、九月九日菊を植へて、女房たちの花もてあそびけるをりに、前をわたれば、呼び寄せて、近く寄れ、物言はん、と言へば、何心なく寄りたれば、直衣の褄をとらへて、女房の衣につながひあはせて歌を口々に詠みかけしかば、ねぢけず、かへし果てて、いまはゆるし給へといひしほどに、宮をかしがらせ給て、東面の戸口にめして、笛などふかせさせ給て、かくなむおほせごとありし」[*25]とあり、清涼殿前の「遣水」といえば清涼殿の東面軒下に引き、滝口に落ちる御溝水の流れであろうから、「黒戸の前」が北廊の東側に示すことになる。黒戸が北廂を指す同時代の用例があることには留意しておきたい。

また、『大弐高遠集』からも、『枕草子』一〇二段、一〇三段からも、黒戸が上御局に伺候するキサキ付きの女房と男性たちが文や歌を交わす華やいだ場所であったことが分かる。黒戸近辺は清涼殿から弘徽殿・登華殿西を通って北陣（朔平門）に抜ける男性たちが頻繁に通る必要のある場所であった。二三二段「細殿の遣戸を」で登華殿の細殿前を通る宿直明けの殿上人たちは、このルートを通っているのである。七九段に「黒戸の前などわたるにも声などするをりは 袖をふたぎてつゆ見おこせず」とあるのは、日常的に殿上間に詰めていなければならない蔵人頭を務める斉信にとって、黒戸が避けて通れない場所であることを前提としている。殿上に日々伺候する若い貴族たちにとって、その行き帰りに黒戸から投げかけられる女房たちの視線は大きな意味を持つものだったに違いない。

おわりに

『枕草子』に登場する戸について、「妻戸」「遣戸」「戸」「黒戸」の全用例を考察してきた。例えば、引き違いの建具が十世紀になってはじめて登場することなど時代による建築様式や空間構成に関する意識・知識の変遷がどのように反映しているのか、そして、作品の傾向によって用例のあり方にどのような偏差があるのか、といった視点から、他作品との表現としての関わりや広がりを踏まえつつも、『枕草子』の作品世界を理解すること、『枕草子』という作品に寄り添うことを軸に論じたものである。

一では、妻戸について、『枕草子』では格子と並んで朝開けられる建具として位置づけられていること、また、『蜻蛉日記』、『和泉式部日記』、『紫式部日記』、『源氏物語』における用例も合わせて検討し、それぞれの作品における位置づけを把握するとともに、妻戸という建具が文学作品においてどのような用いられ方をするのかを論じた。

二では、引き違いの戸自体、開戸より成立が遅れることもあり、他作品では決して用例が多くないものの、その中でも多出する作品として『源氏物語』、『落窪物語』、『枕草子』を取り上げ、遣戸がどのような場所で使われているのかを検討した。小家や雑部屋、局口など限られた場所で登場する遣戸だが、とくに『枕草子』では、清少納言が局した登華殿細殿、一条院小廂の考証にあたって一助となる表現である。

三では、戸という表現の諸相を押さえた。とくに上御局については、人物の位置関係や動きなどから空間構成のありようを解明することを目指した。

四では、上御局の北側にある「黒戸」の問題を取り上げている。『大鏡』や『徒然草』が光孝天皇によって開かれたと伝える黒戸については、記録類も含めて史料が少なく、これが北廊そのものを指すのか、その名の由来となった西面戸を指すのか、もしくは文脈によって読み分けるのか、判断がつきにくい。ただ、『枕草子』や『大弐高遠集』が伝える男性たちが集う黒戸は、円融后媓子、一条后定子という輝かしい女主人を迎えた後宮の華やぎを伝える場として機能しているようである。

注

＊1　川本重雄「寝殿造の成立とその展開」（『平安文学と隣接諸学1　王朝文学と建築・空間』竹林舎、二〇〇七年）。

＊2　前掲川本論文。

＊3　室内建具である障子のうち、襖障子は戸の一種であり、「戸」という語で襖障子を指すこともあるが、内外を隔てる建具としての戸を考察の対象とする本論では、「障子」の用例については扱わない。今回扱った「戸」の用例のうち襖障子を指している可能性があるものとしては、二一段および九一段がある。とくに、二一段の「中の戸」は家内建具であることが明らかな用語である。

＊4　倉田実「寝殿造の接客空間―王朝文学と簀子・廂の用―」（『古代文学研究第二次』一八、二〇〇九年十月）。

＊5　前掲倉田論文。
＊6　寝殿と東対を結ぶ渡殿に置かれた紫式部の局については、増田繁夫「紫式部伝研究の現在―渡殿の局、女房としての身分・序列・職階―」（『源氏物語研究集成第十五巻』風間書房、二〇〇一年）に詳しい。
＊7　ここで夕霧の訪問について「西面に入れたてまつる」とあり、同じ「西の妻戸」であることが示されている。
＊8　武者小路穣『襖』（法政大学出版局、二〇〇二年）。
＊9　鈴木賢次「寝殿造の形成と成立／寝殿造の外部建具②遣戸・妻戸・枢戸」（『源氏物語の観賞と基礎知識№17　空蟬』至文堂、二〇〇一年）。
＊10　『源氏物語』など作り物語において、蔀の使い方がより記号的に格子と使い分けられていることについては、拙稿「『枕草子』格子考」（糸井通浩編『日本古典随筆の研究と資料』思文閣出版、二〇〇七年）にて論じた。ただし、遣戸については、蜻蛉巻で「小宰相の君の局」の局口を「狭くほどなき遣戸口」とするように、局口に登場しやすい遣戸特有の使用傾向があり、夕顔の宿、荒れた宇治院にのみ使用された蔀の用例ほど意識的に「立派な家とは言い難い」住居・邸宅に限定して使用しているわけではない。局口を遣戸とする用例については、後述する『枕草子』に多く確認できる。局口に遣戸が使われるのは、狭いスペースを最大限に使おうとするためだろう。
＊11　ただし、巻一においてこの物置部屋は「枢戸の廂二間ある部屋」（一〇三頁）と説明されており、また巻一時点では遣戸についての言及もない。巻二に入ってから枢戸は登場せず、遣戸を挟んだやりとりのみになる。物語の展開上、巻一では枢戸とした出入口を、巻二に入って遣戸に設定し直したのかもしれない。
＊12　あこぎが継母北の方に呼び立てられた際、「隔ての障子をあけて入るは、さすべき人ともおぼえず、格子のはさまへだてに参りたれば」（六八頁）とあり、身分・立場による出入りルートの違いが建具によって示される。その後に「中隔ての障子をあけたまふに」（七〇頁）という継母北の方の無遠慮な登場が描かれるのは、これを踏まえたものだろう。
＊13　一四四段「いやしげなるもの」に「遣戸厨子」（一七八頁）が上げられているが、建具ではないため、建具であ

る遣戸の用例としては数えていない。『源氏物語』において「立派な家とは言い難い」住宅に遣戸が登場する傾向と結びつけて参照されやすい用例だが、建具そのものの問題ではなく厨子という調度についての言及であることは注意しておきたい。

＊14　太田静六『寝殿造の研究』（吉川弘文館、一九八七年）。

＊15　萩谷朴『枕草子解環』（同朋舎、一九八一年）。

＊16　萩谷朴氏は、前掲書15の付図で小廂の西側にあたる東南隅の間を東廂とつなげて仕切っているが、ここでは「南の廂」とされている。遣戸についても萩谷氏は東廂と南廂を仕切る建具とされるが、廂を仕切る内部建具を遣戸とする用例は確認できないため、一考を要する。また、遣戸一枚しか挟んでいないのであれば、成信と兵部のやりとりが詳細に把握できたであろう、とする見解にも疑問が残る。

＊17　萩谷朴氏（解環）は南北一間のみ、増田繁夫氏（和泉古典叢書）は「普通の廂よりは短いものであろう」と想定して南北二間で作図する。

＊18　二七七段「常に文おこする人の」に「そばの方なる塀の戸」（二八一頁）とあるが、「塀の戸」は建具ではないため、今回の考察対象からは外している。また、「戸」ではなく「外」と取るべきとする説もある。本文は、三巻本・能因本ともに諸本「と」、能因本系統の三条西家旧蔵本のみ「戸」とする。また、今回は「戸口」についても、今回は考察対象とはしていない。ちなみに『枕草子』に確認できる「戸口」は、「戸口の前なる細き板敷」（二一段「清涼殿の丑寅の隅の」）、「戸口近き人々、色々の袖口して御簾引き上げたる」（一二五段「関白殿、黒戸より出でさせたまふとて」の二例である。

＊19　倉田実「源氏物語の建築語彙」（『平安文学と隣接諸学1　王朝文学と建築・空間』竹林舎、二〇〇七年）。

＊20　新編日本古典文学全集『栄花物語③』「頭注」（小学館、一九九八年）。

＊21　島田武彦『近世復古清涼殿の研究』（思文閣出版、一九八七年）。

＊22　前掲島田書。

＊23　『拾遺和歌集』巻第四「冬」二二六番歌詞書に「寛和二年、清涼殿の御障子に、網代描ける」とある。

＊24　渡辺実校注『新日本古典文学大系　枕草子』（岩波書店、一九九一年）。ただし、ここで「戸」を「遣戸」と注している点については、見解を異にする。注3で触れたように、この「戸」は室内建具である襖障子だろう。

＊25　「堀河の中宮」と呼ばれた円融后媓子が小馬命婦ら優れた女房を多く抱え、高遠や若き日の道隆など多くの男性貴族たちを引きつける文化圏を後宮に作り上げていたことは高橋由記氏「堀河中宮媓子の文化圏―歴史に消えた文化圏のひとつとして―」（『国語と国文学』八六―一〇、二〇〇九年十月）に詳しい。父関白兼通在世中は他のキサキの入内もなく、早々に立后して後宮唯一のキサキとして華やかな後宮文化を主宰していく媓子の姿は、一条後宮での定子と重なるところである。

＊26　前掲川本論文。

〔付記〕『枕草子』の本文引用および章段番号・頁数は『新編枕草子』（おうふう）、その他の作品については、新編日本古典文学全集、私家注釈叢刊、史料纂集に拠る。なお、引用に際して、句読点、表記を一部私に改めた。

【和歌と散文】

「春の風」から「花の心」へ——二条の宮の花盗人——

落合千春

はじめに

枕草子は散文の文学作品であるが、その表現は和歌引用、歌ことばを踏まえたものであり、一語であってもその語句の使用にはそれぞれが歌や漢詩などの意味を持つ言葉として存在する。会話においてはそれが顕著であるといえるだろう。

「関白殿、二月二十一日に法興院の」に始まる段は、積善寺における一切経供養を描いた章段である。しかし、章段そのものはそこに至るまでの記述が長く、法要についての記述は、ほんの数行にとどまる。ことに二条の宮における作り物の桜をめぐる話は合間に和歌引用を含めて詳しく描写されている。

枕草子の多くの日記的章段がそうであるように、この章段もまた中関白家の盛時を執筆時の視点からかかれている。それによって、引用される和歌もまた、当日のやりとりの中での読みと執筆時の読みの二方向から読むことができるという複雑な構造になっているといえるだろう。

本稿はこの章段の前半部における造花の桜をめぐるやりとりに焦点を当てる。その会話は多くの古歌が下地となって話がすすめられる。しかしこれまでの註釈書では清少納言の「春の風のして侍るならむ」と定子の「少納言は春の風におほせける」には引き歌はあまり明らかにされてはこなかったのではないか。しかし、これほどまで和歌を意識しての会話があるなかに歌を意識しない語彙があるだろうか。そこで、清少納言の会話のなかに、引き歌とまではいえないが、影響されたと考えられる歌があるということを考えてみたい。それは散文のなかの歌ことばについて、歌ことばによって成立している場があるということを、引用とまではいかなくとも、影響をうけているということから考察する。その中で状況に即した一首もまた見出されてくるのではないか。これは、枕草子の執筆時に引かれたものとして考えることによって、読みを広げる役割をはたす。つまり使われている語彙を一語からでも読みを拾い上げる事ができるという枕草子の特徴になるのではないか。

枕草子の本文引用は小学館新編日本古典文学全集による。

一　章段構成

本章段は、道隆の力の誇示の象徴ともいうべき行事を描いたものであるが、この章段の執筆時期は中関白家の衰退後である事が最後の一文でわかる。

されど、そのをり、めでたしと見たてまつりし御事どもも、今の世の御事どもに見たてまつりくらぶるに、すべて一つに申すべきにもあらねば、物憂くて、おほかりし事どももみなとどめつ。

それは、この章段が、すべて過去のものであることを示す。

また、法要については、わずか数行に終わってしまっているが、そこにいたるまでの細かなやりとりについては綿密に描かれる。

田畑千恵子氏はこの章段を、

① 行事に先立つ中宮の出御と行啓先（二条宮）の描写。
② 道隆の登場と一家の人々が一堂に会する様。
③ 雨にぬれた桜の造花の撤去とそれをめぐる道隆・定子・清女らの会話。
④ 退出した清女と中宮の文。
⑤ 二条宮出御の夜の女房間の乗車争い。
⑥ 行事前日、清女帰参。仕度する女房たちの様。
⑦ 行事当日、伊周・隆家の指揮による女房の乗車。
⑧ 女院の行列の様。道隆以下の奉仕。
⑨ 中宮の行列の様と到着時の積善寺の印象。
⑩ 桟敷での中宮の様。清女が上席を与えられたこと。
⑪ 道隆の中宮への参入。一族の人々の様と、中宮の姿に涙する道隆。
⑫ 供養開始。重ねての勅使。女院方との文の贈答。法要終了と女院の還御。
⑬ 内裏で従者を待つ女房たち。
⑭ 翌日の道隆の自讃と、それに対する作者の評価[*1]

と十四の場面に分けられるとする。
本稿はこのうち、①〜④までの二条宮での出来事に注目し、そこで繰り広げられる和歌のやりとりをとりあげる。
『本朝世紀』によれば、正暦五年二月十一日の記述として、
被定来十三日中宮行啓可供奉諸衛官人仰其事
とあり、また十三日には、
此日以亥刻中宮幸啓東三条院[*2]
と記録されている。記録には二条の宮に下がったことは残っていない。
三田村雅子氏は、
『本朝世紀』の記事によっても知られるとおり、積善寺供養の出発点は東三条南院であり、決して二条宮ではなかった。にもかかわらず、枕草子の記述が、東三条南院での記事を意図的に省略し、二条宮での日々に焦点を合わせ、全体の序的な位置を与えているのは、何よりこれが、桜の造花に象徴される明るく今めかしい中宮にふさわしい邸だったからであろう。もちろん、その桜の造花をめぐっての矢継ぎ早やな清少納言の機知発揮を誇示する意図もあったろう。しかし、桜と雨との関係に注目するならば、ここでは、雨にうたれ、しぼみ色あせた桜はすぐさまとりかくされなければならないとする道隆の美意識が、繰り返し強調讃美されており、最終的にはその風流な花盗みを際立てるものとして、清少納言の、数々の歌を引用しちりばめた機知的言動が奉仕されているとみるべきだろう。
という。正式な記録は無いが、この章段は東三条院に移る前に二条の宮、里邸へ下がり、準備をしていた時からはじまっている　これは三田村氏の言うとおり、二条の宮での出来事に中関白家として書かれるべき記事があるため

であろう。

二条の宮の出来事のひとつとして花盗人の記述がある。桜は①でその存在が示され、③で撤去されるのだが、撤去されてから、桜が話題の中心となる。その後の会話は桜がなぜ消えてしまったかについてであり、これらは古歌の引用を交えて続けられる。

法興院積善寺の供養は仏事供養に場を借りた道隆の嫡流たることの誇示であり、示威であった。姉東三条女院詮子と娘中宮定子を迎え、上流貴紳の多くを参集させたその仏事の日を中心にしながら、枕草子は当日の行事には数行しか割こうとしない。むしろ盛儀に向けて高まっていく精進と緊張の日々に焦点をあて、特に二条宮での桜の造花をめぐるエピソードを冒頭に置き、全体のバランスを失する程に肥大化させるのである。*3緊張感の中でも、桜をめぐってのゆとりある会話はその定子を囲む雰囲気をかもし出すものであった。桜は雨にぬれてみすぼらしくなった姿を、みせまいとする道隆によって姿を消すがその一方で姿を消した事によって存在は大きくなり話題の中心となってゆく。和歌の引用は清少納言の機知発揮の場となり、また定子との強い結びつきが大きく誇示される場となっているが、古歌、歌ことばのもつ意味がそれを後押しし、かつ会話の内容を膨らませている。その一つ一つについて詳細を追ってみる。

二　泣きて別れけむ顔

御前の桜、露に色はまさらで、日などにあたりて、しぼみわろくなるだに、くちをしきに、雨の夜降りたるつとめて、いみじくむとくなり。いととう起きて、「泣きて別れけむ顔に、心おとりこそすれ」と言ふを聞かせ

たまひて、「げに雨降るけはひしつるぞかし。いかならむ」とて、おどろかせたまふほどに
桜はだんだん見た目が悪くなっていき、とうとう「むとくな」る。この様子を、

　題知らず
桜花露に濡れたる顔見れば泣きて別し人ぞこひしき（拾遺　巻六　別　よみ人知らず）[4]

から、「こひし」と思はず、「心おとりこそすれ」と評す。それは桜が本物であれば、という口惜しさでもあったのだろう。この独り言を定子に聞かれてしまう。「げに」とは「泣きて別れけむ顔」に対するものか「心おとりこそすれ」か、双方とするなら、次の「雨降るけはひしつる」はどのような状況を想定しての言葉なのか。

そこへ「殿の御方より、侍の者ども、下衆など、あまた来て」引き倒してゆく。これは意を得た行為だった。

殿の御方より、侍の者ども、下衆など、あまた来て、花のもとにただ寄りに寄りて、引き倒し取りて、みそかに行く。「『まだ暗からむに』とこそ仰せられつれ。明け過ぎにけり。ふびんなるわざかな。とくとく」と倒し取るに、いとをかし。「『言はば言はなむ』と、兼澄が事を思ひたるにや」とも、よき人ならば言はまほしけれど、「かの花を盗むは誰そ。あしかめり」と言へば、いとど逃げて、引きもていぬ。なほ殿の御心はをかしうおはすかし。枝どもも、濡れまつはれつきて、いかに便なきかたちならましと思ふ。ともかくも言はで、入りぬ。

次の「言はば言はなむ」これはつぶやきとともに誰に発せられる事も無く胸のうちが書かれる。

　花山にて道俗さけらたうべけるをりに
山守はいはばいはなむ高砂のをのへの桜折てかざさむ（後撰　巻第二　春中　素性法師）[5]

山守を清少納言自身にあてる。「いくら『言はば言はなむ』といったところで盗んでいくのでしょう」といった

ところか。ここでは、「兼澄が事」についての解釈がわかりかねるところではあるが、従来の注釈からこの素性法師の歌をあてる。この歌もまた独白での引用である。この事件は見ていた清少納言とまだ目にしていない定子の思いがからみあって話がすすんでいく。そして、この二つの歌によってこの話題は歌による仮想の世界へと続くのである。

三　春の風

掃部司まゐりて、御格子まゐる。主殿の女官御きよめなどにまゐり果てて、起きさせたまへるに、花もなければ「あなあさまし。あの花どもはいづちいぬるぞ」と仰せらる。「暁に、『花盗人あり』と言ふなりつるを、なほ枝などすこし取るにやとこそ聞きつれ。誰がしつるぞ。見つや」と仰せらる。「さも侍らず。まだ暗うてよくも見えざりつるを。白みたるものの侍りつれば、花を折るにやとうしろめたさに言ひはべりつるなり。」と申す。「さりとも、みなはかういかでかは取らむ。殿の隠したまへるならむ」とて笑はせたまへば、「いで、よも侍らじ。春の風のして侍るならむ」と啓するを「かう言はむとて隠すなりけり。盗みにはあらでいたうこそふりなりつれ」と仰せらるるも、めずらしき事にはあらねど、いみじうぞめでたき。

部屋の格子が上げられ定子が起きてからの情景の中で突然消えた桜についての言及が始まる。定子はその言葉から、まだどのようになったのかを知らずにいたことがわかる。清少納言は見ていたことを告げず、「春の風のして侍るならむ」という。すでに定子が答を言ってしまった事で、誰にも見つからないうちにという道隆の思いを慮って、と考えられる。

この「春の風のして侍るならむ」についての各注釈について、それぞれの注釈書の注をあげる。

新潮集成

春風は花のあたりをよきて吹け心づからや移ろふと見む　（古今集　春下　藤原好風）

等、花を散らす春風を恨んだ古歌は数多い、[*6]

枕草子解環

『古今和歌六帖』の

花散らす風の宿りは誰か知る我に教えよ行きて恨みむ

春風は花のなき間に吹き果てね咲きなば思ひなくて見るべく

わが為に何の仇とか春風の惜しむと知れる花をしも吹く

『古今集』春下から

雪とのみふるだにあるを桜花いかに散れとか風の吹くらむ

吹く風にあつらへつくるものならばこの一本によきよといはまし

吹く風をなきて恨みよ鶯はわれやは花に手だにふれたる[*7]

和泉古典叢書　頭注

引歌がありそうな言い方であるが、後文からすれば作者の機智であろう。[*8]

新編日本古典文学全集

後掲の『貫之集』の「山田さへ」の歌を頭においての言葉とする説は歌意をひっくり返して使っている事になるので従わない。後文の「ただ言には…」などを解く上にもその方がふさわしいようである。[*9]

「春の風」と言ったところで二つの読みかたができる。一つは事件当時の単なることばとしての見方。そしてもう一つは文章構成上の読みかたである。「春の風」は桜をさらった犯人として、その場での思いつきの言葉「ただ言」として発せられている。しかし、後々の言葉を読んでいくと文章としてこの「春の風」が重要なキーワードとなってくることがわかる。各注釈では歌ことばとしての意味を考えるといった点では一致するが歌を想起させるものか、また「ただ言」という定子の言葉をそのまま受け取るかといったちがいがある。しかし、すでに花盗人について定子の言葉から犯人はわかっている。つまりただ花を散らす風をさすのではなく、風に花を盗んだ罪をおわせる、というところにポイントがあるといえる。

そこで春の風に花を散らす罪をおわせた歌を探すと、次のようなものがある。

風にのみおおせやはてむ梅の花花の心を知らぬものから（躬恒集　三八六）

脚注「梅の花」を「さくらはな」とする本文多し[*10]

むめのみやにてさくらはなのをしむ

風にのみおおせつれどもさくらばなけふはこころとちりはてぬべし（元真集　一二二）[*11]

この歌は二首とも「桜が散るのは風のせいだというが実は花が自ら散るときを知り、散っていったのだ」と詠んだ歌である。この歌の影響と考えると本文中の「春の風のして侍るならむ」はこれらの歌によって、桜が自ら姿を隠したということを示唆するものではないか。『躬恒集』の脚注には「花の散るのは風のせいだとするが、花自身の意思もあるのではないか」という解釈をのせる。

さらに、定子の「いたうこそふりなりつれ」についてのこれまでの注についても各注釈では、

角川文庫

能因本では「ふりにこそふるなりつれ」雨の降るに古るをかける[*12]

新潮日本古典集成

諸本ことごとく雨でひどく降り（旧り）傷んだ意にに解しているがそれは語法的にも無理があるし、清少納言の発言とかけ離れた無意味なものとなる。「ふり」は「ふりう（風流）」の「う」一字をつづめたものと判断して無粋な花盗人を、反対にみやびな春風のしわざに見立てた清少納言の手柄を、中宮がおほめになったものと解する。[*13]

新編日本古典文学全集

わかりにくい。（中略）いずれにせよ「（雨の）降りに（桜の）古り」を掛けた表現。

一説、「わがごとや雲の中にも思ふらむ雨も涙もふりにこそふれ」（拾遺・恋五　柿本人麻呂）の「わがごとや思ふらむ」の意をとって、「自分のおもっているのと同じく、みにくい花の姿をみせたくないつもりでだれかが隠したのであって、盗人のしわざでない」の意を表した中宮の言葉で、中宮は父関白のしわざと見ぬいていたのだという。[*14]

とするが、躬恒集、元真集の歌の下の句「花の心を知らぬものから」や「けふはこころとちりはてぬべし」を踏まえていると考えると「ふり」は「旧り」と「降り」を掛けて「雨が降って古くなってしまった」と解釈するのが妥

当と考えられる。「めずらしき事にはあらねど、いみじうぞめでたき」とは、たった一言でも意図することをはっきりと見抜き自然に返答をする定子への讃美といえるだろう。もとの歌をあきらかにせず、分かるものにしか通じない言葉を分かる者のみで会話を進めることを描くことに枕草子の特徴が認められるのではないか。

四　道隆の解釈

道隆は顔を見せると同時に桜の不在について話題にする。自分の事はおくびにも出さず気づかなかったであろう女房たちをからかう。それに対し、清少納言は「われより先に」と古歌の引用で返す。

さくらみに有明の月をいでたればわれよりさきにつゆのおきける　（忠見集　一〇二）[*15]

道隆は清少納言の対応にわが意をえたりとばかりに、さらに定子が「さりけるものを、少納言は春の風におほせける」と言う。「して侍る」を「おほせける」に言い換えた。これによって直接、躬恒、元真の歌と結びつくはずであった。「うち笑ませ」も清少納言への「笑み」であり、引用した歌を確かめる意味も込められていたのではないか。しかしながら、道隆は「かごと」ととらえ「山田さへ」の歌を口ずさむ。

山田さへいまはつくるをちるはなのかごとは風におほせざらなん　（古今和歌六帖　九六七　山だ）[*16]
（「貫之集」第一には詞書として「三月田かへすところ」とする）

風のせいにしたのはたしかに「そら言」であり、「かごと」を風に負わせてはならない、という歌の趣旨には相当する。つまり「風におはせ」のことばは他の歌と結びつくこともあり、しかも「春の風」はさらに多くの歌に詠まれている。ここでの道隆はまさにそのために「山田さへ」の歌をおもいうかべたのである。しかし桜もまだ咲いていないはずの季節に山田はいかにもそぐわないがそんなことはかまわないのであろう。季節より、「かごと」に重点を置いた回答をだしたのである。道隆は「『春の風』は、空に、いとかしこうも言ふかな」など、またうち誦させたまふ。」と感心し、満足した。そこで、定子もまた、

「ただ言にはうるさく思ひつよりてはべりし。今朝のさまいかに侍らまし」とそれ以上の説明や解釈をやめたのである。最後に「今朝のさまいかに侍らまし」と清少納言のさした和歌をすこし匂わせながらもそれ以上追求することはしなかった。

花を取り去ったのは道隆であった。しかし、それを知りながら、清少納言があえて、風のせいにしたのは、実は花が散り時を知って、自ら姿を消したのだ、という花の意思をさしていったことであった。躬恒、あるいは元真の「風にのみおおせ」で始まる歌をさし、また、それは「花の心」という歌ことばに焦点があったと考えられる。それを理解していた定子は、歌の言葉に言い換えることによって道隆に知らせようとしたが道隆には通じなかったのではないか。

清少納言と定子の理解が共通していたことは「今朝のさまいかに侍らまし」という言葉に表れている。しかし、これも、小若君が清少納言の最初の独り言のような「泣きて別れけむ顔に心おとりこそすれ」を「されどそれを、いととく見て『露に濡れたる』といひける、『面伏せなり』と言ひはべりける」とさらに前の清少納言の言葉を返してしまい、次へつながっていかない。そればかりか、本当に言いたかったことが紛れてしまい、定子以外の誰にも伝わらなくなってしまったのである。

「春の風」におはせた「花の心」は、表に出る事もなく宙に浮いた形でその場は締めくくられてしまう。せっかくの秀句が誰にも理解されなかった事は清少納言にとって残念なことであっただろう。また、そのような清少納言の

気持ちをも定子は理解していたのではないか。

五 〈花の心〉

「花の心ひらけざるや。いかに、いかに」と定子は早くに宿下がりした清少納言に問いかける。

さて、八、九日のほどにまかづるを、「いますこし近うなりてを」など仰せらるれど、いでぬ。いみじう常よりものどかに照りたる昼つ方、「花の心ひらけざるや。いかに、いかに」とのたまはせたれば、「秋はいまだしく侍れど、夜に九度のぼる心地なむしはべる」と聞えさせつ。

この文も、まず、それぞれの解釈を挙げることからはじめよう。

角川文庫　私を思ってつらい思いをしていないか、まだ参上しないのかの意[17]

枕草子解環　もうそろそろ春も酣だから、私のことを恋しく思い出さないのか[18]

和泉古典叢書　私を恋しく思って、参上する気にならないのか、の意[19]

新日本古典文学大系　まだ「花心開」になりませんか、私のことを思って春の日をかこっていませんか[20]

新編日本古典文学全集　まだ花が開く思いにはならないか、早く帰参せようとながしたもの[21]

圷美奈子　清女を春の花に喩えたことになるとすれば、それは、秋の月、春の花につけて日々切々と君を思うという原詩の趣旨・趣向とはやや屈折した引用となる。[22]

この「花の心」とは何をさすのか、清少納言は白氏文集から返答するが、定子の言葉が白氏文集から出たものとは考えにくい。むしろ「花の心」の言葉を聞いて白氏文集を想起したと考えたほうが自然である。

白氏文集の詩は、

「長相思」

九月西風興　九月　西風興り、
月冷露華凝　月冷やかにして露華凝る。
思君秋夜長　君を思へば秋夜長く、
一夜魂九升　一夜に魂九升す。
二月東風來　二月　東風來り、
草拆花心開　草拆けて花心開く。
思君春日遲　君を思へば春日遲く
一日腸九迴　一日に腸九迴す。
妾住洛橋北　妾は洛橋の北に住し、
君住洛橋南　君は洛橋の南に住す。
十五即相識　十五にしてすなはち相識り、
今年二十三　今年　二十三。
有如女蘿草　女蘿草の
生在松之側　生じて松の側にあるがことくなるあり。
蔓短枝苦高　蔓短く枝はなはだ高く、

縈迴上不得　縈迴すれども上り得ず。
人言人有願　人は言ふ「人に願いあり、
願至天必成　願至れば天かならず成す」と。
願作遠方獸　願はくは遠方の獸となり、
步步比肩行　步步　肩を比べて行かん。
願作深山木　願はくは深山の木となり、
枝枝連理生　枝枝　理を連ねて生ぜん。[*23]

「長相思」は長慶三年以前に楽府の体裁で書かれた感傷詩で巻十二「感傷詩四　歌行曲引雜言」に収録されている。感傷詩の特徴とは、

「與元九書」という書簡に、「事物に外より牽かれ、情理の内に動き、感遇に随ひて歎詠に形るる者一百首、之を感傷詩と謂ふ。」（外界の事物に触発され、感情が中で動き、感じたまま触れたままに嘆き詠じられたもの）[*24]「歌行曲引雜言」は「ほとんどが歌行あるいは歌行に準ずる、波瀾抑揚に富んだリズムをもっている」ものであり、「（略）歌行曲引だから、虚構性が高い。すなわち白居易自身の一回的・個的経験が生んだ感情の表白であるよりも、白居易の人生の実際とは異なる人物や事柄を、主人公やストーリィの軸にして歌い、その描出に白居易自身の感懐を託すことが多い。[*25]」という。

この漢詩の中の「二月東風來／草拆花心開」であるが、この詩の花心とはまさに花の中心をさすものである。二月になれば、春が来るので東風が吹き、草は芽吹き、花が咲く、ということであろう。

一方和歌には「はなごころ」という歌ことばがある。

うぐいすといかでかなかぬふりたてゝはなごころなるきみをこふとて（元良親王集）
ちりぬべきはなごころぞとかつ見つつたのみそめけむわれやなになる（元良親王集[*26]）
むかしよりうちみる人につきくさの花ごころとは君をこそみれ（古今和歌六帖　つきくさ[*27]）

また、日本漢詩文における「花心」を詠みこんだものとして、

「落花」

花心不得似人心　　花の心は人の心に似ること得ず
一落應難可再尋　　一度落ちて再び尋ぬべきこと難かるべし
珍重此春分散去　　珍重す　此の春分散し去るとも
明年相過舊園林　　明年　舊の園林を相過ぎなまし

（菅家文草　巻第五[*28]）

これらは、よく似たことばでありながら、それぞれのもつ意味は少しずつ違っている。
安井史郎氏は「「花心」と「はなごころ」」について、
この詩の「花心」についてであるが、「人の心」と対照させた「花の心」という用い方であることに注意したい。この場合は、「人の心」を対照させるものであるがゆえに、不変なものとしてとらえ、それと対比させることによって、花のすぐに散り落ちてしまうことを嘆いている。（中略）「花の蘂」を意味する「花心」であり

ながら、裏面には、花（の心）はうつろいやすいものであるという嘆きがある。そして、それは日本的な発想として、人の心のうつろいやすさをいう、和語「はなごころ」の嘆きへと、おのずとつながっていくといえよう。（中略）中宮の「『花の心開け』ざるや」については、白詩の「花心開く」という表現をそのままうけて、「花の蘂は（花は）まだ開か（咲か）ないか」とするものであると理解できるが、この「花の心」は、「はなごころ」に通じる「はなのこころ」の語の気持ちで使用されているであろうと考えてみてはどうであろう。すなわち、制止したにもかかわらず強いて宿下がりしてしまった清少納言への「うつり気はまだおさまりませんか」という中宮の軽いからかいの気持ちとでもいうようなものが、そこにかくされていると考えた[*29]

安井氏は「はなごころ」という歌ことばを重ねて「「うつり気はまだおさまりませんか」という中宮の軽いからかいの気持ち」であるとしている。

ところが、和歌には「花の心」という語があることはすでに述べた。しかもこの語は「はなごころ」とは少しちがう意味をもつ。この語を詠み込んだものとして、前述したものの他、

『万葉集』

紀小鹿女郎が歌一首

ひさかたの　月夜を清み　梅の花　心開けて　我が思へる君（万葉集　一六六一）[*30]

『古今和歌六帖』

わかなつむ春のたよりにかすがのの花の心はしりにしものを（みちのたより　つらゆき）

なにしおはばしいてたのまんをみなへし花の心の秋はうくとも（をみなへし　貫之）

をみなへし花のこころのあだなれば秋にのみこそあひわたりけれ（をみなへし　おきかぜ）
山ざくらふきくる風のぬれぎぬは花のこころを知るひとぞほす（山ざくら　みつね）
たのまれぬ花の心とおもへばやちらぬさきよりうぐいすの鳴く（うぐいす　おきかぜ）[*31]

『後撰和歌集』

題しらず　　きよはらのふかやぶ
うちはへてはるはさばかりのどけきを花の心やなにいそぐらん（春下　九二）
　　よみ人しらず
をみなへし花の心のあだなれば秋にのみこそあひわたりけれ（秋　二七六）
　　みつね
名にしおへばしいてたのまん女郎花はなの心の秋はうくとも（秋　三四三）
女のもとにつかはしける　　よみ人しらず
枯れはつる花の心はつらからで時すぎにける身をぞうらむる（恋一　五四〇）
返し　　よみ人しらず
あだにこそちるとみるらめ君にみなうつろひにたる花の心を（恋一　五四一）[*32]

『家持集』

ひさかたの月よをきよみむめのはなこころをひらけてむかしおもふきみ（家持集　二〇）[*33]

『躬恒集』

春

よそにのみ見てややみなむ山桜花の心の夜の間知らぬに　（躬恒集　一一六）*34

このほか、実方集、公任集などにも同様の言葉が見られる。

「はなごころ」とは違い「はな」が「こころひらく」という表現そのものは万葉集のころからあった。これは花に意思があると考える擬人化された表現であるといえよう。こちらの意味をもって定子は使ったとは考えられないだろうか。つまり、「花の心」はこの場合は「はなごころ」のさししめす、「移り気な心」ではなく「花自身が持つ意思」を表しているものであった。「花」は「開く」つまり「咲く」時を知って咲き、散るときもまた同様に散る時期を知って自ら姿を隠すというのである。そこで、花の心が開けてきたらとは、「あなたの心も開いていたら、その気持ちを知らせなさい、いそいで下がっていってしまったけれど。」という定子の言葉ではなかったか。「あなたの心ひとつでなんとかなるのではないのか」ということも含められているように思われる。

また、この前にその日の情景として、地の文に「常よりものどかに照りたる昼つ方」とある。これもまた、「花の心」と合わせると、

題しらず　　　きよはらのふかやぶ

うちはへてはるはさばかりのどけきを花の心やなにいそぐらん　（後撰　巻第三　春下）

この「のどかに」にもまた、「花の心」と連動して歌が隠れているといえるのではないか。枕草子は、二つのことばによって、深養父の歌を想起させ、「なにいそぐらん」という最後の句をしめした。定子の制止を振り切ってでも宿下がりせざるをえなかったことを表しているように思われる。枕草子の情景描写では何気ない語句であるがその場を表している。それが、ここでは「のどかに」が他の歌ことばとむすびつくことによって歌が想起され、そ

こに意味を持って立ち上がってくるといえる。

その上で白氏文集の詩から引用した言葉でもってさらに定子への思いを読み込んでいった。

桜の「花盗人」は「春の風」にその「空言」を負わせて「花の心」へと思いをはせる。このことからもわかるように歌ことばはさまざまな和歌の影響を受け、連想によってことばがつながっていくことによって大きく広がりをみせる。ここでの「花の心」という歌ことばは、最後には人の「心」と重なっていくものでもあった。

二条の宮の団欒は中関白家の定子を中心とした強い結びつきを表し、桜の盗難事件は、きたる法会に向けて中宮女房としての清少納言の気持ちを引き立てる。それを知る定子の主人としての配慮は宿下がりした清少納言への言葉に表れる。そして章段はこのあと二条の宮へ移る際定子が呼んでいるのになかなか現れない清少納言を探し回る女房たちのこと、そして法要の前日、当日の定子の清少納言へ特別扱いとも思えるような待遇について書かれるのである。

まとめ

枕草子は歌のもつ世界をベースに成り立っている。このことはすでに言われてきたことであるが、さらにおしすめていえば、一語一語の語句そのものについてもまた同様に捉える事ができるといえたのではないか。それぞれの持つ言葉の背後には歌ことばとしての言葉が存在し、意味を広げている。それによって場は作られる。本稿は日記的章段において、和歌引用とともに、引用とされていない部分においての語彙を歌ことばとして捉え、読みを深めるということを考察してみた。そのことばがどのように歌に詠まれたものであるか、また散文中の他の語彙と結びつくことを考慮することが解釈を広げる事につながるということを明らかにすることができたかと思う。この方法は枕草子の表現として他の章段でもいえるのではないのか。一字一句をこのような角度から読み取る事ができれば、さらに読みの幅を広げることにつながっていくものと考えている。

注

＊1　田畑千恵子「枕草子日記的章段の方法―中関白家盛時の記事をめぐって―」『中古文学』36　一九八六年六月
＊2　黒板勝美「本朝世紀」『国史大系　九』吉川弘文館　一九九九年
＊3　三田村雅子「「日ざし」「花」「衣装」―宮仕え讃美の表現系―」『枕草子　表現の論理』有精堂　一九九五年
＊4　小町谷照彦『拾遺和歌集』新日本古典文学大系　岩波書店　一九九〇年
＊5　工藤重矩『後撰和歌集』和泉書院　一九九二年
＊6　萩谷朴『枕草子　下』新潮日本古典集成　新潮社　一九七七年
＊7　萩谷朴『枕草子解環　五』同朋舎　一九八三年
＊8　増田繁夫『枕草子』和泉古典叢書1　和泉書院　一九八七年
＊9　松尾聰　永井和子『枕草子』新編日本古典文学全集　小学館　一九九七年
＊10　田中喜美春　平沢竜介　菊池靖彦『貫之集・躬恒集・友則集・忠岑集』和歌文学大系19　明治書院　一九九七年
注に「「梅の花」を「さくらはな」とする本文多し」とあることから、この歌を桜の歌として捉えていたかもしれないという可能性もあり、このことから桜の花の歌として捉えた。
＊11　「元真集」の引用は『新編国歌大観』による。
＊12　石田穣二『枕草子　下巻』角川文庫　角川書店　一九八〇年
＊13　（6）に同じ

＊14　（9）に同じ
＊15　「忠見集」の引用は『新編国歌大観』による。
＊16　「古今和歌六帖」の引用は『新編国歌大観』による。
＊17　（12）に同じ
＊18　（7）に同じ
＊19　（8）に同じ
＊20　渡辺実『枕草子』新日本古典文学大系　岩波書店　一九九一年
＊21　（9）に同じ
＊22　坏美奈子「漢詩文の《利用》―会話・和歌などにおける表現差」『新しい枕草子論』新典社　二〇〇四年
＊23　田中克己『白居易』　集英社　一九九六年
＊24　高木正一『白居易　下』岩波書店「中國詩人選集」一九五八年
＊25　下定雅弘『白氏文集を読む』勉誠社　一九九六年
＊26　片桐洋一『元良親王集全註釈』和歌文学註釈叢書1　新典社　二〇〇六年
＊27　（16）に同じ
＊28　川口久雄『菅家文草　菅家後集』日本古典文学大系　岩波書店　一九六六年
＊29　安井史郎「「花心」と「はなごころ」」『国文学論叢　二十四輯』龍谷大學國文学會　一九七九年三月
＊30　小島憲之　木下正俊『萬葉集　二』新編日本古典文学全集　小学館　一九九五年
＊31　（16）に同じ
＊32　（5）に同じ
＊33　島田良二『家持集全釈』私家集全釈叢書33　二〇〇三年
＊34　（10）に同じ

【古記録・史実】

枕草子の表現と史実をめぐって——二七七段「成信の中将は」を中心に——

藤本勝義

はじめに

枕草子の記事の、特に日記的章段で記されている出来事は、言うまでもなく歴史的事実の裏付けのできるものが少なくない。そのことによって、清少納言だけでなく、中の関白家などの人間の感懐がかなりはっきりする場合もあり、史実の裏付けは、文学作品の本質的理解の上でも重要である。ただしなによりも、枕草子の個々の表現を的確に捉えるために、それらは生かされるべきものであり、史実に作品の内容を合わせるのではなく、表現把握を明確にするための一助となるものといえよう。本稿では、第三章以下で考察する二七七段「成信の中将は」に関してが、分量的にも内容的にも中心をなすものだが、一応、三巻本の章段の早いものから、七四段「職の御曹司におはしますころ」、九一段「ねたきもの」、二七七段の順に、表現の問題を、主として史実との関わり合いを通して考えていきたい。尚、三巻本の「枕草子」本文は角川文庫本（石田穣治　訳注）によった。

一七四段「職の御曹司におはしますころ」

職の御曹司におはしますころ、木立などの遙かにもの古り、屋のさまも高うけ遠けれど、すずろにをかしうおぼゆ。母屋は、鬼ありとて、南へ隔て出だして、南の廂に御帳立てて、又廂に女房はさぶらふ。近衛の御門より左衛門の陣にまゐりたまふ上達部の前駆ども、殿上人のは、短ければ、大前駆、小前駆と付けて聞き騒ぐ。あまたたびになれば、その声どもも皆聞き知りて、「それぞ」「かれぞ」など言ふに、また「あらず」など言へば、人して見せなどするに、言ひあてたるは、「さればこそ」など言ふも、をかし。

これは、中宮定子が職の御曹司に滞在した長徳三年（九九七）六月二十二日以後、長保元年正月三日以前のことで、長徳三年六月下旬のことと見られている。その根拠として、職の御曹司の敷地内の様子が新鮮な印象をもって語られていることなどから、中宮遷御後まもない頃とされているのである。また、

有明のいみじう霧りわたりたる庭におりてありくをきこしめして、御前にも起きさせたまへり。

と有明の月があることからも、月の下旬であることが言われている。さらに、

「左衛門の陣にまかりて見む」とて行けば、我も我もと、追ひつぎて行くに、殿上人あまた声して、「なにがし一声の秋」と誦じてまゐる音すれば、逃げ入り、ものなど言ふ。「月を見たまひけり」など、めでて、歌詠むもあり。

とあり、夜明け方にたくさんの殿上人が「なにがし一声の秋」と詩を朗詠して参上することが記されているので、この詩の内容から、季節がかなり限定される。このことは後述する。この章段では、「有明の月」とこの漢詩の表

現が、月日限定のキーワードとなっている。

まず、この段の職の御曹司への中宮遷御を長徳三年六月二十二日とすると、その後に有明の月があっても自然である。引用文にもあるように、殿上人から、清少納言たちは有明の月を賞美していたと思われてもいるように、美の対象としての月が存在したはずである。しかし月末になると月も細く風情に欠けるので、二十八、九日とは考えられないのである。せいぜい二十五、六日あたりと見るべきであろう。

もっとも、参上する殿上人の前駆の声など「あまたたびになれば」として、度重なるのでその声々を誰の声か聞き分けるに至っているので、遷御後、わずか数日後とは考えられないのである。遷御は二十二日の夜（『小右記』）であり、無理があろう。

しかも、殿上人たちの吟ずる「なにがし一声の秋」は源英明の漢詩、「池冷水無三伏夏　松高風有一声秋」（『和漢朗詠集』）に拠るものであり、詩意から見て立秋近い炎暑の頃に作られたものに違いない。当然この七四段も、「三伏」前後の酷暑の頃であろう。夏至の後の第三番目の庚の日を初伏、四番目を中伏、立秋後の最初の庚の日を末伏といい、この三つを合わせて三伏と称する。秋の金の気が夏の火の気に代ろうとしてまだ盛んな夏の火の気に伏せられるところからいう。[*1]長徳三年の夏至は六月十日で、初伏は六月八日、中伏は六月十八日、立秋は六月二十五日で、末伏は六月二十八日である（新潮古典集成本の頭注では初伏を六月七日、中伏を十七日、末伏を二十七日とするが誤りと思われる）。尚、立秋の六月二十五日は現在の太陽暦換算で八月五日であり、末伏の六月二十八日は八月八日に当たるので、酷暑という言葉も当てはまろう。

遷御の翌朝から参内する上達部、殿上人らの前駆の声々を聞き、誰それと聞き分けるためには、当然、前駆の者たちの顔を見る必要があり、また名前も知る必要があろう。参内する上達部らが多いので、それぞれにつく前駆の数を合わせると非常に多いので、声々を聞き分け、誰かを確認するに至るには、かなりの日数を要することになろう。しかし、立秋が二十五日、末伏が二十八日で、しかも風情のある有明の月の頃となると、それは実際的には無理な算段といわざるを得ない。

一方、翌長徳四年の場合はどうであろうか。夏至が五月二十一日、立秋が七月八日、三伏は六月十三日、二十三日、七月十四日である。ちなみに太陽暦では立秋は八月七日、末伏は八月十三日に相当し、こちらも実質的には盛夏といってよい。しかし、立秋近くでは、肝心の有明の月にまずそぐわなくなってしまうし、職の御曹司の空間の新鮮な捉え方は、やはり長徳三年六月下旬がふさわしいのである。

では、如上の問題をどう考えたらいいのであろうか。一つの考え方として、参内する折の前駆の声について聞き騒ぐことが度重なって、誰のことかが分かるようになるまでは何日もかかったはずだから、それを次の有明の月のエピソードと繋げて考えるために無理が生じるわけで、一旦切り離してみる必要があると思われる。いわば、前者は最短でも一週間や十日はかかったはずで、それとは別に、職の御曹司へ遷御して数日のある夜明け方のエピソードがあったとすれば、理屈は通じよう。つまり、後者の方が前者より前のエピソードと考えるのである。

もう一つは、以上と似たようなことだが、前駆の声を聞き分ける（まだそこまではいかない）プロセスに有明の月の出来事があったということである。そうすれば、声の主を誰かと認識するまでの期間の途中の、ある夜明け方に、女房たちで左衛門の陣まで散策したということである。その直後の殿上人との談話にも、まだお互い親しんでいるとは言い難い遠慮が感じられるのである。

ともあれ従来は、二種類の出来事を一続きの事柄として考えているところからの矛盾が生じたと思われる。

二　九一段「ねたきもの」裁縫の記事の年時

「ねたきもの」章段の中の、「南の院におはしますころ」に始まる裁縫に関する記事については、その史実年時や場所等をめぐって様々な考えが出されてきた。これらについては『枕草子大事典』（二〇〇一年　勉誠出版）等で整理されているので、一々記すことはしない。年時は長徳元年（九九五）四月六日以降の道隆の死前後の記事とすることが通説化されてきたが、特に圷美奈子氏が様々な点から精細に検討し、正暦五年（九九四）二月の積善寺での一切経供養のための裁縫とする考えを示された。[*2] 何よりも道隆の死に関わるにしては、和やかすぎる雰囲気や「笑ひののしりて」など考えられない表現があり、私もむしろ積善寺供養の折の記事と考えてきたので、圷氏のお考えは納得できるものである。

当該本文の一部を引く。

南の院におはしますころ、「とみの御物なり。誰も誰も、時かはさず、あまたして縫ひてまゐらせよ」とて、賜はせたるに、南面に集りて、御衣の片身づつ、誰がとく縫ふと、近くも向はず縫ふさまも、いとものの狂ほし。

周知のように「南の院（道隆邸である二条の宮南院と見る―後述）におはしますころ」に続き、能因本、前田家本では、

西の対に殿のおはします方に、宮もおはしませば、寝殿にあつまりゐて、さうざうしければ、たはぶれ遊びをし、渡殿にあつまりゐなどしてあるに、これただいま、[*3]……

という文がある。これは、西の対の道隆の病床に中宮が侍しているとも読める文である（角川文庫補注）などと説明

されることもあった。しかし病床に侍しているとするのも主観的であり、やはり疑問が残るのである。能因本などのこの本文と似たような文章が、実は二六三段の積善寺供養の中にある。

御経のことにて、明日わたらせたまはむとて、今宵まゐりたり。南の院の北面にさしのぞきたれば、……

として、積善寺供養が翌日に迫った日に、清少納言が里から戻ってくる。その後に、

西の対の唐廂にさし寄せてなむ乗るべき、とて、渡殿へ、ある限り行くほど、まだうひうひしきほどなる今参りなどは、つつましげなるに、西の対に殿の住ませたまへば、宮もそこにおはしまして、まづ、女房ども車に乗せさせたまふを御覧ずとて、……

とあり、傍線部のように、二条の宮南院の西の対に道隆が住んでおり、そこへ中宮定子が行っているとある。先の能因本の傍線部とほぼ同じ文章といってよい。これは偶然であろうか。状況から見ても同じ場面と考えられるのである。無論、能因本をここで重視してよいかという問題はあろうが、この二つは関連し合っていると見ることもできるのではなかろうか。清少納言が里から戻ってきて、道隆邸である二条の宮南院の北面に顔を出したということは、それより前から定子らは南院へ移っているということであり、能因本にあるように、それゆえ女房たちが所在なく遊びふざけるということはあったろう。二六三段では無論、清少納言は戻って来たばかりであり、定子はそれより前から道隆の側へ行っていて、女房たちの所在なさを知悉していないはずだが、定子から特別目をかけられていた彼女なら、雰囲気や女房の言葉からそれらをすぐ察したであろう。

九一段「ねたきもの」の「南の院」は、圷氏などは、東三条南院ではなく、積善寺供養の時と同様、東三条院の東町に造営された二条の宮の南院ととっているが、そうすれば、枕草子の中の南院に矛盾はほぼなくなろう。正暦四年（九九三）三月三十日に焼亡した（「権記」ほか）東三条南院は、再建なった正暦五年十一月十六日に関白道隆が

移り住んでいる（『百錬抄』）。だから、それまでは南院といえば二条の宮の南院を指すとするのは当然である。

しかし、道隆が移る九カ月前の正暦五年二月十三日（積善寺供養の直前）に中宮が「東三条院」へ「幸啓」していて（『本朝世紀』）、その南院に中宮が移っていたとしたら、状況は変わってくる。もっともこれは、中宮の女院への表敬訪問、あるいは「東三条院」は邸ではなく女院のことともとれよう。[*4] 一方、「再建は十一月のようであるが、あるいは記録記載上の錯誤があるかもしれない」（角川文庫補注）という指摘もある。

この時代の邸宅の建築日数はどのくらいかかるのであろうか。例えば内裏のように、かなり建築日数のかかる建物でも、約一年前後で完成し、遷御がなされている。例えば、天徳四年（九六〇）九月二十三日に焼亡した内裏は、翌年十一月二〇日には村上天皇の遷御がなされた。また、貞元元年（九七六）五月十一日焼亡した内裏は、翌年七月二十九日に円融天皇の遷御がなされた。さらに、天元三年（九八〇）十一月二十二日に焼亡したが、翌年十月二十七日にやはり円融天皇の遷御がなされている。枕草子の時代なら、長保元年（九九九）六月十四日に焼亡の内裏は、翌年十月十一日に一条天皇が遷御している。一条院内裏の場合も、寛弘六年（一〇〇九）十月五日に焼失したが、翌年十一月二十八日に遷御がなされた（以上の日付は「日本紀略」他による）。ほぼ、一年弱から一年四カ月の間で完成しており、多くは一年二カ月程度で遷御がされている。[*5]

まして、東三条院の南院は内裏ほど大きくないし、中関白家の全盛期のことであり、再建に一年七、八カ月もの長い月日を費やしているのは、何故であろうかとも思われるのである。しかし、現時点では、二条の宮南院とする見方は無難であろう。

三　二七七段「成信の中将は」をめぐって

成信の中将は、入道兵部卿の宮の御子にて、容貌いとをかしげに、心ばへもをかしうおはす。伊予の守兼資が女忘れて、親の伊予へ率て下りしほど、いかにあはれなりけむとこそ、おぼえしか。暁に行くとて、今宵おはして、有明の月に帰りたまひけむ直衣姿などよ。

成信は伊予の守の娘と契りを結んでいたが、父親が伊予の国へ娘を連れて下った折の別れについて記している。この「忘れて」は「忘れで」とも考えられ、意味が正反対になるところから問題になってきた。「忘れで」と打消しに読む理由として、新潮古典集成本の頭注は次のように記している。*6

三巻本を用いた諸注は「忘れて」と訓み、能因本によるものは「忘られて」と清音で訓んで、いずれも成信が兼資女を見捨てたとか、兼資女が成信に棄てられたと解しているが、それでは、上文に「心ばへもをかしうおはす」といい、下文に有明の別れの成信の直衣姿をあわれと想像する作者の評価と全く矛盾する。飽きも飽かれもせぬ仲を、生木を裂くように兼資が娘を任国へ連れ去ったからこそ、あわれなのであるから、「忘れで」「忘られで」と打消しに読むべきである。

確かに理屈は通っているようだが、いくつか疑問がある。この考え方でいくと、「暁に行くとて」以下は、「当夜いらっしゃって有明の月光の下を帰って行かれたろうその直衣姿ときたらねえ」という訳が示すように、あくまで成信の別れを惜しむ貴公子然とした姿を映し出すことになる。ところが能因本では、その部分は、

伊予の守兼資がむすめの、忘られて、伊予へ親のくだりしほど、いかにあはれなりけむとこそおぼえしか。暁

に行くとて、今宵おはしまして、有明の月に帰りたまひけむ直衣姿などこそ。

とあり、三巻本と微妙な本文の違いがあり、それにより意味の違いが生じることになる。「兼資がむすめの、忘られて」とあれば、まず「娘が、成信に忘られて」ととるのが自然である。「忘られて」を「忘られで」とするには、「むすめの」ではなく、まず普通「むすめを」もしくは「むすめ」とするところであり、無理があろう（前田家本も同様）。能因本による『枕草子評釈』[*7]では、「この中将に見棄てられて」と解釈し、同じく『枕草子精講』[*8]でも、成信は「棄てた女が遠国へ立とうという前夜、わざと見舞って名残惜しい風をする、…偽善的なまごろしなやり方は、潔癖な気性の清少納言には堪えられなかったのである」としている。この評自体には問題があるので後に触れる。

一方、三巻本による『枕草子　全訳注』[*9]は、新潮古典集成本などを受け継ぎ、「忘れで」と読んでいる。『枕草子大事典』では、この段を扱いながらも直接このことには触れていない。しかし、「(成信の) 理想化された貴公子像、しかも男女の関係が消滅した後まで相手を思い遣る人物として、読者に印象づけられる」と評しているところから、「忘れで」と読んでいると想像される。

新編日本古典文学全集本（一九九七年）も「忘れで」として、最後も「成信はどんなに名残惜しかったろう」としている。最近出た『新編枕草子』[*10]でも「忘れで」として、本段の「忘れめや」のテーマに合致するという見方を示している。この点は後述する。

一方、「忘れて」と読むものに、例えば和泉古典叢書『枕草子』[*11]や新古典文学大系本（一九九一年）がある。後者は、「忘れて」「忘れで」ともに落ち着かぬ表現で、「むすめ忘れて」と「親の伊予へゐてくだりし」との並列と見ておく。成信が女を「忘れ（別れ）し」時が、親が「ゐてくだりし」時である、という読み方。

と述べている。では実際には、どのように理解したらよいのかを次に考えていきたい。

四　成信と兼資女との交際

源成信は村上天皇の子・致平親王男で、母は左大臣源雅信女である。二十三歳で出家する（「権記」）が、そこからの逆算で十九歳の長徳三年（九九七）七月二十六日、民部大輔として病中の左大臣道長の指示を伝えている。また、翌月の八月一日、「民部権大輔成信朝臣」は相撲御覧の折、東宮居貞親王に饌を供じている。長徳四年十月二十四日には新任の中将として射場始めに出居に着いている。その十月二十九日に、「右近権中将」成信は、道長室倫子を従三位に叙す旨の言葉を、倫子に伝申している（以上「権記」による）。また、長保元年（九九九）十一月七日、中宮定子御産の折、成信は一条天皇の勅使として、中宮に御剣を奉っている（「小右記」）。翌年三月二十日にも勅使を務めている（「御堂関白記」）。同年四月七日には、彰子入内に伴い従四位上に叙せられている（「権記」）。この叙位は、先例がないという理由で、一旦停められそうになったが、結局は加階されている。それは、「権記」によれば、故左大臣源雅信の愛孫などの経歴だけでなく、左大臣道長の猶子であり、彰子の近親でもあることからなされたようである。若くして何度も勅使等の重要な役割をなしているのは、道長が、源雅信女の倫子を北の方とする縁で、養子となったことが大きいと思われる。

その成信が兼資女と昵懇であったとしたら、兼資側は成信を厚遇してもおかしくない。だから、伊予国へ娘を連れて下るのは、成信がその娘に冷めてしまったからとも考えられよう。では、成信が娘と知り合ったのはいつごろで、伊予へ下ったのはいつであろうか。

「栄花物語」（巻五「浦々の別」）にも、成信のことが記されている。

兼資朝臣の家に中納言上りたまへれど、大殿の源中将おはすとて、この殿のおはしたるを、父はさらによからぬことに思ひて、いみじう忍びてぞおはしける。殿の中将と聞ゆるは、村上帝の三の宮に、兵部卿宮と聞えしが、入道して石蔵におはしけるが、御男子二人おはすなる、一所は法師にて三井寺におはす、今一所は殿の上の、御子にしたてまつらせたまふなりけり、それこの兼資が婿にておはしけり。

（新編日本古典文学全集「栄花物語」巻五「浦々の別」二八七頁）

花山院放射事件により流罪になった中納言・藤原隆家が、伊予守兼資の別の娘に通っていたことが、この巻に既出しており（二八〇頁）、召還され上京してすぐに兼資の邸に身を寄せたとある。そこに成信が婿となっていたので、内密に通っていた隆家を兼資は快く思っていないことが表されている。この内容が事実なら、隆家の上京は長徳三年四月二十一日（「小右記」）なので、この頃既に、成信は兼資女の婿となっていたということになる。十九歳の頃である。尚、「大鏡」（道隆伝）によれば、隆家の北の方としてこの兼資女があげられており、その間の二人の娘が、三条院の第二皇子・敦儀親王と、藤原道綱男・宰相中将兼経を婿として迎えたとある。

兼資は、正暦四年（九九三）以前から伊予守であり、長徳二年前後に重任となり、さらに長保元年ぐらいからもう一期赴任したと思われる。[*12] つまり、正暦四年前からずっと伊予守を務めており、栄花物語のこの場面も、兼資は伊予守であるはずで、京洛の兼資邸にいるのは、ちょうど国司の任期切れの時か、用事で上洛していた（長徳四年には左馬権守を兼任するなど、しばしば上洛している）折なのであろう。だから、長徳三年の四月下旬以後に重任となり、娘を伴って伊予国へ赴任したのかもしれない。

兼資の伊予守の任期が長いので、どの時点で娘を連れて下向したのかは判然としない。しかし、「栄花物語」の記事が事実ならば、成信は比較的長い間、兼資女に通っていたと考えられる。兼資も、道長の養子の成信を厚遇しているように見受けられる。「栄花物語」巻四「みはてぬゆめ」に、成信について「大納言殿の御子にしたてまつらせたまひて、少将と聞えしおはす」(二〇五頁)と記されていて、道長(大納言殿)の養子となり、少将であったとする。成信が近衛少将であった確かな記録はないが、大いにありうるところである。成信自身の氏素性は決して卑しくはないが、いかに道長の養子でも、少将程度の地位では、国司を歴任してきて(伊予守の前には美濃守にもなっている)財をなしている兼資の婿になり、その援助により栄達を志向しても不思議ではない。売位売官が公然と行われていた時代なので、栄達を確実にするという意味での良縁に恵まれぬ者は、大国等を渡り歩いて蓄財をなした受領の婿になり、その財力を利用して出世しようと考えて当然であるし、実際にそうなる事例が結構あった。[*13]

五　物語的ヒーロー成信中将(一)

成信が兼資女に通ったのも、受領の財産を当てにするような思いがあったと考えられる。そうなら尚更、娘への強い愛情があったためとは考えにくい。無論、当時の貴族にとって政略結婚が中心を占めるので、相手が高級貴族の令嬢だろうが受領の娘だろうが、初めは同じようなものではあろう。しかし、財産目当てなら、受領の娘であろうと足繁く通う必要が生じよう。そのようにして愛情が湧くし、離れがたい気持ちになることはあろう。「栄花物語」における隆家はその例といえる。しかし、成信も同様かは判然としない。もし、成信が兼資女を「忘れで」―忘れないで通ってきていれば、その仲を裂くように伊予へ連れて行く必要はなかったはずである。皇孫で道長の養子でもあり将来性もある貴公子から、娘を遠ざける意味があるのだろうか。初めこそ頻繁に通って来たにしても、次第に成信の足が遠のいたからこそ、おそらく娘にとって良くない噂が広まっていたであろうから、父親は娘のために遠国へ伴って行ったものと想像される。成信は「無雙美男、號照中将」（「系図纂要」）[*14]とあるように並びなき美男子で、おそらく照り輝くということで照中将と称されたと思われる、言わば在原業平や光源氏といったイメージが与えられていた可能性がある。他にも通い所がいくつかはあったであろう。

二七七段全体で何を言わんとしているのか捉えにくいとは指摘されてきた。最初に出された成信の中将のことが、後の方にどのように繋がっていくのか。いくつものエピソードの構成自体が複雑で、日記回想章段と随想章段がない交ぜになっている趣がある。しかし、具に見ていくと、雨の折の男の訪問を嫌い、特に月明の訪問者を歓迎する文脈が目立つ。

さて月の明きはしも、過ぎにし方、行末まで思ひ残さるることなく、心もあくがれ、めでたくあはれなること、たぐひなくおぼゆ。それに来たらむ人は、十日、二十日、一月、もしは一年も、まいて、七、八年ありて思ひいでたらむは、いみじうをかしとおぼえて、えあるまじうわりなき所、人目つつむべきやうありとも、かならず立ちながらももの言ひて帰し、また、とまるべからむは、とどめなどもしつべし。月の明き見るばかり、ものの遠く思ひやられて、過ぎにしことの、憂かりしも、うれしかりしも、をかしとおぼえしも、ただ今のやうにおぼゆるをりやはある。

月の明るい折は、過去や今後のことが何もかも思いやられるとして、すばらしく、しみじみとした点では、比類のないほどに思われるとしている。ここなど、先にあげた伊予へ下る兼資女に別れを告げに来た成信が、有明の月の下で帰るところが目に浮かぶのである。仮に兼資女への情愛がほとんど冷めていたとしても、成信には、二人の、特に女の過去のことやこれからのことが、あれこれ思いやられたことであろう。月明の情緒に、男女の過去が哀感を持って脳裏に浮かんだといった場面であろう。さらに、月明の夜に訪れる男は、十日、二十日、あるいはずっと長い年月が経ってからでさえ思い出して訪ねて来るような場合は、とても心惹かれるとしている。清少納言の感じ方が示されているわけだが、ここでも、兼資女に冷めて、長いこと訪れなくなっても、伊予下向直前ということで久しぶりに訪問した成信の姿を彷彿させるのである。

さらに引き続いて、逢うのが憚られる場所などでも、必ず、立ったままでも話をしてから帰し、泊めても差し支えがない所なら、きっと引きとめるだろうともいう。ここでもまた、有明の月に照らされながら帰って行く成信を思い浮かべるのである。そして最後の部分で、遠い日のことが次々と思いだされ、過ぎ去った辛いことやうれしかったこと、興味を抱いたことなど、たった今のことのように感じられる折が、明るい月を見る時以外にあるだろうかとも記す。兼資女との最後の別れの折、成信は、以上のような感慨に耽ったに違いない。そのように月明の訪問者を語るこの部分と、最初の成信のエピソードはオーバーラップしてくるのである。

これらの引用本文より前にある兵部と成信のエピソードなどは無論、この章段は成信を見え隠れさせて展開していると考えられる。清少納言らが快く思っていない兵部と語り明かした成信に対して、清女は、さほどの悪感情を抱いていない筆致からも、この章段での成信は物語のヒーロー的存在のように思われる。このように考えてくると、先に触れた『新編　枕草子』が「忘れで」ととり、その根拠として「忘れめや」をこの段のテーマとし（これも疑問）、それと合致すると見るのは、一面的と言わざるを得ない。

六　物語的ヒーロー成信中将（二）

ここで、最初の「忘れて」か「忘れで」かの問題を考えたい。能因本の「忘られて」は兼資女を主語としての受身の構文なので、成信に忘れられてと読むべきところであろう。能因本の性格もあるにしても、忘れられてと理解していたわけで、これは無視できないところである。先にあげた新大系本の、「娘を忘れて」と「娘を親が伊予に連れて下る」の並列とする見方も、少し無理があろう。「(娘を）忘れて」ならやはり、直続する文脈と内容から、上文を原因として結果としての「娘を親が連れて下る」と見るのが当然であろう。だから「伊予守兼資が女、忘れて、親の伊予へ率て下りしほど、いかにあはれなりけむとこそ、おぼえしか」の一文自体は内容的に何の問題もないのである。その前後の二つの文との関係性において、矛盾があると評されているわけである。

しかし、歌物語や恋物語の男主人公は、当然色好みで、何人もの女性にそれぞれ本気で向き合うこともあり、特定の女性への訪問を結果的に怠るのはよくあることである。「伊勢物語」のヒーローや光源氏はいつものことである。「伊勢物語」では、例えば、多忙な宮仕えで誠実に愛情を持って接したとはいえない「むかし、男」に対して、女は他の男に従って地方へ下って行き、後悔する話（六十段）や、男が長らく訪れなかった女が、いいかげんな男の口車に乗って地方へ下るが、これも自分の行動を恥じる話（六二段）などがある。これらは決して、女に冷たい主人公を批判的に描いてはいない。むしろ男主人公はあくまでみやび男（風流士）としての扱いをしているのである。

源氏物語では、光源氏が五節の舞姫となった女と契りを結んだが、身分の違いや他に思い人の多い光源氏のことゆえ、結局、忘れられた状態で父の大宰大弐に連れられて、筑紫に下る話がある。筑紫の五節と呼ばれる女である。父は違う男との結婚を勧めるが、娘は首を縦に振らない。日常的にはほとんど彼女を思い出しもしない光源氏を、女の方ではいつまでも忘れないでいる。これこそ恋のヒーローであり、男女や身分階層を問わず憧れの的となっているのである。さらに、正妻葵上を、生霊となり取り殺した六条御息所が伊勢へ下る直前、彼女にすっかり冷めた光源氏は、それでも世間体を考えて重い腰を上げて野の宮の彼女を訪れる。しかし、嵯峨野の晩秋の荒涼たる光景に、オーバーラップされた彼女の重い息遣いを感じ、昔日の恋心が再燃していく。そこには夕月の光があり、翌暁の別れは哀感を誘う著名な場面を形作っている。

○はなやかにさし出でたる夕月夜に、うちふるまひたまへるさまにほひ似るものなくめでたし。

（「賢木」巻　八七頁）

○めづらしき御対面の昔おぼえたるに、あはれと思し乱るること限りなし。来し方行く先思しつづけられて、心弱く泣きたまひぬ。

（八八頁）

○悔しきこと多かれど、かひなければ、明けゆく空もはしたなうて出でたまふ、道のほどいと露けし。女もえ心強からず、なごりあはれにてながめたまふ。

（九〇頁）

成信も、先に引いた二七七段で「さて月に明きはしも、過ぎにし方、行末まで思ひ残さるることなく、…」ともあったように、別れに際して源氏物語の傍線部のように、「来し方行く先」を思い続けたと想像される。

この二七七段にも、散逸物語で、美青年で色好みのヒーロー「交野の少将」や、「落窪物語」の男主人公の名も出されている。交野の少将の名は、二〇一段「物語は」に住吉、宇津保などとともに既出している。恋物語の若いヒーローは、氏素性が尊く、前途有望な貴公子として、二十歳前後で近衛中将に就いている場合が多いが、成信中将も花形貴公子であったといってよい。光源氏は既に十七歳にして中将となっている。歌物語や作り物語などの恋物語を背景として、それらが育んできた恋のヒーローの多くの類型があるわけで、枕草子の二七七段で、美青年と言われた成信中将に物語的なヒーロー像を投影しているといえるのではなかろうか。ならば、女性たちにかなり人気があったと思われる魅力的な容貌・人柄の成信が、一人の女を「忘れて」も不思議はないし、それと伊予下向に際しての月明の悲しそうな直衣姿も矛盾しないのである。

そのように考えてくると、二七七段の「暁に行くとて、今宵おはして、有明の月に帰りたまひけむ直衣姿などよ」も、能因本（最後は「などこそ」）による注釈が「下に、女にはどんなに名残り惜しかったろう、などの意省略」（「旧古典全集本」）とか、「どのようであったかしら。さぞかし、愛人は泣いて見送っていたであろう」[*15]とするなど、女の辛さ・悲しさにだけ寄り添う解釈だけでなく、どんなに哀切な風情があったろう、というように、もっと一般化すべきかと思う。つまり、女に限らず成信も悲哀感に浸り、その全体が哀感を誘う物語的一齣であったと見るべきだと考えられるのである。

おわりに

本稿では、七四段「職の御曹司におはしますころ」で「有明の月」や盛夏の「末伏」と関連する漢詩から、年月日がかなり限定されるが、それによる矛盾の解明を試みた。九一段「ねたきもの」では、能因本の表現と、二六三段の積善寺供養での、ほぼ同じ表現に注目するなどして、史実年時や場所について考えてみた。特に重点的に扱った二七七段「成信の中将は」では、「伊予の守兼資が女忘れて」の「忘れて」をめぐって、表現上や史実、恋物語的な考え方等を導入し、「忘れで」ではなく「忘れて」とするのが適切であることを追究した。結果的に、成信の良き人柄などと決して矛盾しないこと等を指摘した。単に部分の表現のみに執することなく、例えば、枕草子が含み込む物語的要素などにも目を向けることによって、見えてくるものがあると考えた次第である。

注

＊1　内田正男『暦と時の事典』（雄山閣、一九八六）
＊2　圷美奈子『新しい枕草子論　主題・手法・そして本文』（新典社、二〇〇四）
＊3　田中重太郎『校本枕冊子』により、能因本の表記等は旧日本古典文学全集本に倣った。
＊4　増田繁夫校注『和泉古典叢書　枕草子』（和泉書院、一九八七）
＊5　ただし、天元五年十一月十七日焼亡の時は、二年後の永観二年八月二十七日に遷御という遅い例もなくはない。
＊6　同じ萩谷朴の『枕草子解環』に詳述されているが、簡略に要点が押さえられている古典集成本に拠って記した。
＊7　金子元臣『枕草子評釈』（増訂三版　明治書院、一九五三）
＊8　五十嵐力・岡一男『枕草子精講―研究と評釋』（学燈社、一九五四）
＊9　上坂信男・神作光一『枕草子　全訳注』（講談社学術文庫、二〇〇三）
＊10　津島知明・中島和歌子『新編　枕草子』（おうふう、二〇一〇）
＊11　注4に同じ。
＊12　藤本勝義「浮舟物語の始発―「東屋」巻の構造と史実―」（森一郎・岩佐美代子・坂本共展編『源氏物語の展望』第二輯　三弥井書店、二〇〇七）
＊13　注12に同じ。
＊14　岩澤愿彦監修『系図纂要』（新版　名著出版、一九九一）

＊15　田中重太郎『枕冊子全注釈　五』（角川書店、一九九五）

本稿で引用あるいは参照した「和漢朗詠集」「栄花物語」「源氏物語」は新編日本古典文学全集本、「大鏡」「伊勢物語」は新潮日本古典集成本、「小右記」「御堂関白記」は大日本古記録本、「権記」は史料纂集本、「日本紀略」「百錬抄」「本朝世紀」は新訂増補国史大系本に拠った。

【家系】
清少納言の末裔――「小馬がさうし」の読者圏――

上原作和

一　清少納言と紫式部

清少納言は、定子後宮で女房名を「少納言」と呼ばれた（「香炉峯の雪」『新潮古典集成』二八〇段／『新編枕草子』二八二段）、清原元輔の娘のことである。したがって、紫式部同様、清少納言は後世付与されたニックネームに過ぎない。つまり、「清」は清原の姓から取られたものなのである。本名に関しては、江戸時代の伊勢貞丈（多田義俊説あり）『枕草子抄』に「女房名寄」を引用しての「諾子」説も見えるが、何ら根拠はない。むしろ、『枕草子』の定子との問答から、応諾の役割を演じたことからの命名とすら思われてならない。

ちなみに、紫式部の当初の女房名は藤式部であった。ところが、『源氏の物語』の女主人公・紫の上を創造したことから、「紫式部」と呼び習わされたものと思われる。[*1] この呼び名は既に『栄華物語』[*3]の時代には定着していたことが知られる。いっぽう、紫式部の本名は、角田文衛・萩谷朴[*2]、くわえて卑説に、藤原香子説がある。このように、女房名がニックネームであることも含めて、清少納言その人を語るのに、紫式部は切っても切れない関係にあると言えよう。女房名しかり、それぞれのテクストに投影するライバルの面影、さや当て、[*4]さらには娘小馬の所持する『草子』言説の検討を通して、これらの諸相を概観しながら、〈『枕草子』言説〉生成の背景をわたくしなりに素描してみたい。

二　清少納言の近親

村上朝の代表的な文化人の証である「梨壺の五人」のひとりで、当代を代表する屏風歌歌人・清原元輔（九〇八〜九九〇）の子として、還暦目前に生まれた娘が清少納言である。[*5]そもそも、清原氏は、清原有雄を祖とし、『古今和歌集』の代表的歌人である清原深養父を祖父（曾祖父とする説もある）に持つ。また、兄弟姉妹に、雅楽頭為成・太宰少監致信（清原致信）・花山院殿上法師戒秀、[*6]および藤原理能（道綱母の兄弟）室が知られる。

その娘、清少納言は、『枕草子』の文業によって、中古三十六歌仙・女房三十六歌仙の一人に数えられ、四二首（異本による。流布本では三一首）『清少納言集』も伝わる。[*7]同時代の評価のバロメーターである勅撰集の入集は紫式部と同様、『後拾遺和歌集』に始まり、計十四首である。これらの基本データは、岸上慎二の伝記研究に負うところが大きく、今だ必読の最重要文献である。[*8]

清少納言の幼少は、『枕草子』を辿る他はない。それによれば、天延二年（九七四年）、父の周防守赴任に際し、これに同行、四年の歳月を「鄙」にて過ごした模様である。また、「すさまじきもの」に見える「除目に司得ぬ者の家」は不遇にあった父の姿の原風景が投射されたものであると思しい。ただ歌人としての父には誇りを持ってい

たようで、

一条天皇の中宮定子に詠歌を促された清少納言は、以下のようにそれを辞退した。

「いと、いかがかは、文字の数知らず、春は冬の歌、秋は梅、花の歌などをよむやうははべらむなれど、『歌よむ』といはれし末々は、すこし人よりまさりて、『そのをりの歌は、これこそありけれ』『さは言へど、それが子なれば』などいはればこそ、かひある心地もしはべらめ。つゆとり分きたる方もなくて、さすがに歌がましう、『われは』と思へるさまに、最初に詠み出ではべらむ、亡き人のためにも、いとほしうはべる」

（『新潮日本古典集成』九四段／『新編枕草子』九六段）*9

「亡き人のためにも、いとほしうはべる」は、父・元輔の歌人としての名声を、娘の私が汚すことは出来ないと言う、清少納言の矜恃である。すると、中宮は、

元輔が　のちといはるる君しもや　今夜の歌に　はづれてはをる

歌詠みの元輔の娘と言われるあなたが、今宵の詠歌に加わらないでいてよいのですか、とさらに挑発したものの、清少納言は、中宮様にこう申し上げたのであった。

「その人の　のちといはれぬ　身なりせば　今夜の歌を　まづぞ詠まましつつむ事さぶらはずは、千の歌なりと、これよりなむ出でまうで来まし」と啓しつ。

父・元輔に遠慮する事がなければ、千首の歌でも、こちらから進んで詠むであろうが、やはり辞退したい、旨のさらなる固辞であった。頃は、長徳三、四年（九九七、八年）、定子は出家した後、還俗した頃の話である。定子の中関白家にとっては、父・道隆薨去後、花山院誤射事件による隆家・伊周の左遷と度重なる不遇から一気に斜陽へと傾いていた政変後の、作られたとしか思えない和やかな一コマである。

清少納言の宮仕えは、前掲、岸上慎二によって、一条天皇の時代、正暦四年（九九三年）冬頃から、私的上臈な女房として中宮定子に仕えていたとされている。博学で才気煥発な彼女は、主君定子の恩寵ばかりでなく、公卿や殿上人との贈答や機知を賭けた応酬をうまく交わし、宮廷社会に令名を残している。その矜恃が『枕草子』執筆を支えたのであろう。

この宮仕えは定子薨去の頃（一〇〇一）までは確認されるのだが、『枕草子』の世界は、「ものづくし」（歌枕などの類聚）、詩歌秀句、日常の人々の観察、個人のことや人々の噂、実録的な回想など、彼女の洗練された感性がみずみずしく活写されているのである。

また、この間、清少納言は、藤原実方（?～九九八年）、藤原斉信（九六七～一〇三五年）、藤原行成（九七二～一〇二七年）、源宣方（?～九九八年）、源経房（九六九～一〇二三年）との親交が家集などの諸資料から知られる。ことに実方との贈答が数多く知られ、萩谷朴は、「片思い」の恋愛関係を想定し、解説に一章を設けている。[*10]

さて、妻、母としての清少納言は、天元四年（九八一年）頃、陸奥守・橘則光（九六五～一〇二八年以後）と結婚し、翌年一子則長（九八二年～一〇三四年）を生むも、武骨な夫と反りが合わず、やがて離婚したようである。ただし、則光との交流はここで断絶したわけではなく、一説では長徳四年（九九八年）まで交流があり、『枕草子』にもしばしば登場している。つまり、今日で言う別居婚である。しかし、のちに、推定二五歳差があり、親子ほども年の離れた摂津守・藤原棟世と再婚し、娘・小馬命婦を儲けたことが『尊卑分脈』によって知られる。[*11] 棟世は『枕草子』にも、朧化して描かれるのみである。[*12] すなわち、若い妻との別居を不本意に思う老境の夫としてである。

「『むねたかなどに見せで、隠して下ろせ』と宮の仰せらるれば来たるに、思ひぐまなく」とて、引き下ろして、率てまゐりたまふ。「さきこえさせたまひつらむ」と思ふも、いとかたじけなし。

（『集成』二六〇段／『新編枕草子』二六二段）

このような年齢差のある結婚は、言い換えれば、初老の男性との婚姻と言うことになる。老後の生活安定の保証という側面も否定できない面もあろう。これは紫式部（九七四?～一〇一九年）と紀時文（?～九九六）、藤原宣孝（八五二?～一〇〇一）、和泉式部（九七八?～）と藤原保昌（六五八～一〇三六）に共通すると言う点で看過しがたいことである。

三　清少納言とその娘

清少納言と、同時代の『源氏物語』の作者・紫式部とのライバル関係は、後世盛んに喧伝された。しかし、紫式部が中宮彰子に伺候したのは、清少納言が宮仕えを退いた直後の寛弘三年、ないしは二年の十二月二九日のことで、二人は面識すらおぼつかない程度であったはずである。[*13]『清少納言集』の詞書より、長保二年十二月十六日（一〇〇一年正月十三日）の皇后定子崩御の直後、清少納言が棟世の任国であった摂津に身を寄せていたことが知れるからである。その後、清少納言は、父元輔の「月の輪」山荘に滞在したこともあったようだが、その後の足取りは杳として不明である。[*14]清少納言の『枕草子』には紫式部評、および『源氏物語』に関する言及がなく、また『源氏物語』に関する引用を一切残していないことから、清少納言と紫式部の出仕の前後関係は明らかであろう。[*15]

さて、清少納言の娘・小馬の閲歴は、いくつかの文献にその足跡が記されている。娘は、正式には円融朝の小馬命婦と区別するため、上東門院小馬命婦と呼び習わされる。先に記したように、『尊卑分脈』の系図より藤原南家・藤原棟世の娘であることが、また後述の『範永集』の詞書より、この小馬の母が、清少納言であることが知られるわけである。ただし、歌人としては大成せず、勅撰集には『後拾遺和歌集』に、以下の一首が採られたのみである。[*16]

為家朝臣、物言ひける女にかれがれに成りて後、『みあれの日暮には』と言ひて、葵をおこせて侍ければ、娘に代はりて詠み侍りける　小馬命婦

九〇八　その色の　草ともみえず　枯れにしを　いかに言ひてか　今日はかくべき

また、彰子後宮の小馬に関して、萩谷朴は『紫式部日記』に見える「小馬」の記述三箇所をともに清少納言の娘に対する当てつけであると言う見解を遺している。[*17] すなわち、

髪上げたる女房は、源式部〈加賀守重文が女〉、小左衛門〈故備中守道時が女〉、小兵衛〈左京大夫明理女〉、大輔〈伊勢斎主輔親女〉、大馬〈左衛門大輔頼信が女〉、小馬〈左衛門佐道順が女〉、小兵部〈蔵人庶政が女文義といひけん人の女なり〉、かたちなどをかしき若人のかぎりにて、さし向かひつつゐわたりたりしは、いと見るかひこそはべりしか。　（二十段）

今宵《こよゐ》は、おもて朽木形《くちきかた》の几帳《きちやう》、例のさまにて、人びとは濃きうち物を上に着たり。めづらしくて、心にくくなまめいて見ゆ。透きたる唐衣《からごろも》どもに、つやつやとおしわたして見えたる、また人の姿もさやかにぞ見えなされける。小馬のおもとといふ人の恥見はべりし夜なり。　（二五段）

小馬といふ人、髪《かみ》いと長くはべりし。むかしはよき若人、今は琴柱《ことぢ》に膠《にかは》さすやうにてこそ、里居してはべるなれ。　（五八段　消息体評論）

萩谷朴は、小馬が割註に「左衛門佐道順が女」とあることから、高階道順の養女であった可能性にまで言及するが、道順が中宮定子の叔父であるという縁故の他は、今のところ、文献上の確証はない。[*18] また、小馬が寛弘七年頃、退下した理由も、「小馬のおもとといふ人の恥見はべりし夜なり」に起因すると仮定する。これらは、他に外部徴証がなく、なんとも言えないが、ただし、これを日記の内部徴証に照らして、清少納言の娘へのあてつけだとすれば、紫式部が清少納言の人格と文業とを全否定しているのに通底する言説だとは言えそうである。

記すまでもない著名な一節ではあるが、以下の如くである。

清少納言こそ、したり顔にいみじうはべりける人。さばかりさかしだち真名書き散らして侍るほどもよく見れば、まだいと足らぬこと多かり。かく、人に異ならむとおもひこのめる人は、かならず見劣りし、行末うたてのみ侍れば、艶になりぬる人はいとすごうすずろなるをりも、もののあはれにすすみ、をかしき事も見過ぐさぬほどに、おのづから、さるまじくあだなるさまにもなるにはべるべし。そのあだになりぬる人のはて、いかでかはよく侍らむ。

（六五段　消息体評論）

もちろん、こうした記述は紫式部が清少納言の才能を脅威に感じて記したものであるという可能性も高いであろう。しかしながら、このような舌鋒鋭い批判は、むしろ潜在的な怨恨にも似た感情が無ければ書かれまい。すでに萩谷朴が指摘したように、『枕草子』には「あはれなるもの」の段に、紫式部の亡夫・藤原宣孝が派手な衣装で御嶽詣を行った逸話や、従兄弟・藤原信経を清少納言がやり込めた話（九八段『新編』百段）も記されている上に、正暦元年（九九〇）八月の宣孝の筑前守任官（四一歳）と、同年六月の、父・元輔の任地・肥後における八三歳での客死という、近親者の栄達と、対照的な死別と言う背景があったことは極めて説得的である。いずれにせよ、ライバルの読んだ『枕草子』評は極めて辛辣であり、それは、近代的な批評概念とすれば、弁別すべき娘への対応も極めて陰湿に近い感情を抱いていたと言えるだろう。

四　「こまがさうし」の意味

『範永集』に、

女院にさぶらふ清少納言の娘、小馬が草子《さうし》をかへすとて

一〇九　いにしへの　よにちりにける　ことのはを　かきあつめけむ　ひとのこころよ

かへし

一一〇　ちりつめる　ことのはしれる　君みずは　かきあつめても　かひなからまし

この歌群には、「こまが」を主格と見て前の詠者を小馬とする説、いっぽう「小馬が草子」を藤原範永（九九三？〜一〇七〇？）[*19]が借りた後に返却したと解釈して、範永が先に読みかけたとする説とがあったが、現在は、萩谷朴も追認した後者の説が有力のようである。[*20]とすれば、この「小馬が草子」はずばり、『枕草子』もしくは、『清少納言集』と言うことになろう。萩谷朴は、これらの考証を踏まえて、この和歌の応酬について以下のように規定した。

従って、範永が小馬から借りた冊子は、清少納言自撰の『清少納言集』祖本であり、範永は、既に散逸していた自らの詠草を書き集めたであろう、小馬の母、清少納言という過去の人の心中を思いやったのであり、その母への同情に対して、娘の小馬が謝意を表したのが、この二首の贈答歌と考えるのである。

文中、「既に散逸していた自らの詠草を書き集めたであろう、小馬の母、清少納言という過去の人」が難解なので、解読しておくと、現存本『清少納言集』の巻頭歌に、

ことの葉も　露もるべくも　なかりしを　風にちりかふ　花を聞く哉

とあることから、「ことの葉＝清少納言の詠草」が「風にちりかふ」状態にあったものを清少納言が再び集めたり再度読み直したりして配列し、さらにこれを増補、再編集したものが「小馬が草子」であるとして、範永が「いにしへのよにちりにける」「さうし」を「かきあつめけむひと（＝清少納言）」の心を詠じたものと解釈したことによる。すると返歌は小馬となり、「ことのはしれる君（＝範永）」に母の詠草を見て頂かなければ、「かきあつめてもかひなからまし」と言う理路を備えた応答をしたことになろう。

また、萩谷朴は、この歌集の祖本について、清少納言が、長保三年（一〇〇一）頃に自身で編集したものとし、現存の増補本は、小馬が関与したものと推定したのであった。

くわえて、この考証は、「小馬の草子」＝「ことの葉」を和歌と見るほうが蓋然性が高いことから、『清少納言集』であると言う前提で行論されている。しかしながら、当然、清少納言の言説に好意的であると判断される範永には『枕草子』がどのように読まれていたのか、気になるところである。と言うのも、範永の脳裏には、当然、『枕草子』作者の令名があった故にこそ、この歌集が借り出されたものと考えられるわけである。また、この和歌の応酬にも『枕草子』の影が見え隠れすることは確かなことであろう。しかも範永と能因には和歌六人党歌人としての深い交流が知られることは、注意すべき事である。

五　『枕草子』の読者たち

『枕草子』は、昭和の時代に諸本論が展開され、現行三巻本系統本文が、伝能因所持本に優る構成力を持つものとして終着を迎えたと言える。これは三巻本本文と伝能因所持本本文とを比較し、その配列や文章構造を詳細に検討した上での議論が重ねられ、結果として作者の連想を以て編纂されたのが三巻本であって、この章段構成が作者の意図により近い、とする推論を前提とするものであったと言えよう。[*21]

近年、これを読者論として、諸本間の『枕草子』のみならず、享受史を含む本文全体に分析の射程を広げ、いわば、〈汎『枕草子』本文〉を以て、〈清少納言〉言説を把捉しようとする津島知明、小森潔らの研究成果[*22]と、沼尻利通によって、『源氏物語』古注釈、とりわけ河内学派に引用された『枕草子』本文が、いわゆる、現行三巻本の雑纂本系統の本文でなく、類纂本系統に分類される「堺本系」本文であることがより詳細に明らかにされたことによって、昭和の諸本系統論は、遠景に後退することとなった。[*23]

『枕草子』のもっとも早い読者を厳密に規定するなら、『枕草子』跋文に寄ると、伊勢権守・源経房（九六九〜一〇二三）[*24]であるが、この時点で、すでに類想、類聚、日記的章段が存在したようである。これらの章段は、類聚的章段から派生したものであるらしく、長徳二年（九九五）までに前期章段群が書かれ、長保二年（一〇〇〇）十二月十六日の定子薨去後、源経房を左中将と呼び得る翌三年八月以前までに大幅な改組がなされたようである。ただし、寛弘七年（一〇一〇）任の道命阿闍梨の存在が書き込まれるなど、寛弘年間（一〇〇四〜一〇一二）までの間の加筆の痕跡が認められるという。[*25]

この後、『無名草子』（一二〇〇年頃）に引用される本文が、伝能因所持本系であったり、同時代文献の多くにも同様の傾向が見られる。[*26] これらの状況証拠によって、すでに清少納言の手を離れた時点で『枕草子』は一本ではなく、鎌倉時代に至るとすでに複数の本文が雁行して流布していたことがわかる。[*27] 例えば、伝能因所持本の奥書には以下のようにある。[*28]

枕草子は、人ごとに持たれども、まことによき本は世にありがたき物なり。これもさまではなけれど、能因が本と聞けば、むげにはあらじと思ひて、書き写してさぶらぞ。草子がらも手がらもわろけれど、これはいたく人などに貸さでおかれさぶらふべし。

藤原範永によって読まれた、「小馬が草子」は、娘の小馬によって再編集された歌集のようではあるが、万が一、これが『枕草子』の一本であったとするなら、錯綜化する本文の動態を裏書きするものとなることは確かなのである。例えば、先述したように、範永と能因の交流から、[*29]小馬から借覧された『枕草子』は和歌六人党の縁故を以って能因の許に渡り、転写する際に加筆された可能性もあろう。しかしながら、『範永集』の九八〜一〇〇番歌までのやりとりを見る限り、「古曽部入道能因が伊予へ下るに」と詞書にあるのにも関わらず、「くだんの法師の、下向の由告げずとて」とあるところから、能因と範永は晩年には疎遠であったことがわかる。それゆえ、能因がすでに『枕草子』を所持していることを知っていた範永が、ライバル意識から、小馬所持の『枕草子』『清少納言集』を借り出したとも考えることが出来よう。いずれにせよ、「伝能因所持本」『枕草子』の意義も、こうした読者圏を想定することによって再浮上してくるはずである。つまり、能因の存在が範永の家集所望に繋がったとも考えられるのだが、もちろん、これはあくまで、すべて憶測に留まる。

いっぽう、鎌倉の河内学派、源光行・親行一統に届けられた『枕草子』は、類纂化され、言葉の類聚によって検索も可能な形態であったと見ることも出来る。言わば辞書的な整理の施された長慶天皇の『仙源抄』[*30]の如き本文であったと考えられるとするなら、平安末期から鎌倉初期に懸けての『枕草子』本文の展開も、昭和の研究史との整合が可能となる。すなわち、雑纂本の再編集本文としての現行類纂本諸本の形態である。

これらの研究状況を、清少納言の末裔たちと歌人たちの交流といった、人的な時系列の検証とともに、輻輳化する本文の様相とを同時代言説として解明することによって、何らかの進展があるように思われるのだが、すでに紙幅が尽きた。詳細は後考に譲りたい。

注

＊1　角田文衛「紫式部の本名」『紫式部伝—その生涯と源氏物語』（法蔵館、二〇〇七年、初出一九六四年）参照。
＊2　萩谷朴「作者について」『紫式部日記全註釈』（角川書店、一九七四年）等。
＊3　上原作和「ある紫式部伝—本名・藤原香子説再評価のために」『光源氏物語學藝史—右書左琴の思想』（翰林書房、二〇〇六年、初出二〇〇二年）。
＊4　萩谷朴「枕草子を意識しすぎている紫式部日記—反撥による近似—比較文学の一命題」「二松学舎大学論集」（一九六八年十一月）「清紫二女のあいだ」「東洋研究」三三号（大東文化大学東洋研究所、一九七三年九月）参照。
＊5　近年の研究に、後藤祥子「清少納言の「家」」『国文学　解釈と教材の研究』（學燈社、一九九六年）などの一連の研究がある。
＊6　浜口俊裕「清少納言の兄弟戒秀の伝記について—古記録を中心として」「中古文学」一三号、（中古文学会、一九七四年五月）。
＊7　萩谷朴『清少納言全歌集—解釈と評論』（笠間書院、一九八六年）
＊8　岸上慎二『清少納言伝記攷』（新生社、一九五八年、初版一九四三年）、および同氏『人物叢書—清少納言（新装版）』（吉川弘文館、一九八七年）参照。
＊9　本文は萩谷朴『新潮日本古典集成—枕草子』上下巻（新潮社、一九七七年）により、津島知明・中島和歌子『新編枕草子』（おうふう、二〇一〇年）の章段を併記する。

＊10　萩谷朴『清少納言全歌集―解釈と評論』（笠間書院、一九八六年）。

＊11　『平安時代史事典』（角川書店、一九九四年）には、清少納言の娘も同名の命婦の記述に見えるのみである。「小馬命婦　こまのみょうぶ／生没年・系譜など未詳。円融天皇の中宮であり、堀河中宮と呼ばれた藤原媓子に仕えた女房。家集『小馬命婦集』を遺している。「小馬」と呼ばれる女房はほかに、藤原棟世と清少納言の女であって上東門院に仕えた小馬命婦、同じく上東門院女房で藤原道信女の小馬らがいた。以下略。［福嶋昭治］」。

＊12　萩谷朴『枕草子解環』第五巻、同朋舎、一九八三年、五三〜五六頁）「関白殿、二月廿一日に」の段（『集成』二六〇段）に、中宮が「むねたか」なる人物に清少納言が見つからないよう気遣っていた旨を中宮の兄・伊周が言及する場面があり、この「むねたか」は清少納言が宮仕えのため別居中であった棟世の名前をぼかしたものではないかとする。

＊13　萩谷朴『清少納言全歌集―解釈と評論』（笠間書院、一九八六年）。藤原　棟世（ふじわら　の　むねよ、生没年不詳）は、藤原南家・巨勢麻呂流、伊賀守・藤原保方の子。官位は正四位下・左中弁。なお、清少納言の生年は康保三年（九六六年）頃と推定されていることから、棟世は清少納言より二〇歳以上年長であったと推測される。

＊14　萩谷朴『清少納言全歌集―解釈と評論』（笠間書院、一九八六年）萩谷朴「清少納言の晩年と「月の輪」」「日本文学研究」二〇号（大東文化大学、一九八一年一月）「清少納言零落伝説の虚妄性と名誉恢復」「古代文化」三二巻四号（古代学協会、一九八〇年四月）参照。

＊15　引用関係を正面から論じた論文としては、吉海直人「『源氏物語』の『枕草子』引用」『王朝文学の本質と変容散文編』（和泉書院、二〇〇一年）参照。

＊16　『後拾遺和歌集』『範永集』本文は『新編国歌大観』（角川書店、一八八〇、一九八五年）。

＊17　萩谷朴『清少納言全歌集―解釈と評論』（笠間書院、一九八六年）。『紫式部の蛇足　貫之の勇み足』（新潮社、二〇〇〇年）参照。『紫式部日記』本文は上原作和・廣田収校注『一冊で読む紫式部家集』（武蔵野書院、近刊）による。

＊18　萩谷朴『清少納言全歌集―解釈と評論』（笠間書院、一九八六年）。『紫式部の蛇足　貫之の勇み足』（新潮社、二〇〇〇年）。高階道順は一条天皇の東宮学士・侍読を勤めた従二位・高階成忠（九二三〜九九八）の男。藤原道隆室の高階貴子（高内侍）（?〜九九六）は同父の兄妹。

＊19　範永集（のりながしゅう）平安中期の私家集。藤原範永の家集。宮内庁書陵部に写本が二本あり、甲本は一八八首、乙本は五六首、両本の共有歌は四八首。もと同系の本だが、大きく脱落・錯簡があって現状になり、ともに完全なものではない。部立はなく雑纂的。藤原経衡・同家経・同兼房・能因・相模・出羽弁らとの交渉があり、藤原頼通期の歌壇を知る好資料である。［井上宗雄］『平安時代史事典』（角川書店、一九九四年）

藤原範永（ふじわらののりなが）生没年未詳。平安後期の官人、歌人。尾張守仲清男。母は藤原永頼女。長和五年（一〇一六）任蔵人、その後、式部大丞、春宮少進等を経て尾張・但馬・阿波等の国守を歴任、天喜四年（一〇五六）左大臣家司賞により正四位下、康平八年（一〇六五）摂津守となり、延久二年（一〇七〇）ごろ出家、津入道と号した。永承五年（一〇五〇）祐子内親王家歌合、この前後と目される道雅山荘障子絵合、天喜四年皇后宮春秋歌合等に出詠、また天喜六年・康平六年両度の丹波守公基家歌合の判者となった。和歌六人党の一員として同グループの指導的立場にあり、能因・相模・出羽弁・藤原家経・同兼房・忠命らとの幅広い交友が知られる。少壮時、遍照寺で詠んだ「住む人もなき山里の秋の夜は月の光もさびしかりけり」を藤原公任に激賞され、この詠草を錦の袋に納めて重宝としたといい（『袋草紙』上）、その歌才は後代からも高く評価された（『八雲御抄』）。『後拾遺』二三以下勅撰入集三〇首。家集に『範永朝臣集』がある。［犬養　廉］『平安時代史事典』（角川書店、一九九四年）。

＊20　萩谷朴『清少納言全歌集―解釈と評論』（笠間書院、一九八六年）参照。

＊21　例えば、三巻本優位説の筆頭に、萩谷朴『枕草子解環―本文解釈学樹立のために』全五巻（同朋舎、一九八六〜一九八八年）が挙げられる。

＊22　津島知明『動態としての枕草子』（おうふう、二〇〇五年）、小森潔「「枕草子研究」論―「言説史」へ」「国語と国文学」八二巻五号（東京大学国語国文学会、二〇〇五年五月）が挙げられる。

＊23　沼尻利通『平安文学の発想と生成』國學院大学大学院研究叢書文学研究科十七（國學院大学大学院、二〇〇七年）所載の「河内学派と枕草子―『原中最秘抄』における引用態度を中心に」「『紫明抄』に引用された枕草子本文」「『河海抄』所引枕草子本文の再検討」「異本紫明抄』所引枕草子本文の再検討」など。

＊24　源経房　みなもとのつねふさ（九六九～一〇二三）　左大臣高明の四男。母は右大臣藤原師輔女。永観二年（九八四）正月従五位下となり、寛和二年（九八六）八月侍従に任官。永延元年（九八七）十月一条天皇が摂政藤原兼家の東三条第に行幸した時、譲叙により従五位となっている。その後左近少将、伊予介、左近中将、備中守、蔵人頭等を経て、寛弘二年（一〇〇五）六月参議となっている。長和四年（一〇一五）二月権中納言に昇任。公卿として中宮権大夫・皇太后宮権大夫等を兼任し、寛仁四年（一〇二〇）十一月には大宰権帥を帯び赴任している。母が師輔女であることから藤原道長とは従兄弟の間柄となっており、摂関家へ奉仕することに努めている。『栄花』一六には、道長の子供のように思われていたとある。権帥に任命された当時疫病が流行しており、経房は下向を嫌ったが、任官の翌年三月藤原頼通らの餞別を受け、出立している。治安三年十月大宰府にて薨去。時に五十五歳。［森田　悌］『平安時代史事典』（角川書店、一九九四年）。

＊25　中島和歌子「枕草子入門」『国文学　解釈と教材の研究』（學燈社、一九九六年）参照。長保二年（一〇〇〇）の中宮定子薨去後、しばらくして清少納言は宮仕えを辞したとされる。その後の彼女の人生の詳細は不明だが、家集など断片的な資料から、いったん再婚相手・藤原棟世の任国摂津に下ったと思われ、『清少納言集』の異本系本文には、内裏の使いとして蔵人信隆が摂津に来たという記録もある。晩年は亡父元輔の山荘があった東山月輪の辺りに住み、藤原公任ら宮廷の旧識や和泉式部・赤染衛門ら中宮彰子付の女房とも消息を交わしていたらしい。

＊26　安倍素子「『無名草子』小考―『枕草子』の影響について」『研究紀要』（尚絅大学、二〇〇四年）参照。『枕草子大事典』（勉誠出版、二〇〇一年）の諸本解説も有益である。

＊27　山中悠希「堺本枕草子の類纂形態―複合体としての随想群とその展開性」「中古文学」八〇号、（中古文学会、二〇〇七年十二月）「堺本枕草子宸翰本系統の本文と受容―前田家本との本文異同をめぐって」「国語と国文学」八六

巻十号、（東京大学国語国文学会、二〇〇九年十月）参照。

＊28　本文は学習院大学蔵本による。松尾聰、永井和子校注『完訳日本の古典　枕草子』（小学館、一九八九年）参照。中西健治「伝能因所持本」『枕草子大事典』（勉誠出版、二〇〇一年）参照。

＊29　能因　のういん（九八八〜一〇五〇？）　平安中期の歌人、歌学者。俗名橘永愷〔ながやす〕。法名融因、のち能因と改名。橘入道、古曾部入道と称した。長門守元愷男。『中古歌仙伝』によれば、兄肥後守為愷の養子ともいう。母は未詳。文章生時代、肥後進士と号し、和歌を藤原長能に師事。長和二年（一〇一三）ごろ出家、初め東山のち摂津の児屋・古曾部に住み、奥州・伊予をはじめ諸国に旅行、一説に馬の交易に当たったという。歌人としては、長元八年（一〇三五）高陽院水閣歌合、永承四年（一〇四九）内裏歌合、同五年祐子内親王家歌合のほか、源師房・橘俊綱家歌合等に出詠。家集によれば、藤原公任・資業・保昌・兼房、源道済・為善、大江正言・嘉言・公資らと交友の幅も広く、頼通期歌界の歌匠的存在として、和歌六人党など受領層歌人の指導者でもあった。歌道執心者としての説話が諸書に散見、歌風は瑣末な技巧に偏した時流を超えて平明清新、和歌史的にも次代を拓く観がある。著作に、歌学書『能因歌枕』があり、『八十島記』（散逸）、『題抄』（散逸）も彼の撰といい、私撰集『玄々集』、自撰家集『能因法師集』が現存する。『後拾遺』三九以下勅撰入集歌六五首、中古三十六歌仙の一人である。没年は未詳。『三島神社文書』に、治暦二年（一〇六六）二月六日伊予守実綱に同行した由が見えるが信憑性はなく、永承五年祐子内親王家歌合ののち、まもないころに没したものであろう。［犬養　廉］『平安時代史事典』（角川書店、一九九四年）。

　歌壇での位置づけは、犬養廉『平安和歌と日記』（笠間書院、二〇〇五年）参照。

＊30　『仙源抄』は『源氏いろは抄』、『源氏物語色葉聞書』、『源氏秘抄』、『源語類集』などとも呼ばれる。池田亀鑑『源氏物語大成　資料篇』（一九五五年）、岩坪健『仙源抄・類字源語抄・続源語類字抄　源氏物語古註釈集成』二一巻（おうふう、一九九七年）所収。池田亀鑑『源氏物語事典』（東京堂、一九六〇年）、伊井春樹『源氏物語註釈書・享受史事典』（東京堂、二〇〇四年）参照。

【第二部】

新生する枕草子

【諸本・異本】

〈雪月夜〉と〈車〉の景の再構成

――堺本「十二月十日よひの月いと明かきに」の段と一連の随想群をめぐって

山中悠希

はじめに

『枕草子』堺本の後半部分には、随想的な記事が内容ごとにゆるやかなまとまりを作りながら並べられている。この堺本随想群の編纂のありようについて、稿者はこれまでにも検討を試みてきた。本稿では、堺本「十二月十日よひの月いと明かきに」の段とそれに続く一連の随想的記事について考察を行いたい。堺本「十二月十日よひの月いと明かきに」の段は、三巻本・能因本の「十二月二十四日、宮の御仏名の」の段に相当する内容をもつものであるが、堺本は再構成とでも呼ぶべき方法でもって、独自の本文世界を開拓していると考えられるのである。

一　「十二月十日よひの月いと明かきに」の段周辺の構成

はじめに、本稿で考察の対象とする堺本二二五段から二二七段までの本文を左に挙げる。

【本文1】

Ⅰ　（A）十二月十日よひの（B）月いと明かきに、日ごろ降りつもりたる雪の、凍《し》み固まりたるが、空はやみたれど、なべて白く見えわたりたるに、（C）直衣いと白く、指貫濃き人の、色々の衣《きぬ》どもあまた着て、片つ方《かた》の袴とじきみに踏み出だしたるが、（D）傍《かたは》らに白き衣《きぬ》ども、濃き綾のあざやかなる上に着て、（E）簾高やかに上げて、（F）里へまれ、もしは夜のほどしのびて出づるにまれ、あひ乗りたる車は、道のほどこそをかしけれ。

（G）例はいと汚げに見ゆる家どもも、雪に面隠《おもかく》して、白銀《しろかね》を葺きたらんやうに、おしなべて、世《よ》の端端《つまづま》には、垂氷《たるひ》の長く短くつやめきて見えたる、なほいとをかしと見行《ゆ》くに、（H）「月千里に明らかなり」といふことを声のかぎり誦じたるは、さらに琴、笛の音《ね》よりもをかしくめでたし。

若き人の、髪うるはしくかかりたる、搔練のつやにもわかれず、額髪《ひたひかみ》のはざまより見えたるつらつき、いとふくらかに、おとがひの下、物よりことに白う見えたるなど、（I）鵄尾《とみのを》の方《かた》よりさし入りたる月影に見るかひあれば、片つ方《かた》の袖どもはひとつらねのやうに貫きなして、かきよせて、物など言ひ行《ゆ》くは、やがて千《ち》代《よ》も尽くしつべくおぼえぬべきわざなり。

Ⅱ　年老い、顔にくさげに、鬘《かづら》などしたると、なほその折にさだにあひ乗る人あらば、飛びつきぬべき心地こそすれ。わいても、人やりならず、「あな心づきな」と見おこせむ後目《しりめ》こそ、ことに心地わびしかりぬべけれ。

（堺本二二五段）

Ⅲ 直衣姿なる人の、衣《きぬ》どもしどけなくこぼしかけて、いたうはやる馬のわりなく騒がしきに乗りて、冠《かうぶり》も烏帽子《えぼし》も落ちぬべきを片手して押さへて、供に人もなし。つきづきしき男《をのこ》一人、小脛《こはぎ》なる小舎人童などばかりぞある。それらも汗になりて走るは、何事のあるにかあらむと、行きちがふ人も見るこそをかしけれ。

（堺本二二六段）

Ⅳ また、忌違へなどして暁に帰るに、しのびたる男《おとこ》の、さるべき所より帰るけしきのしるく、闇にも顔をふたぎて、つきづきしげに、かむてうげに思ひたれど、ありつかず、袴広かに見えて、せめて車の近く来れば、まだあけぬ家の門《かど》に立ち止まりて過ごしたるこそ、むげに知らぬ人ならめど、車にも乗せつべき心地すれ。

Ⅴ また、（J）車の簾上げて、有明の月の明かきに、「残りの月に行く」と声をかしくて誦じつつ行くこそをかしけれ。

（堺本二二七段）

まずは他系統本本文との対応関係を確認しながら、堺本の当該箇所がどのように編成されているかを見てみたい。「十二月十日よひの月いと明かきに」ではじまる堺本二二五段が、三巻本・能因本の「十二月二十四日、宮の御仏名の」の段と内容的に重なることは従来より指摘されている。しかし、本文間にはかなりの異同が見られる。参考に三巻本の本文を挙げて対応関係を確認する。なお、能因本の本文については必要に応じて言及する。

【本文2】

（a）十二月二十四日、宮の御仏名の半夜の導師聞きて出づる人は、夜中ばかりも過ぎにけむかし。

（b-1）日ごろ降りつる雪の、今日はやみて、風などいたう吹きつれば、（g-1）垂氷いみじうしだり、

（b-2）地《つち》などこそ、むらむら白き所がちなれ、屋の上はただおしなべて白きに、（g-2）あやしき賤《しづ》の屋も雪にみな面隠しして、（b-3）有明の月の隈なきに、いみじうをかし。（g-3）白銀などを葺きたるやうなるに、水晶の滝など言はましやうにて、（g-4）長く短く、ことさらにかけわたしたると見えて、言ふにもあまりてめでたきに、下簾もかけぬ車の、（e）簾をいと高う上げたれば、（i-1）奥までさし入りたる月に、（d）薄色、白き、紅梅など、七つ八つばかり着たる上に、濃き衣のいとあざやかなるつやなど、月に映えてをかしう見ゆるかたはらに、（c）葡萄染の固紋の指貫、白き衣どもあまた、山吹、紅など着こぼして、直衣のいと白き紐を解きたれば、ぬぎ垂れられていみじうこぼれ出でたり。指貫の片つ方はとじきみのもとに踏み出だしたるなど、道に人会ひたらば、をかしと見つべし。（i-2）月の影のはしたなさに、うしろざまにすべり入るを、常に引き寄せ、あらはになされてわぶるもをかし。（h）「凛々として氷鋪けり」といふことを、かへすがへす誦しておはするは、いみじうをかしうて、夜一夜もありかまほしきに、行く所の近うなるも、くちをし。

（三巻本二八三段）

【本文1】の堺本二二五段の内容を簡単に確認すると、はじめに傍線部（A）で日付けを示す。次に傍線部（B）で景色と天候に言及し、月の明るい夜であることと積雪の風景を描写する。傍線部（C）で男の装束、傍線部（D）で女の装束について描いた後、傍線部（E）、（F）で相乗りの車の様子と道程の情趣を記す。続く傍線部（G）で周囲の雪景色や垂氷のつやめく様子などを叙述し、傍線部（H）で詩句を朗詠する声のすばらしさを述べる。さらに「若き人」の様子、男女の相乗りの姿について述べ、「若き人」の話題と対比される形で老女の話題へと移っている。

この堺本本文と【本文2】の三巻本とを比較してみると、まず冒頭部分は共通して日付けが示されている。ただし【本文2】の三巻本に見える「宮の御仏名の半夜の導師聞きて出づる人は、夜中ばかりも過ぎにけむかし」という一文は堺本にはない。続いて堺本は空模様と雪景について述べるが、【本文2】の三巻本は傍線部（b-1）から天候の描写に入り、積雪の風景は少し間を隔てた傍線部（b-2）でも描写され、月への言及は、さらにその先の傍線部（b-3）の箇所にある。次に、【本文1】の堺本では男の装束描写、女の装束描写が続くが、【本文2】の三巻本では傍線部（d）で女の装束を先に描出し、その後に傍線部（c）で男の装束を描出している。また、堺本では装束描写の後に簾を上げる車の様子を描くが、【本文2】の三巻本では傍線部（e）の簾を上げる記述は装束描写の前にある。なお、【本文1】堺本の傍線部（F）に相当する文は【本文2】の三巻本にはないが、能因本冒頭部分には類似の文がある。*1

さて、堺本では続いて周囲の風景、朗詠の声の叙述へと移るが、【本文2】の三巻本では雪や垂氷の風景は天候描写・男女の装束描写に混じって傍線部（g-1）～（g-4）あたりで描かれている。朗詠への言及は傍線部（h）にある。「若き人」の様子、男女の相乗りの様子の描写については重なる部分が少ないが、ひとまず【本文1】の傍線部（I）と、【本文2】の傍線部（i-1）、（i-2）とが、月光の差し込む情景と女を抱き寄せる男の様子という要素で重なり合っているとは言えよう。

以上のことをまとめてみると、従来堺本二二五段とされている範囲のうち、とくに【本文1】で[I]と記号を付した箇所が、三巻本・能因本の「十二月二十四日、宮の御仏名の」の段とおおよそ内容的に重なっており、とりわけ[I]の前半部分に三巻本と対応する内容が集約されている。もう少し正確に述べると、現存両本の当該箇所を比較する限りでは、【本文1】の堺本は【本文2】のような文を事項別に整理したうえで、

（A）（B）…日時、天候　（C）…男の装束描写　（D）…女の装束描写

（E）（F）…車の様子、相乗りの景であることの説明
（G）（H）…風景の詳細、朗詠の声　（I）…男女の姿

というふうに組み替えたものと思われる。特に（A）から（F）の部分では、日時、天候、景色、男女の様子などの情報がかなり手際よく整理されて並べられており、出だしから場面全体のイメージが把握できるような構成になっている。その後、堺本は（G）、（H）の具体的な風景描写へと移り、さらに同乗する女性の様態描写・批評へと進む。このあたりから三巻本と重なる部分が少なくなり、II の部分に至っては堺本の独自本文とも呼べるものになっている。

堺本の二二六段・二二七段については、三巻本・能因本に同一の記事は見られない。ただし、V と記号を付した二二七段の後半部分は、池田［一九七七］にも指摘があるように、三巻本の「大路なる所にて聞けば」の段の前半部に相当するものと考えられる。次に三巻本の本文を挙げる。なお、この段は現存能因本には見られないものである。

【本文3】

大路近なる所にて聞けば、車に乗りたる人の、（j）有明のをかしきに簾あげて、「遊子なほ残りの月に行く」といふ詩を、声よくて誦したるもをかし。馬にても、さやうの人の行くはをかし。

さやうの所にて聞くに、泥障の音の聞ゆるを、いかなる者ならむと、するわざもうち置きて見るに、あやしの者を見つけたる、いとねたし。

（三巻本一八五段）

【本文1】の堺本の傍線部（J）と【本文3】の三巻本の傍線部（j）は、いずれも有明の月、御簾を上げた牛車、朗詠の声の趣について記している。朗詠される詩句も、ともに次に挙げる『和漢朗詠集』巻下「暁」に載る暁

の情景をうたう詩の一節である。

【参考①】

佳人尽飾於晨粧　魏宮鐘動　　佳人尽く晨粧《しんしやう》を飾る　魏宮に鐘動く
遊子猶行於残月　函谷鶏鳴　　遊子猶ほ残月に行く　函谷《かんこく》に鶏鳴く

（『和漢朗詠集』巻下・暁・四一六・賈嵩）

しかしながら、【本文1】Ⅴと【本文3】との間には注意すべき違いがある。【本文3】の三巻本には、二重傍線で示したように「大路近なる所にて聞けば」という文言が含まれており、「大路近なる所」において外を通る車に乗る人の朗詠の声を「聞」くという場面を提示している。「大路なる所にて」という場の意味については、「大通りに近い家の中で」（松尾ほか［一九九七］）という類の解釈と、「現在自分のいる家屋・殿舎が、表通りに近いということであって、…（中略）…邸宅そのものが大路に近いということではない」（萩谷［一九八三a］）という解釈とがあるが、田中ほか［一九九五］が「「大路近なる」という場所設定は、賈島の詩を時宜に適うように朗詠している貴公子の姿を印象深く描くのに効果をあげるためであると解することもできるのではあるまいか」と示唆するように、風流な貴人の姿を彷彿とさせる朗詠の声と「さやうの所にて聞くに、……」以下の期待を裏切られた憤りとを記す【本文3】の文脈上、重要な文言であることは確かであろう。

一方、【本文1】のⅤにはこの「大路近なる所にて」という文言はなく、「さやうの所にて聞くに、……」のような文も後続しない。外からの声を屋内で聞くという場面設定は読み取れないのである。かわりに、堺本ではこの朗詠の記事は、人、車、馬などの往来にまつわる話のひとつとして置かれていると考えられる。【本文1】の流れを改めて押さえると、Ⅰと Ⅱで男女の相乗りの様子、Ⅲで直衣を着崩した男が一人の男と小舎人童のみを従えて疾駆する様子、Ⅳで明け方の忍び歩きの男の様子、といったふうに、主に男女の逢瀬を想起させるような、人々の行動への関心事を記している。また、Ⅲには「何事にかあらむと、行きちがふ人も見るこそをかしけれ」、Ⅳには「忌違へなどして暁に帰るに」、「せめて車の近く来れば」などの文があるが、叙述の視点は共通して往来の場にあるようである。したがって、Ⅴの記事の眼目も朗詠の車の姿の情趣そのものに置かれていると捉えられよう。堺本はたとえば「心にくきもの」の段でも類似の編纂方法をとっている。

【本文4】

心にくきもの　物隔《へだ》てて聞くに、女房のとはおぼえぬ手の音のしのびやかに聞こえたるに答《こた》へて、うちそよめきたる人の参るけはひする。…〔中略〕…

Ⅵ よき人の家の中門《もん》に、檳榔毛《びらうげ》の車の白く清げなるに、…〔中略〕…榻《しぢ》にうち置きて立てるこそ、物へ行《ゆ》く道に門《かど》の前わたりて見入れたるに、いみじく心にくけれ。…〔中略〕…厨《くりや》女の清げなるがさし出でて、「なにがし殿の人や候ふ」と言ふ、をかしく奥ゆかしきに、とく行き過ぎぬるこそくちをしけれ。

Ⅶ また、ざればみたる家の門《かど》に向かひたる立蔀《たてじとみ》ひきやりて、ただ今車の出でにけるけしきしるくて、…〔中略〕…いかなる人の住みかにかとこそをかしう見入れられしか。

Ⅷ また、指貫の色こまやかにて、掻練《かいねり》、山吹など色々に脱ぎ掛けこぼしなどしたる人の、…〔中略〕…妻戸の前に円座《わらうだ》置きてゐたるも、見入るる心にくし。

Ⅸ また、七つ八つ、それより幼きなども、ちごどもの走り遊ぶなどが、小さき弓、しもと、小《こ》車やうの物さげ遊びたる、いとうつくしう、車とどめて抱き入れまほし。薫物の香のかがえたるも、いと心にくし。

また、しつらひよくしたる所の、何事にかあらむ、することある方《かた》に君はおはしませば、こなたには人もな

くて、……　　　　　　　　　　　　　　　　　（堺本一三四段）

右に挙げた堺本「心にくきもの」の段の開始部分は、三巻本・能因本と同じく物越しに聞こえる音への関心を記している。しかし、次段落Ⅵは、三巻本では五八段（能因本は六三段）「よき家の中門あけて」の段として別箇所にあり、「心にくきもの」の一部ではない。Ⅸの部分も同様で、三巻本では五七段「ちごは」、能因本では六二段「人の家の門の前をわたるに」に相当するものである。Ⅶ、Ⅷと類似の文は三巻本・能因本には確認できない。しかし堺本はⅥからⅨまでを車で通行中に興味をひかれた物事についての話群としており、「心にくきもの」の段の一部分を形成している。[*2] 話題を繋げる際に「また、……」、「また、……」という形で列挙している点にも注意される。これらのことを勘案すると、【本文1】のⅣ、ⅤもⅢに連続する形で並列的に置かれていると捉えられる。以上のように、【本文1】のⅠからⅤは、一種のオムニバスのごとく一連の話群としてまとめられていると考えられる。『枕草子』の章段区分が便宜的なものであることは言うまでもないが、堺本の随想群では特にその限界性が高い（山中［二〇〇七］）。そのような堺本の性質がここでも確認されるのである。[*3]

二 「白」の風景への統一性

【本文2】に描かれている冬の夜の月下の風景、その凍りついた風景を行く相乗りの男女という構図は、非常に美しく印象的なものであるが、はたしてこれが現実的にありえた風景なのかということは、これまでにも考察の対象とされてきた。たとえば傍線部（b-3）「有明の月の隈なきに」という文言について、萩谷［一九七七］では「東山から顔を出すか出さないかの時刻」の「痩せ細った下弦の月」にしては「少しこの表現は誇大である」と言う。また、傍線部（i-1）「奥までさし入りたる月」について、萩谷［一九八三b］では「三日月の眉にも近い下弦の月が、それほど明るく照らすとは思われない」と述べる。そして、「本段の内容そのものが、幻想と現実との入りまじった奇妙なものであるから、虚構脚色もあろうし、実際には、雪明りを錯覚したとも考えられる」（萩谷［一九七七］）などといった解釈を示している。

【本文2】の傍線部（h）「凛々として氷鋪けり」という句の朗詠に関しても同様の問題がある。「凛々として氷鋪けり」は『和漢朗詠集』に収められる漢詩句の一節である。

【参考②】

秦甸之一千余里　凛凛氷鋪　　秦甸《しんでん》の一千余里　凛凛として氷鋪《し》けり
漢家之三十六宮　澄澄粉餝　　漢家の三十六宮　澄澄として粉餝《かざ》れり

（『和漢朗詠集』巻上・秋・十五夜付月・二四〇・公乗億）

長安の周囲千里の地が月光に照らされて氷を敷きつめたように輝き、漢代の宮殿のあたりも白粉で飾ったように澄んでみえると述べる詩であるが、ここにうたわれているのは八月十五夜の満月である。【本文2】は冬の有明の月夜であるから、「やや季節外れ」（渡辺［一九九一］）と注記されるのももっともであろう。萩谷［一九八三b］は「月光が氷のように冷たく照らすというのと、積雪そのものが月光に映えるのとでは印象は異なる」と述べて、この男が「作者清少納言と同じく、些か自己陶酔の心理状態にあった」のだとする。一方、三田村［一九七一］は実体験よりも漢詩のイメージの影響のもとで風景が象られたことが「「有明月」にしてしかも「明かき月」を可能にさせた」と述べ、最も効果的な場にこの詩が置かれることで全体的な情趣が作り出されているのだとする。現実との齟齬をあげつらうのではなく、表現の上から解釈する方法を示している点で傾聴すべき意見であるが、それでもやはり、【本文2】が表現的に落ち着かない部分を残していることは確かであろう。*4

ところが、【本文1】の堺本の場合、そういった表現上の問題はひとまず解消されているようである。たとえば、堺本は傍線部（A）で「十日よひ」という日付けを示す。楠［一九七〇］では「十日よひ」の「よひ」を「宵」ととって「宵月夜」の意としているが、速水［一九九〇］でも指摘されているように、堺本二〇五段に「七月十日よひばかりのいみじうあつきに」という例も見られることから、「よひ」を「余日」ととって、「十日過ぎ」の意とも考えることができる。*5 そうすると時期的にも十五夜が近づくころとなり、月が明るく照らすという当場面の趣向とも対応しているのではないか。続く傍線部（B）「月いと明かきに」という情景にも適っていよう。なお、前田家本は「十日」となっており、堺本ほどの対応性は見出せなくなっている。

漢詩文の朗詠についても、堺本は傍線部（H）「月千里に明らかなり」という、三巻本とは全く別の詩句の一節を引用する。これは『和漢朗詠集』所収の句の一節と思われる。

【参考③】

暁入梁王之苑　雪満群山
夜登庾公之楼　月明千里　白賦

暁梁王の苑に入れば　雪群山に満てり
夜庾公《ゆうこう》の楼に登れば　月千里に明らかなり　白賦

（『和漢朗詠集』巻上・冬・雪・三七四・謝観）

『和漢朗詠集』所収の詩句であることは【参考②】と同じであるが、重要なのは、これが「冬」の部の「雪」の項にあり、「すべてが白雪で覆われた景観を、故事をふまえて述べる」（菅野［一九九九］）内容であるということである。【本文1】の堺本は傍線部（B）「月いと明かきに、日ごろ降りつもりたる雪の」において早々に当場面の舞台が「月」と「雪」の景であることを示し、あたり一帯が「なべて白く見えわたりたる」様子であることを述べるが、まさにうってつけの一節を堺本は引用しているものと思われるのである。

また、細かな表現の端々からも、堺本が一定の志向性をもってこの風景を作り出していることが見て取れる。たとえば、堺本は【本文1】傍線部（B）で周囲の景色を「なべて白く見えわたりたるに」と表現するが、【本文2】の三巻本では傍線部（b-2）「地などこそ、むらむら白き所がちなれ、屋の上はただおしなべて白きに」とあり、屋根の上は一様に白いものの地面の白色はまだら模様という風情である（なお、能因本では「むらむら黒きがちなれ」となっている）。また、【本文1】堺本の傍線部（C）の「直衣いと白く、指貫濃き人の、色々の衣どもあまた着て」、傍線部（D）の「白き衣ども、濃き綾のあざやかなる上に着て」は、それぞれ男女の衣装について述べる所だが、【本文2】では傍線部（c）の「葡萄染の固紋の指貫、白き衣どもあまた、山吹、紅など着こぼして、直衣のいと白き紐を解きたれば」、及び傍線部（d）の「薄色、白き、紅梅など、七つ八つばかり着たる上に、濃き衣のいとあざやかなるつやなど」のように「葡萄染」、「白」、「山吹」、「紅」、「薄色」、「紅梅」、「濃き」といった様々な色名が記されており、華やかな装いであることが分かる。堺本は「白」と「濃き」以外は「色々の衣」と一括しており、表現の特異なさまが窺えよう。*6 さらに、【本文1】には点線部で示したように「おとがひの下、物よりことに白う見えたるなど」という、「若き人」の容貌の「白」さへの言及がある。如上の例からは、ここを「白」の風景として仕立てようという堺本の意識が読み取れるのではないだろうか。「月千里に明らかなり」の詩句はこの一種人工的な世界を象徴するものとも考えられる。このように、堺本の随想群は表現面にも注意が払われながら、巧みに再構成されているものと思われるのである。

三　「年老い」た女の登場

【本文2】は前節で触れたような解釈上の問題を残すものの、美しく幻想的と言い得る内容であることは大方の認めるところであり、堺本も同様である。ところで、「にげなきもの」の段にはこの風景と相対関係にあるような項目が挙げられている。

【本文5】

にげなきもの　髪あしき人の白き織物の衣《きぬ》着たる。…〔中略〕…下衆の家のあやしきに雪の降りたる。また、月の射し入りたるもにげなしかし。…〔中略〕…月の明かきにむなし車といふ物のありく。（堺本一八六段）

右は堺本からの引用である。「髪あしき人の白き織物の衣着たる」に相当する項目は三巻本にはないが、能因本・前田家本には「髪あしき人の、白き綾の衣着たる」という項目がある。また、「月の明かきにむなし車といふ物のありく」については、能因本・前田家本に「月夜にむな車のありきたる」という文言がある。雪や月といった素材は『枕草子』の諸所で賞美の対象となっているが、【本文5】では〈白い衣〉、〈雪〉、〈月光〉が、それぞれ「髪あしき人」、「下衆の家」、「空車」との組み合わせにおいて、そのすばらしさを十分に発揮できないものとして示されており[*7]、【本文1】Ⅰや【本文2】が逆にその理想型として存在しているようにも思われる。

しかし、【本文1】の堺本は理想的な一場面の描写にとどまらず、【本文1】Ⅱ「年老い、顔にくさげに、鬘などしたると、なほその折にさだにあひ乗る人あらば、飛びつきぬべき心地こそすれ。わいても、人やりならず、「あな心づきな」と見おこせむ後目こそ、ことに心地わびしかりぬべけれ」という雑纂本には見えない老女の相乗りへの言及が続いている。これが【本文1】1の第三段落における、「若き人の、髪うるはしくかかりたる、掻練のつやにもわかれず、額髪のはざまより見えたるつらつき、いとふくらかに、おとがひの下、物よりことに白う見えたるなど、鵄尾の方よりさし入りたる月影に見るかひあれば、……」という「若き人」の容貌、髪つきの描写と対照的に書かれていることは明らかであろう。『枕草子』では、「鬘」は役に立たないもの、あるいは不愉快なものとして、否定的な文脈において言及される。

【本文6】

・昔おぼえて不用なるもの　…〔中略〕…七尺のかづらの赤みたる。（堺本一二九段）

・色黒く、顔にくさげなる人のかづらしたると、鬚がちなる男の面長なると、昼寝したるこそ、いとにくけれ。かたみに何の見るかひあれば、さては臥したるぞ。夜などは、かたちみえず、またいかにもいかにも、おしなべてさることとなりにたるなれば、われらはにくげなればとて、起き居たるべきことにもあるかし。さて、つとめてとく起きぬるは、よし。さるは、いと若き人の、いづれもよきどちは、夏昼ねしたるは、いとこそをかしけれ。わろかたちは、つやめき、寝はれて、ようせずは、ほほゆがみぬべし。うちまもり臥したらん人の、いけるかひなさよ。（堺本二六六段）

右は堺本からの引用である。他本にも同様の記述が確認できるが、二例めの「色黒く……」は、他本では「見苦しきもの」の段に含まれている。ここで注目したいのは、傍線を付した、色黒で顔立ちが悪く鬘をつけている女が鬚面の男と昼寝する様を非難する条である。ここでは、鬘をつけた女がその容貌にそぐわない振る舞いをすることが不愉快なものとして挙げられている。また、【本文1】では「若き人」を描写して「おとがひの下、物よりことに白う見えたるなど、鵄尾の方よりさし入りたる月影に見るかひあれば」と女の容貌を「見るかひ」のあるものとしているが、【本文6】の傍線部では逆に容貌の悪い者がお互いに「何の見るかひ」があってそうするのかと憤っている。加えて、【本文6】の点線部では、「いと若き人の、いづれもよきどち」と比較して「わろかたち」な人を非難しているが、【本文1】でも「若き人」の様態との対比を行っている。なお、三巻本の【本文6】点線部に相当する箇所では「よき人」、能因本・前田家本では「いとよき人」とあり、「若き人」との対比となっているのは堺本の特徴である。よって、堺本の【本文1】Ⅱの「年老い」た女の条は、不相応な振舞いを非難する文脈にあると捉えられるのではないか。「飛びつきぬべき心地」は分かりにくいが、「ねたきもの」の段に「飛び出でぬべき心地」という例があり、辛い状況下においてどうすることもできずに焦る気持ちを表している。

【本文7】

また、しのびたる人のふみを、ひきそばみて見るほどに、うしろより人にはかに引き取られぬる心地、いとわびし。庭に下り走りなどしぬるを、おひて行けど、われは簾《す》のもとにとまりぬれば、したりがほにひきあけ見立てるを、うちにて見るこそ、いかにせんとねたく、飛び出でぬべき心地すれ。　（堺本一一一段）

このように見てくると、「人やりならず、「あな心づきな」と見おこせむ後目こそ、ことに心地わびしけれ」というのも、老女に似合わないなまめいた素振りを咎めるものと捉えられるのではないか。先行の速水［一九九〇］とは異なる見方となると思われる[*8]が、こうした老女の嬌態は、【本文5】に挙げた「にげなきもの」の段の別箇所の内容にも通じるように思われる。

【本文8】

にげなきもの　…〔中略〕…きたなげなき男の、にくげなる妻《め》持ちたる。老いたる女の腹高くありきたる。若き男もたるだににげなきに、異人のもとへ行くとてねたみ腹立ちたる、いと見苦し。　（堺本一八六段）

ここでは、「老いたる女」の妊娠した姿、若い男の存在、嫉妬などが「いと見苦し」と評されている。見目良い男と醜い妻の取り合わせにも言及がある。こうした種々の記事との響き合いをも考え合わせてみると、【本文1】[II]における「老いたる女」が、いわば「若き人」の合わせ鏡のような滑稽な存在として批判的に描かれていることが浮かび上がってくるのではないか。物事の理想的なありようを述べながら、そこから逸れて理想を相対化するような内容へと展開するところに、堺本随想群の特徴があると思われるのである。[*9]

おわりに

本稿では、堺本「十二月十日よひの月いと明かきに」の段、及び後続の一連の随想的記事を考察の対象とし、その編纂のありようを丁寧に追った。これらの随想群は、〈車〉をはじめとする往来物関連の話題としてまとめられていたが、その前半部分は、三巻本などと比べると情報が整理・集約されており、語句の表現も整えられて月下の雪景が仕立てられていることを指摘した。さらに滑稽な老女の叙述からは独自の反転した世界が展開されていた。このような堺本随想群のありようから考えると、当該箇所に関しては、三巻本・能因本のような本文から堺本本文へという流れが認められうるものと思われる。また、こうした堺本の再構成行為は相当の工夫と趣向を凝らして行われているものと思われる。こうした堺本のありようを見ていくことは、『枕草子』生成の営みを再確認することでもあるだろう。なお詳細な検討を積み重ねていく必要があると思われる。[*10]

注

＊1　能因本二八二段冒頭部分の本文を以下に挙げる。

十二月二十四日、宮の御仏名の初夜、御導師聞きて出づる人は、夜中も過ぎぬらむかし、里へも出で、もしは、しのびたる所へも夜のほど出づるにもあれ、あひ乗りたる道のほどこそをかしけれ。（能因本二八二段）

＊2　堺本「心にくきもの」の編纂方法に関しては山中［二〇〇六］でも検討している。

＊3　前田家本においては、随想的記事を分類・配列してはいるものの、【本文1】のⅢに当たる部分が別の箇所に配置されており、堺本と同様の効果は見られなくなっている。

＊4　本稿では紙幅の都合上これ以上踏み込まないが、【本文2】の虚構性に関する議論は叙述の視線の問題とも絡む。近年では津島［二〇〇五］が「視線の統一が取れていないというのなら、それは交錯しているのではなく、切り替わっているに過ぎまい」として、「観察者と当事者、フレームを自在に切り替えながら、結果として「私の体験」に限定されない「深夜の相乗り」なるものが映し出されてくる」との見方を示している。人称の問題、及び章段分けの問題にも言及されており、合わせて首肯される。

＊5　なお、原田［一九六二］では「「十よ日」「廿よ日」等が原態であること、その読みは、他の類似形式から推して「じふよにち」「にじふよにち」のように字音語に処理することが、正しい解釈であると思う」と論じられているが、本稿では論の展開上本文を改めずに「十日よひ」のまま表記している。

＊6　「濃き色」については二〇一〇年度中古文学会春季大会（二〇一〇年五月二十三日、於慶応大学三田キャンパス）において、森田直美氏が「「濃き色」試論—衣配りにおける明石君への御料「濃きが艶やかなる」を起点として—」という題目で検討された。

＊7　「むなし車」「空《むな》車」は『春曙抄』以来、人の乗っていない牛車のことかとされるが、金子［一九三九］、山脇［一九六六］では荷車のことと説く。田中［一九七二］が「月夜には人が乗って月見に出かけるのが常であるのに、人の乗っていない空車は「にげなきもの」と解するか、風流を味わうべき月夜に実用的な車が通るのは「にげなき

もの」と解するかである」と言うように、どちらとも解し得る。本稿で確認した【本文1】との対応性を考えると人の乗らない牛車の意が妥当ではないかと考えられるが、風流味のない荷車としても意味は通ると思われる。

＊8　速水［一九九〇］では、「「あな、心づき」など、みおこせんしりめ」として、脚注で「「ど」は「と」か。」と指摘する。また、現代語訳は「年をとり、顔はみにくく、かづらなどしていても、もしそんな折りに一緒に相乗りしてくれる人があれば、飛びついてしまうにちがいない気持ちがする。わけても、自身の心から「ああ、いい感じ」などと、こちらを見たながし目こそは、ことに内心せつないに違いない。」となっている。

＊9　こうした堺本の特性については山中［二〇〇八］でも詳しく検討している。

＊10　「十二月の月夜」と「老女の痴態」という取り合わせで思い至るのが、『源氏物語』の古註釈書に再三引かれる「すさまじきもの　しはすの月夜　おうなのけさう」という現存『枕草子』にない一節である。『二中歴』「十列歴」との関連も含めて論議のまとなっており、近年では沼尻［二〇〇七］にて再検討されている。冬の月を「すさまじ」とする例は『源氏物語』『狭衣物語』『更級日記』などにも見られることから、一種の俗諺かともされるが、三谷［一九七六］は『狭衣物語』の例を『枕草子』の『ものは尽し』を念頭にしたものと捉える。本稿の検討箇所との関連性については、現段階では議論できるだけの準備が整っていない。後の課題として記しておきたい。

※堺本の引用本文は基本的に林和比古編著『堺本枕草子本文集成』（私家版、一九八八）の吉田本本文により、影印版（吉田幸一編『堺本枕草子　斑山文庫版』古典文庫、一九九六）も参照しながら、適宜漢字を当て、歴史的仮名遣いに改め、句読点、濁点、鍵括弧等を施した。また、明らかな意味不通の箇所は、他の堺本本文を参照して私に校訂した。

※堺本の章段番号も林和比古編著『堺本枕草子本文集成』（私家版、一九八八）によるが、章段は便宜上の区分である。私見では堺本の随想群は全体的な複合性を有しており、「章段」で分けて読むことには限界があると考える。詳しくは山中［二〇〇七］にて論じている。

※三巻本の本文は新編日本古典文学全集（松尾聰・永井和子校注・訳、小学館、一九九七）、能因本の本文は日本古典文学全集（松尾聰・永井和子校注・訳、小学館、一九七四）による。前田家本の本文は『前田本まくらの草子』（育徳財団尊経閣文庫、一九二七）の影印により、私に校訂している。章段番号は、田中重太郎『前田家本枕冊子新註』（古典文庫、一九五一）による。

※『和漢朗詠集』の引用は新編日本古典文学全集による。

【引用文献】

池田亀鑑［一九七七］『全講枕草子』至文堂　※一九五六年刊行の上下巻の合冊版。
金子元臣［一九三九］『枕草子評釈　増訂版』明治書院
楠道隆［一九七〇］『枕草子異本研究』笠間書院
菅野禮行（校注・訳）［一九九九］『新編日本古典文学全集19　和漢朗詠集』小学館
田中重太郎［一九七二］『枕冊子全注釈　一』角川書店
田中重太郎・鈴木弘道・中西健治［一九九五］『枕冊子全注釈　五』角川書店
津島知明［二〇〇五］「〈うちとくまじき〉本文――英訳を鏡として」『動態としての枕草子』おうふう
沼尻利通［二〇〇七］『平安文学の発想と生成』國學院大學大学院
萩谷朴［一九七七］『新潮日本古典集成　枕草子　下』新潮社
萩谷朴［一九八三a］『枕草子解環　四』同朋舎出版
萩谷朴［一九八三b］『枕草子解環　五』同朋舎出版
速水博司［一九九〇］『堺本枕草子評釈―本文・校異・評釈・現代語訳・語彙索引―』有朋堂
原田芳起［一九六二］「平安朝数名詞考」『平安時代文学語彙の研究』風間書店
松尾聰・永井和子（校注・訳）［一九九七］『新編日本古典文学全集18　枕草子』小学館
三谷栄一［一九七六］「枕草子の影響―狭衣物語その他」『枕草子講座　四』有精堂

三田村雅子［一九七一］「枕草子の虚体験」早稲田大学平安朝文学研究会編『平安朝文学研究作家と作品』有精堂
山中悠希［二〇〇六］「堺本枕草子における類聚の方法─項目の流動と表現の差異をめぐって─」『平安朝文学研究』復刊一四　平安朝文学研究会
山中悠希［二〇〇七］「堺本枕草子の類纂形態─複合体としての随想群とその展開性─」『中古文学』八〇　中古文学会
山中悠希［二〇〇八］「堺本枕草子の再構成行為─「女」と「宮仕へ」に関する記事をめぐって─」『国文学研究』一五五　早稲田大学国文学会
山脇毅［一九六六］『枕草子本文整理札記』山脇先生記念会
渡辺実（校注）［一九九一］『新日本古典文学大系25　枕草子』岩波書店

【狭衣物語】

枕草子から狭衣物語へ——脱物語化の契機——

鈴木泰恵

一 異質な関係

『狭衣物語』には、おびただしいまでになされた、さまざまな引用の痕跡が認められる。和歌・漢詩・物語・経文等々からの引用、そして『枕草子』からの引用である。『枕草子』の引用とおぼしい箇所は、すでにかなり明らかにされているけれども、さほどあからさまな引用ではない点も指摘されている。[*1] 現に、どこに『枕草子』からの引用が認められるかとか、あるいは、一読して『枕草子』の引用であるとわからないほどに凝らされた引用の趣向だとか、そういった考察が多い。結果、他のものからの引用にくらべると、論じられる頻度も低いのだが、何よりも議論の深度に大きな差が生じている。[*2]

ただ、それにはそれなりの理由がある。『狭衣物語』と『枕草子』との関係が見えづらいから、というだけではない。他のものが引用される箇所では、そのコンテクストを読み解き、『狭衣物語』のコンテクストを読み解き、双方のコンテクストを交響させながら、新たな〈読み〉を見出す、といった方法が成果をもたらす。ところが、『枕草子』が引用される部分では、そうした方法が無効になる憂き目を見るからだ。有名なところで一例を挙げる。狭衣の笛の妙音に、天界から童が舞い降りるという天稚御子事件翌朝、狭衣の眺める風景は以下のごとく語られているのであった。

雨少し降りたる名残に、菖蒲の雫ばかりにて、空の雨雲晴れわたりて、ほのぼの明け行く山ぎは、春あけぼのならねど、をかし。[*3]
（参考　五二頁）

言うまでもなく、『枕草子』冒頭の、かの有名な一節がふまえられている。

春は　あけぼの、やうやうしろくなり行く　山ぎは　すこしあかりて、紫立ちたる雲の　ほそくたなびきたる。[*4]
（第一段　一八頁）

このような引用から、どうやって新たな〈読み〉を見出せばよいのだろうか。「やうやうしろくなり行く　山ぎは」を「ほのぼの明け行く山ぎは」と言い換え、「春は　あけぼの」を「春あけぼのならねど、をかし」と反転させる、何とも凝った引用の妙[*5]や、前夜の「昇天」＝「死」を免れた狭衣の、安堵感を滲ませる穏やかな夜明けの風景以外に、いったい何を……。『狭衣物語』の『枕草子』引用は概して、物語《ストーリー》展開には関与しない風景を象るばかりで、双方のコンテクストを交響させ、新たな〈読み〉に分け入らせるような引用とは、質の違った引用なのである。だから、いわゆる引用論としては深まらないのだろうが、そこには『狭衣物語』と『枕草子』との何か大切な関係が潜んでいるように思えてならない。

本稿では、『狭衣物語』の『枕草子』引用が、物語《ストーリー》展開には関与しない風景を象った部分に立ち現れている点に注目したい。そもそも、物語でありながら、物語《ストーリー》展開に関与せず、むしろそれを停滞させかねない風景や情景を語るのは、そうそうありきたりの行為ではなく、[6] 近代小説的な振る舞いであるとさえ言われている。[7]『狭衣物語』が、こうした特異な振る舞いを身につけていくにあたって、『枕草子』との関係は見逃せない。また、概ね内面的で近代小説的な、ひとことで言えば沈んだ色調の風景や情景を語る『狭衣物語』が、『枕草子』を引用し、そうではない情景を語っている例がある。しかし、これは、物語というジャンルそのものに向けた『狭衣物語』の視線を掬いとらせる情景として、きわめて重要だ。近代小説的であるにせよ、ないにせよ、『枕草子』と関わりながら語られる、物語《ストーリー》展開から逸脱した風景や情景に目を向け、『狭衣物語』と『枕草子』との関係を、いまいちど考え直してみたいと思う。

二　五月四日の風景

源氏宮への複雑な恋心に悩む狭衣を映し出した冒頭に続き、第二の冒頭とも言われる人物紹介も語り終えて、いよいよ物語が動き出そうという五月四日、狭衣は車の中から往来の風景を眺めていた。この風景を例に、『狭衣物語』が『枕草子』と関わりつつ、物語《ストーリー》展開に奉仕しない風景を語っている様子をとらえたい。

さて、狭衣の視線を介して語られる風景は、以下のごとくだ。

四月も過ぎぬ。五月四日にもなりぬ。夕方、中将の君、内よりまかで給ふに、道すがら見給へば、菖蒲《あやめ》ひきさげぬ賤《しづ》の男《を》もなく行き違ひつつ、もてあつかふ[8]さまども、げに、いかばかり深かりける十市の里のこひぢなるらん、と見ゆる足もとどものゆゆしげなるが、いと多く持ちたるも、いかに苦しからん、と目とまり給ひて、

浮き沈みねのみながるるあやめ草かかるこひぢと人も知らぬに

とぞ思さるる。玉のうてなの軒端に掛けて見給へば、をかしくのみこそあるを、御車の先に、顔なども見えぬまで埋もれて、行きやらぬを、御随身どもおどろおどろしく、声々追ひ留《と》むれば、身のならんやうも知らずかがまりゐたるを、…〈中略〉…大きなるも小さきも端《つま》ごとに葺き騒ぐを、御車より少し覗きつつ見給ふに、言ひ知らず小さき草の庵《いほり》どもに、ただひと筋づつなど置きわたす。何の人まねすらん、とあはれに見給ふ。

（参考　三八頁）

端午の節だというので、家々が菖蒲で飾られる風景は、しばしば和歌に詠まれ、どこかお馴染みの感がある。右傍線部の「玉のうてなの軒端に……」「言ひ知らず小さき草の庵どもに……」にも、次の歌がふまえられていよう。

今日見れば玉のうてなもなかりけり菖蒲の草の庵のみして＊9

（『拾遺集』夏、よみ人知らず／『保憲女集』）

新全集は「玉のうてな」に注を送り、やはり右の歌を挙げている。けれども、右の歌は、「言ひ知らず小さき草の庵どもに……」の部分でもふまえられており、いささか入り組んだふまえられ方をしているようだ。「玉のうてな」「草の庵」という〈ことば〉が重なり、大小貴賤の別なく菖蒲に飾られた家々の様子が語られ・詠まれている点から、双方の関係は明らかだろう。ただ、『狭衣物語』では、「玉のうてな」から「言ひ知らず小さき草の庵ども」へと、語りの視線（＝狭衣の視線）がめぐらされていく間に、菖蒲売りの「賤の男」たちの姿も語られる。視線の移行にともなう語りの流れの中で、『拾遺集』歌は、「玉のうてな」と「（菖蒲の）草のいほり」とが分断され、『狭衣物語』の語りによって、巧みにパラフレーズされているのでもあった。

ところで、和歌にも詠まれる五月の節の風景ではあるけれど、散文文学の物語や日記には先蹤を求められない。それだけに、大系『狭衣物語』補注が参考として挙げている、同じ散文文学『枕草子』「節は」の段との関係が注目されるのである。

「節は」の段に目を転じたい。

節は　五月にしく月はなし。菖蒲　蓬などのかをりあひたる、いみじうをかし。九重の御殿の上をはじめて言ひ知らぬ民のすみかまで、〈いかでわがもとにしげく葺かむ〉と葺きわたしたる、なほいとめづらし。いつかはことをりに、さはしたりし。

空のけしき曇りわたりたるに、中宮などには縫殿より御薬玉とて色々の糸を組み下げてまゐらせたれば、御帳立てたる母屋の柱に左右につけたり。……　（第三七段　五九〜六〇頁）

右「節は」の段の傍線部（少し前の「九重の」から傍線部）と、前掲の『拾遺集』歌「今日見れば……」との引用関係は、有無を含めて微妙だ（本稿が依拠する『新編　枕草子』の注も参考として引くのみで、引用関係を明言はしていない）。とはいえ、きわめて近しい内容であるのには相違ない。そこで、『狭衣物語』五月四日の風景と『枕草子』「節は」の段との関係を、さしあたっては『拾遺集』歌を媒介に、掬いとっておく。

が、さらに、語り口・書きぶりといった側面に目を向けると、もはや『拾遺集』歌の媒介を要せずとも、『狭衣物語五月四日の風景は、ダイレクトに『枕草子』「節は」の段を視野に収めている様子がはっきり見えてくる。注目したいのは、右掲出の『狭衣物語』『枕草子』双方に付した傍線部の「言ひ知らず小さき草の庵どもに……置きわたす」と「言ひ知らぬ民のすみかまで……葺きわたしたる」である。あまりに粗末な家々にさえ、菖蒲が葺き掛けられている風景を、語る・書くときの、とりわけ二重傍線を付した〈ことば〉で語る・書くときの、語り口・書きぶりの重なりは、双方の関係をダイレクトにとらえさせる。わりと見えやすい関係であり、引用と言って差し支えなかろう。

けれども、『狭衣物語』は『枕草子』と、単なる引用とは言いがたい、きわどい関係も結んでいる。この関係は見えづらい。『狭衣物語』五月四日の風景は、『枕草子』「節は」の段の逆説的引用だとも、反転する連想だとも見られる。

「節は」の段が、京の街の風景をあらあら記述した後、破線部以降、中宮御殿の様子を詳細に記述していくのに対し、『狭衣物語』は、破線部にあるように、狭衣がすでに宮中からの退出途次にあると告げ、あたかも宮中の様子はあえて語らず、むしろ道すがらの風景をこそ語っていくのだという姿勢を示す。[*10] つまり、どんな粗末な家々にも、ひと筋なりと菖蒲が掛けられている『狭衣物語』五月四日の風景は、『拾遺集』歌ばかりでなく、『枕草子』「節は」の段の風景をたぐり寄せる。そうやって、双方の関係をとらえさせつつ、『枕草子』「節は」の段の視線が街から宮中の内側＝中宮御殿へと向かうのに対して、『狭衣物語』の視線は語られざる宮中から、その外側＝往来へと開かれ、宮中の内と外との書き分け・語り分けを見せるのだった。『狭衣物語』は、『枕草子』に〈書かれたこと〉だけでなく、〈書かれること〉の可能態でありながら、〈書かれなかったこと〉をも語っているのである。これは、あからさまな引用ではない。いわば、『狭衣物語』による『枕草子』の逆説的引用、あるいは端午の街の風景を要に内外を反転させて広げられた連想[*11]だと言えよう。

そして、『狭衣物語』は、『枕草子』「節は」の段を逆説的に引用することによって、もしくは、それを反転させて連想を広げることによって、きわめて特異な風景を語りえているのでもあった。すなわち、菖蒲売りの「賤の男」が行き交う往来の風景だ。物語や日記文学はもとより『枕草子』にも、その先蹤はない。たしかに、菖蒲を引く「賤」の姿なら、『狭衣物語』と同時代頃までの和歌に、いくばくか詠まれた例もある。たとえば「菖蒲ひく賤の袂やたゆからん尋ねかからぬ沼しなければ」（『康資王母集』）や、少し遅れるかもしれないが比較的類似の「菖蒲草ひくとや賤の降り立ちて今日住の江をふみにごすらん」（『夫木抄』夏一、源中正）などだ。が、かくも詳細に菖蒲売りの「賤の男」たちが往来を行き交う風景を書き・語りうるのは、まさに散文ならではの業であり、『狭衣物語』ならではの業であった。とはいえ、『枕草子』を逆説的に引用するなり、反転させて連想を広げるなりして、視線を逆行させたところから、見出されていった風景である点は重々掬いとっておくべきだろう。

それにしても、『狭衣物語』五月四日の風景は、内面的で、物語《ストーリー》展開には関与せず、むしろ停滞させている。内面的だと言うのは、波線部「いかに苦しからん」と、菖蒲売りの「賤の男」たちを見る、狭衣の視点からとらえられた風景が、狭衣詠の下の句「かかるこひぢ（小泥／恋路）と人も知らぬに」から酌みとれるように、冒頭に刻まれた、源氏宮への人知れぬ恋心に苦悩する狭衣の内面を反映して、切りとられたものだからだ。加えて、この部分を、すっぽり抜きとったとして、『狭衣物語』の物語《ストーリー》展開には、何ら影響がない。もっと言えば、掲出箇所最初の「四月も過ぎぬ。五月四日にもなりぬ。夕方、中将の君、内よりまかで給ふに」から、掲出箇所後の、狭衣が笛を吹きつつ往来を行き、蓬が門の女の贈歌を受ける部分に繋いでも、不自然ではないのである。菖蒲売りを「いかに苦しからん」と見、粗末な家々にひと筋の菖蒲が掛けられているのを「あはれ」と見る、狭衣の苦悩や哀感を滲ませるにもっぱらの風景は、物語《ストーリー》展開を停滞させているだろう。

しかし、そんな風景を、物語が始まって早々に語る『狭衣物語』には、物語《ストーリー》展開に奉仕するばかりではない物語のあり方に、換言すれば近代小説的なあり方に、価値を認めた姿が窺える。こうして、『狭衣物語』が物語《ストーリー》展開から逸脱し、脱物語《ストーリー》化して、近代小説的な振る舞いを身につけるプロセスに、『枕草子』が強く関与していたことは、これまでに見てきたとおりだ。[*12] そこに、『狭衣物語』と『枕草子』との、いわゆる引用関係とは異質の、大切な関係がとらえられてくるのである。

三　正月十五日の情景

物語終盤（巻四中頃）、狭衣は、源氏宮に瓜ふたつの形代、式部卿宮の姫君（宮の姫君）と結婚し、新しい年を迎え、みんなと粥杖に興じている。粥杖とは、正月十五日の望粥を煮るのに用いた削り木の杖や燃え残りの薪を言うのだが、この粥杖で女性の腰を打つと、子供が生まれるとされていた。狭衣たちが粥杖に興ずる正月十五日の情景には、諸注に指摘のあるように、『枕草子』がふまえられている。ちなみに、『狭衣物語』以前の物語・日記文学・和歌に、粥杖の行事が現れたれた例はない。

では、いささか長く煩瑣ではあるが、『枕草子』『狭衣物語』の順で、双方の粥杖の情景を掲げ、もうひとつの大切な関係に、目を向けたい。

『枕草子』「正月一日は」

十五日　節供まゐりするゑ、かゆの木ひき隠して　家の御達女房などのうかがふを、〈打たれじ〉と用意して　常にうしろを心づかひしたるけしきも　いとをかしきに、いかにしたるにかあらむ、打ちあてたるは　いみじう興ありて、うち笑ひたるは　いとはえばえし。〈ねたし〉と思ひたるも、ことわりなり。あたらしうかよふ婿の君などの　内へまゐるほどをも心もとなう、所につけて〈われは〉と思ひたる女房の、のぞき　けしきばみ　奥の方にたたずまふを、前にゐたる人は心得て笑ふを「あなかま」とまねき制すれども、女はた知らず顔にて、おほどかにてゐたまへり。「ここなるもの取りはべらむ」など言ひ寄りて　走り打ちて逃ぐれば、あるかぎり笑ふ。男君もにくからずうちゑみたるに、ことにおどろかず　顔すこしあかみてゐたるこそ、をかしけれ。また　かたみに打ちて、男をさへぞ打つめる。いかなる心にかあらむ、泣き腹立ちつつ人をのろひ　まがまがしく言ふもあるこそ、をかしけれ。内わたりなどのやんごとなきも、今日はみな乱れて　かしこまりなし。

（第三段　二〇頁）

『狭衣物語』

かやうにて年も返りて、十五日にもなりにけり。…〈中略〉…さまざま祝ひ過ぐしつる。果ての十余日には、若き人々群れゐつつ、をかしげなる粥杖ひき隠しつつ、かたみにうかがひ、打たれじと、用意したるゐずまひ思惑どもも、各々をかしう見ゆるを、大将殿は見給ひて、「まろを、まず集まりて打て。さらばこそ、をのれらも子は設けん。まことにしるしあることならば、痛うとも念じてあらむ」などのたまへば、皆うち笑ひたるに、「いとど、今はさやうなるあぶれ者、出で来まじげなる世にこそ」とうちささめくもありけり。若宮も、いとうつくしき御ふところより取り出でて、打ち奉り給へば、うちゑみ給て、「あなうれしや。宮の、あまりかたじけなくおぼえ給ふに、わたくしの子設けつべかめり」と、かへ《ママ》がへ*13しくよろこび申給ふもをかし。やがて申取り給て、ひき隠して、女君のおはする几帳の上《かみ》より、やおら覗き給ふを、をかし、と誰も見奉りつつ、忍びて笑へば、「あなかまあなかま」と、手掻き給ふ。弁の乳母は、さすがに危うげに思て、顔うちあかめたるぞをかしかりける。

（参考　四一四～四一五頁）

『枕草子』の「かゆの木」は粥杖のこと。双方をざっと見くらべただけでも、『狭衣物語』に『枕草子』「正月一日は」の段の十五日の情景がふまえられているのは、ほとんど一目瞭然であろう。女房たちが互いに、粥杖を隠して腰を打ってやろうと狙っているところや、打たれまいと用心している様子、および、それを「をかし」と見る書き手・語り手の視線が同様なばかりでなく、傍線・二重傍線を付したごとく、〈ことば〉のレベルでも重なりが見られる。破線を付したところは、同工異曲に仕立て上げられている跡とでも言えばいいだろうか。また、新婚の女君に狙いが定められていき、周りで見ている女房達が気づいて笑うのを、狙っている側が「あなかま」と手で制止するのなども、よく似ている。後述するように、いささか状況は異なるが、新婚の男君がほほえみを浮かべるのも、女君もしくは女君の乳母が顔を赤めるのも、同趣と見ていいだろう。これを「をかし」と見る書き手・語り手の視線は再び一致する。新婚の夫婦と粥杖のとり合わせでは、状況に変化を持たせながら、〈ことば〉を重ね合わせているようだ。

さて、状況を異にしている点については、すでに指摘がある。[*14]『枕草子』では、新婚の女君が女房に粥杖で打たれて、男君がほほえんでいたのに対し、『狭衣物語』では、狭衣が若宮（嵯峨帝皇子だが実は狭衣の子で狭衣が後見している）に打たれて、ほほえんでいる点、狭衣は自分を粥杖で打てば、打った女房たちが子を得ると言っている点、やめてはいるものの狭衣が宮の姫君を狙った点などが挙げられる。とりわけ、狭衣が、女房たちに自分を粥杖で打てと言い、若宮に打たれている部分に注意が払われ、時代が下っての習俗の変化を視野に入れつつ、物語内容に合わせた引用の妙がとらえられているところだ。[*15]

少し分析の角度を変えたい。上掲『枕草子』の網掛部分を見ると、「男をさへぞ打つめる」とあって「内わたりなどのやんごとなきも、今日はみな乱れて かしこまりなし」と結ばれていく。粥杖に興ずる正月十五日は、いずこも多分に無礼講めき、果ては男女を問わず、粥杖で打ちかかるに至ったのであろう。むしろ『狭衣物語』が、若宮（子供）まで加えて、そんな乱れ砕けた明るい情景を語っている点に注目したい。むろん、若宮の無邪気な可愛らしさを浮かび上がらせるべく、語られているのでもある。けれども、『狭衣物語』の色調は、狭衣の内面に裏打ちされて、概して暗い。粥杖に興じる情景は、異例の明るさだと言える。

そして、二重傍線部・傍線部の「うち笑ひたる」「うちゑみ」「(忍びて) 笑へ」と、自分を打て云々の狭衣のことばに、みんなが笑い、若宮に打たれた狭衣がほほえみ、宮の姫君を窺う狭衣を見て、女房達が声を殺して笑っているように、笑いやほほえみに満ちた情景だ。『狭衣物語』中、唯一と言っていいだろう。狭衣が、今姫君の烏滸ぶりに、あきれて嚙み殺した笑いとは異質で、ここだけの明るい笑いである。引用の妙もさりながら、『狭衣物語』が『枕草子』から受け取った、最も重要なものは、〈笑い〉だったのではないか。

ところで、狭衣たちが粥杖に興ずる情景は、物語《ストーリー》展開に関与していない。いつにない決断力と行動力を発揮して、狭衣が宮の姫君と結婚するまでなら、物語《ストーリー》は展開していた。次の物語《ストーリー》は、狭衣の恋心が形代の宮の姫君から本体の源氏宮へ、さらには女二宮へと回帰し、内面は鬱々としているのに、帝位が狭衣に転がり込み、うわべは最高の栄華に彩られるという皮肉な展開に向かう。そんなふたつの展開の狭間で、粥杖に興ずる情景は語られているのである。物語《ストーリー》展開からは外れた情景だ。後に、狭衣と宮の姫君とのあいだに、子が生まれる前触れになっていると言えば言える。しかし、結婚した狭衣と宮の姫君とのあいだに、子が生まれるのに、前触れなど何の用をなそうか。物語《ストーリー》展開上、迂遠な情景でさえあろう。それに、掲出箇所の最初「かやうにて年も返りて」と、年が改まったのを告げてから、粥杖に関わる情景をすべて省き、掲出箇所後の、新年にもかかわらず、母の喪のため、華やかではないが、美しい装いで、手習いをする宮の姫君を見つつ、源氏宮へと思いをいたす狭衣を語ったとして、何の問題もない。どころか、物語《ストーリー》展開は、むしろスムーズだろう。

狭衣たちが粥杖に興ずる情景は、このように、物語の色調からも、物語《ストーリー》展開からも逸脱している。つまり、物語の色調なり展開なり、物語を統括する枠組の外側に、ほんの一瞬、突き抜ける情景を語ったのである。こうして物語の枠組から逸脱した情景を語るという行為は、翻って物語の外側から、自身の物語の枠組が何なのかを照らし返す。と同時に、物語なるものが、物語を〈書くこと〉の自己限定と、それを〈読むこと〉の自己限定とによる、虚構的《フィクショナル》な共犯関係――ひらたく言えば、かくかくしかじかの物語であるとの暗黙の了解を、書き手と読み手とが共有する関係――に基づき支えられている側面を、浮かび上がらせ、揺さぶりをかけていると言えるだろう。物語の中で、物語というジャンルそのものを、自己言及的に問い直し、相対化してしまう視点を覗かせたわけである。

『狭衣物語』は『枕草子』を引用し、〈笑い〉を受け取ることで、自身の物語にノイズを紛れ込ませてしまったようだ。そもそも、ジャンルの概念を蹴散らすかのごとき『枕草子』を引用すれば、物語にノイズが発生し、物語が物語ジャンル自身を相対化してしまうのは、必然だったのかもしれない。『狭衣物語』の『枕草子』引用は、もはや引用の妙のひと言では済まされない。物語が物語の外側へと抜け出し、物語が物語を相対化する局面において、『狭衣物語』は『枕草子』をたぐり寄せ、大切な関係を結んでいるのであった。

四　脱物語化と枕草子

『狭衣物語』五月四日の風景は、『枕草子』「節は」の段と、もはや引用と言えるかどうかの、きわどい関係――逆説的引用とも反転連想とも言える関係――を結んで、物語展開《ストーリー》から逸脱していった。また、正月十五日の情景は、『枕草子』「正月一日は」の段の、同じく正月十五日の情景を引用し、〈笑い〉を受けとることで、物語の枠組から抜け出し、物語ジャンルを相対化するような視点を覗かせた。物語とはいかにあるべきか。物語とは何なのか。枕草子引用が立ち現れる風景や情景の中から、そのような『狭衣物語』の問いかけが掬いとられるのである。

『狭衣物語』の『枕草子』引用は異質だ。読み手を物語のより内側へと向かわせ、読み手に新たな〈読み〉を掘り起こさせる質のものではない。かといって、ひねりの利いた引用で、物語という〈ことば〉の織物に、一段と趣向の凝らされた織り模様をあしらっているばかりなのでもない。それは、物語が、物語展開《ストーリー》であれ、物語の色調であれ、物語の枠組の外側に、物語それ自体の外側に立とうとする力に、深く関わっている。すなわち、物語の脱物語化に深く関わっているのである。

最後に、狭衣帝の巡幸に目を向けたい。物語は完全に展開を失い、叶わなかった恋になお懊悩する狭衣の内面が、物語の前景を占めている状況での巡幸だった。

月日もはかなう過ぎて、宮の御果てなどいふことどもも過ぎて、またの年の秋冬は、大原野・春日・賀茂・平野などの行幸あり。初めてめづらしき行幸《みゆき》なるに添へても、帝の御顔・かたち・ありさま、この頃ぞ盛りにねび整ほりはてさせ給て、…〈中略〉…上達部、殿上人などの、御衣《ぞ》・馬鞍の飾りも、舎人、馬添などの、なり・かたちなどをも、…〈中略〉…見どころもこよなきを、いかなる人かはまた見ぬあらん。…〈中略〉…例にも違ひて、心あわたたしき道大路のさまなり。（参考　四四四頁）

大系補注は『枕草子』「神は」の「大原野　春日、いとめでたくおはします。平野は…〈中略〉…めでたし。…〈中略〉…賀茂、さらなり」（第二七一段　二七四〜二七五頁）[*16]を紹介しているが、全書解説は巡幸地と史実との関係をとらえていく。

傍線部だけ見れば、類聚段を思わせる語り方で、「大原野・春日・賀茂・平野」は、「行幸」にちなんで、『枕草子』「神は」の段から、あるいは史実から、その双方から、集められた類聚項目であるかのようだ。続いて、狭衣帝の美しさ、随行の立派さ、物見の賑わいが語られると、随想段とも日記回想段とも言えそうな趣を見せる。語られた巡幸地が、『枕草子』に由来するのか、史実に由来するのかではなく、類聚項目を並べるような語り方や、そこから随想段・日記回想段にもまがう語りに赴いていくところに、枕草子との関係を見出すべきだろう。終盤、完全に物語《ストーリー》展開を失った『狭衣物語』は、『枕草子』とのこうした関係を通じて、物語を逸脱した散文へと身を寄せていくのであった。

『枕草子』の「動態」[*17]は、『枕草子』の外にも波及している。そして、『狭衣物語』の『枕草子』引用は、これまで論じてきたような、各段各様の引用のあり方にとどまらず、その「動態」をこそ受けとり、きわめて広い意味において言えば、それを引用することで、物語の外側に突き抜け、脱物語化して、物語ジャンルを問うていたのだと言えよう。ジャンルの概念から逃走し続ける、この不思議な『枕草子』を、物語が引用するなら、物語自体が問われざるをえないからだ。そんな緊張関係に、『狭衣物語』と『枕草子』との大切な関係を見据えておきたいと思う。

注

＊1　三谷榮一「枕草子の影響―狭衣物語その他」（『枕草子講座4 言語・源泉・影響・研究』有精堂　一九七六年）

＊2　久下裕利「本文表現史の視界―『狭衣物語』の場合」（『学苑』一九九五年十一月）は、『枕草子』享受のあり方から、『狭衣物語』諸本間の差異をとらえ、そこに書かれざる注釈（史）を読み解くという新たな視点を提示している。

＊3　引用本文は内閣文庫本に拠り、適宜、漢字を当て、仮名を歴史的仮名遣いに改め、送り仮名および句読点等を付した（音便かもしれない部分、たとえば「給て」など「給ひて」か「給うて」か判断しかねる部分はそのままにした）。引用本文のあとに、参考として、底本を同じくする日本古典文学大系当該頁数を示した。なお、同系統の西本願寺旧蔵本（巻四平出本）を底本とした新編日本古典文学全集、および流布本系本文を底本とした日本古典全書・日本古典文学集成で読んでも、論理に変化のない点は確認した。それにしても説明を要すると思われる異同に

は注を付すが、細かい異同はいちいち指摘しない。

＊4　引用本文は、津島知明・中島和歌子編『新編 枕草子』（おうふう）に拠り、その段数および頁数を示した。なお、三谷榮一注（1）論文は、『狭衣物語』の拠った本文を能因本であるとする。一方、土岐武治「狭衣における枕草子の再吟味」（『花園大学紀要』一九七七年三月→注（5）論文と合体させ『狭衣物語の研究』風間書房　一九八二年）は、それに異議を申し立てている。『狭衣物語』の拠った本文に定見を得ていない本稿では、上記本文（三巻本）に拠りつつ、能因本（および前田家本、堺本）でも論旨に関わる異同のないことを確認した。『枕草子』諸本にどう対応するかについては、津島知明氏から教示を得、参考文献については、東望歩氏から教示を得た。記して感謝の意を表したい。

＊5　土岐武治「狭衣物語に及ぼせる枕草子の影響」（『平安文学研究』一九六五年六月→注（4）前掲書）

＊6　三谷邦明「源氏物語の方法―ロマンからヌヴェルへあるいは虚構と時間」（『物語文学の方法II』有精堂　一九八九年）は、前期物語の物語《ストーリー》展開優先主義を〈それからどうした〉の論理に支えられていると指摘する。

＊7　柄谷行人「風景の発見」（『定本 柄谷行人集1　近代文学の起源』岩波書店　二〇〇四年）は、孤独で内面的な状態と緊密に結びつき、近代小説において発見されたのが風景だと言う。ならば、『狭衣物語』の風景も、同様の定義で括りうる。「昇天」＝「死」に限りなく近づいた狭衣の、孤独で内面的な状態と、狭衣の見ている風景とは、緊密に結びついている。新城カズマ『ライトノベル「超」入門』（ソフトバンク クリエイティブ　二〇〇六年）は、ライトノベルの特質のひとつが、物語《ストーリー》展開を停滞させる要素を、たとえば内面の葛藤を、排除した点だと言い、それを、近代小説との違いとして示している。内面に裏打ちされた風景を語る行為は、物語《ストーリー》展開を停滞させる、あるいは脱物語《ストーリー》化へと向かう、近代小説的な振る舞いだと言える。なお、松井健児「風景和文の形成―『源氏物語』の空間の成立」（『日本文学からの批評理論』笠間書院　二〇〇九年）は、『源氏物語』の風景の語られ方を論じ、風景に関する参考文献を、広範に紹介している。ちなみに、『源氏物語』と『狭衣物語』の風景について言えば、『狭衣物語』は『枕草子』と関わることで、『源氏物語』にもない風景（次節以降で扱う）を語っている。また、

物語《ストーリー》展開を停滞させる風景の多さは、『源氏物語』に比しても著しく、特質と言えるだろう。

＊8 「もてあつかふ」の部分、底本および平出本「もてあそぶ」。西本願寺旧蔵本等の他本に拠り改めた。

＊9 和歌は新編国歌大観に拠るが、表記を改めた。

＊10 増淵勝一「狭衣物語考―行事の描写から作者に及ぶ」(『狭衣物語の新研究―頼通の時代を考える』(新典社 二〇〇三年)に指摘がある。

＊11 津島知明「「連想」をめぐる問題―「なまめかしきもの」を中心に」(『動態としての枕草子』おうふう 二〇〇五年)他、同書に収められた「三、類集化する枕草子」各章は、「連想」＝「関係性のしくみ」が、いわゆる類聚・随想・日記回想の各段のカテゴリーを、しなやかに乗り越えて、『枕草子』各本をそれぞれの方向で「外」へと向かわせる様子をとらえ、そこに『枕草子』総体の原動力を見ている。『枕草子』との関係から、「連想」の「誘惑」(同書より)に駆られて、物語《ストーリー》展開に奉仕しない風景を語り、脱物語《ストーリー》化する『狭衣物語』をとらえるという視点を得た。

＊12 小森潔『枕草子 逸脱のまなざし』(笠間書院 一九九八年)は、『枕草子』がいかに、さまざまな枠組を越境しながら、平安文学の流れや研究史からさえ逸脱していくのかを、具体的に詳細に論じている。「逸脱のまなざし」に貫かれた『枕草子』との関係が、『狭衣物語』を物語《ストーリー》展開から逸脱させ、脱物語《ストーリー》化させたのではないかとの思いから、「逸脱」(「脱」)の語を拝借した。

＊13 底本(および平出本)では意味不通につき、大系は東大平野本等により、新全集は紅梅文庫本により、「かひかひ(甲斐甲斐)しく」に改めている。なお、巻四においては、同系統と言っていい流布本系元和九年古活字本(全書底本)「かひかひしく」。ただ、「かへかへ」の「か(可)」は「は(八)」と間違えやすい。内閣文庫本においても、迷う場合がある。すなわち「かへかへしく」は「はへはへしく」＝「はえばえ(映え映え)しく」の可能性を考えて「ママ」にした。『枕草子』「正月一日は」にも「うち笑ひたるは いとはえばえし」(校本によれば各本とも用字は「はへはへし」)とあり、『狭衣物語』の「うち笑み給て」狭衣がことばを発しはえばえしく「よろこび(お

礼)」を言った可能性を考慮した。

＊14　大系補注（三五二「粥杖」の項）、全書補註（巻四中三五「粥杖引き隠しつつ」の項）、三谷栄一注（1）論文が最も早い指摘だろう。

＊15　注（14）に同じ。

＊16　堺本では「春日」と「平野」のみが重なる。

＊17　注（11）津島論文

【近世の注釈】

『清少納言枕草子抄』と『枕草子春曙抄』の本文

沼尻利通

はじめに

江戸時代の延宝二年（一六七四年）五月、加藤磐斎により刊行された『清少納言枕草子抄』（以下、『枕草子抄』）は、その冒頭、自らが依拠した本文について次のように述べている。

第一ニ本の差異《シャイ》と云は、此双紙差異まち〳〵にて傅写の誤尤多し。故に今数多《アマタ》の古本をあつめて吟味し、就レ中傅来正《タヽ》しき本をもとゝし、其餘の古本及び印本等を以て、校合せしめ侍る者也。（「凡例」三一頁）[*1]

枕草子の本文は異同が多く、書写の誤りも多いために、伝来の正しい本を底本にし、ほかの「古本」や「印本」によって校合したという。この直後、「伝来の本の奥書」として、三巻本の奥書を載せ、[*2]続けて「或古本の奥書ニ云ク」と寛正二年（一四六一年）の本の奥書も載せる。このほか、永正・弘治の年号を持つ本もあるが、それらは名署がないため、出所がわからないながらも、こうしたいくつかの本によって校合吟味し、『枕草子抄』の正本としたという。『枕草子抄』の書き方を鵜呑みにすれば、三巻本を底本にしているかのようにみえる。

枕草子の諸本は、雑纂形態、類纂形態の二つにわかれ、雑纂形態は三巻本系統と能因本系統、類纂形態は堺本系統と前田本と大きく四つに分類できる。このうち三巻本系統と能因本系統は、日記的随想的章段を含んでおり、今日では三巻本系統で枕草子を読むことが一般的となっている。しかし、江戸時代においては、古活字本（十行、十二行、十三行の三種類）や整版本（慶安刊本）がすべからく能因本系統であったため、注釈も能因本系統を主としてなされることになる。『枕草子抄』もその例外ではない。凡例で三巻本に拠ったようにみせながら、『枕草子抄』は能因本系統の慶安刊本を主たる底本として注釈をおこなっていたのである。

『枕草子抄』にわずかに遅れ、延宝二年（一六七四年）七月以後、北村季吟により『枕草子春曙抄』（以下『春曙抄』）が刊行される。この『春曙抄』も『枕草子抄』と事情はほぼ同じであった。『春曙抄』も三巻本の奥書を載せ（上―一一頁）[*3]、あたかも三巻本を主底本であるかのようにみせてはいるが、内実は当時最も流布していた慶安刊本を主たる底本としていたのである。

『枕草子抄』や『春曙抄』の主な底本が慶安刊本であることは、鈴木知太郎の「枕草子諸板本の本文の成立―特に慶安板本、盤斎抄、春曙抄、旁註本について―」という論文によって明らかとされている。[*4]ただし、鈴木知太郎によれば、『枕草子抄』『春曙抄』ともに慶安刊本を底本としているように見えるが、ことはそう単純ではないという。慶安刊本と『枕草子抄』『春曙抄』はダイレクトにつながらないというのである。というのも、『枕草子抄』『春曙抄』はその一部を三巻本系統によって増補改訂している箇所があり、その増補改訂した箇所が『枕草子抄』と『春曙抄』ともにしばしば一致を見せること、さらに『枕草子抄』『春曙抄』では一致する章段順序が、慶安刊本の章段順序とは食い違うなどの点から、『枕草子抄』『春曙抄』は慶安刊本を忠実に底本としたのではなく、慶安

［図1］鈴木知太郎による系統図（抜粋）

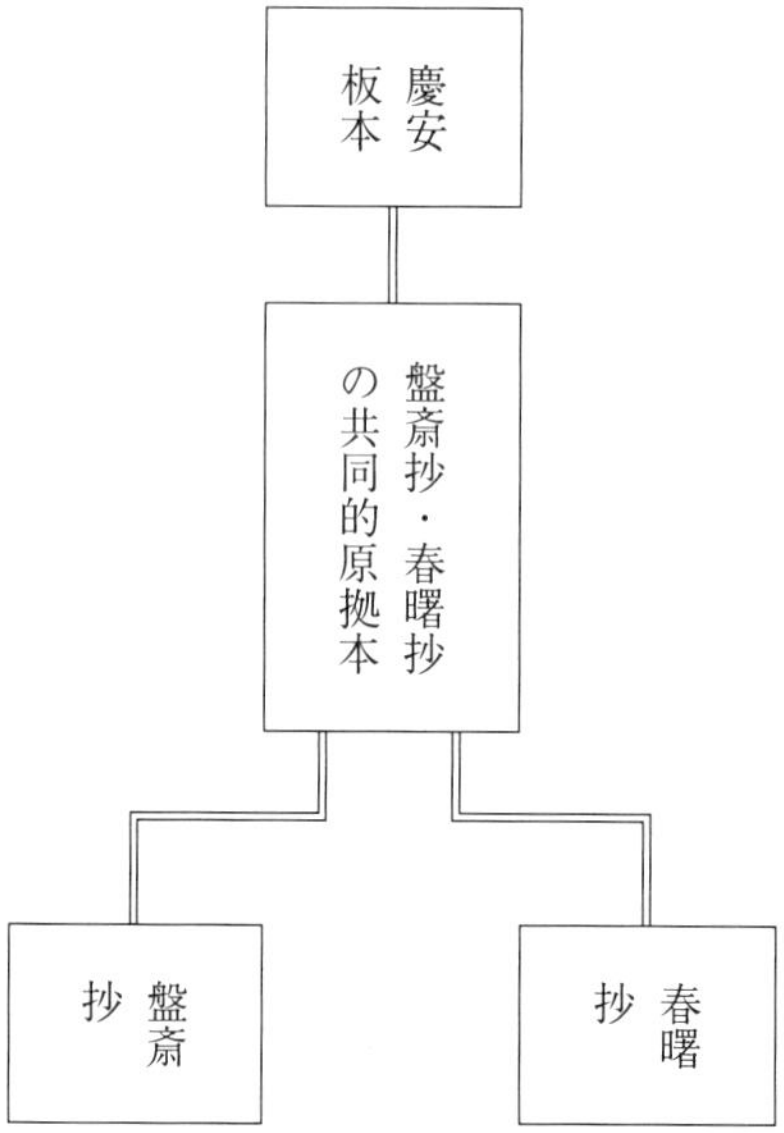

（引用者注）「慶安板本」「盤斎抄」は、本稿ではそれぞれ「慶安刊本」「枕草子抄」としている。

刊本を基礎としつつ一部を三巻本によって増補改訂した共同的原拠本があったのではないかとしているのである。『枕草子抄』は『春曙抄』とほぼ同時期の刊行のため、どちらかがどちらかを参照したとは考えづらい。このことから両注釈書が依拠した「共同的原拠本」を想定すべきだというのだ。わかりやすく図示すると［図1］[*5]のようになる。慶安刊本と『枕草子抄』『春曙抄』の間に「共同的原拠本」が存在すると仮定できるというのだ。

　本稿では、慶安刊本、『枕草子抄』『春曙抄』の比較を中心に、このような共同的原拠本という考え方が成立するのか、考察していきたい。

一　鈴木知太郎の共同的原拠本説の再検討

先に示した論文の中で鈴木知太郎は『春曙抄』の底本について、次のように述べている。

　春本（引用者注・『春曙抄』）は親本として何本を用ゐたかを明かに記す所がない。従つてその本文の性質は全く内容自体について検する外はない。この場合先づ注意すべきは盤本（引用者注・『枕草子抄』）との間に共通的な特殊現象の存する事である。即ち、

(1)「小一条院をは今内裏といふ」(2)「川は」(3)「職の御曹司」(4)「成信中将こそ人の声は」(5)「世の中に猶いと心うき物は」より「人のかほにとりわきて」までの一聯の五項目(6)「かさみは」の如き各章段及至項目が、盤本と殆ど同文にて全く同様の箇所に位置を占めてゐる事である。（四七五頁）

鈴木知太郎は、『春曙抄』と『枕草子抄』が特徴的に一致し、慶安刊本とは一致しない箇所の六つを具体的にあげている。そして、これらを検討した結果、『枕草子抄』と『春曙抄』が、「その原拠本に共通的の形態を有する親本を使用した」すなわち「共同的原拠本」を想定すべきとの結論に至っている。鈴木知太郎の指摘する箇所を検討すると、慶安刊本には該当する本文が存在せず、接ぎ木されたかのように三巻本によって増補され、しかもその三巻本の摂取した本文が、『枕草子抄』『春曙抄』で共通するという現象が確認できる。*6

『枕草子抄』と『春曙抄』を見ていくと、能因本系統の本文であり、その主たる底本は両注釈書が刊行された時期に既に流布していた慶安刊本と考えられる。ところが、両注釈書はそれぞれその冒頭に三巻本の奥書を掲載しているように、三巻本を意識してもいる。したがって、『枕草子抄』や『春曙抄』を読んでいると、慶安刊本の本文から、突如として三巻本の本文が移植されて戸惑うことがある。鈴木知太郎は、両注釈書の、三巻本による複雑で微妙な移植箇所を検討し、移植された箇所が、『枕草子抄』と『春曙抄』の両者で同一で、『枕草子抄』と『春曙抄』の関係が緊密であることから、「共同的原拠本」という考えを導き出したのである。

鈴木知太郎の示した事例以外の用例から、共同原拠本という考え方を検証してみたい。「関は」章段の、慶安刊本、『枕草子抄』『春曙抄』の本文比較である。

【「関は」章段の本文比較】

【慶安刊本】

せきは
相坂《あふさか》のせき　すまの関《せき》　しら川のせき　衣の関《せき》　くきたの関《せき》はゝかりのせき　たゝこえの関《せき》　すゝかのせき
よこはしの関　はなのせき　はかりにたとしへなしや。清見《きよ》の関　見るめのせき。よしな〳〵のせきこそ。いかに思ひ返したるならんと。しらまほしけれ。それを。なこそのせきとは。いふにやあらむ。あふさかなとをまで。思ひかへしたらは。わひしからん。かしあしがらのせき
（三‐三五丁オ）

【枕草子抄】

関は　相坂の関　須磨の関　鈴鹿の関　くきたの関　白川の関　衣の関　たゝこへの関ははゞかりのせきとたとしへなくこそおぼゆれ
よこはしりの関　清見関《カ》　みるめのせき　よしな〳〵の関こそ、いかに思ひ返したるならんと、いとしらまほしけれそれをなこそのせきといふにやあらん。逢坂などをまでおもひ返したらんは、わびしかりなんかし
足柄の関
（五二段・三九九頁）

【春曙抄】

せきは
あふさかのせき　すまの関　すゞかのせき　くきだの関　しら川のせき　衣の関　たゝこえのせきははゞかりのせきとたとしへなくこそおほゆれ　よこばしりの関　きよみかせき　みるめの関　よしな〳〵のせきこそ。いかにおもひ返したるならんといとしらまほしけれ。それをなこその関といふにやあらん。あふ坂などをまで思ひ返したらばわびしからんかし。あしがらのせき
（上‐三二八～三二九頁）

三巻本の「関は」章段の文章は次のようになっている。

関は相坂須磨の関すゝかのせきくきたのせき白河の関衣のせきたゝこえの関ははかりの関にたとしくなくこそおほゆれよこはしりの関きよみか関見るめの関よも〳〵の関こそいかに思ひかへしたるならんといとし

らまほしけれそれをなこその関といふにやあらん相坂なとをさておもひかへしたらんは侘しかりなんかし

（『三巻本枕草子本文集成』一〇八段・三二四〜三二五頁）*7

「関は」章段は、三巻本と慶安刊本の間にさほどの隔てはない。したがって、『枕草子抄』『春曙抄』ともに、どちらから本文を引用したのかは判然としづらい。ただよく見ていくと冒頭部分は三巻本「相坂須磨の関」とは微妙に異なっており、慶安刊本の「相坂《あふさか》のせき　すまの関《せき》」に依拠していることがわかる。ところが、□で囲った「鈴鹿の関　くきたの関」の箇所は三巻本からの摂取と考えなければ説明がつかない。直後の「白川の関　衣の関」は慶安刊本と三巻本が一致するので判然としないが、その直後の□で囲った「たゝこへの関は」から「おぼゆれ」までは明らかに三巻本からのものである。慶安刊本の「はなのせき」から「たとしへなしや」までの箇所（傍線部）は『枕草子抄』『春曙抄』ともに確認できない。さらにこの箇所（傍線部）の直前の慶安刊本は「よこはしの関」である。ところが、『枕草子抄』『春曙抄』ともに「よこはしりの関」と三巻本と一致する。ここから『枕草子抄』『春曙抄』は三巻本系統によったと考えられる。慶安刊本も「清見《きよ》の関」以下は三巻本と一致するところが多いため、『枕草子抄』『春曙抄』は慶安刊本と三巻本どちらから本文を採用しているのか判断しづらい。しかし細かく見ていくと、慶安刊本の「清見《きよ》の関」が、『枕草子抄』は「清見《カ》関」、『春曙抄』は「きよみかせき」と三巻本に近く、慶安刊本「しらまほしけれ」が、『枕草子抄』『春曙抄』では「いとしらまほしけれ」とやはり三巻本に近いなど、細かい本文の異同を見ていくと、『枕草子抄』『春曙抄』は三巻本から引用していることがわかる。ところが『枕草子抄』『春曙抄』の章段末尾に注目すると「足柄の関」（あしがらのせき）となっており、三巻本とは一致せず、この箇所だけは慶安刊本から本文を採ったことがわかる。この直前の波線部「わびしかりなんかし」（『枕草子抄』『春曙抄』）まで三巻本におおむね一致することから、「足柄の関」直前までは三巻本で、最後の「足柄の関」だけは慶安刊本から採用したのである。『枕草子抄』『春曙抄』は三巻本と慶安刊本を合成させた本文であることがわかる。そしてその摂取の仕方が冒頭部は慶安刊本、途中から三巻本、末尾にふたたび慶安刊本というように、冒頭と末尾が慶安刊本で、三巻本はサンドウィッチにされたような形になっている。さらにそのサンドウィッチの仕方が、『枕草子抄』『春曙抄』ともに共通しているのだ。

ここで例示した「関は」章段以外にも、慶安刊本をもとに三巻本を摂取移植し、『枕草子抄』『春曙抄』が同文となっているところはいくつか確認でき、[*8] 加藤磐斎と北村季吟は、それぞれ注釈書をなすにあたり、慶安刊本をもとにして偶然にも同じ箇所を同じように三巻本を移植させているということになる。

さらに、章段の順番や加増も注目される。『枕草子抄』と『春曙抄』は章段の順序を入れ替える、または三巻本から章段を加増させることがあるが、それが一致するのである。慶安刊本をはじめとした能因本は「たきは↓はしは」（慶安刊本　二-一八丁ウ／校本　六四～六五段・上-一七八～一七九頁）という順序で「かはは」（慶安刊本　六-一二丁ウ／校本　二二二段・下-六二三頁）の章段は遠くに離れている。ところが、『枕草子抄』と『春曙抄』はともに「瀧は↓かはは↓はしは」（枕草子抄　二九～三一段・二二〇～二二二頁／春曙抄　上-一六八～一七〇頁）と一続きに章段を組みかえている。組みかえだけではなく、三巻本から章段を付け加えることもある。能因本では「裳は↓おり物は」（慶安刊本　七-一七丁ウ～一八丁オ／校本　三〇〇～三〇一段・下-七八三頁）となっている箇所に、『枕草子抄』『春曙抄』は三巻本から「かざみは」の章段を付け加え、「もは↓かざみは↓おりものは」（枕草子抄　一五一～一五三段・頁／春曙抄　下-三〇四～三〇五頁）としているのである。[*9] このような章段の順序や加増が、『枕草子抄』と『春曙抄』に共通する現象として生じているということは、偶然として片付けることはできない。お互いに口裏を合わせたかのような、このような現象は、両注釈書が何らかの共通する本文に拠っていたと考えざるを得ないわけである。

『枕草子抄』は延宝二年（一六七四）五月、『春曙抄』は延宝二年（一六七四）七月以後の刊行であり、その刊行期間は近接する。例えば『枕草子抄』が『春曙抄』を参考にする、あるいは逆に『春曙抄』が『枕草子抄』を参考にして本文を作ることは考えられない。慶安刊本を礎材にして三巻本で合成させた「共同的原拠本」が存在し、その本に拠って『枕草子抄』や『春曙抄』は成されたと説明するのは、ごく自然な考え方ではある。「関は」章段のような、複雑な三巻本摂取の一致を見てしまうと、鈴木知太郎の言うところの「共同的原拠本」を想定することは首肯したくなる魅力的な考え方ではある。

二　『清少納言枕草子抄』独自の三巻本摂取

『枕草子抄』と『春曙抄』は慶安刊本を礎としながら三巻本を摂取しており、それが両注釈書で共通する――しかも複雑な摂取の場合でも共通している――という現象は、確かに多く見られるのだが、しかし『枕草子抄』をよく見ていくと、『枕草子抄』が独自に三巻本を摂取しており、それが『春曙抄』とは共通しない、という現象も見られる。本章では、そうした現象、すなわち『枕草子抄』独自の三巻本摂取の現象を確認していくこととする。

【「哥は」章段の本文比較】

【慶安刊本】	【枕草子抄】	【春曙抄】
哥は 枕たてるかと　神楽《かくら》哥もおかし。今 やうはながくてくせつきたるふそく	哥は。 風俗《フゾク》の中にも枕たてる門。神楽哥 もおかし。いまやうはながうてく	哥は 杉たてる門　神楽《かぐら》哥もおかし　今や うはながくてくせづきたる　ふぞく

よくうたひたる（六‐四二丁ウ）

せつきたり。（一三五段・七二〇頁）

よくうたひたる（下‐二五二頁）

慶安刊本と『春曙抄』は、章段の冒頭と末尾が共通しており、『春曙抄』は慶安刊本に拠ったことがわかる。一方で、『枕草子抄』は三巻本から引用している。三巻本は、

うたはふそく中にもすきたてるかとかくらうたもおかしいまやううたはなかうてくせついたり

（二六四段・七〇一頁）

となっている。『枕草子抄』冒頭「風俗《フゾク》の中にも」が、三巻本には存し、また末尾も「くせつきたり」と終わっており、慶安刊本や春曙抄の末尾のように「ふそくよくうたひたる」とはなっていない。大きく見れば、『枕草子抄』は三巻本に依拠している。ただし細かいところは慶安刊本で整えたらしく、『枕草子抄』の末尾「いまやうはながうてくせつきたり」は、三巻本の「いまやううたはなかうてくせついたり」よりも、慶安刊本の「今やうはながくてくせつきたる」に近接している。ただ、この箇所の『枕草子抄』は三巻本を意識していたことは間違いがなく、注で「或本にいまやう哥はながうたくせついたりと有《アリ》」と三巻本の本文をあげている。厳密には、『枕草子抄』は三巻本を主とし、一部を慶安刊本で校合した本文を採用していることになる。この章段の本文は『枕草子抄』は三巻本を主にし慶安刊本で部分的に整えた本文であり、一方で『春曙抄』は慶安刊本によっていると考えて良い。このように、細かく見ると『枕草子抄』は独自に三巻本を取り込み、『春曙抄』と食い違う箇所も確認できるのである。

より複雑な摂取の相違も見ていきたい。「たとしへなき物」章段では、

【「たとしへなき物」章段の本文比較】

【慶安刊本】

たとしへなきもの

夏と冬とよるとひると　雨ふると日てるとわかきと老《おい》たると　人のわらふと。はらたつと　黒《くろ》きと白きと思ふとにくむと　あゐときはだと雨ときりと。おなし人ながらも心さしうせぬるはまことにあらぬ人とぞおほゆるかし。

（二-二三丁オ）

【枕草子抄】

たとしへなきもの。　夏と冬と。夜とひると。　雨ふると日てると。わかきと老たると。人のわらふとはらたつと。黒と白と。あゐときはだと。雨と霧と。火と水と。肥たる人瘦《ヤセ》たる人。髪ながき人と短き人。　おもふ人とにくむ人と。おなじ人ながらも、心ざしある折とかはりたる折は、まことにこと人とぞおぼゆる。

（三八段・二三五～二三六頁）

【春曙抄】

たとしへなき物

夏と冬と　よるとひると　雨ふると日てると　わかきと老たると　人の笑《わら》ふとはらだつと　くろきとしろきと　思ふとにくむと　あゐときはだと　雨と霧《きり》とおなじ人ながらも心ざしうせぬるはまことにあらぬ人とぞおぼゆるかし

（上-一八〇～一八一頁）

となっている。この章段を三巻本で確認すると、

たとしへなき物夏と冬と夜とひると雨ふる日とてる日と人のわらふとはらたつと老たるとわかきとしろきとくろきとおもふ人とにくむ人とおなし人なからも心さしあるおりとかはりたる折はまことにこと人とそおほゆる火と水とこえたる人やせたる人かみなかきとみしかき人と

（六九段・一五六頁）

である。『枕草子抄』は、冒頭から「黒と白と」までは慶安刊本に拠っている。点線部を注目すればわかるが、三巻本では「人のわらふとはらたつと」「老たるとわかきと」の順番が慶安刊本とは入れ違いになっている特徴があ

り、慶安刊本の特徴に、『枕草子抄』『春曙抄』ともに一致している。両注釈書は慶安刊本に拠っていることになる。ところが、この後の「黒と白と」と「あゐときはだと」の間に、慶安刊本や『春曙抄』にはあるはずの「思ふとにくむと」が『枕草子抄』にはない。『枕草子抄』の「火と水と」以下の文（□でくくった箇所）は、三巻本からの引用であり、その三巻本の引用の末尾に「おもふ人とにくむ人と」（傍線部）が位置している。『枕草子抄』の本文にも「おもふ人とにくむ人と」と、「人」があることから、三巻本からのものとわかる。おそらく、加藤磐斎は三巻本の「おもふ人とにくむ人と」の続きとして「おなし人ながらも」から「こと人とそおほゆる」までを一続きとしてとらえていたのだろう。ただ、三巻本の「おなし人ながらも」から「こと人とそおほゆる」に該当する文章が慶安刊本では後半部に位置するため、三巻本の「火と水と」から「みしかき人と」までの文章を「思ふ人と」の前に移動させ、前半部を慶安刊本で接合させたのである。この操作は『枕草子抄』特有のもので、『春曙抄』とは一致していない。

　このように、『枕草子抄』は複雑に三巻本を摂取しているが、それは『春曙抄』とは一致しないこともある。『春曙抄』は慶安刊本に忠実であるのに対し、『枕草子抄』が三巻本を独自に摂取する例もあるのだ。

　枕草子全体から見ると、『枕草子抄』の章段順序が、『春曙抄』や慶安刊本と食いちがうところがいくつか見られる。大きなところでは、『枕草子抄』の九一段から九七段の箇所「太夫は→上達部は→君達は→法師は→女は→宮づかへどころは→しだりがほなる物」である。[*10] この箇所は、慶安刊本や『春曙抄』では「太夫は→したりかほなるもの」（慶安刊本　五-一七丁オ〜二六丁オ／春曙抄　下-一〇二〜一二五頁／校本　一七五〜一八三段・下-五〇二〜五三一頁）となっており、『枕草子抄』の□で囲った「上達部は」以下の章段は離れたところに位置している。「上達部は」以下の章段を『枕草子抄』が「太夫は」と「しだりがほなる物」の間に割り込ませたと考えられる。ほかにも慶安刊本と『春曙抄』では「草は→集は→歌題は→草の花は」（慶安刊本　二-一九丁ウ〜二一丁オ／春曙抄　上-一七二〜一七五頁／校本　六七〜七〇段・一八一〜一八六頁）となっている順番が、『枕草子抄』では、「草は→草の花は→集は→歌の題は」（三三〜三六段・二二四〜二三四頁）と並べ替えられている。章段の順番ではないが、本文を入れ替えることもある。『校本枕冊子』の章段で言えば「まことやかうやへくたるといひける人に」章段（二九七段・下-七八〇頁）が、『枕草子抄』では「うちとくまじきもの」章段の末尾（一四八段・七七二頁）に移動させている。『春曙抄』は慶安刊本と同じ並びであり（慶安刊本　七-一七丁オ〜一七丁ウ／春曙抄　下-三〇二〜三〇三頁）、『枕草子抄』のように移動させることはない。『枕草子抄』と『春曙抄』はそれぞれ食い違う面も多くあるのだ。[*11]

このような現象――『春曙抄』と慶安刊本が一致しており、『枕草子抄』が独自に三巻本などの諸本を摂取している現象や章段の食いちがい――を、鈴木知太郎はもちろん気付いていた。そのような現象を、鈴木知太郎は、『枕草子抄』は共同的原拠本に忠実に拠ったのではなく、三巻本などの諸本によって独自に本文を改変していると説明している。しかし、この論法では、共同的原拠本説にとって都合の悪い用例は、『枕草子抄』は独自の改変をおこなっているとして、すべてが『枕草子抄』の「個性」に帰せられてしまうことになりはしないか。

三　『清少納言枕草子抄』と『枕草子春曙抄』の本文的差異

『枕草子抄』『春曙抄』を見較べていると、慶安刊本や三巻本などの本文に依拠していることは間違いないが、しかし注釈者の考えによって、都合良く本文が改変されることがある。いわば注釈という営みに符合する本文を選びとって利用しているのである。したがって注釈書の本文を考える上では、解釈と照らし合わせた上でその依拠した本文を考えなければならないことが多い。共同的原拠本を想定するほど、本文に対する拘束力が強くはないのだ。加藤磐斎にせよ北村季吟にせよ自分の読みによって本文を変える意識が強いのである。次に示すものは、『枕草子抄』と『春曙抄』の本文が食い違い、解釈によって本文が変えられるという用例である。

【「はづかしき物」章段の本文比較】

【慶安刊本】

はづかしきもの
おとこの心のうちいさきよき。夜ゐの僧《そう》みそかぬす人の。さるへきくまにかくれゐて。いかにみるらんたれかはしらむ。くらきまきれにしのびやかに。ものとる人もあらんかしそれはおなし心におかしとや思ふらん。
…（以下略）

（四-八丁オ）

【枕草子抄】

はづかしきもの。
色このむ男の心の内いさぎよき。夜ゐの僧。みそか盗人《ヌスヒト》の、さるべきもの〻、くま〴〵にかくれゐて見るらんをば、たれかはしるべき。まぎれにふところに物なとひきいる〻人もあらんかし。それはおなじ心に、おかしとやおもふらむ。

（六二段・四二五頁）

【春曙抄】

はづかしきもの
おとこのこ〻ろのうち　いざとき《イニいさぎよき》よゐの僧みそかぬす人のさるべきくまにかくれゐて。いかに見るらんをたれかはしらん。くらきまぎれにふところに物ひきいる〻人もあらんかし。それはおなじ心におかしとや思ふらん…（以下略）

（上-三五二〜三五三頁）

一見すると、『枕草子抄』と『春曙抄』が同じ本文で、慶安刊本とは異なっている。どうやら『枕草子抄』と『春曙抄』は慶安刊本ではない本文に拠っているようである。特に、「まぎれにふところに…」以下の箇所（二重□で囲った箇所）が、『枕草子抄』『春曙抄』ともに共通し、慶安刊本には該当する本文がないことから、『枕草子抄』と

『春曙抄』は何らかの共通する本文に拠っているかのように見える。この箇所の三巻本では、

はつかしきものおとこの心のうちいさときよひのそうみそかぬす人のさるへきくまにゐて見るらんをたれかはしらんくらきまきれに忍ひて物ひきとる人もあらんかしとや思ふらん…（以下略）

（一二一段・三五二頁）

となっており、三巻本は慶安刊本と近いように見える。ところが、これは三巻本の一類に依拠しているからである。本稿が右に示した三巻本は、『三巻本枕草子本文集成』によるもので、その底本は三巻本一類、いわゆる陽明文庫本だからこのようになっているだけだ。堺本で校訂された三巻本二類となると、様相は一変する。参考のために堺本の本文をあげると、

はづかしきもの。いろこのむ《を》おとこの心のうち。いざときよゐのそう。みそかぬす人の、さるべきもののくまぐまにゐて見るらんをば、たれかはしる。くらきまぎれに、ふところにものなどひきいるる人も、おなじ心にをかしとやおもふらん。…（以下略）

（『堺本枕草子評釈』有朋堂　一九九〇年　一二三頁）

とあり、『枕草子抄』や『春曙抄』に近い。この箇所に限れば、三巻本二類は堺本とほぼ同文で、三巻本二類＝堺本と考えてよい。『枕草子抄』と『春曙抄』の「まぎれにふところに」以下（二重□で囲った箇所）の特徴的な本文が、堺本に確認でき、さらに三巻本二類に確認できることから、おそらく『枕草子抄』『春曙抄』は三巻本二類か堺本に依拠したらしいことがわかる。もし共同的原拠本説を認めるとするなら、この箇所の共同的原拠本は三巻本二類か堺本を底本としたことになりそうである。

ところが、『枕草子抄』と『春曙抄』の冒頭部分を細かく見ていくと、そう単純にはいかないことがわかる。おのおの注釈書は、それぞれ自分に都合の良いところを、都合の良い本文で合成しているのである。『枕草子抄』

の冒頭では、「色このむ」、「さるべきものゝ」、「くま〴〵」と、三巻本二類や堺本に共通しており、それに対して『春曙抄』は三巻本二類や堺本ではなく慶安刊本に共通しているのである。またさらに細かく見ていくと『枕草子抄』は冒頭部「色このむ男の心の内」までは三巻本二類や堺本によっているが、「いさぎよき」（波線部）は慶安刊本と共通するのである。これと同じ箇所の『春曙抄』をみると、「おとこのこゝろのうち」までは慶安刊本と共通するが、「いざとき《イニいさきよき》」（波線部）は三巻本二類や堺本と共通しており、異本として「いさきよき」と慶安刊本を傍記している。ただし『春曙抄』は、異文としたはずの慶安刊本を途中まで基準とするらしく、「いかに見るらんをたれかはしらん。」の傍線部は慶安刊本と一致するのである。こうして見ていくと、『枕草子抄』は冒頭から末尾まで三巻本二類か堺本を基準としつつ、部分的に慶安刊本を摂取して合成し、『春曙抄』は冒頭部分は慶安刊本に依拠しつつも、部分的に三巻本二類か堺本を摂取して合成した本文を作っていることになる。

　この両注釈書の本文の合成の差異は、両注釈書の解釈の違いに起因している。『枕草子抄』では「色このむ男の心の内いさぎよき」をひとまとまりにし、「夜ゐの僧」とは別としている。それ故に「いさぎよき」という本文が選びとられたのである。それに対して『春曙抄』では「おとこのこゝろのうち」までをひとまとまりにして、それとは別のものとして「いざときよゐの僧…」とひとつながりとしてとらえた。その場合「いさぎよきよゐの僧」（清らかな夜居の僧）よりは「いざときよゐの僧」（目ざとい夜居の僧）の方が意味が通るために、その本文を選びとったのである。もちろん、「いさぎよき」の本文があることは看過できないために、『春曙抄』は異本として傍記しておいたのだろう。注釈を見ていくと、『枕草子抄』は「はづかしきもの」を二節に分割し、「はづかしきもの。／色このむ男の」から「とやおもふらむ。」（本稿でとりあげた箇所）を一節とし、「此一節には略せる詞也。次第二節には具なる詞也。是則初に其事をあげて、後にその心を詳に述る義也。」（四二五頁）との注を付けている。いわば一節の「色このむ男の心の内いさぎよき」や「夜ゐの僧」などはインデックスのようなもので、第二節以下に、それら「色このむ男の心の内いさぎよき」や「夜ゐの僧」の具体相を示すということになる。それに対して『春曙抄』は「おとこのこころのうち」の頭注に「女はをろかにて。色好む男のすかし安く思はんが恥しき心也。猶あとに委」と、そして「いざときよゐの僧」頭注では「夜をもねぬ心也」としている。「いさぎよき」「いさとき」を、「夜居の僧」にかけるのか、かけないのか、によって、本文が変わっているのである。両注釈書は自分の解釈に都合の良い本文をセレクトしていることになる。都合の悪い本文は異文として処理されるわけだ。

こうした、『枕草子抄』と『春曙抄』の本文の微妙な食い違いを見ていると、もし共同的原拠本があったとしても、両注釈書はさほど忠実にそれに拠っておらず、それぞれの解釈に都合の良い本文を用いていると考えた方が、注釈での本文の扱い方を精確に言い表わせるように思われる。ことさら共同的原拠本を持ち出して説明するよりも、おのおのの解釈によって本文は選択されていると考えた方がよい。両注釈書にとって、本文と解釈は相補的性格なのだ。本文があって注釈があり、注釈があるから本文があるという性格のもので、どちらか一方によって規制されるというものではなかったのである。いずれにせよ、両注釈書の本文の差異は、その解釈によっておのおの解釈に都合の良い本文を抽出した結果であると考えてよく、ことさらに共同的原拠本を想定せずとも、文献的に説明がつくケースが多い。

このように、『枕草子抄』や『春曙抄』が、それぞれの注釈に都合良いように、独自に本文を改変するケースもある。したがって、共同的原拠本を想定するとしても、それは部分的なもので、全部にわたったものではないことがわかる。といっても、たとえ部分的であるにせよ、鈴木知太郎が指摘したような、不意に慶安刊本的な本文だったものが、三巻本に切りかわる、あるいは三巻本だったものが慶安刊本に切りかわる、その切りかわるタイミングが『枕草子抄』と『春曙抄』が同時であるようなケース、すなわち共同的原拠本説の論拠とする現象、あたかも加藤磐斎と北村季吟が申し合わせたかのような現象は、どのように考えるべきなのだろうか。

四　『清少納言枕草子抄』と『枕草子春曙抄』の段階的生成

共同的原拠本の考えの根拠となった、加藤磐斎と北村季吟の示し合わせたかのような本文の一致は、ことさら共同的原拠本という仮説を立てるまでもなく、説明がつくように思う。二人はまさに「示し合わせた」のではないか。

北村季吟と加藤磐斎には、共通点がいくつもある。北村季吟は寛永元年（一六二四年）生まれ、加藤磐斎は寛永二年（一六二五年）生まれ。年齢は極めて近い。なおかつ二人はともに松永貞徳門下であった。加藤磐斎が貞徳の弟子となったのは一五歳の寛永一六年（一六三九年）、それに遅れて北村季吟が正保二年（一六四五年）に二二歳で弟子入りしている。その直後から二人は親しくなったはずで、正保四年（一六四七年）に共に参加する句会の記録があり、このあたりから親密の度は濃くなったようである。[*12] また、師匠の松永貞徳から依頼された、源氏物語の注釈書『万水一露』の書写にも、加藤磐斎と北村季吟は協力していたようだ。[*13] 二人は同時期に松永貞徳門下として研鑽を積んでいたのであった。

そんな二人であるなら、こういう考え方ができるだろう。記録には残っていないが、松永貞徳門下で枕草子に興味のある複数の人間により小規模な研究会のようなものがおこなわれ、加藤磐斎と北村季吟は参加していた。その研究会では、当時流通していた慶安刊本を礎として、おのおのが入手した写本や古活字本などを持ち寄り、校合作業を行っていた。そのさいに共有化された校合本文が、鈴木知太郎が想定したところの「共同的原拠本」である。

といってもそれは慶安刊本への書き込みや付箋を付した程度の資料を想定しておけばよく、「本」というほど大部のまとまりは成さない、部分的なものであったと想像できる。やがてその研究会は何らかの事情により消滅し、研究会で共有した校合本文の成果を保持したまま、加藤磐斎と北村季吟は各自で枕草子の研究を続け、別々に注釈書をなすことになったのである。したがって、『枕草子抄』や『春曙抄』での、二人がまるで「示し合わせた」かのように本文の校合改訂が一致する現象は、二人が共に枕草子を勉強していた前期の成果であったと考えればよい。もちろん、その成果を尊重しつつ、その後も加藤磐斎と北村季吟は枕草子と向かい合い続け、各自の研究を蓄積していくことになる。おのおのが入手した三巻本や堺本によって本文を改変もしただろう。その後期の研究が反映すると、あたかも二人は別の本に拠っているかのような本文になってしまうのである。したがって段階的な研究の成果が、二つの注釈書には含まれていることになる。そう考えれば、『枕草子抄』と『春曙抄』の二つの本文が不思議なほど一致しつつ、しかし互いに異なる本文が存在することの、論理的な説明がつくだろう。

加藤磐斎と北村季吟は、はたして枕草子の本文を共有することはありえたのであろうか。その可能性を考える前に、『春曙抄』を手がかりに、北村季吟の枕草子の研究環境を押さえておきたい。『春曙抄』の始めに、「只多年此草紙をよみて心に會《クハイ》する事あれば食をも忘れてかきくはへをき侍し」（一三頁）とある。このことから、『春曙抄』は北村季吟による短期間での著述ではなくして、北村季吟の「多年」にわたる成果が反映していることがわかる。それはいつ頃から北村季吟が枕草子の注釈を志していたかについては、既に野村貴次により資料が紹介されている[*14]。それによれば、明暦四年（一六五八年）の書簡で、「其外此頃思立作かけ申し候は、清少納言の枕草紙の抄にて御坐候」[*15]とある。明暦年間には北村季吟は枕草子の注釈書を作ろうとしていたらしい。『春曙抄』の「多年」はこうした時期をも含んでいると考えられる。

では加藤磐斎と北村季吟は、枕草子をめぐる交流があったのだろうか。藤関吉徳「加藤磐斎伝記考証」によれば、句会などで北村季吟と加藤磐斎は親しく交流していたようで、また正保四年（一六四七年）に加藤磐斎が催した徒然草の輪読会に北村季吟も参加するなどの記録は確認できるが、枕草子をめぐる二人の交流は記録されていない。[*16]

ただ、その中で無窮会所蔵の堺本枕草子の奥書は注目できる。北村季吟と加藤磐斎の奥書を持つ堺本が報告されているのだ。それによると、無窮会所蔵の堺本枕草子の奥書は四種類ある。七五丁裏、堺本の宸翰本の巻末にあたるところに、寛文八年（一六六八年）二月九日の北村季吟の奥書（奥書A）があり、一一四丁裏から、堺本Ⅰ類本特有の元亀元年（一五七〇年）一一月の宮内卿清原枝賢の奥書（奥書B）、それに続いて、佐野満雅が持ってきた本を、承応四年（一六五五年）に書写したという奥書（奥書C）、さらに信秀という人物に、磐斎が寛文元年（一六六一年）八月二〇日にこの本を贈った、という奥書（奥書D）である。元亀元年の宮内卿清原枝賢の奥書（奥書B）は堺本Ⅰ類に共通して見られるもので、ここでは問題としない。問題となる、北村季吟の奥書（奥書A）、および加藤磐斎による奥書（奥書C、奥書D）を提示すると、

【奥書A】

此枕草紙始承應之頃借尾州人之一本使傭書寫焉間嘗　後光嚴院宸翰之本需林氏白水而重考之以補其闕畧矣合校今世刊行之本其條目之次序文意等有小同大異者也記其來由遺孫謀尓云

寛文八年二月九日　　　　　　　　　　　季　吟

【奥書C】

此本者佐野満雅持來してけるを見るに世に流布の本とはかはりて少異なるゆへに寫もて行に書寫のあやまりと見えてあやしき所畧あり然とも筆そめて次第として功終畢

承応四年八月晦日

信秀書生わかのみちにこゝろさしふかくありける故に大原にこりてありし時かき侍るをみいてゝおくりぬるなりまくら草帋異本あまたありこれは幽齋法印のもてあそひ給ふ本の寫なり

磐　齋［花押］

【奥書D】

寛文元年八月廿日

となっている。[*17]年代順では、承応四年（一六五五年）の奥書C、次に寛文元年（一六六一年）の奥書D、そして寛文八年（一六六八年）の奥書Aという順番になる。奥書Dは、奥書Cのものより二字分下げて、やや小書きとなっており、奥書Cから奥書Dは一続きのものと判断できる。奥書Cでは、この本は佐野満雅が持ってきたもので、流布本と異同がある旨が書かれている。奥書Dには、加藤磐斎が大原に住んでいた時期に写した本[*18]（佐野満雅の持ってきた本を転写したものか）を、信秀という歌道に励む書生に授けたと記されている。ちなみに、磐斎の写した本は細川幽斎の本の転写だという。

この盤斎の奥書C・Dを有する本は無窮会本のほかに二本確認できる。桃園文庫旧蔵の山井本と龍門文庫蔵の龍門本である。山井本では、加藤磐斎の奥書（奥書C・D）に加え、

此清少納言枕草子ハ幽斎公眞跡を磐斎みつからうつせしをわか友ゝ光といひし人もたれしをかりもとめ侍りてうつし侍る也時は寛文九とせ卯月三日に事おわりぬ

山井我足軒

という奥書がある。[*19]幽斎真筆本を磐斎が自ら転写し、その本を、「友光」という人物が所持しており、それを山井我足軒が寛文九年（一六六九年）四月三日に写し終えたという。この「友光」は、北村季吟と古典文学をめぐる親交が深い人物である。寛文元年（一六六一年）七月から十二月にかけての北村季吟の日記『季吟日記』では、しばしば

「友光」の家で季吟が『源氏物語』『和漢朗詠集』の講読会や俳諧の興行を行っていることが確認できる。[20] 加藤磐斎のもとに堺本をもたらした「佐野満雅」と同一人物かどうか不明ながら、この『季吟日記』閏八月一日に「佐野なにかしいとかりそめのしつらひしたりいと興あり」との記載がある。[21] 北村季吟とその関係者が、加藤磐斎のもとにもたらされた堺本を書写する関係にあったことは間違いがない。また龍門本では、板垣宗憺（生没：一六三八〜一六九八年）と田村健顕（生没：一六五六〜一七〇八年）の奥書が付されている。

以上、無窮会本、山井本、龍門本と、加藤磐斎の奥書を持つ本は、細川幽斎系統の本文として三本が伝えられていたことになる。

奥書Cの佐野満雅なる人物が堺本を持参した時期は不明だが、加藤磐斎と北村季吟の共通の師である松永貞徳の死後ほどなくして、その所持本が佐野満雅を介して加藤磐斎のもとに伝わったのかもしれない。松永貞徳は承応二年（一六五三年）一一月に亡くなっており、奥書Cの承応四年（一六五五年）とさほど年月の開きはない。加藤磐斎のもとにもたらされた松永貞徳所持本は、松永貞徳の師である細川幽斎から伝えられた幽斎真筆本で、それゆえに奥書Dで、加藤磐斎は「これは幽齋法師のもてあそひ給ふ本の寫なり」との伝来を記したものと考えられる。松永貞徳は、門下の枕草子を研究する書生たちへ、自分の師たる細川幽斎の堺本枕草子を遺したかたちになる。すくなくとも、承応四年（一六五五年）を始発として寛文元年（一六六一年）、さらにそれ以後も、加藤磐斎を中心としたその周辺では幽斎筆本と伝える堺本枕草子を書写する動きがあったことは間違いがない。そうでなければ、磐斎の奥書を持つ本が三本も伝わってることの説明がつかない。その動きに北村季吟も加わっていたわけで、それが無窮会本の奥書Aにつながっていくということになろう。後に検討するが、北村季吟は承応二年（一六五三年）の春に三巻本を入手しており、先に述べたように明暦四年（一六五八年）には枕草子の注釈書を作りかけたこともあった。承応年間を始発とした時期は北村季吟と加藤磐斎の周囲では枕草子をめぐる研究が盛んになっていた時期であった。あるいは二人が共通して本文を校合した枕草子の研究会がおこなわれた時期は、このあたりを想定してもいいかもしれない。加藤磐斎と北村季吟の枕草子をめぐる活動をまとめると、［図2］のようになる。

ではこの加藤磐斎の奥書を持つ、無窮会本、山井本、龍門本は、当然その本文はある程度共通するものでなければならないだろう。この三本は、その奥書に元亀元年一一月の宮内卿清原枝賢の奥書（奥書B）があることから、林和比古の分類によれば、堺本I類本ということになる。

林和比古は堺本枕草子を大きく三分類している。I類は、多くが宮内卿清原枝賢の奥書を持つことから宮内卿本との呼称もある。I類本と性格が著しく異なるものとして、III類がある。III類は後半部分（「七月つごもりがたに」以下の部分）を欠き、後光厳院の宸翰との奥書があるものが多いことから、宸翰本とも呼ばれる。この宸翰本（III類）は群書類従にも採られている。I類本（宮内卿本）系統とIII類本（宸翰本）系統は古くから分岐対立しており、それぞれ特徴があるのだが、しかし本文の長い伝来の中で、互いに校合しあって本文が受け継がれていた事実もあり、どちらの系統か判然としないもの（あるいは混融具合が甚だしく分類が困難な本文）はII類本として分類されている。

この林和比古の分類では、山井本、龍門本はともにI類本である。ところが、無窮会本はII類に分類されている。北村季吟奥書の無窮会本は、I類本（宮内卿本）的な要素は確かに持つものの、III類本（宸翰本）に近いことになる。無窮会本の本文の性格については、すでに山中悠希の研究があり、無窮会本が江戸時代の書肆出雲寺家の二代目（初代との説もある）の林時元の所持本と何らかの関係があることが示唆されている。[*22] この本文系統の食い違いは、無窮会本特有の北村季吟による奥書Aを解読すればその手がかりがあるように思われる。

［図2］松永貞徳・加藤磐斎・北村季吟　枕草子関連年表

松永貞徳

元亀二年（一五七一年）誕生

承応二年（一六五三年）死亡

加藤磐斎

寛永二年（一六二五年）誕生

寛永一六年（一六三九年）
貞徳の弟子となる

正保四年（一六四七年）
北村季吟らと親しく交際

承応四年（一六五五年）八月
佐野満雅が堺本を持来（奥書C）

寛文元年（一六六一年）八月
堺本を信秀に授ける（奥書D）

延宝二年（一六七四年）五月
『清少納言枕草子抄』出版

延宝二年（一六七四年）八月死亡

北村季吟

寛永元年（一六二四年）誕生

正保二年（一六四五年）
貞徳の弟子となる

承応二年（一六五三年）春
枕草子の三巻本を入手

明暦四年（一六五八年）
枕草子の注釈を作りかける

寛文八年（一六六八年）二月
堺本上巻に奥書を記す（奥書A）

延宝二年（一六七四年）
『枕草子春曙抄』出版

宝永二年（一七〇五年）死亡

先に示した北村季吟の奥書Aを私により訓読すると、

此の枕草紙は始め承応の頃、尾州人の一本を借り、傭書をして焉《こ》れを写さしむる間、嘗《こころ》みに後光嚴院宸翰の本を林氏白水より需《もと》めて重考し、之《これ》を以て其の欠略を補ふ。今世の刊行の本、其の条目の次序・文意等を合校するに、小同大異有る者なり。其の来由を記し孫謀に遺すと云爾《しかいふ》

寛文八年二月九日　　季吟

となる。これによれば、「承応の頃に、尾張の人間から一本を借り、傭書（やとわれて書物を写す人）に、枕草子を写させている間」とあり、一見するところ、加藤磐斎の奥書を持つ堺本を、承応の頃に尾張の人間から借り、写させているようにも解釈できる。ただ、そうすると加藤磐斎の奥書の年数より溯って、北村季吟は加藤磐斎の本を入手していたことになり、末尾の奥書（奥書C・D）との整合性がつかない。したがって、尾張の人間から借りた一本は堺本ではないと考えるべきである。「此枕草紙始承応之頃借尾州人之一本使傭書写焉間」との記述は、北村季吟自身の枕草子本文の蒐集の来歴を述べているだけで、この堺本自身とは関係ない記述であろう。というのも、この記述は『春曙抄』にある北村季吟が三巻本を入手した経緯「承応二年の春尾張より一本を得たり上下二冊其本。紙ふるく。手跡中古の筆躰なりき」（一〇頁）と対応するからだ。承応二年（一六五三年）春に北村季吟は三巻本を入手し、『春曙抄』を成すさいの重要な資料としていた。したがって、「承応之頃」は『春曙抄』の示す「承応二年」であり、「借尾州人之一本使傭書写焉」における「焉《こ》れ」は、かつて自身が入手した枕草子の三巻本のことで、『春曙抄』「尾張より一本を得たり」の三巻本を指すものである。堺本である無窮会本とは無関係と考えるべきなのだ。無窮会本に関しての記述は、その後の「嘗　後光嚴院宸翰之本需林氏白水」以下の文言によって明らかにされている。北村季吟は、書肆の林時元から後光厳院宸翰本を入手し、その宸翰本を以て、宮内卿本の系統たる加藤磐斎奥

書の堺本を校合したのだ。無窮会本を山中悠希が「Ⅲ類の本文と一致している箇所がしばしば見られる」と分析しているが、その箇所は季吟が宸翰本（Ⅲ類本）により訂した結果であり、そのために無窮会本は宸翰本の要素、すなわちⅢ類と一致する箇所を持つにいたったのである。北村季吟の奥書Aが、宸翰本巻末にあたる箇所に書かれていることも、宸翰本（Ⅲ類本）によって無窮会本が校合改訂されたことの証左となろう。加藤磐斎奥書本は宮内卿本（Ⅰ類）であり、それが幾人かの手を経て伝わったものが山井本、龍門本である。北村季吟は山井本と龍門本とさほど隔たらない宮内卿本系統の加藤磐斎奥書本を所持していたが、書肆の林時元から宸翰本系統の一本を入手し、その宸翰本系統の一本で加藤磐斎奥書本を校合校訂し、それが無窮会本の源流になったと考えられる。加藤磐斎奥書本の諸本の伝流を想定すると［図3］のようになる。もちろん、「信秀」から「友光」、「板垣宗憺」などの間には幾本かを想定できなくもないだろうが、奥書の伝流を単純に図式化すればこのようになる。

以下、無窮会本の成立についてまとめておきたい。加藤磐斎を中心とした枕草子の研究会で、松永貞徳所持の幽斎筆本が佐野満雅によりもたらされる。加藤磐斎はその本を書写し、信秀に与えた。あるいは信秀は研究会の世話役で、研究会のメンバーに本を回覧、必要な者には書写を許可したのだろう。友光なる人物も、研究会に参加していたメンバーで、研究会には北村季吟も加わっていた。そこで、北村季吟は友光とともに加藤磐斎の奥書を有する本を書写したのである。やがてその研究会は消滅し、加藤磐斎の奥書を持つ本は所々へ散っていくことになる。友光の本は山井我足軒のもと（山井本）に、またいかなる経緯かは不明ながら、ある一本は板垣宗憺のもとで、福住道祐（生没：一六一八〜一六八九年）の所持本、飛鳥井雅章（生没：一六一一〜一六七九年）の自筆本、および所蔵本の三本の校合本と校合され、それが田村健顕のもとに伝わる（龍門本）のである。*23 さて、そのうち問題となるのは、北村季吟の所持本であるわけだが、研究会が解散した後、加藤磐斎と北村季吟は各自で枕草子の研究を重ねていくことになった。その研究の中で、北村季吟は、加藤磐斎から写した本（宮内卿本系統）が、林時元から入手した宸翰本系統の本と異同があることに気付き、校合改訂していくことになる。林時元から入手した宸翰本系統の一本は、宮内卿本系統たる加藤磐斎奥書本の途中までしかない本（宸翰本系統（堺本III類）は後半部分を欠くのが特徴）だったため、その宸翰本系統の一本が終わったところに、北村季吟は自身の奥書（奥書A）を記したのである。後半部分には加藤磐斎の奥書（奥書C・D）が残ることになる。その北村季吟の所持本が何人《なんぴと》かによって写され、一筆の本として伝わったものが無窮会本である。したがって、無窮会本は堺本III類（宸翰本系統）と堺本I類（宮内卿本系統）を併せ持った性格を持つ、いわゆる堺本II類の本文となった。また北村季吟と加藤磐

［図3］加藤磐斎奥書本の伝流想定図

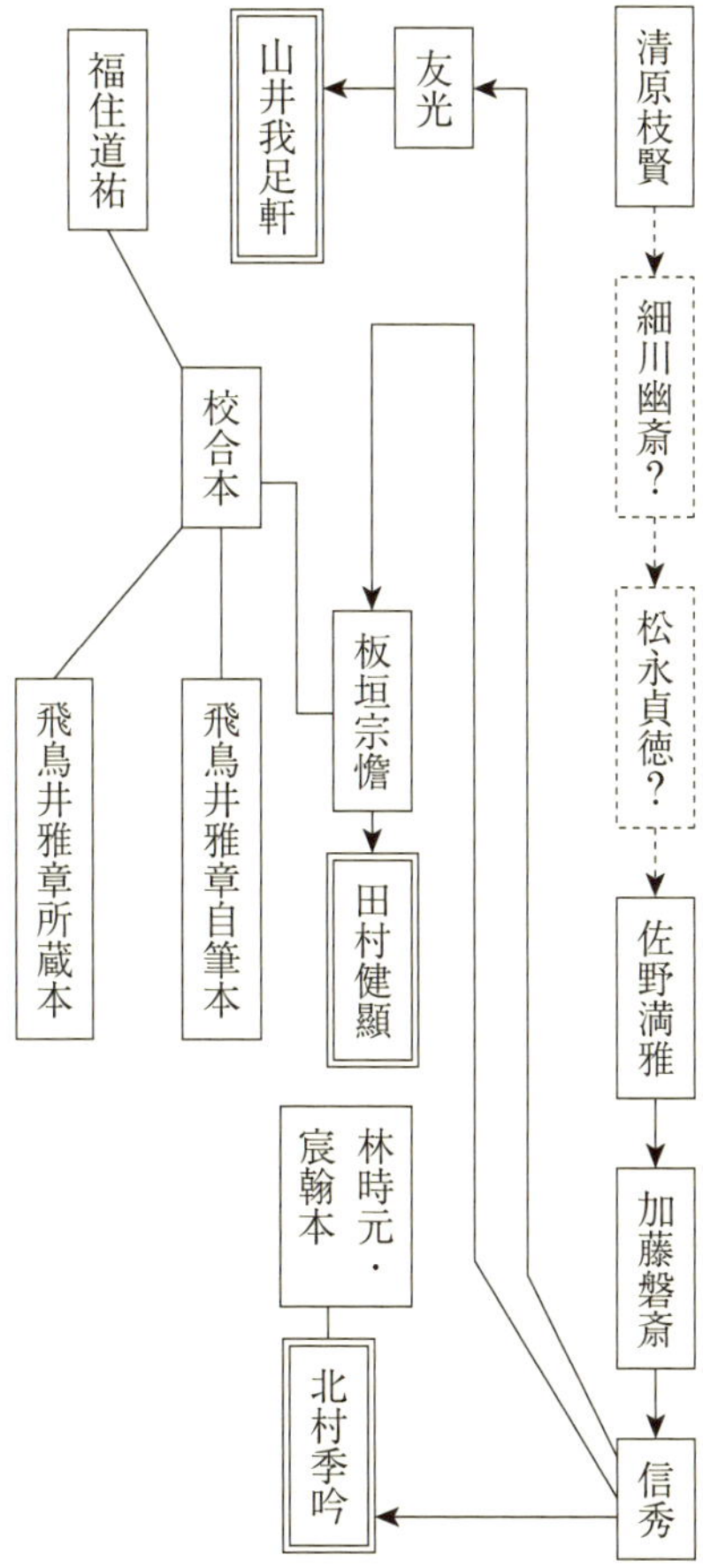

※点線部は奥書に明示されず、伝来がはっきりしないところ。

斎の奥書を併せ持つ本となったのだ。林和比古は無窮会本の書写態度を「単に親本の本文を素直に採上げず、批判的反省的に検討の手を加へてゐることが本文を一見してよくわかる。それには盤斎・季吟といふ様な研究家が与つて作用してゐると思はれる」[*24]と評しているが、それは以上のような事情によるものと考えらえるのである。

いずれにしても、加藤磐斎と北村季吟は枕草子の本文を共有し、共に本文の情報をやりとりしていた時期があったことは間違いがない。だからこそ北村季吟と加藤磐斎の奥書を持つ無窮会本が生まれたのである。また加藤磐斎の『枕草子抄』と北村季吟の『春曙抄』という注釈書の本文が、あたかも口裏を合わせたかのような一致を見せるのも、二人が枕草子本文を共同で校合していた時期があり、その成果が反映しているものと考えられる。もちろん、その時期からはずれ、加藤磐斎と北村季吟が独自に研究した時期のものも、それぞれの注釈書には取り込まれているはずで、それが両注釈書の本文が食い違う一因となったのである。それぞれの注釈書は、加藤磐斎と北村季吟の枕草子の長い期間の研究成果を抱え持ったものとしてあるのだ。

おわりに

『枕草子抄』『春曙抄』ともに延宝二年（一六七四年）に出版された。刊行の期間が極めて近接している。したがって、どちらかがどちらかの本文を参照して注釈を成したとは考えづらい。にもかかわらず、両注釈書はしばしば同一箇所に一致して三巻本を採用する現象がみられた。両注釈書とも、広く流布していた能因本系統の慶安刊本を底本にしているようにみえるのだが、同じ箇所を、同じタイミングで、三巻本などの本文で校訂しているのである。ことから、慶安刊本をもとにして、三巻本を合成した共同的原拠本があって、二人の注釈者はそれに拠っているのではないか、という、いわゆる共同的原拠本を想定する考え方などが提示されてきた。

共同的原拠本を想定するとして、それでは『枕草子抄』と『春曙抄』の本文が食い違う場合はどう考えるべきなのだろうか。本稿では、『枕草子抄』と『春曙抄』の両注釈書の本文の異同を検討し、どちらかが共同的原拠本に忠実であるというよりは、それぞれの注釈書は、それぞれの解釈のなかで本文を選びとっていることを確認した。『枕草子抄』と『春曙抄』のどちらが共同的原拠本に忠実なのか、といくら考えてみたところで、そもそも共同的原拠本なるものが文献として実在しないのであるから、「幻の共同的原拠本」を夢想しても、その議論は不毛に終わるだろう。むしろ両注釈書における本文の差異は、それぞれの注釈書の解釈の違いから生まれているのだ。両注釈書はおのおのの解釈に適合する本文を選びとっていたのである。

では、共同的原拠本の考え方の源泉となった現象、すなわち『枕草子抄』と『春曙抄』が同じように三巻本に本文を切り替える現象は、どのように説明できるのだろうか。これは、加藤磐斎と北村季吟の二人が、ともに枕草子の本文を校合していた時期があり、その成果が反映すると、あたかも二つの注釈書は共同的原拠本に依拠したかのような現象になるのである。加藤磐斎と北村季吟による共同の本文校合をうかがわせる資料が、堺本の無窮会本の奥書である。加藤磐斎の本が、北村季吟のもとに伝わっていたことは、加藤磐斎と北村季吟が枕草子の本文を共有していた時期があったことを示唆している。

加藤磐斎と北村季吟の共同の校合作業は、枕草子の部分的な校合を終えた時点で解散し、枕草子の全章段には及ばなかった。校合が及ばなかった章段は、北村季吟と加藤磐斎の各自の研鑽に委ねられていくことになる。『枕草子抄』と『春曙抄』の本文が食い違う箇所は、共同の校合作業の時期が終わった後、各自で校合した結果の反映なのだ。したがって、『枕草子抄』と『春曙抄』の本文は、同じように三巻本を採り入れている共通した本文もあれば、食い違う本文も混在していることになる。『枕草子抄』と『春曙抄』は一朝一夕に成された注釈書ではなく、枕草子と向き合った加藤磐斎と北村季吟の長期的な研鑽の成果が反映されているのであった。

注

＊1　本稿での『枕草子抄』は、『清少納言枕草子抄』（枕草子古註釈大成　日本図書センター　一九七八年）により、段数・頁数を付した。しかし、翻刻の誤りなども散見されるため、引用にさいして、Ｗｅｂで公開されている九州大学図書館音無文庫蔵本（http://mars.lib.kyushu-u.ac.jp/infolib/meta_pub/G0000002rare2）により校合した。

＊2　安貞二年（一二二八年）三月の耄及愚翁（藤原定家）による奥書と文明乙未（一四七五年）の藤原教秀による奥書をあわせたもの。

＊3　『春曙抄』の本文は、『枕草子春曙抄』（上下　北村季吟古注釈集成　新典社　一九七六年）により、上下、頁数を付す。

＊4　『平安時代文学論叢』（笠間書院　一九六八年）。

＊5　前掲注4　四九四頁。

＊6　鈴木知太郎の指摘した箇所が追試できるよう、『校本枕冊子』（上下巻・総索引第II部　古典文庫　一九五三年・一九五六年・一九七四年）を基準にその所在を示す。鈴木知太郎の指摘箇所の下に、『校本枕冊子』の段数（総索引第II部所収の三巻本系統諸本逸文の場合は「逸」）、上下（三巻本系統諸本逸文の場合は「索」）、頁数を示した。その下に、順次『枕草子抄』、『春曙抄』、慶安刊本の該当箇所を付す。慶安刊本はＷｅｂで公開されている九州大学附属図書館支子文庫蔵本（http://mars.lib.kyushu-u.ac.jp/infolib/meta_pub/G0000002rare2）により、巻数・丁数表裏を付した。なお、慶安刊本に「なし」とある場合は、該当する本文がそもそも慶安刊本に存在しないということである。

(1)「小一条院をは今内裏といふ」(二四一段・下-六四八〜六五一頁)…『枕草子抄』(一七段・一三〇〜一三二頁)、『春曙抄』(上-八五〜八七頁)、慶安刊本(なし)。
(2)「川は」(二二二段・下-六二三〜六二四頁)…『枕草子抄』(三〇段・二二一頁)、『春曙抄』(上-一六九〜一七〇頁)、慶安刊本(六-一二丁ウ〜一三丁オ)。
(3)「職の御曹司」(七八〜八〇段・上-二〇二〜二〇九頁)…『枕草子抄』(三九段・二四一〜二四九頁)、『春曙抄』(上-一九〇〜一九六頁)、慶安刊本(二-一二五丁ウ)。
(4)「成信中将こそ人の声は」(逸一七段・索-一六〜一七頁)…『枕草子抄』(一一三段・六四一〜六四二頁)、『春曙抄』(下-一六八頁)、慶安刊本(なし)。
(5)「世の中に猶いと心うき物は」より「人のかほにとりわきて」までの一聯の五項目…
「世の中に猶いと心うき物は」…『枕草子抄』(一三二段・六七四頁)、『春曙抄』(下-二〇二〜二〇三頁)、慶安刊本(なし)。

「男こそ猶いとありがたく」(逸一三段・索-一三〜一四頁)…『枕草子抄』(一三二段・六七六頁)、『春曙抄』(下-二〇三〜二〇五頁)、慶安刊本(なし)。

「萬の事よりも」(逸一四段・索-一四〜一五頁)…『枕草子抄』(一三二段・六七六頁)、『春曙抄』(下-二〇五〜二〇六頁)、慶安刊本(なし)。

「人のうちいふを腹たつ人こそ」(逸一五段・索-一五〜一六頁)…『枕草子抄』(一三二段・六七七頁)、『春曙抄』(下-二〇六〜二〇七頁)、慶安刊本(なし)。

「人のかほにとりわきて」(三一二段・下-八〇三頁)…『枕草子抄』(一三二段・六七七頁)、『春曙抄』(下-二〇七頁)、慶安刊本(なし)。
(6)「かさみは」(逸二五段・索-二〇頁)…『枕草子抄』(一五二段・七七七頁)、『春曙抄』(下-三〇五頁)、慶安刊本(なし)。

＊7　本稿での三巻本の引用は、『三巻本枕草子本文集成』（笠間書院　一九九九年）により、段数・頁数を付す。

＊8　該当する主要箇所を、『校本枕冊子』を基準にその所在を示す。『校本枕冊子』の章段名、段数、上下、頁数を示し、順次『枕草子抄』の段数、頁数、『春曙抄』の上下、頁数、慶安刊本の巻数、丁数表裏を付す。

「鳥は」（四八段・上-一四三～一四八頁）…『枕草子抄』（二五段・一八八～一九〇頁）、『春曙抄』（上-一三八～一四四頁）、慶安刊本（二-七丁オ～八丁ウ）。

「四季の御さうしのたてしとみのもとにて」（五七段・上-一六五～一六六頁）…『枕草子抄』（三八段・二〇四～二〇五頁）、『春曙抄』（上-一五四～一五六頁）、慶安刊本（二-一二丁オ～一三丁オ）。

「四季の御さうしのたてしとみのもとにて」（五七段・上-一六八頁）…『枕草子抄』（三八段・二〇七頁）、『春曙抄』（上-一五八頁）、慶安刊本（二-一四丁オ）。

「さとにまかてたるに」（八八段・上-二三〇頁）…『枕草子抄』（四三段・二七八頁）、『春曙抄』（上-二二一頁）、慶安刊本（二-三六丁オ）。

「淑景舎春宮にまいり給ふほとの事なと」（一〇八段・上-三三三～三三四頁）…『枕草子抄』（五〇段・三八七頁）、『春曙抄』（上-三一九～三二〇頁）、慶安刊本（三-三二丁オ）。

「殿上より」（一〇九段・上-三三五～三三六頁）…『枕草子抄』（五〇段・三八九頁）、『春曙抄』（上-三二一頁）、慶安刊本（三-三二丁オ）。

「いみしく心つきなきものは」（一二五段・下-三八一頁）…『枕草子抄』（五九段・四二〇～四二一頁）、『春曙抄』（上-三四九～三五〇頁）、慶安刊本（四-七丁オ～七丁ウ）。

「わひしけに見ゆるもの」（一二六段・下-三八二頁）…『枕草子抄』（六〇段・四二三頁）、『春曙抄』（上-三五一頁）、慶安刊本（四-七丁ウ）。

「はつかしき物」（一二八段・下-三八七頁）…『枕草子抄』（六二段・四二六頁）、『春曙抄』（上-三五四頁）、慶安刊本（四-九丁オ）。

「ことはなめけなるもの」（二三三段・下‐六四〇頁）…『枕草子抄』（一二五段・六六一頁）、『春曙抄』（下‐一八八頁）、慶安刊本（六‐一七丁ウ）。

「関白殿二月十日のほとに法興院の」（二五六段・下‐七一五頁）…『枕草子抄』（一三三段・七一六頁）、『春曙抄』（下‐二五〇頁）、慶安刊本（六‐四一丁ウ～四二丁オ）。

「成信中将入道兵部卿宮の御子にて」（二七一段・下‐七三九～七四〇頁）…『枕草子抄』（一四五段・七三六頁）、『春曙抄』（下‐二六八頁）、慶安刊本（七‐五丁オ）。

「たゝあしさはさしもあらさりつる空の」（二七三段・下‐七四四～七四六頁）…『枕草子抄』（一四五段・七三七頁）、『春曙抄』（下‐二七一～二七二頁）、慶安刊本（七‐六丁オ）。

「方たかへなとして夜ふかくかへる」（二七七段・下‐七四九～七五〇頁）…『枕草子抄』（一四六段・七四三頁）、『春曙抄』（下‐二七六頁）、慶安刊本（七‐七丁オ）。

「宮つかへする人〳〵のいてあつまりて」（二八三段・下‐七五九頁）…『枕草子抄』（一四六段・七五一頁）、『春曙抄』（下‐二八四頁）、慶安刊本（七‐一〇丁ウ）。

＊9　このことについては既に前掲注6の⑵、⑹に指摘されている。
＊10　この章段の挿入に関しては、鈴木知太郎（前掲注4　四七〇～四七一頁）、沼尻利通「『清少納言枕草子抄』の章段区分方法」（『日本文学』第五九巻第五号　二〇一〇年五月）に触れられている。
＊11　『校本枕冊子』で言えば、「ひんなき所にて人に物をいひけるに」（二九八段・下‐七八一～七八二頁）の末尾にあたる。
＊12　藤関吉徳「加藤磐斎伝記考証」（『国文学』（関西大学）第六三号　一九八六年一〇月）。
＊13　小高敏郎『松永貞徳の研究続篇』（至文堂　一九五六年　二八四頁）。
＊14　「観音寺様と『枕草子春曙抄』」（『季吟本への道のり』北村季吟古注釈集成解説　新典社　一九八三年　六九九～七〇〇頁）。

＊15　「季吟子細書の事」『滑稽太平記』（『俳諧逸話全集』俳諧文庫第二〇編　博文館　一九〇〇年　四九頁）。

＊16　前掲注14　六七〇頁、榎坂浩尚「季吟の古典注釈の成立」（『北村季吟論考』新典社　一九九六年　一六頁）など。

＊17　奥書は『堺本枕草子本文集成』後篇（私家版　一九八八年　一九五〇〜一九五三頁）による。

＊18　加藤磐斎は寛永一六年（一六三九年）から万治二年（一六五九年）まで大原に住んでいた。なお、奥書Dの「大原にこりて」は誤写で、精確には「大原にこもりて」であることが、張培華「『枕草子』における「唐鏡」考―「心ときめきするもの」章段を中心に―」（「総研大文化科学研究」第六号　二〇一〇年三月）に指摘されている。

＊19　前掲注17　一九一五頁。

＊20　『季吟日記』（『俳書叢刊』第二巻　臨川書店　一九八八年復刻版）によれば、七月一七日（五五四頁）、八月一二日・一三日（五五七頁）、一〇月六日（五七七頁）、一〇月二八日（五八二頁）、一一月一九日（五八八頁）、一一月二三日（五八九頁）にそうした記事が確認できる。なお、この季吟の日記については、佐佐木信綱「北村季吟日記」（『国文学の文献学的研究』岩波書店　一九三五年）に詳しい。

＊21　前掲注20　五六二頁。

＊22　「堺本枕草子宸翰本系統の本文と受容―前田家本との本文異同をめぐって―」（「国語と国文学」第八六巻第九号（通巻一〇三〇号）　二〇〇九年九月号）。なお、林時元については、宗政五十緒「出雲寺和泉掾―禁裏・柳営の御書物師―」（『近世京都出版文化の研究』同朋舎出版　一九八二年）での出雲寺家蔵由緒書の検討から、時元は出雲路和泉掾の二代目とされてきたが、近年、藤實久美子「書肆出雲寺家の創業とその活動―閉鎖系の「知」から開放系の「知」への回路―」（『近世書籍文化論―史料論的アプローチ―』吉川弘文館　二〇〇六年）の再検討により、初代と考えるべきであるとされている。

＊23　福住道祐は鈴鹿本奥書にもみえ、林和比古によって『枕草子旁註』を著した岡西惟中の儒医仲間であったと推測されている（前掲注17　一九四二頁）。福住道祐は史家であり蒐書家としても名高かった。福住道祐については市古夏生「福住道祐の生涯」（『近世初期文学と出版文化』若草書房　一九九八年）、市古夏生「『存心軒書籍目録』

（解説と翻刻）」（『お茶の水女子大学人文科学紀要』第五四巻　二〇〇一年三月）などに詳しい。福住道祐の奥書を持つ本文が、堺本II類に見られることは、宸翰本系統と宮内卿本系統の混融本文（いわゆる堺本II類に分類されるような本文）の生成を考える上で示唆的である。また岡西惟中『枕草子旁註』にどのような影響を与えたのかも今後は考察されていくべきだと考えられる。

＊24　前掲注17　一九五五頁。

〔付記〕この研究は、二〇一〇年度科学研究費補助金「平安文学の江戸時代における享受の研究」（研究活動スタート支援　研究課題番号：22820043）の成果の一部である。

【枕草子と教育】

国語教育の中の『枕草子』

小森　潔

一　高校生は古典が嫌いという現状

古典文学はさまざまな時代においてさまざまなかたちに変容し、新しく生まれ変わる。原作とは異なるスタイルに改変され、新たな享受者に向けて原作にはない新たなメッセージが発信されることもある。原作の一部を恣意的に選択して提示するダイジェスト版という意味では、教科書に採録される古典作品も同様に位置づけられよう。

しかし、例えば現代語訳・小説・映画・漫画・翻訳等々のように、享受したい者が自らの意志で享受し自由な受け取り方をする場合とは大きく異なり、教科書では、ある一定の享受の仕方に向かって学習目標が設定され、具体的な学習活動も設定される。そこにはいわば「正しい読み」の方向性が示され、読者（学習者）はそれに沿った解釈を受け入れる必要がある。教えられる枠組みを打ち破るような自由な享受の仕方は容認されないことが多いのである。「学習指導要領」に掲げられた「古典に親しむ」という目標の達成を阻む壁は、まずはそのあたりにあろう。

それにも増して、教科書で古典作品を享受するときに立ちはだかる壁は、何よりも読者（学習者）の古典嫌いという現実である。「平成17年度高等学校教育課程実施状況調査」[*1]の結果は、今の高校生の古典嫌いを明確に示している。ここで、改めて確認しておきたい。

「国語総合」を対象とする質問群の内、「古文は好きだ」という項目に対して、「そう思わない」が五一・二％、「どちらかといえばそう思わない」が二一・五％。否定的な回答は併せて七二・七％である。これは、「英語Ⅰ」の五五・四％、「数学Ⅰ」の五七・四％を大きく上回った数字である。ちなみに、「漢文は好きだ」という項目に対する否定的回答は七一・二％であり、古文嫌いの方が若干ながら上回っている。「国語の勉強が好きだ」に対しては、「そう思わない」が二三・七％、「どちらかといえばそう思わない」が二三・九％。否定的な回答が併せて四七・六％であったことからすると、人によって捉え方はさまざまであろうが、古典教育は危機的状況にあると言ってよいと私には思われる。

同調査の「教科・科目別分析と問題点（国語・国語総合）」には、次のような指摘がある。

生徒の多くが「普段の生活や社会生活の中で役に立つ」と思っていない古典の学習について、どのように学習の意義を感じさせ、学習の意欲を喚起するか、指導の改善が求められるところである。

また、指導上の具体的な改善点として、「古典の現代的な価値を理解させ、古典に親しむ態度と能力を育成し、日本人としてのものの見方、感じ方、考え方を広げ、深めさせる授業を実践する」ことが重要という前提のもとに、次のような指摘もなされている。

古典を味わうためには、古典を理解するための基礎的・基本的な知識・技能を身に付けていなければならないことは言うまでもない。しかし、従来その指導を重視し過ぎるあまり、多くの古典嫌いを生んできたことも否めない。そこで、指導においては、古典の原文のみを取り上げるのではなく教材等にも工夫を凝らしながら、古人のものの見方、感じ方、考え方に触れ、それを広げたり深めたりする授業を実践し、まず、古典に対する関心・意欲を高めることを重視したい。そして、そのような指導を通して、古典を理解するための基礎的・基本的な知識・技能を身に付けさせていくことが望まれる。

古典は嫌いという高校生が七割を越える現実の前で、「古典に対する関心・意欲を高める」にはどうすればよいのか。

誤解を恐れずに言えば、そもそも国語教育を考えるにあたって古典教育はあまり問題にされていないのではないか。もちろん、古典嫌いが七割を越えるという調査結果に対しては、国語教育の専門家からさまざまな提言がなされているが、[*2]一般的には近現代の文章に比して、古典を教育する意義が論議される場面が少ないという印象は否めない。

二〇〇二年八月、「漱石・鷗外が教科書から消えた」という話題がマスコミで喧伝された。この報道が事実に反する誤解であることに関しては既に石原千秋氏が指摘しているが、[*3]教科書から明治の文豪の作品が消滅するという状況は憂慮すべき事態として新聞報道以外でも問題化されていた。

例えば、『文學界』二〇〇二年五月号は、「漱石・鷗外の消えた「国語」教科書」という特集を組み、作家・評論家・大学教員などを対象とした「現行の「国語」教科書をどう思うか?」というアンケート結果を掲載している。アンケートの実施に際して、『文學界』編集部は、二〇〇二年時点での中学校の国語教科書に掲載されている作品の一覧表を参考として同封したとあるが、その表からは古文・漢文の教材は除かれている。従って、回答（四十九名）にも古文・漢文の必要性に言及したものは極めて少ない。特集には、さらに、「[全調査]高校「国語」教科書掲載作品一覧（「国語Ⅰ」「国語Ⅱ」「現代文」）」も掲載されているのだが、ここでも「国語Ⅰ・Ⅱ」の古文・漢文教材は除かれている。『文學界』という雑誌の性格上、また消えたのが漱石・鷗外だから、教科書にふさわしいか否かとして論議されるのが近現代の文章になるのは必然ではあろうが、おそらく教科書に採録されている古典作品は著名なものなのだから今さら議論する余地はないという発想もあったのではないだろうか。

かりに『源氏物語』が国語教科書から消えたら、それなりの騒ぎになるかもしれないが、実際にはそうはならないという安心感が古典教育の根底にはある。「学習指導要領」が古典教育の存在を保証してくれる限り、国語教科書に掲載される「定番」の古典作品は消えないのである。『源氏物語』の代わりに『うつほ物語』や『狭衣物語』を採録することはあり得ないと皆わかっている。国語教育も著名な古典作品のカノン化を推進する強固な装置となっているわけだ。かくして、『枕草子』も教科書からは排除されない。

本稿では、このような状況に対して、国語教育における『枕草子』の現状を明らかにしつつ、ささやかな提言を試みたい。『枕草子』の研究者や国語科の教員の方々には言わずもがなの説明や引用もあるが、教材『枕草子』の置かれた状況を概観していきたいということで了解されたい。

二　「春はあけぼの」との出会いという不幸

『枕草子』と言えば、誰もが「春はあけぼの」を思い出す。中学・高校の国語教科書で一度はお目にかかっているからだ。その浸透力は、ある意味で国語教育の成果とも言える。そうした「春はあけぼの」について、藤本宗利氏は次のように述べる。

「春はあけぼの」について、高校の教材としての新たな方向性を探ろうとして、まず現状を把握すべく、周囲の高校教師たちに問いかけてみた。彼らの反応はおおむね消極的・否定的であり、冷淡にさえ感じられた。曰く扱いにくい教材、あるいは曰く参考程度に軽く流す、と。あれは中学の教材だと切り捨てる回答さえあった。国語教育の現場で、「春はあけぼの」が血を流している。『枕草子』離れの現状に、改めて認識を迫られる思いだった。[*4]

「「春はあけぼの」は飽和している。むしろ倦んでいるとさえ言える」と慨嘆する藤本氏は、中学の教科書も高校の教科書も同じように筆者清少納言の「ものの見方」に注目させようとする現状を指摘し、中学での学習とは異なる角度からの授業展開――「春はあけぼの」に、『古今集』の規範性によって形成された同時代読者の美意識を撹乱させる機能を見る――を提言する。確かに、中学から高校への年月を経た生徒であるにもかかわらず、同じ学習を繰り返すのでは、教わる側も教える側も倦むであろう。しかし、問題は同じ学習の繰り返しにあるのだろうか。「春はあけぼの」との出会いを否定的に捉えたコラムニストの酒井順子氏の指摘を見てみよう。

第一段を読んでいると、春の夜明けも夏の夜も、秋に雁が列になって飛んでいるのも冬の早朝も、そりゃあ「いとをかし」だったのでしょうねぇ……。と思うわけですがしかし、枕草子はそれだけで終る本ではありません。というより全三百九十八の章段に付属段二十七本という全貌を見渡してみると、第一段の印象とは全く異なる、今の時代に生きる私達が深く「そうそう!」とうなずくことができるエッセイ集なのです。(中略)古文の教科書において、第一段以外の場所が紹介されていたら、私はもっと古文が好きになっていたかもしれない。そして、通知表に古文の成績として「5」(十段階評価)などもらわなかったかもしれない。[*5]

「春はあけぼの」の何がいけないと酒井氏は言うのか。それは、続く清少納言との架空対談において明らかにされる。

酒「(前略)でも今の日本における枕草子のイメージって『春は、あけぼの』なんですよ。ていうかみんな、ほとんどそこしか知らない。日本の文学作品の中で一番有名な書き出しと言っていいくらいだけど、でもその先は意外なほどに読まれていない」

清「どうして?」

酒「私は、教科書のせいだと思うんですよね。つまり『春は、あけぼの』の第一段には、花鳥風月っぽいことしか書いてない。学校でまずそこを習う私達は、枕草子には花鳥風月ネタしか書いてないのではないか、と思ってしまう。中高生にとって花鳥風月っていうのは、最も興味の持てない分野ですから、そこで枕草子に対する興味も失ってしまう」

示唆的な発言だと思う。かりに、古典の文章そのものに忌避感を抱く生徒に対して『桃尻語訳枕草子』を持ち出して、「春って曙よ! だんだん白くなってく山の上の空が少し明るくなって、紫っぽい雲が細くたなびいてんの!」と教えても、「それで?」という反応が変わるとも思われない。*6 もっとも実際には、教科書(特に高校の国語教科書)には、花鳥風月以外の章段も数多く採録されているのだが、中学時点での暗唱等の影響もあるのか、『枕草子』=「春はあけぼの」という図式は人々に抜きがたくインプットされているようだ。

では、花鳥風月は排除して、より生徒の興味を惹くような、少なくとも花鳥風月ではない章段を多数採録すればよいかと言えば、教科書には、教える教員が扱い慣れた教材が揃っている必要があるという制約がある。『枕草子』から教科書に採録される章段は、昔も今も各社の教科書とも大きな差はない。ことに作品の冒頭としての「春はあけぼの」の教科書における必要性は大きい。

そうしたことを確認した上で、実際に「春はあけぼの」を教育の現場ではどのように扱うことになっているのか、教科書を見てみよう。

まずは、中学校の教科書。例えば、東京書籍の『新編 新しい国語1』（平成一七年検定済）では、「古典に親しもう」という単元に「春はあけぼの」が採録されている。「学習の主な内容と目標」としては、「古典に興味を持ち、古典に親しむ」ことが挙げられている。原文・現代語訳・脚注は高校の教科書と大差なく、「古文の読み方に慣れよう——古文のリズムを感じながら、繰り返し朗読の練習をしよう」「筆者のものの見方や感じ方を読み味わおう——古文と現代語訳を読み比べながら、清少納言の季節に対する感じ方を読み取ろう」といった「学習の課題」も置かれている。

藤本氏の指摘のように、「ものの見方」を問うというこの教材における常套的な学習活動が設定されているわけだが、考えてみると筆者の「ものの見方」を問うということは、実はかなり難解なのではないか。少なくとも中古の作品群の「ものの見方」（あるいは、藤本氏の言う『古今集』的美意識）のおおよそを理解していなければ、清少納言の「ものの見方」の独自性など言えるはずもないし、独自性を求めないなら「清少納言は四季それぞれについて自分の好きな時間を選んだ」で終わりである。それ以上の発展を望むのは難しい。

この教科書には、「自分が最も好きな季節を選び、「春は…」「夏は…」のように文章に表現してみよう」という発展学習も設定されている。「春はあけぼの」のスタイルを真似た自由な表現活動を楽しむという点では意味があるが、清少納言の「ものの見方」を感得することにはつながらないだろう。ともあれ、繰り返されてきた常套的な学習活動の陥穽を見ることができる。と言って、この教科書が悪いと非難しているのではない。他社の教科書もおおよそ似たような内容となっているのである。その事実は確認しておきたい。

それでは、高校の教科書はと言えば、これが中学の教科書とほとんど変わらないのである。例として、責任上、私自身が執筆した教科書を挙げる。教育出版の『古典 古文編』（平成一五年検定済）である。「随筆二」という単元で『枕草子』を取り上げており、採録した章段は、「春はあけぼの」「ありがたきもの」「野分のまたの日こそ」「二月つごもり頃に」「大納言殿参りたまひて」[*7]の五つである。「春はあけぼの」のタイトルの後には、「古典と親しむ」という、学習の目標を示す次のような短文を置いた。

随筆の魅力の一つに、日常生活を見つめる作者の鋭いまなざしがある。『枕草子』の軽快な文章に織り込まれた感性のきらめきを、互いの感想を披露し合いながら話し合うことで、より深く味わってみよう。

「学習の手引き」は、次の二問。

1　それぞれの季節において、どの時刻が選ばれ、どのような題材が取り上げられているか。

2　四季の魅力を伝えるとき、自分だったら、どの時刻を選び、どのような題材を取り上げるのか、話し合おう。

まさに、藤本氏が指摘するように、中学校教科書と同様の学習活動を想定しているわけである。ちなみに、同じ教育出版の『古典文学選 改訂版』（昭和六三年改訂検定済）の設問は「作者が選んだ四季それぞれの情趣は、おのおののどこに中心点があるか、まとめてみよう」であり、十五年の時を経てもほぼ変わっていない。

ここで主張したいのは、相も変わらぬ内容となっていることを自己批判したいということではなく、教科書とはこうしかあり得ないという制約――作品の評価も学習活動も教科書会社によって大きな差異があってはならないという、作る側と使う側の暗黙の了解――を有しているということだ。教材研究が積み重ねられた定番教材は教科書にあって当然。学習内容が確立している手慣れた教材は現場では必須であり、教科書編集者の側でもそれがわかっているから、古典でも採録する部分も学習内容も大きくは変えない、あるいは変えられないのである。

三　「春はあけぼの」との幸福な出会いはあるのか

私自身は、かつて「春はあけぼの」を教育出版の「国語Ⅰ」（平成五年検定済）に採録したとき、教科書本体を変えられないのなら、せめて指導書に新説を盛り込みたいと考え、藤本氏の説を引用して[*8]「王朝的美意識への挑戦」と題した以下の文章を書いた。

「春はあけぼの」という句は、日本的伝統美を表すものとして、私たちの意識にすっかり定着している感があるが、実は、これは平安朝の王朝的美意識を逸脱したところで獲得された新しい表現であった。季節と物象とを結びつけるという発想そのものは、和歌的伝統に依拠した類型的なものであり、当時においては、それが表現一般の基礎となっていたともいえる。しかしながら、『枕草子』初段の新しさは、四季それぞれの季節と、特定の時刻とを直接結びつけて提示したところにあった。なぜなら、王朝人がこのような形式で四季の美を表すならば、一般的には「春は花」「夏は時鳥」「秋は紅葉」「冬は雪」となるところであったと考えられるからである。というのも、『古今集』所収の四季歌においては、「花」「時鳥」「紅葉」「雪」がそれぞれ春夏秋冬を代表する風物とされており、これらの風物と各季節とが時刻を媒介にして結びついていたからである。春の「花」は朝に愛でるものであり、夏の「時鳥」は夜のもの、秋の「紅葉」は当然夕べの美であり、冬の「雪」が早朝と結びつくことは、通念ともいえる伝統的美であったのだ。ところが、『枕草子』では、「春―花―朝」という順で結びつく「花」があえて消去されてしまう。当時の美意識からすれば当然言及されるべき「花」が、春の風物としてはついに描かれない。そのとき読者は、文章には描かれなかった「花」を必然的に自己の脳裏に描き出すことになる。言葉で表現してしまえばどうしても類型に陥りやすい情景を、『枕草子』はあえて表現しないことによって、読者に強く印象づけているのである。そして、冬の「雪」が描き出されていることによって、読者は改めて「花」「時鳥」「紅葉」が描かれていないことに気づくのだ。つまり「春はあけぼの」とは、作者清少納言の個性のみによる単なる斬新な表現ではなく、むしろ和歌的伝統を基盤としながらも、類型表現の硬直性を打ち破らんとした挑戦的な方法だったと考えられるのである。

藤本氏が提案する「中学での学習とは異なる角度からの授業」を展開するために、せめて指導書では中学とは異なる学習の指針をと目論んだのである。その裏には、かつて私自身が高校の教室で「春はあけぼの」を教えたとき、中学での学習とは異なるアプローチということで藤本説を嚙み砕いて紹介した結果、ある程度は生徒の興味を喚起できたという経験もあったからである。しかし、どうやらこうした新説は高校の現場では受け入れられなかったらしく、その後の指導書では、書かれざる「花」への指摘は取り上げられなくなった。

津島知明氏が藤本「空白」説を取り上げつつ、「本段の醸し出す〝印象〟は、相変わらずそこから逃れようともしている。読者の数だけ解釈が成立するといった幻想としてではない。言わば随所に仕掛けられた読みの蓄積が、新たな誘惑に成り代わるということであり、またそれを促す本文の、零度の呪縛を言うのだ」と述べるように[*9]、藤本説が唯一の正解ではないとしても、新たな読みが新たな授業を拓く可能性は重視したいと思う。しかし、こと古典教材においては、新しい研究が定番教材の学習内容を変革する可能性は低いと言わざるを得ない。

「春はあけぼの」との出会いをせめて不幸に終わらせないにはどうすべきか。一つの方途としては、言われ尽くされてきたことだが、本格的に授業を展開する前の導入部分において、『枕草子』なり清少納言なりへの生徒の興味・関心を喚起することが考えられる。

私は、非常勤講師として勤める大学で「国語教育」についての授業を担当する中で、古典教育の活性化を考える一助として、有益な授業を推進されている渡辺春美氏の実践を紹介してきた。[*10] その渡辺氏の『枕草子』学習への提言を見てみたい。テーマは「清少納言像を追及する『枕草子』の学習指導」。対象は高校一年生。以下の引用は、その導入部分である。[*11] 単元に入る前に授業を五分ずつ割き、清少納言のエピソードを紹介、メモさせるところから授業は始まる。

（1）清少納言のエピソード

①清少納言は新しい女性（橋本治『桃尻語訳枕草子』上）、②紫式部の清少納言観（『紫式部日記』）、③悲劇を乗り越える強い精神力（『無名草子』）、④光り輝く子供の描写（田辺聖子『文車日記』）、⑤高い知性（池田亀鑑『日本古典入門』）

（2）清少納言の見方・感じ方1（基本）

①「にくきもの」を音読し、気付きを書きまとめる。概要をとらえる。

②優れた表現を指摘し、音読する。

③共感を覚えるところとそうでない部分を分け、自己と清少納言を比較。

（3）清少納言の見方・感じ方2（応用）

①類聚的章段のテーマ一覧（計三〇章段）を配布し、そこから一つを選び、同じテーマで作文を書かせる。

②同テーマの章段を音読し、そのリズム・響きに関する気付きを書く。

③自分の作文と清少納言の書いた章段を比較し、気付きをまとめる。

④生徒の書いたものを印刷し、配布する。それを読み合い、感想を持つ。

知識を一方的に押しつけるのではなく、生徒を何とか主体的に授業に参加させせようとする試みだと思う。ことに太田正夫氏の「十人十色の国語教育[*12]」を想起させる（3）の作業などは、古典教育にもっと導入されてよいと思う。

何かと制約のある高校の授業において、こうした努力を重ねる姿勢に私は高く敬意を評する。と同時に、こうした導入によって生徒の興味がどれほど喚起されるのかという点については、正直なところ甚だ心もとない思いも禁じえない。このような丁寧な試みが無駄とは言わない。しかし、先に挙げた「平成17年度高等学校教育課程実施状況調査」が指摘するように、高校生の多くが古典に興味を持てないのは、古典が普段の生活や社会生活の中で役に立つと思えないからである。生徒にとって、自分自身と古典の世界は遙か遠く隔たっているのである。例えば、『枕草子』の「新しさにおどろくというのは、現代に通じることを、千年まえに言っているからではない。現代にあっても気づかないようなことを、あざやかにも衝いているからである[*13]」というような感慨を自ら持つ高校生は稀であろう。古典が普段の生活や社会生活の中で実利的には役に立たないとしても、何とかして現在と過去とを繋ぐ道筋を生徒に対して示すことはできないだろうか。

今、古典文学を研究する私たちは閉塞的にも感じられる状況のもとにある。だからこそ、私たちが続けてきた日本文学協会での『枕草子』の輪読の成果――まさにこの論文集に結実した私たちの軌跡――を研究という制度の中にのみ埋没させるのではなく外部に向かって開くこと、例えば古典教育に活かすことはできないだろうかと考える。研究と教育の交差の可能性をいま一度考えてみたい。

四　研究と教育の交差の可能性を求めて

研究と教育が乖離している現状を打ち破れないだろうか。研究的試みを教育の場で有効に活かせないだろうか。

横溝博氏は、昨今の中古文学の研究状況について次のように述べている。

意味を読みとるのではなく、形として顕れているところを見つめることにより、研究世界を押し拓こうとする姿勢は、その実証的な論法とも相まって近年益々説得力を強めてきていよう。（中略）それにしても作品をテクストとしてみとめ、意味を読むことに熱を上げる時代は終わりつつあるのか。ドラスティックな変化を求めるようでいて、非常に醒めたものの見方が学界を蔽いつつある現状を見る。（中略）科学的な検証態度を押し進めて、文学的な営為たる鑑賞を極力排した論というのは、事実生き残るであろう。極論すれば一つの研究文献として命脈を保つのは優れた書誌解題だけではないのか、との感を強くする。（中略）いずれにしても、近時、文献主義とテクスト論とで、論者をいよいよ二分する状況が生じていることはみとめられよう。ただ、文学研究が本文を拠り所にするより他ない以上、より生産的なかたちで双方の着地点を見出すべく努力しないことには日本文学研究の未来は拓かれてこないのではないか。*14

私は、「意味を読みとるのではな」い、「文学的な営為たる鑑賞を極力排し」た研究に一方的に異議を申し立てるものではないが、「意味を読みとる」ことと切り離された研究は、ますます国語教育とは乖離していくだろうという危機感を抱く。そして、「より生産的なかたちで双方の着地点を見出す」努力は国語教育にも有効だと考える。「春はあけぼの」が現場で「飽和している」「倦んでいる」とする藤本氏の指摘を前提に、津島知明氏は、国語教育の場において実証と読みとを融合する必要性を述べる。津島氏の提言を見てみたい。

例えば高校教科書で改めて「春はあけぼの」を取り上げ、写本がいかなる加工を経て教科書のようなテキストへと行き着いたのか、一例として示しておくことは（実際に授業で活用されるかは別に）一つの仁義かとも思う。あるいはあえて加工以前のテキストを提供し、句読点を打つこと、漢字をあてることが、いかなる解釈と支え合っているのか、解釈をどう左右させるのか、追体験できるようなコラムでもよい。豆知識コーナーやカラー頁の充実もよいが、古典テキストというものの根拠を一例でも示すことは、教える側にとっても有益なのではないか。テキストを提供する専門家側もまた、自分たちの常識や流儀がほとんど理解されてない現状を認知すべきである。そのとき「春はあけぼの」などは、中学から高校へ、またテキスト提供者から利用者への、格好の橋渡しとなり得よう。[*15]

本文は固定されているものではなく可変的なのだという事実が、読んで解釈することと結びつくことを生徒に示したいという点に共感を覚える。現実的には、具体的にどのような授業を展開するかがポイントになるのだろうが、活字化されているがゆえに絶対不変のように思われる文章が実は解釈に基づいて生成するということを生徒自らが実感する可能性を有する点は興味深く、研究と教育を架橋する一つの試みとして注視したい。

ところで、石原千秋氏は著書の中で次のように述べている。

実は、近代文学研究ではすでに「テクスト論」は過去のものとなっている。だから、いまだに「テクスト論」から離れられない「逃げ遅れたテクスト論者」としては、この本を読んで少しでも「テクスト論」に関心を持ってくださる読者がいれば、それはそれでまた嬉しいことなのだ。「テクスト論」にはまだ可能性が十分に残されている。それに、教室では与えられたテクストの表現だけを頼りに読まなければならない国語教育にとって、「テクスト論」はまさに有効な方法であり、立場であるはずなのである。[*16]
中古文学研究においても、横溝氏が指摘するように「テクスト論」は気息奄々という印象が否めない。しかし、その「テクスト論」の可能性を積極的に国語教育に導入しようとする古典研究の側からの提言もある。
鈴木泰恵氏は、高校古典教材としては定番である『更級日記』の孝標女が『源氏物語』を耽読する場面を取り上げる。そして、「〈光源氏・夕顔〉〈薫・浮舟〉の二組の組み合わせがねじれて、〈光源氏・浮舟〉の組み合わせになってしまう」という問題――正編の光源氏と続編の浮舟をつがえる荒唐無稽とも言える現象――を現代のライトノベルの人気キャラクターがどのような物語にも参入可能であることや漫画愛好家が主人公に自己投影することと照らし合わせて、「『更級日記』の「わたくし」」と「多様な〈物語〉を愛好する、現代の「わたくし」たち」との共通性という視点から解析する。[*17]
鈴木氏はこの場面について、さらに次のように言う。
　それ自体がインター・テクスチュアリティを要請するものであったし、なればこそ、一義的な解釈を拒み、むしろテクスト論的な〈読み〉を要請するものであった。〈読者〉一人ひとりの相対性を確認し、互いに自他の〈読み〉の妥当性に自覚的であるべく導きつつ、〈読者〉たる学生たちが、一人ひとり、自身で考え読む力をつけていけるようにするのが、国語教育であるはずだ。国語教育はやすやすとテクスト論を手放せないのである。
津島氏・鈴木氏両者の提言が、いずれも古典研究と国語教育の交差を目指している点に私は強く共感する。そうした試みは、研究の状況自体を変革していく可能性を持つと考えるからだ。

五　おわりに――「春はあけぼの」を用いた短大での実践

最後に、私が現在勤務している短大での「春はあけぼの」を用いた実践を簡単に紹介しておきたい。勤務校は、情報系・商学系・家政系・保育系の四学科から成り、古典文学に対する興味も知識もほとんどない学生が大多数である。そうした学生に対して私が担当してきた一般教育の「文学とメディア」という授業では、高校までとは異なるアプローチから文学を楽しもうという趣旨に基づき、〈話型〉〈引用〉〈ジェンダー〉〈シミュレーションとシミュラークル〉〈メディア変換〉等々のテーマを取り扱う。もちろん理論的な解説などは極力避けて、例えばテーマ〈ジェンダー〉では、ディズニーアニメの『白雪姫』『眠れる森の美女』とドリームワークスの『シュレック』との対比、さらに〈引用〉の問題も含めてディズニー映画『魔法にかけられて』の読み解きなどに取り組んでいる。

その授業のテーマのひとつに〈空白〉があり、ここでは必ず「春はあけぼの」を取り上げている。藤本氏の説を紹介しながら、結末を読者に委ねた著名なリドルストーリーであるストックトンの『女か虎か』[*18]、何に対して「そうだ」なのかが明示されないＪＲ東海のキャッチコピー「そうだ 京都、行こう。」、あるいは腕の欠けた「ミロのヴィーナス」、はては稲垣吾郎不在の二〇〇一年のスマップのコンサート映像[*19]等々を紹介しながら、受け手の想像力によってテクストの〈空白〉を補う面白さを体験してもらう。

古典文学に興味のない学生でも「春はあけぼの」というフレーズは知っている。そして、これまで何の興味も喚起されなかった「春はあけぼの」の段に仕組まれた仕掛けが、時空を越えてさまざまなテクストと結びつくことに学生は興味を持ってくれているようである。ちなみに、高校生への模擬授業などでも同じ内容を展開している。

こうした試みを、中学・高校の教育現場に直ちに導入することはもちろん難しいかと思う。しかしながら、古典を現代と結びつけるひとつの試みとして提示してみた。高校の古典教育について言えば、オーソドックスな教授法が成り立つのは大学受験の科目に古典があるという「現実」に支えられているから、というところも大きい。しかし、それは今では一部の高校に限られている。現に受験科目として古典が必要とされないような高校で、先生方がいわゆる国語教育の範疇を越えた実践を工夫されている話をよくうかがう。そうした積み重ねの中から、古典が現代を生きる自分と全く無関係ではないのだという実感を生徒が少しでも感じてくれたらと考えている。

注

＊1　国立教育政策研究所教育課程研究センターによって実施された調査。

＊2　例えば、幸田国広「古典教育再生のグランドデザイン」（浜本純逸先生退任記念論文集『国語教育を国際社会へひらく』渓水社、二〇〇八年）、鳴島甫「原文読解中心主義からの転換」（日本国語教育学会編『月刊国語教育研究』四五二、二〇〇九年一二月）、金子守「伝統的な言語文化に親しむ」（『月刊国語教育研究』四六〇、二〇一〇年八月）など。

＊3　石原千秋『国語教科書の思想』（ちくま新書、二〇〇五年）。

＊4　藤本宗利「「春はあけぼの」を活かすために――古典教材としての新たなる試み」（前田雅之・小嶋菜温子・田中実・須貝千里編『〈新しい作品論へ〉、〈新しい教材論へ〉古典編3』右文書院、二〇〇三年）。

＊5　酒井順子『枕草子REMIX』（新潮社、二〇〇四年）。

＊6　橋本治『桃尻語訳枕草子　上』（河出書房新社、一九八七年）。若い女性の言葉自体が既に本書が刊行された時代から変容しているという状況があり、また、若者言葉を用いた現代語訳が古典嫌いの高校生の興味を直ちに喚起す

るということも考えにくい。

＊7　「随筆一」では、『徒然草』『方丈記』を扱う。成立時期の新しい『徒然草』と『方丈記』を『枕草子』より先に置くのは、両者がいわゆる「随筆」というイメージに沿っており、高校生にとっては『枕草子』を随筆とは捉えにくいのではないかという教育的配慮による。なお、その後に作った『新版古典』（平成一九年検定済）では「春はあけぼの」は採録しなかった。これはひとえに、藤本氏も述べる中学校での学習内容との重複を考慮しての判断であった。

＊8　藤本宗利「空白への視点――「春は曙」の読みをめぐって」（『むらさき』第二一輯、一九八四年七月）、後に、「「春は曙」の空白の構造」として『枕草子研究』（風間書房、二〇〇二年）所収。

＊9　津島知明「枕草子主要章段研究展望「春はあけぼの」」（『國文學』學燈社、一九九六年一月）。

＊10　渡辺春美『国語科授業活性化の探求II――古典（古文）教材を中心に――』（渓水社、一九九八年）など。

＊11　渡辺春美「古典に対する興味・関心喚起の方略」（『月刊国語教育』通巻三六七号、東京法令出版、二〇一〇年一〇月）。

＊12　読者論的発想に基づき生徒一人ひとりの読みを尊重する「十人十色の文学教育」に対しては、さまざまな言及があるが、とりわけ文学教育の変遷の中に太田氏の業績を位置づけるものとして、田近洵一『増補版　戦後国語教育問題史』（大修館書店、一九九九年）を参照されたい。

＊13　田中澄江『枕草子への招待』（日本放送出版協会、一九七九年）。

＊14　横溝博「平成19年国語国文学界の動向〈中古〉・源氏物語一千年紀を前に」（『文学・語学』第一九四号、二〇〇九年七月）。

＊15　津島知明「教材「春はあけぼの」とテキストの〈正しさ〉」（鈴木泰恵・高木信・助川幸逸郎・黒木朋興編『〈国語教育〉とテクスト論』ひつじ書房、二〇〇九年）。

＊16　注3に同じ。

＊17　鈴木泰恵「開かれた『更級日記』へ――テクスト論による試み」（『〈国語教育〉とテクスト論』）。

＊18　Frank Richard Stockton の短編“The Lady, or the Tiger?”（1884）。現在、原文・日本語訳ともウェブ上で読むことが可能である。

＊19　二〇〇一年一二月二一日に発売された『LIVE pamS』（ライブ　ウラスマ）。稲垣吾郎謹慎中に収録を行ったため、残ったメンバー四人でのライブ映像が収録されている。コンサート終盤になって、不在の稲垣吾郎の顔がプリントされたTシャツをメンバー四人が着て登場する場面は、「春はあけぼの」の段の冬の条における「雪」への言及同様、〈不在〉の存在を逆に浮かび上がらせる仕掛けと感じさせる。

【小説・評論】

〈美人ではない〉清少納言――「目は縦ざまにつく」を中心に――

津島知明

一　「私は美しい女ではない」

枕草子を題材とした小説で、質量ともに他を圧しているのは、田辺聖子の『むかし・あけぼの』(一九八三)だろう。枕草子から抽出された作者像を核に、空白部分は創意で補って、清少納言にひとつの命を吹き込んだ。そこには主人公が次のように語る印象的な箇所がある。

私は美しい女ではない。それにもう、花のさかりもすぎた。髪はぬけおちて少なくなり、かもじを添えているが、地髪は黒く、かもじの毛は赤っぽくて艶がないものだから、あかるいところで見ると、それがハッキリわかって、われながらうんざりする。

設定は二八歳。そのせいで「目尻や口辺の皺が深くなり、眼窩が深くなっているのを知っている」と続く。彼女は「自分自身を客観的に見る能力はある」ので、髪だけでなく「目も小さいし、鼻といったらまるで横についているみたいだし」と自覚している。ここまで「不美人」が強調された後、「ところが」と続く。

> ところが、ふしぎなことに、全く容貌に自信ないと同じ程度に、五分五分のところで、(——まんざらでもないんじゃないかしら……)という、抑うべからざる自負心が、むくむくとあたまをもたげてくるのだ。私は口もとがそんなにわるくない。愛嬌が口もとだけにあるといってもいい。少女のころから、私はそれを知っていて、鏡を見て笑いかたを練習したものだ。

典拠はすぐに察せられよう。八〇段などに見える髪の描写、具体的な目鼻だちに関しては、次の一節が思い浮かぶ。

> 目は縦ざまにつき 眉は額ざまに生ひあがり 鼻は横ざまなりとも、ただ口つき愛敬づき おとがひの下 くび清げに 声にくからざらむ人のみなむ、思はしかるべし(四七段)[*1]。

女性の容貌を藤原行成が語る所だが、小説では清少納言側の自意識に脚色されている。加えて、彼女の「口もと」「あご」などを褒めたのが、そもそも父元輔とされていて、娘の自負心を育んでいた。一方、夫則光は「女の容貌や、その讃美の結果について関心のない男」として描かれる。容貌に夫たる男の評価を介入させないのも、小説の眼目である(後に登場する棟世は、彼女の顔を褒める点で父に連なる)。美人ではないが、口もとには愛嬌がある——。こうした自覚とともに「自負と劣等感を五分五分にもてあましながら」「人生をあゆんできた」女として、清少納言は描かれている。

二　描かれた「容貌」

清少納言はどんな顔をしていたのか。美人か不美人か。様々な詮索はあってもよい。創作や批評の世界では、想像や空想も許されよう。『むかし・あけぼの』以前では、円地文子（一九二九）や瀬戸内晴美（一九六六）の描いた清少納言が知られている（田辺自身にも短編『鬼の女房』があった）[*2]。円地は外見には「短い髪」とわずかに触れる程度だったが、瀬戸内には、

ちなみに、清少納言は、浅黒く、頬骨の高い顔に、無駄な肉がなく、目尻がやや吊り上っている。薄い唇は一文字に大きい。笑うと、大きな白い歯は、はっとするほど美しく、朱い舌が思いがけない鮮烈さでいどみかかるように男の官能をうってくる。……

という詳しい描写があった。やはり典拠は四七段と思われるが、現代風な味付けが光っている。ただ右は、主役たる和泉式部との対比から（紫式部とともに）冒頭に素描された容貌で、以下にモチーフとなってゆくわけではない[*3]。ほか、岡田鯱彦（一九五三）に「顎・眉・眼」への言及（同じく四七段によるらしい）が見えた程度で、人物造詣に関わる描写としては、やはり『むかし・あけぼの』は突出している。田辺以降の小説では、

①その頃の美人の条件は「引き目、鉤鼻」ですから、諾子の目は少し大きすぎます。しかし頬の線はふっくらと卵型できれいなので、伏目勝ちでいると、姫は素晴らしい美人なのです。（三枝和子一九八八）

②時としてその話しぶりは高慢にさえ聞こえたが、不思議にそれが許される雰囲気も持ち合わせていた。妙なものだ。若い盛りでさえ美貌であったとは思えない、平凡な顔立ちなのに。（森谷明子二〇〇六）

などの描写が続く。特に「美人ではない」が「魅力ある」女。それを両立すべく、時代の条件①や雰囲気②が持ち出されているようで、各々腐心がしのばれる。

ライトノベルや児童書にまで広げると、さらに取り取りの容姿と出会うことができる。

③小柄で、ぷくっとしたふくよかな容姿の女には、どこか才走った美しさが漂っていて、とても端女《はしため》とは思え

ない気品が漂っている。（藤川桂介一九九五）

④清少納言は、ちょっと見ただけでも不器量で、太りすぎだった。（富樫倫太郎一九九九）

⑤とっても明るくて、元気ハツラツとした、いかにも仕事できそっ！ってかんじ。髪の毛も長くて、すっごくきれい。いますぐにシャンプーのＣＭに出られるかも。（楠木誠一郎二〇〇三）

⑥殿方のため息を誘うような容貌《かんぱせ》であれば、素顔を垣間見られることもまた楽しげ。けれど残念なことに、梛子はそんな顔だちではない。つり気味の目尻が持つ印象が、どうにもよろしくない。（藤原眞莉二〇〇四）

⑦当代好みの美女というには目鼻立ちがくっきりしすぎていて、諾子はお世辞にも美人とはいえない。が、鼻に皺をよせて、むーと口をへの字に結んでいる今でも、不思議な愛嬌があった。（本宮ことは二〇〇七、続編二〇〇八にも同様の描写。）

身も蓋もなく「不器量」で片付ける④から、タイムスリップした小学生の視線で髪を描く⑤など、バラエティーは豊かになる。しかし、目鼻立ちにまで触れる⑥や⑦からは、先の①と同様の、そして『むかし・あけぼの』にも通じる、相似形の清少納言が浮かび上がってくる。*4

「美しい女ではない」清少納言。特に「目（鼻）に難がある」容貌。主人公を語る際の既成事実として、必要なら懐柔しておくべき前提として、創作世界では広く共有され続けていることがわかる。

三　「夫も子も持たぬ女」

枕草子を後ろ盾とする田辺版清少納言は、かくて創作世界に安定感を誇っていると言えそうだ。ただ『むかし・

あけぼの』は、一方では思い切った独創をみせる作品でもあった。「海松子（みるこ）」なる命名、「子供がない」という設定がそれにあたる。

清少納言の実名は不明なので、小説では近世の文献（枕草紙抄）にみえる諾子（なぎこ）が採用されることが多い。前掲書では三枝・本宮・藤原作品に、他にも立川楽平（一九九六）、長谷川美智子（二〇〇二）などが使用。*5『枕草紙抄』には信のおけないことも知られているが、出仕以前の名が必要ならば、諾子に乗るか、新たに作るしかない。田辺は大胆にも後者を選んだわけだ。由来ついては、作中に示された元輔歌（岸の姫松）、則光との和布の逸話、さらに「見る子」にも重ね得るのではないかという、大本泉（二〇〇一）の指摘がある。

『むかし・あけぼの』では、女性性をめぐる対立軸に父と夫が配され、元輔と則光の肉付けに反映されていた。二二段にみえる宮仕え賛美と（男からの）批判が、父の「女の幸福は、夫と子供に恵まれて家庭を守ることとは限らず、世の中に出る人生もわるくない」という教えと、夫の「女が働くことに反対で、子供が一番」という信条に振り分けられた形。元輔が思いを籠めたその〈名〉も、「め（海松布）を食はせけむ」の逸話（八一段）にみえるような思考回路の則光には、代替可能な記号でしかない。結果として、夫から名を呼ばれるたびに彼女のイライラは募るのだろう。子供のない人生は、従って夫より父の教えを生きた証しとなる。海松子は則光が別の女に産ませた息子を育てたり、棟世の娘を可愛いがったりはするが、最後まで実の子を抱くことはない。今日の伝記研究で認知されている則長（則光男）も小馬（棟世女）も、田辺は実子としなかったわけだ。

ところで、かつては清少納言も実際に「子供もなく生涯独身を通した」と考えられていた。能因本奥書に「子などもすべて持たざりけるままに」と記されていたこともあり、明治に入っても、樋口一葉は「つひの世につま（夫）も侍らざりき、子も侍らざりき」「少納言は霜ふる野辺にすて子の身の上成べし」と、自身の孤独を重ねていたし（さをのしづく一八九五）、同じく明治の女流文士上野葉（一九一四）にも、「彼女は容易に人の妻となることを肯じなかつた」なる認識が窺える。――上野には枕草子の全文口訳の試みもあったという。詳細は中島和歌子（一九九七）参照――。

上野葉は『青鞜』の論客でもあったが、平塚らいてうに象徴される「新しい女」の登場に脅威や嫌悪を感じた男性知識人からは、「独身主義者」清少納言は激しく糾弾されてもいた。急先鋒は梅澤和軒の『清少納言と紫式部』（一九一二）である。「独身で放浪で嬌奸で豪宕な」清少納言は「良妻で賢母で貞操で温良な」紫式部と対比されながら、徹底した非難を受けている。宮崎荘平（二〇〇九）によれば、梅澤自身の同題別著（一九〇二）との比較からも、旧道徳に縛られない「新しい女」たちの台頭に、彼がいかに神経を尖らせていたかがより鮮明となる。特筆すべきその断罪ぶりは改めて取り上げるが、「生涯独身」なる女の生き方に、過敏に反応する時代の空気が見て取れよう。だが田辺の場合、後の伝記研究も手にしているであろうから、認識はおのずと異なるはずである。

あえて田辺は「子供のない」清少納言を描いた。理由は作品外でもいくつかの文章で語られていた。田辺（一九九七）によれば、枕草子の子供（「うつくしきもの」など）には、源氏物語と比べて、その腕で子をはぐくんだ手ごたえある現実感が希薄なのだという。類聚項目に結晶した言説に、どこまで作者個人の経験値を計れるか、実はかなりの難問だ。類聚段とは、個々の項目がそれぞれに題目と渡り合う光景と言える。それを統率する者を〈書き手〉と認めるとして、しかしそれは必ずしも自身の「体験」のみ記す義務を負う者ではない。

例えば「うつくしきもの」に典型化された子供像は、もはや特定の子ではなく、また誰の子でもあり得る。「現実感が希薄」というのも確かに印象のひとつではあろう。*6 もとより枕草子には母や妻としての自画像は捨象されているのと思しく、実子の有無などは、そもそも外部資料に頼らねば決着できない領域なのだ。田辺はつまり、そうした外からの検証よりも、自身の実感を優先したと言いたいらしい。実際作中では、最後に「春はあけぼの草子こそが、あたしの子供」と海松子に語らせることで、ひとつの決着がはかられていた。それは、則光との決別、棟世との死別を経て、逼塞する老後の彼女に、男たちから向けられた「夫も子も持たぬ女の末路はこれだ」という嘲笑（説話世界の言説）まで、自ら跳ね返すべき矜持として、作中の清少納言に授けられている。

四　「お多福党の旗頭」

海松子の名や子供のない設定は、俗説や定説に逆らってでも、小説が求めた機軸だったことがわかった。これらと比べると、先の「美しい女ではない」のくだりは、巷説そのままの印象がより強くなる。それでも後半に「まんざらでもない」という自負心を加えた所には、ある主張を見ることもできようか。実は（後述のように）清少納言には根強い「醜女説」もあるので、それに田辺が異を唱えたとも解せるからだ。実際、田辺は執筆動機として、清少納言があまりに世の男性文筆家から嫌忌されていたことをあげていた。「中には男のヒステリーといいたいほどの感情的な文章で、清少納言を罵倒する評論家もあった」という発言もみえる。

実名はあげられていないが、時期からみて中野孝次の「平安朝のメートレスたち」（一九七七）が思い浮かぶ。中野はそこで清少納言を「すでに美貌と若さを欠き、才智以外にどんなコケトリーをも持たぬ年齢に達していた女」とした上で、「どうやらfrigidだったと思われる女の顔に浮かんだであろうてらてらとした媚態が、白粉のかげにそこはかとなく見えてくる」「彼女はさらに癇癖なヒステリー症でさえあったに違いない」等の悪態を散りばめていた。専門誌に「文芸評論家」として一発かましてやろうという気負いなのか、扇動を狙った芸だとしても後味悪い仕上がりだ。[*7]

中野が喩えに持ち出したメートレス（仏語 Maîtresse）も、右に引いた frigid（不感症）などと相俟って、むしろ嫌味を醸し出す。ただ、こうした比喩こそは評者のセンスの見せ所でもあり、それゆえ当人の嗜好や時代風潮が窺えて興味深い面はあろう。百目鬼恭三郎（一九六八）は、清少納言を「銀座辺のホステス」「小説好きの芸者」に喩えて昭和臭さを漂わせているし、明治時代には「耶蘇教の学校にて教育を受けたる女生徒」（三上参次一八八九）「お転婆な女学生然たる女」（梅澤一九一二）と、目新しかった「女生徒」「女学生」が好んで用いられていた。「女らしくない女」の代表とされた女生徒だが、後に「清少納言って、女子高校生だったんだ」という触れ込みのもと、橋本治（一九八七）によって復権をみている。それはそれで「女子高生こそトレンディ」と、もてはやされた時代の産物と言える。

ところで、ここでも名前が出てきた梅澤和軒は、清少納言の容貌にも一撃を加えた男として知られている。「恐くは清少納言は、お多福党の旗頭であつたかと思ふ」と揶揄したうえで、

定家卿が、小倉の山荘に百人一首を撰んで、其の人物の肖像を障子に描がせやうとして、時の名匠土佐の某に頼んだ、所が清少納言の肖像には、殆んど閉口した、なぜかといふに、清少納言は名高い才媛であるのに、其の醜い顔をありのまゝに描いて、否醜く描いて、其の嘖々たる芳名を落すに忍びない、苦心惨憺の末、後ろ姿の清少納言を描いたとのこと、こゝへらが名匠の苦心と云ふものだ。

という風説を、どこか嬉しそうに記す。[*8] また作中には「『さだすぎ』とか、容貌は醜いとか書いてゐる」「（中宮から葛城の神に喩えられたのは）初心な為めと容貌が醜い為めとであらう」等の言及があり、「醜さ」は作者自身も認める事実と言いたいらしい。梅澤の真の標的は当時の「新しい女」「新しい教育で出来損ねた女」だったようだ

が、嬉々とした容貌のあげつらいは、批判の底をいかにも浅く見せてしまう。

五 「おかしげにもあらぬ姿なれども」

清少納言を「女らしくない女」として、いわば梅澤の先陣を切って攻撃した国文学者に、藤岡作太郎がいた。『国文学全史』（一九〇五）には、

その自讃は概ね己が学識に関し、その艶容麗色に誇るが如きことは、殆ど見るべからず。思うに清少納言は蛾眉朱唇、花の姿あるにあらず、もとより和泉式部が大幣の引く手数多なる類にもあらず、御堂殿に音なわるゝ紫式部にも及ばず、鏡中の影に山鳥ならぬ木菟の、己が姿を喜ぶ能わざりしなるべし。

と言及があり、「美人でないこと」は既に天下の国文学者のお墨付きだったことがわかる。紫日記の道長を引き合いに出すなら、枕草子の斉信や行成はどうなのか、という疑問には、「かれらが少納言を愛するは、その才識をめずるものにして、その容貌を愛するにあらず」と断言する。「生意気女が美人であってたまるか」といった勢いだ。実際は梅澤もそんな藤岡先生の御説にわが意を得たであろうか、不美人どころか醜かったようですぜ、と一口乗った体にも見える。

彼らはあたかも枕草子が証拠であるかのように述べているが、後述するように、かなり恣意的な解釈が含まれている。何より、時の知識人男性のまなざしこそが、好んで容貌を俎上に載せていたというべきだろう。かつて『古事談』に「鬼形の如き女法師」等の言及はあったが、能因本奥書や『無名草子』同様、現役時代との落差、晩年の零落を語ることが主眼で（才女零落譚）、往時の容姿には触れていなかった。宮中での寵愛を「容貌ではなく才識

ゆえ」と強調することも、せいぜい前掲『枕草紙抄』あたりが先鞭といえようか。

枕草紙抄。今日では多田義俊（一六九八〜一七五〇）著とされる文献だが、先に紹介した「諾子」をはじめ、特異な説に満ち満ちている。「行成卿窓中抄」に清少納言は「下野守顕忠の女」とあるとか（人名は松島日記の流用か）、「中関白記」によれば「大酒が女の所為でなかった」とか、逐一もっともらしい出典を記す所に念が入っている。そのひとつに、少納言は「おかしげにもあらぬ姿なれども、ざえかしこきに過ぎて、をのこ共心おかれたり」という件がある。典拠は「淑景舎日記」なるもの。有力証人として、定子の妹に出廷を願ったようだ。

多田義俊という人は、当時から「偽を好む癖」（安斎随筆）で評判だったらしい（田中重太郎一九六〇）。ならば目くじらなど立てず、笑って済ますべき相手なのかもしれない。ひとつ枕草子や史書の空白を埋めて進ぜよう、との遊び心から生まれたのが、まことしやかな偽書偽文だったと思われる。だが先の諾子のように、「情報」は独り歩きして今に至っている。彼の捏造行為は、確かに枕草子読者の欲求を満たすものなのだ。容姿にもぜひ言及しておきたくて「淑景舎日記」なるものを持ち出したのだろうが、たとえ出典は否定されても、後世に「おかしげにもあらぬ姿」を伝え得ているわけだ。恐るべし、多田義俊。

六　「大して美人とはいへないまでも」

明治期の嫌悪感たっぷりの批評に対しては、もちろん後の研究者たちから異議も申し立てられている。その筆頭たる岸上慎二は、伝記研究の記念碑『清少納言伝記攷』（一九四三、改訂版一九五八）に梅澤説を引き、「容貌として美しいとは云へないが醜女と云ふ程度ではなかったと考へておいてよいのではなからうか」と反論している。

ただし岸上は「枕草子中にも、自己の容貌について醜いやうに記してゐるところは確に認められる」と、注目すべき譲歩をみせた。「職の御曹司の西面の」（四七段）「返る年の」（八〇段）「宮にはじめて」（一七八段）などを検証し、導かれた結論が「醜女という程でない」というわけだ。それは同時に「美しいとはいえない」の方を、進んで肯定してゆくものでもあった。後の人物叢書（一九六二）でも岸上は「十人並み以上の美人とは考えられないが、しかしそれかといって、梅沢氏のようにお多福の旗頭というように考えるのもどうか」と書いている。梅澤に反論するたびに「美人ではない」も強調されてゆく格好だ。同書が版を重ね続けていることを思うと、今なお影響力は甚大である。

岸上によるテキスト（一九六二）の「人の顔に」の段には、「自分（清少納言）の容貌のみにくさを恥じる気持が含まれている」なる注がある。さりげない箇所に本音が見え隠れする。つまるところ岸上は「お多福の旗頭は言い過ぎだろう」といって、過激な梅沢説に釘を刺しておきたかったようだ。藤岡経由の容姿観に関しては、むしろそれを作品側から「実証」し、伝記研究者によるお墨付きを与えたことになる。

人物叢書の系統では、後に藤本宗利（二〇〇〇）や萩野敦子（二〇〇四）の著作があるが、容貌がことさら取り上げられることはない。容貌とは、当時の研究者のこだわりなのだろうか。そう思わせる一冊に、田中重太郎の『清少納言』（一九四八）がある。序「清少納言を語る」では彼女の容姿について、

決して痩せぎすでない、いやむしろふとつてゐるといふべきからだつきの女房。下《した》ぶくれの顔である。髪はくせ毛・薄毛・細毛で量が多くなく、長くもない。目はあまりほそい方でなく――目の大きいのは情熱家である――、溌剌とした輝きを有してゐる。鼻は――自我を象徴してゐる――、幅が広く真直でやや高い。それは叡智に富んだ社交的な性格と少し勝気で剛情なところのあることを示してゐる。口は相当大きい。口唇

は紅く潤ひがあつてやや薄く、その上唇は下唇に比して厚いやうである。額はさう広くはなく。耳の形はうつくしい。

と、見てきたように語った後、「要するに、大して美人とはいへないまでも、どちらかといへば丸顔で、愛敬あり、にくめない容貌《かたち》の持主である」とまとめている。

ここでも「美人とはいえない」に落ち着くわけだが、詳細すぎる描写には驚かされる。以下「手掌」から「指紋」「爪」「指」まで詳述し、「この世に生きてゐたら、選挙運動に興味をもち、必ず立候補する人、否、代議士であるとか、「共産党は大嫌ひである」とか、空想を膨らませている。作者への思慕愛着が窺えて微笑ましくはあるが、見てはいけない世界を見せられた気もする。だが先生は堂々としたもの、後年この文章を一般向けの『枕草子入門』（一九七四）にも、わざわざ再録してくれている。作品＝作者なる等式への、絶対的信頼のなせる業か。だとしても、この余人を寄せ付けない密着ぶりは群を抜く。

七 「ととのった美人とは言いがたい」

一般向けの入門書としては、塩田良平『王朝文学の女性像』（一九六五）にも、「美人でなかった清少納言」なる一節があり、「髪は薄くてくせがある。眼は釣り眼で険があり、鼻は横ざまにつき、とりえといえば、下ぶくれの輪郭にあったらしい」と、散々な言われようである。かつて書店で、赤塚不二夫の枕草子（一九八四）という参考書をよく目にしたが、巻末には「美しくない」清少納言のイラストとともに「髪は薄く癖があり、美人の条件に欠けていた」「目はつり上がり、おでこ、下ぶくれの顔」などとコメントが添えられていた。当時手に取って「このギャクは笑えない」と思ったものだが、岸上慎二、田中重太郎、塩田良平と、枕草子研究を代表する大先生たちが、こうして口を揃えて「美人でない」旨の宣伝に努めていたのだから、それこそ赤塚流の悪乗りなどでなく、中高生にも安心して差し出せる「定説」だったことになる。

以上のように見てくると、この手の詮索は、どこまでも男性特有の嗜好なのではないか、という疑問もわいてくる。そこで女性研究者にあたってみると、既に『伝記攷』以前、関みさを（一九四〇）に「清少納言を知る上に、その風貌を想像してみることも、私たちには興味ふかいことである」との一節が確認された。やはり容貌は「私たちの興味」の対象だったのか。右の前置きに続き、関は「彼女は多分ふつくりと肥つた多血質の女であつたらう」と想像、さらに四七段から行成の言葉の後半「たゞ口つき愛敬づき……」を引いて「彼女の容貌をこれに近いものと想像してよからう」、「宮にはじめて参りたる頃や、大進生昌宅へ行啓の記事などに見て、大体彼女の髪はよくなかつたように思はれる」と、まとめている。男性研究者たちのように、ことさら「不美人」を指摘するものではない。ただ、四七段に清少納言の容貌を見る所など、岸上説（後述）を先取りしてもいた。

枕草子に関する著述も多い、作家の田中澄江になると、もっとあけすけである。『枕草子入門』（一九六八）では「あまり美人ではなかった清少納言」という見出しのもと、

清少納言が、とび抜けた美人ではなかったらしいことも、私の親近感をそそった。

私の母は、いわゆる美人に属していたらしく、学校の父兄会などに母がくると、あんなにきれいなお母さんから、どうしてあなたのような不美人が生まれたの、と、ずけずけ言う友があった。母は私のような不美人は嫁にもらい手がないだろうと心配したが、ある日、『枕草子』の中に、自分から、自分のことを不美人だと言いきっているような文章を見いだして、おおいに意を強くした。

と語っている（田中一九七九にも同文所収）。その「不美人だと言いきっている」証しとしては、やはり四七段を引いて、

眼が縦についているとは、釣り上がっているということであろうか。眉が額のほうに上がっているとは、間のびした顔つきで、鼻が横ざまにひろがっているというのは、あまり高くないことであろう。釣り上がった眼には険があって鋭い印象をあたえ、低い鼻や、眼からはなれた眉はのんびりして見える。そのアンバランスなところは愛嬌があるかもしれないが、ととのった美人とは言いがたい。

と結んでいる。関も田中も、東京女子高等師範学校時代に、関根正直の枕草子講義に薫陶を得たというが、容貌が話題に上ることもあったのだろうか。ただし田中澄江は不美人説を心地よく受け入れている。それが共感に結びつくところが、男性研究者にはない視点かもしれない。

八　枕草子にみる「容貌」

どうやら清少納言不美人説は、巷説どころか根強い「定説」らしいことがわかってきた。それが広く小説や学習参考書にまで浸透している様をみてきたが、最近でも酒井順子（二〇〇四）や林望（二〇〇九）に言及があるように、評論世界ではいまだ不可欠の項目であり続けているようだ。さらに、根拠を遡ってゆけば、枕草子自体に行き着くらしいこともわかってきた。諸氏の発言を総合すると、こぞって依拠されてきた本文は、およそ次の四つに絞られる（類聚随想段中の一般論的記述はここでは除いた）。

証拠①　職の御曹司の西面の（四七段）

行成の発言「まろは、目は縦ざまにつき……思はしかるべし」が清少納言の容貌を暗示している。また、行成に「いみじうにくければ」と言って自ら顔を隠している。

証拠②　返る年の二月二十余日（八〇段）

斉信と対峙する自身を「いとさだ過ぎ　ふるぶるしき人の　髪などもわがにはあらねばにや、所々わななき散りぼひて」と記していて、妙齢を過ぎて、髪にかもじを添えていたことを認めている。

証拠③　宮にはじめてまゐりたるころ（一七八段）

中宮の発言「葛城の神もしばし」が、清少納言の容貌の醜さを暗示している。また、伊周を前にした自身の髪を「ふりかくべき髪のおぼえさへ、あやしからむと思ふ」と記すなど、髪への自信のなさが窺える。

証拠④　関白殿二月二十一日に（二六二段）

積善寺供養当日、伊周らに見守られて車に乗り込む際に「汗のあゆれば、つくろひたてたる髪なども〈みなあがりやしたらむ〉とおぼゆ」、下りる際には「つくろひそへたりつる髪も唐衣の中にてふくだみ、あやしうなりたらむ。色の黒さ赤ささへ見えわかれぬべきほどなるがいとわびしければ」とあり、同じく髪への自信のなさが窺える。

改めて引いてみて、むしろ情報の少なさに筆者などは驚いている。しかも①③などは「暗示している」というだけで、証拠として危うさを残す。

この暗示説のうち、まず③の「葛城の神」発言だが、こちらは早く岸上慎二（一九四三）からも「容貌でなく夜だけという出仕状態をいったもの」と一蹴された所であった。普通に考えて、新参で緊張の極みにある相手の容貌を、醜いならなおさら、からかう主人などが「かぎりなくめでたし」と賞賛されようか。「美人だからわざとからかった」というならまだわかる。齋藤雅子(一九八四)にも、「(醜いとされる葛城の神に)心やさしい定子がふざけてなぞらえるくらいだから、少納言は決して醜い女ではなかったのだろう」という冷静な分析があった。ただ同書は、優雅で場慣れした周囲の女房たちと比べて「我身がいかにもぶきっちょで野暮ったく、つまりは醜く思われたのであった」と、清少納言の意識の問題として「醜さ」を想定している。「葛城神＝醜い」という図式は無視できない、といった所か。だがそうした図式に対しても、『源氏物語』以前の和歌史の検証から、葛城神の属性は決して「醜さ」に直結しなかったという反論が、後に圷美奈子(二〇〇四)によってなされている。

直後に「昼のお召し」が描かれていることからも、ここは「夜だけではなく(そろそろ葛城の神を返上して)昼も出仕せよ」という期待を込めた言葉と受け取る以外あるまい。「証言」としては第一に却下すべきだろう。

九　「目は縦ざまにつく」とは

次に行成の発言(①)である。田辺作品はじめ、研究者から小説家評論家まで、最重要証言として扱ってきたのが、どうやらこの部分なのだ。これに関しても、同じく岸上による検証があった。そして、当時の行成の立場などを考慮して、清少納言の容貌をさすという説は一応否定されていた。ただしその結論に、

しかしながらこの記事が少しも清少納言の容貌に関係がないかと云ふとまたさうは考へられず、目、鼻、眉についてはあまり香しくないと云ふのが真実であらうとおもはれ、「口つき」云々以下の記事は、よき半面を示してゐるものと考へておいてよいものであらうとおもふ。

とあり、最後は暗示説に落着くのだった。醜女否定につとめるべく、ついつい容貌詮索隊と同じ土俵に上がってし

まったのかもしれない。しかしこの遠慮がちにも見える一歩こそ、見てきたとおり、脈々と受け継がれてゆく「定説」の源流でもあったのだ（現行諸注では、『集成』『解環』『ほるぷ』が踏襲）。

改めて本文と向き合ってみる。まず「目は縦ざまに……」という前半部だが、どう見てもこれは極論である。まともな容貌ですらない。だが、後半部との対比においては意味を持つのだろう。清少納言の容貌を「暗示」するからではない。その手の読みは「目・眉・鼻」と「口・顎・首」とで線を引く行成の発言自体を、進んで曲解してきたと言わざるを得ない。[*9]

それはどこまでも視界の問題だろう。相手が扇を「かしこき陰とささげて」（一七八段）、つまり意識的に顔を隠した時の、見えにくい部分と見えてしまう部分（顕現する点では「声」も後者）とが峻別されている。[*10]〈見える〉ものを見る。〈見えない〉なら切り捨てる。本段は以下、この発話主体にふさわしい行成の人物像を描いてゆく。〈見えない〉ものを前に、行成は（一七八段の伊周のように）扇を取り上げたりはしない。それでは欲望が満たされないことを知っているのだろう。彼の大切なものは取り上げた扇の向こうにはない。続く両者のやりとりは、それを如実に物語る。「（隠すのはやめて）見えなどもせよかし」と促すものの、「いみじうにくければ……え見えたてまつらぬなり」と断わられるや、「さらばな見えそ」と顔を塞いでしまう行成。諸注ここを「（顔を）見せてくれ」などと訳してゆくが、二人の会話が一貫して「見ゆ」の攻防として描かれていることに注目すれば、厳密には「（目や鼻までも）〈見える〉状況」（〈見ゆ〉の許される関係）こそが彼の望みとなる。「見ゆ」なる言葉の位相にこだわるなら、（顔を見せる）結果は同じでも、描かれているのは単なる「見せろ／見せない」の遣り取りではない。[*11]

申し出を拒まれた行成は、「ならば〈見え〉ないでくれ」と、自ら〈見ゆ〉を取り下げた。彼は諦めてしまったのか。否、それは行成なりの体勢の立て直しであり、欲望の引き伸ばしでもあったこと、後に明らかになる。清少納言が拒絶の理由にあげた「いみじうにくければ」も、行成が「目は縦ざまに……」に加えた言わずもがなの一言、「なほ顔いとにくげならん人は心憂し」を標的とした反撃である。行成らしい率直すぎる発言だが、その言葉尻を逆手に取って、そんな心根では「〈見える〉状況にして差し上げることはできない」と、女の側も〈見ゆ〉の攻防に乗ってみせたわけだ。従って、以後「おのづから見つべきをり」に彼が興味を示さないのは、女の「いみじうにくければ」を真に受けたからでも、絶交状態に陥ったからでもない。「見つべきをり」に見ても意味がない。望みは〈見ゆ〉の共有だったのだから。

だが結果として、どうやら行成の自己制御は、より純度の高い欲望を研ぎ澄ましていったようだ。それが描かれるのが、章段末の場面である。そこには、殿上人を「のぞき見る帝」から清少納言の「寝起き顔」まで、すべてを視界に収めた行成の満足顔があった。「おのづから見つべきをり」から目を背け、顔を塞ぐ日々のなかで、彼は当初の望み（了解上の見ゆ）以上の何かを手探りしていたことになる。やがてその心を摑んだのが「（無防備な女の）寝起き顔なむいとかたき」という世評だった。

難易度の高いその〈見ゆ〉を、「ある人の局」で成功させた後、「またもし見えやするとて[*12]」来たという行成。視線を封じ合う先のやりとりは、極上の〈見ゆ〉を味わうための布石だったことになる。勝者の笑顔を前に、もはや女の拒絶も意味をなさない。「それより後は、局の簾うちかづきなどしたまふめりき」。許容の筆致で章段は結ばれることになる。

かくして本段は、「おしなべたらぬ」行成こだわりの〈見ゆ〉を、書き手との関係において描き切る。それを先導していたのが、「目・眉・鼻」と「口・顎・首」とできっぱりと線を引く、先の発言だった。清少納言の容貌を、ましてや欠点を重ねる解釈には、文脈とは別次元の欲望が強く働いていると見なさざるをえない。

十　「髪」を描くこと

以上のように暗示説を排してゆくと、明確な言及は「髪」だけということになる。それも、積善寺供養（④）や、伊周斉信ら貴公子との対峙（③②）という、晴れ舞台に描き出される自画像に限られている。扇を「かしこき陰とささげて」も隠しきれず、背後からでさえ人目に晒されてしまう髪。突き刺さる視線は、その一筋一筋にまで神経を通わせる。ゆえに歌でも物語でも、髪は女の／女への思いを示す恰好の素材とされてきた。例えば『源氏物語』で、それが効果的に使われた場面として、次の箇所などが思い浮かぶ。

御髪をかき出でて見たまへば、六尺ばかりにて すこし細りたれど、人は、かたはにも見たてまつらず、みづから（落葉の宮）の御心には〈いみじの衰へや、人に見ゆべきありさまにもあらず、さまざまに心憂き身を〉と思しつづけて……（夕霧巻）

夕霧の待つ邸へと、帰参を余儀なくされる落葉の宮。髪に托して刹那の心象が語られる。夕霧との結婚を期待する女房の目には美しく、出家まで思いつめる当人には衰えて、それぞれに映る髪がある。同じ髪をもって巧みに描き取られた落差は、「視点人物の思いによってかたどられ、歪められない客観的な髪描写などありえない」という三田村雅子（一九九六）の指摘に、まさに適う場面と言えよう。[*13]

仮に、晴れ舞台に身を置く女房「少納言」に、羨望のまなざしを向ける何人かの思いを描くとする。その視線からすれば、伊周に言葉をかけられ、斉信と渡り合い、衆目のなかを着飾って牛車に乗り込む彼女の髪は、かもじとの境も忘れさせるほど、誇らしく輝いて見えたことだろう。髪への言及が、心情描写、状況描写と重ね得るのなら、枕草子の場合も、それが限られた場面で効果的に利用されているといえよう。伊周や斉信の威勢を、主家の盛儀を、彼らと対峙した者、行事に列した当事者ならではの臨場感をもって伝えるべく、選ばれた素材こそが自身の〈髪〉だったのだ。「髪などもわがにはあらねばにや、所々わななき散りぼひて」②「色の黒さ赤ささへ見えわかれぬべきほどなる」④等の詳述は、それだけ「客観的な」描写にも見えるが、ここにあえて〈髪〉を持ち出すこと自体が、かけがえない場面構成への奉仕であることを免れない。

「いとさだ過ぎ ふるぶるしき人」②とあるように、黒髪を誇る年齢は過ぎたという自覚があり、出仕当初から「髪に自信がなかった」のは確かだろう。ただ、それが「不美人」の証拠に申し立てられるまでには、いささかの飛躍がある。髪のよしあしが美の要であっても、「髪に自信のない女」は「不美人」「醜い」と決め付けてよいのか、という話だ。先の「いみじうにくければ」①などを持ち出して、ただの買い言葉であれ、こう書くからには美人でないはずだ、思わず本音が出ていると、あくまで不美人に固執する向きもあるかもしれない。かかる憶測の自由までは拒めまい。ただそれを言い出せば、「かたちとても人にも似ず」と記す道綱母は「本朝三美人」を返上しなければならず、「われはこのごろわろきぞかし」と書いた孝標女も、化粧崩れした同僚を前に「ましていかなりけん」と我が身を憂う紫式部も、すべて「不美人」だろう。藤岡作太郎は不美人説の根拠に「(枕草子に)その艶容麗色に誇るが如きことは殆ど見るべからず」と言ったが、そもそも当時の女性の自己言及とは「容色を誇らない」ものなのだ。「見られる」意識にも現代とは格段の差があるはずで、その羞恥の表明を安易に「コンプレックス」と呼ぶべきではあるまい。いずれにせよ、少なくとも清少納言ひとり突出して「不美人」が強調されてきた根拠は、見てきたような本文からは見出し難い。

十一　「したり顔にいみじうはべりける人」

では当人が語ってもいない「不美人」は、なぜここまで受け入れられてきたのか。あるいは、あたかも自ら「不美人」と言っているかのように、なぜ枕草子は読まれ続けてきたのか。人々をして（嫌悪も好感も含めて）不美人説に走らせた、その外因について、最後に触れておきたい。

我々は当然、清少納言の「顔」を知りえない。現存する歌仙絵もかるた絵も、むろん証拠とはなり得ない。にもかかわらず、我々は常に既にあるイメージを持っている。「生意気な」「女らしくない」横顔から「小気味よく」「正直な」素顔まで。あげてゆけば、それは概ね読者が抱く枕草子の「作者」像であることがわかる。しかし、その集約たる〈清少納言〉は、確かにその著作から抽出されてきたものなのだろうか。

実際、清少納言像の形成には、外部から関与してくるテキストがあった。なかでも特等席に座り続けているのが『紫式部日記』である。かの有名な一節、「清少納言こそ、したり顔にいみじうはべりける人」。気がつけば枕草子作者の印象には、この「したり顔」が張り付いている。[*14]

そもそも紫日記は、秋の土御門邸を素描する冒頭部から、宰相の君の「顔」に吸い寄せられる書き手を印象深く登場させてくる。以降の中宮御産記のなかで、そしていわゆる消息体部分において、同性の「顔」「かたち」に見せる彼女の執着は、枕草子とはあまりに対照的であった。その意味で紫日記は、枕草子が同僚女房をはじめ個々の女性の「かたち」に、いかに執着しない作品であるかを教えてくれてもいる。両者を身体描写から対比した大塚ひかり（二〇〇〇）に、「枕草子のそれは（紫式部と比べて）人物描写として凄みに欠ける」、「自分なりの身体論ともいうべき美学に面白さがある」という指摘があったが、[15] 確かに枕草子において女の「かたち」は類聚段などで言及されることが多く、いわば典型化されてそこにある。先に見た自身の〈髪〉も、場面形成上の必要がなければ作中にあえて記すべき素材ではなかったことが、改めて窺い知れよう。

対する紫日記は、徹底して個々の女性の「かたち」にこだわった。そして、それを次々に品評してみせた書き手が、最後に満を辞して放った一矢こそが、清少納言の「したり顔」だったのだ。もちろん「したり顔」は「かたち」そのものを映したものではない。しかし、この同時代人による嚆矢にして唯一の〈顔〉への言及は、源氏作者の信託するパスポートとなって後世に手渡されていった。

その説得力は、枕草子読者が抱く「作者」像と、決して無縁でない所にある。作中に「少納言」と呼ばれる女房の、様々な横顔のひとつを突出させることで、見事に〈清少納言〉なるペルソナを作ってしまったのだ。我々が呼び慣わす〈清少納言〉なるものは、事実上ここに誕生したと言うべきである。[16]「とんでもなく得意顔な女」。それはどこか虚勢を張っていて「美しくはない」。美人ならば鼻に付き、不美人なら生意気な、その振る舞いが「美しくはない」。紫式部は「かたち」に感知しない素振りで、「かたち」以上のペルソナを貼り付けてしまったわけだ。「顔」に執する作家、紫式部の面目躍如である。

清少納言「不美人」説の来歴をみてきたが、それを積極的に言い立て、根拠を求め続けた人々の脳裏に、「したり顔」のよぎる瞬間が見える気がしてならない。「清少納言の容貌」の詮索に、はじめから想像の余地は少なかったわけだ。

注

＊1　枕草子本文および章段数は『新編枕草子』（おうふう二〇一〇）による。

＊2　容貌については「清少納言という女は、たがいに憎からず思い、心をひらきあっている時こそ美人だが、いったん喧嘩するとたんに醜女になるというたぐいの女である。だまって坐っているだけで美人、というものではないのだ」とあった。

＊3　本編では為光や本人によって「不美人」と公言されている。一方、円地作品では清少納言が内面を語る際に「みにくさ」が使われるように、中宮女房という役割を生きる才女の孤独に焦点が当てられていた。同じような内面の想像と共感は、白洲正子（一九九九）にもみられる。なお、以下の現代小説のリストアップには東望歩の協力を得た。

＊4　ただし⑥⑦などの随所にイラストを挿む作品では、不美人の印象は薄くなる。

＊5　藤原眞莉は前掲（二〇〇四）のように「なぎこ」に「梛子」をあてる。由来は藤原（二〇〇三）参照。

＊6　「うつくしきもの」は、「これはもう母親として子育ての経験ある人ならでは書けない」「少納言の育児体験を反映している」なるコメント（林望二〇〇九）も引き受けている。

＊7　時に「國學院大学教授」の肩書きもあった中野だが、講師時代の同僚で、退職して名をあげた丸谷才一を、この頃は強く意識していたという（中野孝次『真夜中の手紙』一九八四）。引用文は、そんな焦りや苛立ちまで忖度させる。中野が退職して執筆に専念するのは四年後のこと。

＊8　実際、百人一首絵の清少納言は今日まで「不美人説」の流布に一役買っている。現存最古のかるたとされる『伝道勝法親王筆百人一首歌かるた』に後姿で描かれ（女性では三人）、後のかるた絵の規範となった『素庵本百人一首』では横顔だった（女性は二人）。特に素庵本は後にも踏襲され、流布していった。ただし歌仙絵や探幽『百人一首画帖』など、正面も珍しくない。そもそも後姿や横顔は、多人数をセットで描く際、バリエーションとして必要な構図なのだろう。おそらく（男女とも）誰に後姿や横顔を割り振るかという懸案から、作者や歌の「個性」が

後付けされていったと思われる。選択理由も様々だろうが、結果的に正面以外は少数派となるため、それ自体が何らかの意味付けを誘発する原因になりかわる。そのさい、歌仙絵の小町なら「美人ゆえ」とされる後姿が、清少納言の場合「おそらく不美人の象徴ではないでしょうか」(吉海直人二〇〇八)等の説明に落ちついているようだ。こうした通説に対しては、「才気煥発な清少納言の矜持が、他の図像の女性らしい様態とは一線を画するプロフィール(横顔のポーズ)として表れたものだろう」という反論もある(圷美奈子二〇〇九)。絵柄は原因なのか結果なのか、渾然としていて立証は難しい。確かなのは、近世以降に著しい不美人説の流布に、その横顔や後姿が過分な貢献をさせられているという事実である。風評が風評を呼ぶメディア災害の連鎖のように、不美人説は独り歩きしている(清少納言の姿絵については、圷二〇〇四にも詳しい。容貌に寄せる関心も近年では突出した論考)。

＊9 「暗示説」も、行成の発言を後の申し出と重ねて(実は清少納言への誘いとして)解した時、成り立つ余地は出てくる。つまり、後半の口つきから声までを相手の〈見える〉部分への褒め言葉として、目以下(前半)は、〈見えにくい〉部分も委ねてもらえるよう、あえて掲げた極論として、どちらも「見えなどもせよかし」への誘導と取る解釈である。容貌の重ね方としては、後半に限定した春曙抄、前掲では関(一九四〇)のような指摘のみ許容されよう。しかし実際、願いはあっさり却下されているのだから、誘導としてはまったく功を奏していない。ここはやはり、〈見える〉ものから評価する行成の原理主義が、女房たちのデリカシーといかに相容れないか、それを示すのが第一義だろう。自身の容貌が暗示されているという意識も、文脈からは窺い難い。

＊10 女側が視界を確保する際は、扇は鼻の位置まで下げられよう。つまり行成の線引きは、顔を隠す相手にこそ向けられている。

＊11 「見ゆ」には「自発」を強く意識すべき。相手からすれば「見られる」(受身)と同義。

＊12 「見えやする」は内閣文庫本(および能因本諸本)。他の三巻本二類本は「またも見やする」。

＊13 同じ三田村雅子には、清少納言の容貌への言及もあった(「反転するまなざし」一九九〇)。単なる容貌の詮索ではなく虚構化の方法を説く論考だが、作者の「容貌卑下」が強調されすぎるきらいはある。後述のように、容貌へ

の言及が「卑下」にみえることを、コンプレックスと呼ぶことには慎重でありたい。

＊14　紫日記の影響について、近年では藤本宗利（二〇〇二）坏美奈子（二〇〇四）等に言及があった。また安藤徹（二〇〇九）には、一方的な糾弾に終わらない、テクスト相互の交渉する新たな場として「したり顔」が捉え直されていて興味深い。

＊15　ちなみに大塚（二〇〇〇）は、三才女評が容貌に触れぬ点について「才女たちは美人ではなかったのか」とも推測しているが、清少納言の場合、容貌に触れないからこそ「したり顔」が生きてくる。

＊16　早く岸上（一九四三）の調査報告もあるように、枕草子中に「清少納言」なる呼称は存在しない。（同時代の私家集には散見）

引用文献一覧（著者五十音順）

赤塚不二夫（一九八四）『まんが古典入門　枕草子』（学習研究社）

坏美奈子（二〇〇四）『新しい枕草子論』（新典社）II篇第三章

坏美奈子（二〇〇九）『王朝文学論』（新典社）I篇第一章

安藤徹（二〇〇九）「『枕草子』というテクストと清少納言」（『〈国語教育〉とテクスト論』ひつじ書房）

上野葉（一九一四）「枕草紙現代語訳抄」（『青鞜』四巻六号）

梅澤和軒（一九一二）『清少納言と紫式部』（実業之日本社）

円地文子（一九二九）「清少と生昌」（『女人芸術』三月号→『惜春』収録）

大塚ひかり（二〇〇〇）『「ブス論」で読む源氏物語』（講談社＋α文庫）

大本泉（二〇〇一）「現代文学と枕草子」（『枕草子大事典』勉誠出版）

岡田鯱彦（一九五三）「艶説清少納言」（『面白倶楽部』三月号→『薫大将と匂の宮』扶桑社文庫）

岸上慎二（一九四三）『清少納言伝記攷』（畝傍書房→新生社版一九五八）

岸上慎二（一九六一）『校訂三巻本枕草子』（武蔵野書院）
岸上慎二（一九六二）『清少納言』（吉川弘文館）
楠木誠一郎（二〇〇三）『お局さまは名探偵！』（講談社青い鳥文庫）
齋藤雅子（一九八四）『たまゆらの宴』（文芸春秋）
三枝和子（一九八八）『小説清少納言　諾子の恋』（読売新聞社→福武文庫）
酒井順子（二〇〇四）『枕草子ＲＥＭＩＸ』（新潮社→同文庫）
塩田良平（一九六五）『王朝文学の女性像』（日経新書）
白洲正子（一九九九）「清少納言」（『芸術新潮』十二）
関みさを（一九四〇）『清少納言とその文学』（萬里閣）
瀬戸内晴美（一九六六）『煩悩夢幻』（新潮社→角川文庫）
立川楽平（一九九六）『枕草子外伝』（近代文藝社）
田中重太郎（一九四八）『清少納言』（白楊社）
田中重太郎（一九六〇）「『枕草紙抄』の著者について」（『枕冊子本文の研究』初音書房）
田中重太郎（一九七四）『枕草子入門』（文研出版）
田中澄江（一九六八）『枕草子入門』（光文社）
田中澄江（一九七九）『枕草子への招待』（日本放送出版協会）
田辺聖子（一九七七）『鬼の女房』（角川書店→同文庫）
田辺聖子（一九八三）『むかし・あけぼの』（角川書店→同文庫）
田辺聖子（一九九七）「魅惑の女・清少納言」（小学館新編日本古典文学全集月報四一）
百目鬼恭三郎（一九六八）「清少納言」（『国文学解釈と鑑賞』二）
富樫倫太郎（一九九九）『陰陽寮２』（徳間書店）

中島和歌子（一九九七）「明治の〈女流文士〉の清少納言観覚書」（『北海道教育大学紀要』二月）
中野孝次（一九七七）「平安時代のメートレスたち」（『国文学解釈と鑑賞』十一）
萩野敦子（二〇〇四）『清少納言』（勉誠出版）
橋本治（一九八七）『桃尻語訳枕草子』上（河出書房新社→同文庫）
長谷川美智子（二〇〇一）『小説清少納言　千年の恋文』（新風舎）
林望（二〇〇九）『リンボウ先生のうふふ枕草子』（祥伝社）
藤岡作太郎（一九〇五）『国文学全史平安朝篇』（東京開成館→東洋文庫ほか）
藤川桂介（一九九五）『夢違え清少納言』（双葉社）
藤本宗利（二〇〇〇）『感性のきらめき　清少納言』（新典社）
藤本宗利（二〇〇二）『枕草子研究』（風間書房）二四章
藤原眞莉（二〇〇三）『華めぐり雪なみだ』（集英社コバルト文庫）
藤原眞莉（二〇〇四）『華くらべ風まどい』（集英社コバルト文庫）
三上参次（一八八九）「紫式部ト清少納言ニ就テ」（『日本大家論集』二巻第四号）
三田村雅子（一九九〇）『枕草子　表現の論理』（有精堂）一章2
三田村雅子（一九九六）「黒髪の源氏物語」（『源氏研究』第1号）
宮崎荘平（二〇〇九）『清少納言〝受難〟の近代』（新典社新書）
本宮ことは（二〇〇七）『魍魎の都　姫様、出番ですよ』（講談社X文庫）
本宮ことは（二〇〇八）『魍魎の都　姫様、それはなりませぬ』（講談社X文庫）
森谷明子（二〇〇六）『七姫幻想』（双葉社→同文庫）
吉海直人（二〇〇八）『百人一首かるたの世界』（新典社新書）

【漫画】

少女漫画の中の『枕草子』——中宮定子のもうひとつの恋と彰子の変貌——

三村友希

一　ヒロインはだれ？

平安時代を舞台にした漫画作品は少なくなく、そうした「平安物」漫画は、『源氏物語』を少女漫画化した大和和紀『あさきゆめみし』（講談社漫画文庫・全七巻、二〇〇一年、『月刊mimi』『mimiExcellente（季刊）』にて一九七九年から一九九三年まで連載）によって本格的に開拓され、確立されたジャンルと言えよう。[*1] 大ベストセラーとなり、高等学校の教科書の中で紹介されたり、[*2] 学校図書館に置かれたりして、「受験生のバイブル」とまで言われるようになると、『あさきゆめみし』の世界を二次利用した参考書類の刊行が相次いだ。[*3] しかし、『あさきゆめみし』の後、『源氏物語』関連の漫画や「平安物」漫画が多く描かれたのも、『あさきゆめみし』が一つの作品として優れていて、読者に受け入れられたからである。『あさきゆめみし』以降に描かれた他の『源氏物語』関連の漫画にも、それぞれに個性がある。学習漫画系の作品とは一線を画し、作者ならではの原作解釈が投影された作品性が、読者を惹きつけてきた。[*4]そうしたプロセスが、「平安物」漫画の本格化に寄与したのだと思われる。[*5]

では、『枕草子』の漫画化は、どのような展開を見せているのであろうか。『源氏物語』関連の漫画や「平安物」漫画が広がりを見せる中、『枕草子』の関連漫画の数は多くはない。『枕草子』や清少納言、中宮定子に関連した漫画をリストアップしてみる。

Ａ学習漫画系[*6]

①矢代まさこ（構成／辻真先）『コミグラフィック日本の古典４　枕草子』（暁教育図書、一九八三年）→改訂増補

②まるやま佳（シナリオ／柳川創造・水沢遥子、監修／長谷川孝士）『コミックストーリー／わたしたちの古典３　枕草子』（学校図書、一九九〇年）→新装版化

③森有子（監修／平田喜信、解説／村上博之）『くもんのまんが古典文学館　枕草子』（くもん出版、一九九一年）

④赤塚不二夫（構成／横山孝雄、指導／石井秀夫）『赤塚不二夫の古典入門　枕草子』（学習研究社、二〇〇一年）

⑤面堂かづき『ＮＨＫまんがで読む古典１　枕草子』（集英社、二〇〇六年）

⑥中空朋美『平成21年度　古典の日推進事業　日本の古典を読もう！　知ろう！　マンガ枕草子』（京都府文化環境部文化芸術室、二〇一〇年）

Ｂアレンジ系

⑦田中雅子『ロマン・コミックス人物日本の歴史　藤原定子《ていし》』（世界文化社、一九八五年）

⑧河村恵利（原作／光瀬龍）『枕草子』（秋田書店、プリンセスコミックス、一九九〇年）

⑨朱間《あかま》ひとみ『恋枕』（小学館、フラワーコミックス、二〇〇三年）

⑩大和和紀『春はあけぼの殺人事件』（講談社漫画文庫、二〇〇七年）
⑪かかし朝浩『暴れん坊少納言』（ワニブックス、ガムコミックスプラス・全七巻、二〇〇七年〜二〇一〇年）
⑫くずしろ『姫《きみ》のためなら死ねる』（竹書房のウェブコミック配信サイト『まんがライフＷＩＮ』にて二〇一〇年三月から連載中→「http://4koma.livedoor.com/mangalife/」参照）*7

このリストでは、『枕草子』や清少納言、中宮定子に関連する十二作品の漫画をあげ、関連作品をＡ学習漫画系、Ｂアレンジ系（『枕草子』から逸脱して創作された少女漫画、少年漫画）にひとまず分類した。ただし、Ａ学習漫画系の作品の殆ども、絵柄などは少女漫画の描き方である。

アレンジ系の作品が少ないのは、随筆というジャンルのゆえもあろうか。漫画化しようとすれば、作品の外側にある史実にも筆が及ばざるをえず、困難な事情もあるかもしれない。アレンジ系の作品には清少納言も中宮定子も登場するものの、読者が知っているであろう、教科書的な歴史的事実をさりげなく利用しながら、原作や史実から自由な立場をとっている。

おもしろいのは、ヒロインの選択である。主人公は清少納言なのか、それとも定子なのか。Ａ学習漫画系の作品は、原作にしたがって、清少納言が語り手になる。しかし、Ｂアレンジ系の作品では、⑦、⑧が中宮定子、⑩、⑪、⑫が清少納言をヒロインに描かれる。清少納言を主人公にするか、中宮定子を主人公にするかでは、当然、作品性が大きく異なってくる。『枕草子』の世界を漫画化する際には、まずその選択を迫られることになろう。その意味においても、特にアレンジ系の作品には、個性的な清少納言や中宮定子が登場するのである。

二　学習漫画の中の『枕草子』

学習漫画の主要シリーズ『マンガ日本の古典』全十三巻（河出書房新社）にも『マンガ日本の古典』全三十二巻（中央公論社）にも、時代バランスを考慮した選択のためなのか、『枕草子』は入っていないが、A①〜⑥の学習漫画版『枕草子』を確認することができる。

①矢代まさこ（構成／辻真先）『コミグラフィック日本の古典4　枕草子』の「コミグラフィック」とは、「出版の世界に出現した、全く新しい分野。若者文化の『コミックス』（ストーリーマンガの分野）プラス『写真・グラフ』のこと」で、『コミグラフィック日本の古典』は、「古典名作の世界を、現代のセンスで、映像的に香り豊かに紹介するシリーズ」であるという。漫画には写真や絵巻の画像が挿入されており、古文も引用されていて学習漫画らしい作りで、いわゆる学習漫画の初期シリーズとして、新しい出版文化を開拓しようという気概が感じられる。

②まるやま佳（シナリオ／柳川創造・水沢遥子、監修／長谷川孝士）『コミックストーリー／わたしたちの古典3　枕草子』も、学習漫画らしく際立った個性はないものの、安心して読むことができる。扱っている章段の数はそれほど多くない。作品の漫画化に重点を置き、清少納言の経歴や中宮定子の悲劇が描かれていない、という点が特徴と言えようか。①と同様、コマを大きく取っていて見やすく、古文も引用されている。

③森有子（監修／平田喜信、解説／村上博之）『くもんのまんが古典文学館　枕草子』も、①、②とともに、オーソドックスな学習漫画で安定感がある。解説「日本ではじめての随筆集」では、清少納言の一生についてや『枕草子』の文学史的位置づけなどが説明されている。小学中級以上を読者対象とする。

学習漫画系の中で個性的なのは、④赤塚不二夫（構成／横山孝雄、指導／石井秀夫）『赤塚不二夫の古典入門枕草子』であろう。漫画の登場人物たちが、関西弁（京ことば？）を話しているのである。古文・現代語訳も載っており、「重要語句入門」欄もあって、いかにも学研の学習漫画らしい。各章段に付いた「まじめ鑑賞」のコーナーに少し詳しい解説が書かれ、①〜③よりも内容が濃い印象である。古文を学習する中学生、高校生が読者対象であろう。赤塚不二夫にキャスティングされたという二人の子どもが、『枕草子』の内容に対して賛同したり、文句をつけたりする。

一方、学習漫画系の中で少女漫画にもっとも近い作風であるのは、⑤面堂かづき『NHKまんがで読む古典1枕草子』である。これが著者のデビュー作で、タイトルの通り、NHK総合で放送されていた番組「まんがで読む古典」を脚色した作品。一九九三年に第一巻、一九九五年に第二巻が出版され、その後は絶版となっていたが、二〇〇六年にホーム社漫画文庫として再び刊行された。清少納言を描くときには、おっちょこちょいの慌て者か、姉御肌のお局さまか、二通りの人物造型の傾向が見えるようであるが、ここに描かれる「ナゴン」はかわいらしくて生き生きとしている。章段の漫画化だけでなく、清少納言の伝記、中宮定子の悲劇が挿入されている。

さて、その成り立ちや内容が特異なのは、⑥中空朋美『平成21年度 古典の日推進事業 日本の古典を読もう！知ろう！　マンガ枕草子』である。製作は京都府、協力は京都市、宇治市、京都商工会議所、古典の日推進委員会で、発行は京都府文化環境部文化芸術室。著者は、地元の京都精華大学マンガ学科を卒業した中空朋美。編集は、京都精華大学事業推進室である。十一月一日の「古典の日」の定着を目指し、子どもたちに気軽に古典に触れてもらうため、二〇〇九年度「古典の日」推進事業として刊行された。[*8] 七千部を発行して、京都府内の小中学校や公立図書館などに配布された。大学の授業でも活用されているという。[*9]

対象や目的からすれば、これは学習漫画にちがいないが、京都に住む子どもたちのために書かれた作品という意味で他と性質が異なっていよう。二十八ページの薄い冊子で、扱われているのは「春はあけぼの」の段。原文と現代語訳、伊井春樹、山本淳子、朧谷壽の三氏の解説が載る。清少納言が二人の子どもを平安京に連れていき、案内するという展開で、「はじめに」には、京都に住む子どもたちへ呼びかけて次のように書かれている。

京都のまちは、二人が目にする時代以前からの長い歴史の中で、日本を代表する豊かな自然に囲まれた山紫水明の都を作り上げてきた、心豊かな人々から受け継がれた、かけがえのない財産です。

そんなまち京都は、いったいどんなところなのでしょうか？

清少納言の感じた京都の四季折々の自然を題材に、漫画の中でも、子どもたちが自分たちの暮らす京都に愛着を感じ、誇りを得られるようなストーリーになっている。朧谷壽氏は、「当時の古典のほとんどは京都で生まれた。その京都で古典に親しめるのは恵である。いつでも、すぐに現場に立つことができ、そのことで臨場感を味わい、作品の理解に深みが増すというものである」と解説する。清少納言に導かれて、二人の子どもたちは、人々が自然や人の真心に感動する気持ちは、生活や文化が変化してしまっても決して変わらないのだと学んでいくのである。

この千年という時を経ても変わらず美しい京都――

ずっとずっと　この都が美しいまま受け継がれていきますように――……

清少納言の祈りによって、作品は閉じられる。その願いを受けとめるのは、読者である子どもたちである。

三　道長に恋する定子

Bアレンジ系の⑦田中雅子『ロマン・コミックス人物日本の歴史　藤原定子《ていし》』では、その絵柄の雰囲気もあってか、定子はいかにも儚げな佳人として描かれる。清少納言は、道長が定子を見る瞳の優しさに気づき、不思議に思っている。

定子……　美しくなった
小さな子どもだったあのころも　つい昨日のような気がする
いつも無邪気にわたしのあとを追ってきた定子も　今では帝の中宮……
特にこのごろは……　日に日に美しくなるような気さえする
定子　あなたの心をそこまで輝かせたのは主上《おかみ》なのか?…
だが　わずか十八歳だというのに…　透明な中に　ときとして人生を知りつくしたような美しさを感じさせる
定子　あまり人生をいそがぬように…

田中雅子の描く道長は、定子の輝く美しさに何か不吉さを感じていた。この道長像に通じる作風をもつのは、⑧河村恵利（原作／光瀬龍）『枕草子』[*10]である。『ビバプリンセス』一九九八年十二月号、一九九〇年二月号に掲載された。[*11]河村恵利も「時代物」を多く手がけるが、本作が著者はじめてのコミックスである。内容はオリジナルであるが、語り手は清少納言だから『枕草子』というわけであろう。

「〈前編〉藤の花」では、一条帝の中宮として幸福を極める定子《さだこ》と少女時代の定子が交互に描かれる。少女のころの定子の秘密に、清少納言は気づいていた。定子の叔父にあたる道長は、兄藤原道隆の邸の侍女にまで手を出すプレイボーイ。

いつも沈着な定子さまが　道長さまの名を聞くと動揺なさる
本当はとてももろい　危なっかしい心の持ち主なのです
――定子さまが今も秘める幼い恋心――　淡い想い――　つれない道長さま――
あの方は定子さまの幼い日々の中では　いちばん心の近い存在だったのです

関白藤原家の末っ子の道長と姪の定子は十歳ちがい。草原で昼寝する道長のところに、幼い定子が走ってくる。

「…叔父上って誰にも本気じゃないわけ⁉　本気で女《ひと》を好きになったりしないの？」
「俺だって本当の恋がしたいが…　そんな女　いくら探しても見つからん　もう誰でもいいよー……」
「…もーちょっと待ってくれたら　私も…すてきな美人になるわよ」

頬を赤らめて告白した定子に対し、道長は大笑いして取り合わない。定子の精一杯の告白だったのに。

「叔父上のばか――っ！　叔父上なんか…後悔させてやるからっ！　うーんときれいになって…！　きっと叔父上を後悔させてやるっ　絶対――」
「そうだな　きれいになれ　定子……　俺がすごく後悔するような　とびきりの女子《おなご》になれ　俺みたいなろくでなしじゃなくて――　おまえ一人を大切に思ってくれる男を好きになれ」

泣いて抗議する定子に、道長も真剣になってそう答えるのであった。美しく成長することが、定子にできる、ささやかな復讐でもあったのだ。「私はうんときれいになって　この人を後悔させてみせる　必ず――」。入内の日、ジャジャ馬だった定子が美しく変貌した姿に、道長は声も出ず、直視することができなかった。

驚いておいでですね　叔父上……　……そうでしょうね
あなたはいつも私を　子どもだと思っておいでだったもの
ただの一度も　私の言うことをまじめにとってくださったことはなかったわ
恋の手練れを気どるあなたは　実は何もご存じない…
女はどれほどその姿が幼くても　その心はおとなか…
少しも知ってなどおられなかったでしょう…！

そして、『枕草子』「淑景舎、春宮にまゐりたまふほどのことなど」で語られる姉妹対面の日、父道隆の「定子の幼なじみの道長が東三条院に来ておるのだ」の一言に、定子は動揺する。周囲に訝しがられるが、御簾から覗き見をしていた清少納言を支えきれずに屏風が倒れて騒動となり、咎められることはなかった。そこに一条帝がやってくる。一条帝の一途な、深い愛情に触れ、定子は思わず涙する。定子の涙の意味は何だろう。道長の言う通りに、美しくなって、誠実な一条帝に愛されている。初恋と訣別し、少女時代へ別れを告げる涙だったのかもしれない。

「〈後編〉もののけ」では、菅公の一族を母に持ったゆえに連座させられ、流刑地へ向かう旅の途中で病死した橘内親王のもののけが出現して、やがて定子も「流行病」に倒れる。橘内親王の幼い霊は、病に倒れた者の苦しみを我が身に代わってやりたいと思う者の優しさに乗じて、御所に戻ってきたのであった。

病の苦しみを我が身に代えてやりたいと願う心の者へ――
もしもおまえが成仏しなかったら　定子さまの次に乗り移った相手は…？
それは…眠れぬほど心配なさった帝か　それとも道長さまだったのか――
今ではもう知るすべもないことなのでありました――

このように、河村恵利『枕草子』は悲劇の中宮の少女時代の初恋をテーマにし、しかも、その幼い片思いの相手が藤原道長であったという点が興味深い設定となっている。⑦、⑧の両作品は、冷たい権力闘争を描かずに、道長に定子に対する愛情を抱かせ、権力者にも少女漫画らしいセンチメンタルを取り入れた趣向が読者を惹きつけるのである。

四　定子の一条帝への愛

中宮定子《ていし》の悲しみを描くのは、⑩大和和紀『春はあけぼの殺人事件』も同じである。[*12]『別冊フレンド』一九九一年六月号、七月号に掲載され、コミックスに未収録であった幻の作品が漫画文庫で読めるようになった。大和和紀には、大和和紀・画／紀野恵・文『イラスト古典　枕草子』（学習研究社、一九九〇年）もあり、いずれも『あさきゆめみし』連載中に描いた『枕草子』ということになる。

宮中で巻き起こる鬼騒動の謎に、藤原斉信の協力を得ながら、夫の橘則光とともに調査に乗り出す清少納言。則光だけが、本名の「聖子」と呼ぶ。負けん気が強くておてんばな清少納言は、大和作品のヒロインらしい造型で、『あさきゆめみし』とはまた異なるテイストで描かれている。実は、鬼の正体は藤原道隆の庶子で、定子の異母妹である密矢《みつや》であった。そして、自分を捨てた一族を恨むあまりに鬼となった密矢を利用した、鬼騒動の黒幕は藤原道長。自分と瓜二つの顔をもつ密矢に、定子は語りかける。

血をわけたそなたが鬼ならば……　まろもやはり鬼でしょうね
関白の大姫は　一門のために　人としての心を捨てるのです

…泣きたいときに笑い　怒りたいときには微笑み……
一門の栄えのためには　愛する人さえ利用する……
まろは……　帝をお慕いしています……
けれども　一門の栄えのためには　まろはこの方をもだますでしょう
この世でいちばん愛する人を裏切ることも辞さぬでしょう
…これはもう……　人ではありませんね　鬼のすることです
だから密矢……　そなたは　もう鬼でいることはないのよ
同じ顔を持つまろが鬼になります
そなたは自由な人としておいきなさい
ただ人としてしあわせにおなりなさい　まろのかわりに……

異母妹の密矢はもうひとりの定子なのであり、家から疎外された密矢の悲しみや怒りを通して、家のために生きることを宿命づけられた定子の葛藤を映し出したのである。

逆境にあっても一条帝を一途に愛し、気品を失わない定子像は、どの作品においても強調されている。⑨朱間ひとみ『恋枕』でも同じである。『恋枕』は、女性漫画誌『プチコミック』二〇〇三年一月号増刊、四月号増刊、七月号増刊、一〇月号増刊に四回にわたって全四話が掲載され、その十一月には著者はじめての単行本となった。[*13] 内容はタイムスリップもの。主人公はOLの香山歩。歩と二人暮らしの父親は、『枕草子』を研究する大学教授。父親が研究のために手に入れた香木をきっかけに平安時代にタイムスリップしてしまい、「これは私の香木」と話す清少納言に出会う（第一話のラストで譲り受けることになる）。第一話から最終話まで「『恋枕』を10倍面白く読めるコラム」(文／安楽まり、監修／日野資成)が付いており、『枕草子』や清少納言、中宮定子、時代背景に関する解説が載り、「今回の『恋枕』に出てきた『枕草子』」の章段を紹介するコーナーも設けられている。

歩が最初にタイムスリップしたのは清涼殿で、気づいたら貴公子と共寝していた。その貴公子は、五位蔵人の源隆房。宰相の君の遠縁と勘違いされ、清少納言に「茜の君」と名付けられる。第二話では、清少納言の実家にタイムリップ。第一話から時間が経過して、関白道隆が死去、伊周が流罪となり、中宮定子は出家していた。道長と通じていると噂された清少納言は宮中を辞していた。第三話はさらにそれから二年後、歩は職の御曹司に。失意の状況にあっても、中宮定子は変わらずに美しく優しかった。最終話では、その一年半後、皇后となった定子の出産をひかえて緊張する平生昌邸にタイムリップ。雪の日、定子は内親王を出産するが、「香炉峰の雪」のエピソードを思い出しながら息絶える。悲しみの中、清少納言は以前に譲り受けた草子を取り出し、「この草子には悲しいことやつらいことは書かない　ただただ煌々しい時を閉じ込めて記すの」と決意する。

恋愛がうまく行かず、いつも振られてばかりの歩は、清少納言から「嫉妬や我が侭　憎しみと喜び　それが恋の醍醐味ではありませんか　正直に思うまま　それを表に出さない女などつまらないだけ」と諭されたり、逆境にあっても優しい定子の「私は主上をお慕いしています　この気持ちは誰にも負けないわ　だからこそ　堂々と　誇りをもって生きていけるのですよ」と笑顔で話す姿に教えられたりして、隆房と恋仲になっていく。すなわち、『恋枕』は、現代人の歩が平安時代の女性たちの生き方から恋愛を学ぶことがテーマになっているのであった。

五　彰子の変貌

ところで、清少納言が敬愛し、『枕草子』の中で賛美される中宮定子に対して、彰子の描かれ方も興味深い。⑦田中雅子『ロマン・コミックス人物日本の歴史　藤原定子』には、定子を憎む詮子によって見初められて入内した彰子が登場する。まだ十二歳で入内した彰子は、美しく利発で、勝ち気な少女。清少納言の前で定子を皮肉る彰子を、一条帝は言い諭す。

人を中傷してはいけない――
朕《わたし》は聞いていて悲しくなったよ
そなたは利発で愛らしいのになぜ……
そなたは　まだ定子を知らない…………
なのに　そのように言ってよいのだろうか？
よく考えておくれ

その後、出産のために平生昌邸に移った定子が出産後に危篤状態に陥ったとき、駆けつけたいと願う一条帝に対し、母詮子は猛反対するが、彰子は「どうぞお行きくださいませ」と賛成する。

主上《おかみ》は　だれよりも定子さまを愛しておられます
だれが何をしようとも　ほかの者の入るすきまなどありません
わたくしも初めは　定子さまから主上のお心を奪いたいと思いました

でも…ほんの一瞬すれちがった定子さまは　わたくしにほほ笑みかけてくださいました…
中宮となり正妻づらをしていた子どものわたくしに……
あのとき　わたくしは自分がいかに小さな人間であったかを悟りました

彰子は、定子の生んだ敦康親王を一時期引き取って養育していたこともあるためか、はじめは生意気で、定子に対抗意識を燃やしていても、最後には定子に共感し、同情的になっていくという変貌が描かれるのである。

⑪かかし朝浩『暴れん坊少納言』に描かれる彰子はとても個性的である。『暴れん坊少納言』は、月刊誌『コミックガム』にて二〇〇七年一月号からシリーズ連載され、その後に正式に連載が始まって、二〇一〇年八号号で完結した。原作の章段を踏まえつつも大胆に脚色した物語で、そのアレンジの仕方がおもしろく、気の利いた展開となっている。本作の清少納言（清原諾子《なぎこ》）は、「いとツンデレなり」とされる、まさに「暴れん坊」のヒロイン。ライバルの紫式部（藤原香子《たかこ》）も登場する。和泉式部がはじめ中宮定子に仕えていて兼任女房となったり、史実と異なる設定も見られるが、そうした変更点に関しては、学園四コマ漫画「平安高校　課外補習」として解説を加えている。

中宮定子《ていし》も、悲劇の中宮という印象ではなく、才能ある女房たちに活躍の場を与えようと考える、退屈ぎらいのお姫様。彰子の造型もユニークで、西洋風ファッションに身を包み、「九条鬼姫」と渾名されるほどの横暴者である。「わらわも中宮になるぞえ!!」（第二巻）と宣戦布告する大胆な姫君でありながら、定子にはコンプレックスも感じているらしい。入内を果たしても一条帝に相手にされず、紫式部を家庭教師にして教養を磨く。自分の力で中宮になろうと奮闘するものの、定子を皇后に昇格させて中宮の座につかせようと画策する父道長には、その努力を認めてもらえない。

わらわは所詮　父君の威を借りた人形…
誰からも愛される姐様のようにはできませぬッ！（第六巻）

苦悩を爆発させる彰子に、定子は「あなただっていろんな人に愛されてますわ　自信を持ちなさい」（第六巻）と励ます。やがて彰子は、定子の出家に際しては思いがけない決断をして、道長や詮子を驚愕させるのである。

殿下の将来も安泰な上…　わらわを国母として内外に認めさせる絶妙の策がありますぞ
わらわが殿下の養母《はは》となるのじゃ!!（第七巻）

中宮となった彰子は、いまや道長に堂々と反抗するまでに強くなった。引き取った敦康親王を「きっと立派な帝に育てますぞよ!!」（第七巻）と約束する。破天荒な物語の最後に、定子もまた、みずからの出家と引き換えに敦康親王を皇太子にするように強く要望した。道長が権力を獲得していく、歴史の生々しい大転換が、定子と彰子という二人の后の連携によって爽快に描かれるのである。和泉式部や赤染衛門、橘則光、藤原斉信、藤原宣孝、安倍清明らオールキャストの登場人物たちは自由に造型されており、史実からかけ離れた設定もされている。古典を題材にした多くの漫画作品の中でも、本作ほど、古典を遊んだ作品はないであろう。

結びにかえて

どの漫画作品にも、清少納言と中宮定子の結びつきが強調されていた。⑫くずしろ『姫のためなら死ねる』は、二〇一〇年三月からウェブコミック配信サイトにて更新が続いている四コマ漫画である。引きこもりのニート状態だった清少納言が、恋に落ちたかのように定子に夢中になり、家庭教師として出仕することになる。定子は、友人と呼べる人がほしくて、清少納言を採用したのだという。
大和和紀『春はあけぼの殺人事件』の清少納言は、事件の黒幕だった道長に聞こえるように、「わたしは中宮さまをお守りするためなら　どんな鬼だって追いはらうつもりよ　たかがチンピラ女房にすぎなくたって　めいっぱい正義をふりかざしてやるんだから！」と叫ぶ。そして、定子は『枕草子』に希望を託すのだ。

　枕草子は　楽しいこと　美しいことでいっぱいにしましょうね
そういうものがあれば……　まろは　これからも帝の愛を信じて生きてゆけるのだから……
だから　枕草子には悲しいできごとは書かないで
たとえ　これから道長おじさまの天下になろうとも　それは五十年もつづきはしないはず………
けれども　まろと少納言の残した枕草子は　百年も　いえ　千年だって生きつづけるかもしれないのだもの

また、リストには載せていないが、江平洋巳《えびらひろみ》『恋ひうた　和泉式部異聞』全三巻（小学館、二〇〇八〜二〇〇九年）にも、清少納言が登場する。『月刊フラワー』において二〇〇八年二月号から二〇〇九年六月号まで連載された本作は、タイトルに「和泉式部異聞」とあるように、『和泉式部日記』に書かれる以前の、夫橘道貞、弾正宮為尊親王の二人と許子《もとこ》（和泉式部）の運命の恋を描いている。和泉式部はもちろん、彰子、紫式部らの造型が興味深い作品であり、清少納言は和泉式部の理解者として登場している。和泉式部が清少納言を知ったのは、道貞が評判の『枕草子』をくれたときであった。

　一条帝の中宮定子《ていし》様に仕える女房さ
　うねり広がる髪　ギョロ目にわし鼻の恐ろし気な風貌
——が　何しろ頭が切れる！

「香炉峰の雪」のエピソードを聞いた許子は、清少納言にあこがれるようになる。許子は清少納言にファンレターを送り、清少納言も許子の和歌の斬新さを評価する。定子サロンに誘われた許子は出仕を夢見るが、歴史の歯車が動き出し、それはかなわなかった。寺社めぐりの途中で思いがけず邂逅した許子に、清少納言は言う。

華々しくきらびやかなことばかり書いてね
あなた　私をウソつきだと思う？
私のことを見栄っぱりだと言う人もいるわ
いいことばかりで　本当のことは何一つ書いていないって
でもね　あれが私の真実なの
梅壺の気高さ　華やかさ　中心には我が君　定子様が光り輝いていらっしゃる
何があろうと　その輝きには一点の曇りもない
これが私の真実です

さらに清少納言は、恋に傷ついた許子を「あなたはまだ若いわ　まだ何も見ていない　思う存分に生きてごらんなさい」と励ますのである。清少納言は、許子に自己肯定の契機を与えてくれた。彰子にすすめられ、許子は「その後の私の恋物語」を書くことになる。

少女漫画として新生した『枕草子』の中で、清少納言も、定子も彰子も、苦しみも悲しみも受けとめて、しなやかに強く、軽やかに生きていた。各作品に息づく清少納言や定子が祈ったように、千年のときをこえて『枕草子』は読み継がれている。みずからの知性、才能を存分に発揮して世界をひらき、「私の真実」を書き残した清少納言は、現代読者にも生きる指針を教えてくれる、頼もしい才女であるにちがいない。

注

＊1　大和和紀には、『源氏物語』をパロディー化した『ラブ・パック』（講談社漫画文庫・全二巻、二〇〇二年）もある。また、額田女王をヒロインにした『天の果て地の限り』（講談社漫画文庫、二〇〇七年）、明治時代を舞台にした『ヨコハマ物語』（講談社漫画文庫・全四巻、一九九六年）、大正時代を描く『はいからさんが通る』（講談社漫画文庫・全四巻、一九九五年）などがあり、「平安物」に限らず、いわゆる「時代物」漫画の先駆者である。

＊2　安藤徹「教育する『源氏物語』教科書と生涯教育」（立石和弘・安藤徹編集『源氏文化の時空』森話社、二〇〇五年）。

＊3　別冊宝島『あさきゆめみしパーフェクトブック』（宝島社、二〇〇三年）、原作／大和和紀・監修／青木健　Ｋｉｓｓ編集部『あさきゆめみしの世界　源氏物語ナビＢＯＯＫ』（講談社、二〇〇五年）や、鈴木日出男（協力・大和和紀）『知識ゼロからの源氏物語』（幻冬舎、二〇〇八年）、さらに伊藤義司監修『試験によくでる『あさきゆめみし』～受験必勝！　名作マンガで『源氏物語』徹底読解～』（講談社、二〇〇八年）、伊藤義司監修『試験にやっぱりよくでる『あさきゆめみし』～入試必勝！『源氏物語』を名作マンガで完全理解！～』（講談社、二〇〇九年）など。

＊4　大和和紀『あさきゆめみし』や牧美也子『源氏物語』（小学館文庫・全六巻、一九九七～一九九八年）を中心とした『源氏物語』の漫画については、室伏信助監修／上原作和編集『人物で読む源氏物語』（勉誠出版・全二〇巻、二〇〇五～二〇〇六年）にて考察している。

＊5　『源氏物語』の漫画化については、立石和弘「『源氏物語』のコミックとキャラクタライズ」（注2前掲書・立石和弘・安藤徹編集『源氏文化の時空』）参照。また、「平安物」漫画の展開に関しては、倉田実「現代マンガの平安物」（伊井春樹監修／倉田実編集『講座源氏物語研究　第九巻　現代文化と源氏物語』おうふう、二〇〇七年）に詳

しい。

＊6　『集英社版学習漫画　日本の伝記』、『学研まんが　人物日本史』、『小学館版学習まんが　ドラえもん人物日本の歴史』、『朝日ジュニアシリーズ 週刊マンガ日本史』では、紫式部は取り上げられているが、清少納言は取り上げられていない。同じ一条朝に活躍した二人を二人とも扱うことはできないのであろう。たとえば、『朝日ジュニアシリーズ 週刊マンガ日本史　紫式部』（二〇〇九年十二月）の高見まこ（シナリオ・氷川まりね）の漫画『平安女性百花繚乱』では、紫式部は清少納言に凄まじいライバル心を燃やす。

＊7　漫画家・葛城一《はじめ》の4コマ漫画向けのペンネーム。

＊8　関東でも、国際子ども図書館などで閲覧できる。

＊9　「古典の世界　マンガで親しむ枕草子　京都学園大　府の冊子使い授業」（『京都新聞』二〇一〇年五月二十一日）参照。

＊10　同時収録は、家康に届しなかったジュリア・おたあの生涯を描く「春霞の乱」、建春門院徳子と平敦経の恋を描く「緋色の蝶」、平敦盛と彼に瓜二つの少女を描く「幻夢」。

＊11　掲載誌については、ファンサイト「水晶学」（http://hi-chan.shine.jp/）参照。

＊12　同時収録は、クーデンホーフ光子を描く「レディーミツコ」。

＊13　朱間ひとみには、「源氏物語」をモチーフに少女小説を書く楢崎愛理が紫式部のもとにタイムリップする『夜半の月』（小学館フラワーコミックス、二〇〇四年）もある。

【海外の研究】
清少納言の行方——モリス訳と新英訳の間で——

緑川真知子

はじめに

翻訳を研究するための材料は無数に転がっている。しかし同じ作品の翻訳が数種類在る場合、一読者として、どの翻訳が一番いいのかということが気になるのは事実である。また、翻訳されたものは、それ自体で独自の世界を形成しているが、やはりどの翻訳が原典に一番近いのか、ということも気になる。そういうことが手っ取り早く知りたいと思うのも人の常である。しかし翻訳を研究する立場に立つと、最もあたりまえな問いかけをひとまずは措いておかねばならなくなる。最もあたりまえな問であり誰でも抱くであろう問いかけなのだが、単純には答えられない類の問だからである。どの翻訳がいいのかというのは、文体の好みなど多分に個人の好みの問題に属する部分が大きい。そして原典への忠実性という問題は、ある言語を使った文章によって形成された芸術世界の美や真実という極めて抽象的かつ恣意的に把握される事柄が、別の言語によって置き換えられているときに、その表象としての言語の置き換え技術を問題にするべきなのか、言語以上の深みにまで迫っていき、芸術の解釈という尺度において忠実性を問題にするべきなのか。また後者において科学的な分析がどこまで可能だというのであろうか。現実には置き換え技術と解釈の深度という両者の綱渡り的なバランスの上に多くの文学翻訳は成り立っていることを知らされるのである。

このようなことを念頭に、本稿においては、個人としての清少納言がついてまわるといえる『枕草子』の主たる二つの英訳を検証し、新しい『枕草子』英訳が取った決断について考察してみたい。

一　三つの英訳についての評

二〇〇六年にペンギンブックス社からオーストラリア人、メレデス・マッキニーによる三巻本を底本とした『枕草子』の新しい英訳が出たことを承けて、それまでのウェイリー訳、モリス訳と新英訳の三冊の『枕草子』英訳について、ある一般の書評家が次のように言っている。[*1] 少し長いのであるが、三冊を良くまとめて評しているので、その後半部分を翻訳して以下に引いてみる。

『源氏物語』同様、『枕草子』には現在、三種類の主要な英訳がある。一九二八年にアーサー・ウェイリーが出した、自分のコメントと原典の四分の一程の英訳を混載させた小冊子。ある意味、一般の読者にとってはウェイリー訳が一番魅力的な一冊である。文章は流麗で本当に面白い章段が選択されている。一九六七年出版のアイバン・モリスの英訳は二冊組みであり、二冊目は注釈と補遺で占められている。モリス訳は概して注意が行き届き、丁寧に訳されており、コロンビア大学の東洋古典翻訳プロジェクトの一環として成ったものであることから予想されるように、時に学問的でさえあると感じられる。そして宮廷日本の生活を描いて人気の高いあの『光源氏の世界』の著者でもあるモリスは当然ながら平安社会に精通しており、その著者が翻訳した『枕草子』は文化史の書として間違いなく瞠目させられる一冊である。

ペンギンブックス社から出た一番新しいメレデス・マッキニー訳は、モリス訳が使用したのとは違う底本を使っており、清少納言はとても現代的で口語調の声を持つ。更に詳細な地図各種、語彙一覧並びに訳注が付載されており、これは現在では、完全な『枕草子』を読みたい読者が疑いなく選ぶ当然の一冊であるし、私自身も『枕草子』の引用はこの本からする。けれども、熱烈な清少納言崇拝者にとって、三種の英訳のどれひとつとして、絶対的地位を獲得しないのだ。

例えば「過ぎにし方恋しきもの」という章段をみてみると、マッキニー訳は On a rainy day when time hangs heavy, searching out an old letter that touched you deeply at the time you received it.（雨の日、時間を持て余している時に、受け取った時には深く心打たれた手紙を見つけ出すこと）とある。ここのモリス訳は It is a rainy day and one is feeling bored. To pass the time, one starts looking through some old papers. And then one comes across the letters of a man one used to love.（雨の日で所在なく、時間を紛らわすのに、昔の手紙などを漁り始めると、昔恋した男の手紙に出くわしたりするのが）とある。マッキニー訳は間違いなく正確かつ簡潔なうえ、多分モリス使用底本との違いも出していたりするのかも知れない。けれども心を鷲づかみにするのはモリス訳の言葉なのである。[*2]

最後に引用してあるマッキニー、モリス両訳には日本語訳を付したが、この日本語訳ではおそらく、英訳にくっきりと出ている相違は後退してしまっている。引用部分の日本語本文は、「をりからあはれなりし人の文、雨など降りつれづれなる日、さがし出でたる」（新全集二八、M二七、モリス三〇）である。これは、マッキニー、モリス訳の大きな相違点の一つであり、本稿後半において詳しく検証する。[*3] ともあれ、この書評家は、日本古典文学を専門としている研究者ではなく、一般的な読書家であり、書評家である。『枕草子』英訳を一般読者の観点から評しているわけであるが、その視線は鋭い。余談だが、こういった欧米人による書評を読むと様々面白いことに気付かされる。「熱烈な清少納言崇拝者」と訳しておいたが、欧米にはおそらくこの書評家も含め、清少納言のファンと言って過言ではないような読者層がいるらしいということなどである。またすでに絶版であるウェイリー訳が、依然として一般読者には最も受け入れられるものであろうという指摘にも注目させられる。ともかく、この書評ではモリス訳を評して「心を鷲づかみにする」と書いている。モリス訳に軍配があがっている。モリス訳とマッキニー訳を読んだ欧米における注意深い一般読者によるこの意見は、実質的には両英訳の何に起因しているのであろうか。両英訳の相違を検証しながら、この言質について考えてみたい。

二　マッキニー訳の口語性の実際

前述の書評にもあったが、マッキニー訳を読む英語を母語とする読者が、まず気がつくのが、比較的口語的要素が多い文体であるということである。一九六四年のモリス訳と二〇〇九年の新訳では、このような文体の相違は当然起こりえることとして、容易に想像はつく。マッキニーの文体が口語調である部分はそれこそ枚挙に暇がないが、教科書文法的には間違いであるが、口語として多用される用法を、マッキニーが使用しているという例をひとつ見てみたい。「胸つぶるるもの」（新全集一四四段、M一四三）に次のような文章がある。

親などの心地あしとて、例ならぬけしきなる。

マッキニー訳では、次のようになっている。

When **a parent** looks out of sorts and remarks that **they're** not feeling well.（親が具合悪く見え、そして彼らが気分が優れないと口にだす時）

直訳を付け、英訳の問題となる箇所を太字にした。a parent は誰でも知っている英単語だろうが、父親か、母親どちらかを指す「親」という語である。「両親」を意味する語としても使うが、その場合は parents と複数形の s が語の最後に付く。ここでは a parent とはっきりと単数形を表す a という語も付いているので、母親か父親どちらかを意味していることは明確である。だが、この引用文の後半、that 以下の文章を見ると、単数形であるはずの **a parent** が複数形で「they're（彼らが）」と承けられている。これはもちろん文法的には正しくない。That 以下では、前の主語と同様、単数形の主語（母なら she、父なら he 或いはスラッシュを使って she/he）が来なければならない。しかし現在の口語英語では、a parent を、複数の they で承けることは、極一般的である。ほんの少しインターネットで検索するだけでも同じような用例が山のように出てくる。例えば、ざっと検索しただけであるが、さしずめ日本の「ヤフー知恵袋」というような質問をして回答を得るというサービスをおこなっているサイトで、「親がアルコール中毒にかかっていると、彼らに告げる良い方法は何ですか」という質問をしているのが目に付いた。この原文は How do you tell **a parent, they** have a problem with alcohol? というものである。[*4] 見事にマッキニー訳そのままの用法である。マッキニー訳は非常に口語的なのである。この部分のモリス訳（一四七）を参考のために見ておこう。

To find that a member of one's family has fallen ill and is looking very unwell.（自分の家族の一員が病気

になり、具合悪そうにしているのが分かったとき）。

英語が大分違うということは、誰にでもすぐ見て取れるのではないであろうか。時代的なこともあるが、モリス訳は英文法をはみ出すような口語的な文章ではない。モリスが底本とした金子元臣の『枕草子評釈』（以下金子評釈）の本文は、「親などの心ちあしうして、例ならぬけしきなる」（一三一段）とあり、三巻本本文と大きな異同があるわけではない。金子評釈には「口訳」が頭書されており、そこには「親などが気分がわるくて、平常とは違った容体である、などは胸がつぶれる」とあり、「例ならぬ」の語釈には「平生のやうならぬと也。病気なるをいふ」とあるので、モリスの fallen ill （病気になる）はこのあたりから来ていると考えられる。とまれ、マッキニーはインターネット上で現代の若者達が使用するような極めて口語性の高い用法などを用いている。ちなみにマッキニーが（親が気分が悪いと）「口に出す remarks」と訳しているが、これは「心地あしとて」の「とて」に反応し、「と言って」と解釈して英訳しているわけである。

三　マッキニー訳の簡潔性

モリス訳と比較すると、次に気がつくのはマッキニー訳の歯切れ良い、簡潔な文体であろう。「むつかしげなるもの」（新全集一四九段、M一四八段）に以下のような文章がある。

鼠の子の毛もまだ生いぬを、巣の中よりまろばし出でたる。

マッキニー訳は、

Hairless baby mice tumbled out of their nest. （毛のない赤ちゃん鼠が、その巣から、でんぐり返って出る）。

驚くほど短い。原文よりも短いといえる。モリス訳（一五三段）は、

A swarm of mice who still have no fur, when they come wriggling out of their nest.（まだ毛のない鼠の一群が、それらの巣から身をくねらせて出て来るとき）。

マッキニーもモリスも鼠は複数形になっている。ともあれ、tumbled out（でんぐり返って出て来る）という語を見つけたマッキニー訳は簡潔である。続けて同じ章段、この後に、「ことに清げなる所の暗き」とあるが、マッキニー訳は、

A rather dirty place in darkness.（暗いところで、かなり汚い場所）。

と、あり、モリス訳は、

Darkness in a place that does not give the impression of being very clean.（あまり綺麗だとの印象を与えない場所の暗さ）。

とある。モリス訳は日本語には無い、not give the impression of（〜との印象を与えない）という語句を付け加えている。これは、「清げ」の「げ」の意味を出そうとしたのではないかと思われる。実はモリスはアンドレ・ボジャールのフランス語訳をかなり参考にしているという明らかな事実があるのだが、この詳細については紙幅の関係もあり、稿を譲らねばならない。ただここで今、ボジャールのフランス語訳の当該部分（七六段）を参考までに見てみる。[*5]

Quand il fait sombre dans un endroit qui ne semble pas particulièrement propre.（特に綺麗ではないような場所が暗い時）。

稿者はフランス語に明るくないが、出来る範囲での直訳を付してみた。ボジャール訳に「〜のような」という語が

使われているのは注目しても良いだろう。ボジャールにしろ、モリスにしろ少し古い時代の翻訳者は、このような「げ」の持つニュアンスの訳出にこだわりを見せたと言えるようである。

次の例はモリスが解釈のミスを犯していると考えられ、更にマッキニー訳よりずっと長くなっている。「くるしげなるもの」（新全集一五一、M一五〇）からである。

思ふ人二人持ちて、こなたかなたふすべらるる男。

マッキニー訳は、

A man with two lovers, both of whom are jealous.（二人の恋人を持つ男の、恋人二人がやきもちをやくこと）。

とある。モリス訳（一五五段）は、

A man with two mistresses who is obliged to see them being bitter and jealous to each other.（二人の恋人を持つ男が、二人が互いに嫌みを言い嫉妬するのを見るのを余儀なくされること）。

と、かなり長い。金子評釈（一三八段）の「口訳」をみると、「情婦を二人以て、あちらでもこちらでも恨まれ悋気された男」とある。モリス訳には金子の「口訳」が影を落としているとはいえるだろう。ただ、is obliged to（余儀なくされる）というのが、どこから出てきたのかわからない。女性論的な立場からの心理的解釈による分析の余地などがありそうではある。[＊6]

普通翻訳された文章は原文の一・五倍から二倍位になることもあるのを考えると、この簡潔さは、マッキニーの特徴でもあり、翻訳者としての強みでもあるだろう。モリスの文体はあまり切れずに長く続く傾向があり、マッキニーは歯切れが良い。丁度『源氏物語』のウェイリー訳とサイデンスティッカー訳のようである。これは翻訳者個人の文体の違いに大きく起因していると言えよう。とはいえ、マッキニー訳が簡潔だからと言って、正確性に欠けるわけでは全く無く、非常に正確な翻訳なのである。だが、先の書評でみたように、モリス訳には、依然として英語圏の一般読者の心を摑む要素が潜んでいるのである。その違いの要因と思われる事柄について次に検証してみる。

四　モリス訳とマッキニー訳の人称

最初に引用した書評に「過ぎにし方恋しきもの」のマッキニー訳とモリス訳が引かれていた。書評引用の中で稿者の直訳的な日本語訳を付しておいたが、違いは、日本語訳を通してでは、はっきりしなかったと思われる。この二つの英訳での大きな違いは人称にあった。マッキニー訳は you という単語を使い、モリス訳は文法的には人称代名詞というのであろうが、one という単語を用いていた。英語で「人は」というような場合、幾つかの言い方があろうが、二人称である you（「あなたは」「あなた方は」）を、一般的に「人は」の意味を指す語として使う場合がある。そしてまた同じような形で one という単語を使う場合があるが、one の場合には「人は」という意味もあり、また一人称の意味（しばしば王族が一人称として使う）も包摂されている。one は今ではあまり使われなくなっているし、現在この語を使用すると、古くさいイメージ、畏まったイメージがつきまとうか、或いは「自分は」というような一人称として使うと、お高くとまった気取った物言いをする人と思われる。指摘するまでもなく日本語原文には、その行為の主体は明記されていない、主語はなくても文章として成り立つのが日本語であるが、英語では多くの場合、主語を付けなければならない。その主語の選択がマッキニーは you であり、モリスは one であった。先の引用をここではくりかえさないが、マッキニーの you という人称の選択は、文章に描かれている世界と文章を書いている者とそして読者の間に、ある種の距離感を与える。全集本では「あはれなりし人の文」を「しみじみと心にしみた人の手紙」（新全集七〇頁）と現代語訳してある。これを第三者的に突き放した文章と読むのか、或いは、もっと個人的な思いが込められた文章と読むのかという違いが、マッキニーの you とモリスの one の違いである。one は前述したように、古風で堅苦しいイメージはあるのだが、高貴な人物が一人称として使うように、「私は（自分は）」という一人称のイメージが揺曳している。そのためなのか文章の内容と、その書き手と、読み手の間の距離感は you が使用されている時ほど突き放された感覚ではない。

別な用例を見てみよう。「うらやましげなるもの」（新全集一五二、M一五一、モリス一五六）から引いてみる。

…略…経など習ふとて…心地などわずらひて臥したるに…稲荷に思ひおこして詣でたるに…二月午の日の暁に、いそぎしかど…

英訳において主語を補っている部分を中心に抜き出したが、マッキニー訳では、

You set about learning to recite a sutra（あなた方は経を読み習うのに取り掛かり）… **You**'re feeling ill and miserable.（あなた方は具合が悪くて痛ましくて）…**You** have an urge to go on a pilgrimage to Inari Shrine（あなた方は稲荷神社に詣でたい気持に駆られて）… Once, on the day of the shrine festival in the second month, **I** set off（二月の例祭の日に、私は出発しました）…。

となっており、主語は太字にしておいたが、最後の「二月午の日の暁に、いそぎしかど」の訳文を除いてすべて you である。モリス訳を見てみよう。

One has been learning sacred text（自分が経を習い始めて）… When **one** is ill in bed（自分が病気で臥せっている時）… Once on the day of the Horse in the Second Month **I** decided to visit Inari（二月の午の日に

稲荷に詣でようと私は決めて）…I had made haste to leave at dawn.（私は暁に大急ぎで出掛けた）。どちらも、日本語としては不自然になるが、you と one の違いのニュアンスを出すために、主語をわざわざ明記して和訳した。one は「自分」というニュアンスで訳して良いであろう。おもしろいことに、両訳とも最後の「二月午の日の暁に、いそぎしかど」の訳文の主語は一人称の I（私は）を用いている。日本語はどちらにより近いのであろうか、you で表される、少し突き放された第三者的な感覚があるだろうか、それとも、「自分は」one で表されるようなもう少し近いイメージがあるだろうか。新全集に付された現代語訳では、「心地などわずらひて」のところには「自分が気分など悪くして」（二七七頁）と「自分」という言葉が補われている。ある意味 one はやはり、「自分」という言い方に近いところがあると言えるかも知れない。同じような人称の使い方に関わる例ではあるが、叙述されている場面における、場面の書き手と対象物の距離感という視点から次の用例をみてみたい。「野分のまたの日こそ」（新全集一八九、M一八八、モリス一八〇）からである。

いと濃き衣のうはぐもりたるに、黄朽葉の織物、薄物などの小袿着て、まことしう清げなる人の、夜は風のさわぎに寝られざりければ、ひさしう寝起きたるままに、母屋よりすこしゐざり出でたる、髪は風に吹きまよはされて、すこしうちふくだみたるが、肩にかかれるほど、まことにめでたし。…袴のそばそばより見ゆるに…うらやましげにおしはりて、簾に添ひたるうしろでもをかし。

マッキニー訳は、右の引用の傍線部を中心に引くが、

And now a splendid sight — a most elegant and beautiful lady….（そして今度はすばらしい光景（めでたし）—とても上品で美しい（まことしう清げ）女性が…We see her from behind, an enchanting figure….（私たちにはその後ろ姿が目に入る。魅惑的な姿が…）。

とあり、モリス訳は、

On one such morning **I** caught sight of a woman creeping out from the main hall and emerging a few feet on to the veranda. **I** could see that she was a natural beauty.（そういう朝方に、私は、母屋から簀の子に数歩ほど這い出している女性の姿が目に入った。…**I** enjoyed seeing how envious they looked.（私は、女房達が羨ましそうに眺めている姿を楽しんだ）。

マッキニー訳では野分の翌朝の女房の姿を観察する清少納言個人の姿は文脈においてかなり後退している。第三者的な叙述文としての英訳となっており、この章段の最後の部分、羨ましそうに御簾を押し出さんばかりにして外の様子をみる女房の後ろ姿を見守る清少納言の文章を、We see（私たちには…目に入る）と複数形にしていることによっても、そのことがわかる。一方モリス訳は清少納言の目線をはっきりと意識した英訳で、初めから終わりまで、清少納言の一人称の文章によって貫かれている。このことを押さえたうえで、次にここで、まず英訳のタイトルについて振り返ってみてみる。

五　三英訳のタイトルと内的焦点化人物の把握

タイトルのウェイリー訳は *The Pillow-Book of Sei Shōnagon* とある。モリス訳も同様である。新英訳は所有格なしで、Sei Shōnagon と *The Pillow Book* は並列されて表記されており、Sei Shōnagon は朱色になっている。周知のように『枕草子』成立の年代は作者自身が記したとみなされている跋文の解釈から、長徳元年（九九五）頃には一部は成立し、その後も書き継がれたと考えられている。*8 そしてこれが清少納言によって書かれたということに異議をとなえる人は今日ではあまりいないであろう。実際『源氏物語』の注釈書である『河海抄』『花鳥余情』などでは、『清少納言枕草子』と呼称されたり、他の文献などでも『清少納言抄』と記されていたり、単に『清少納言』と記されている場合もある。

日記的章段はその清少納言が経験した、或いは見聞したある特定の日時の事柄が記されている章段を指すようであるが、事実に即した記述であるという点からも、史実と照らし合わせての綿密な考証をすることも『枕草子』の研究方法のひとつであり、歴史的、社会的な存在としての作者に目を向け、作者を中心に、そのおかれた状況と、文学を積極的に繋いで読もうという姿勢もあった。『枕草子』が日記的な側面を備えている以上、歴史的な事実との厳密な照らし合わせは重要である。だが、同時に、今、『枕草子』に潜在的に読み取ることが出来る、「私」ないし「作者」の視点を『枕草子』全体を貫く固定した視点と捉えることに疑問が呈されてきているという側面もあることは特記するまでもないだろう。永井和子氏は、この『枕草子』に読者が感じ取る内的焦点化人物を「特定の個人である清少納言に帰する確実な根拠はどこに存在するのか、という疑問を持つ」とし、『枕草子』には一人称と三人称の語りの両者の可能性が存在すると言う。[*9]この永井氏の論に触発された津島知明氏は、「人称の交錯」という言葉を使い、モリス英訳などの人称翻訳などを細かく分析している。[*10]

マッキニー訳がどれだけ、このような『枕草子』において、読者が感じ取ることができる内的焦点化人物のあり方を意識して翻訳したのかわからないのであるが、マッキニー訳のそれを、いまいくつかの例で見てきたように分析していくと、マッキニー訳では清少納言その人の影が本文から後退させられているのは事実なのである。見てきた例よりももっと分かり易い例を次に二つほど見てみる。「五月ばかりなどに山里にありく、いとをかし」（新全集二〇七、M二〇六、モリス二〇〇）であるが、モリス訳を先に引くが、

In the Fifth Month **I love** going up to a mountain village.（五月には山里に行くのが私は大好き）。

マッキニー訳は

Around the fifth month **it's great fun** to make an excursion to a mountain village.（五月頃には、山里に遠出するのは非常に楽しい）。

ここでも付した日本語の直訳は上手く英語の違いを表せていないが、簡単な文章なので、直訳なしで検証して頂く方が良いかも知れない。太字にしたが、モリス訳では一人称Ｉ（私は）が主語になっており、マッキニー訳では無生物主語 it が使われている。もう一例も同じであるが、「月のいと明かきに」（新全集二一六　M二一五、モリス二〇四）からである。

月のいと明かきに、川を渡れば、牛のあゆむままに、水晶などのわれたるやうに、水の散りたるこそをかしけれ。

のモリス訳は、

When crossing a river in bright moonlight, **I love to see** the water scatter in showers of crystal under the oxen feet.（煌々とした月明かりの中川を渡るとき、砕け散った水晶のように牛の足下に跳ね上がる水を見るのが大好き）。

とあり、マッキニー訳は、

On a bright moonlit night, when your carriage is crossing a stream, **it's lovely** the way the water will spray up in shining drops at the ox's tread, like shattered crystal.（煌々とした月明かりのもと、あなた方が牛車で川を渡る時、牛の足下で、キラキラした雫が、水晶が砕けたように吹き上がるのは、素敵です）。

となっている。こちらの直訳では、両訳の違いがもう少し鮮明に出せたであろうか。先の例同様、モリスは一人称Iを使い、清少納言が全面に出てきている。一方マッキニー訳では矢張り無生物主語であるし、これまで見てきたように、一般に人々を指す主語のyouも使っている。

これらの場面において、清少納言はどのぐらい顔を出していると言えるのか。全面に出てきて、モリスがI love〜と訳したように、自己主張しているほうがこの場合相応しいであろうか。それとも、マッキニー訳のように、もっと観察者としては距離を保っているのであろうか。マッキニーはモリス訳を多角的に参照していると推測できるが、モリスが照射した清少納言像を抑えようとしていることは、事実であろう。このような清少納言個人との距離感を出そうという努力は日本の『枕草子』研究の流れと呼応するとも言えるのであるが、冒頭の書評でも見たように、英語圏読者を幾分置き去りにしてしまうというのは否めない。更に、この人称の選択に加えて、両者の時制の選択というものを見てみたい。

六　英訳における時制の選択

「清水などまゐりて、坂もとのぼるほどに」（新全集二一三、M二一二、モリス二四四）を例に取る。短い章段であるから、全文を引く。

清水などにまゐりて、坂もとのぼるほどに、柴たく香のいみじうあはれなるこそをかしけれ。

これは、『春曙抄』を底本とする金子評釈にはない章段であるが、モリスはおそらく岩波古典文学大系本より補い英訳している。

Once when I **went** to Kiyomizu and was about to start climbing the hill up to the temple, I **noticed** the smell of burning firewood and **was** deeply moved by its charm.（清水に行きました。そして、寺への坂を登り始めようとしましたまさにその時、薪を焚いている匂いに気がつきました。そしてその魅力に深く感動しました）。

日本語として不自然なものだが、問題点をはっきりと示すため、なるべく直訳そのままを付した。モリスの英文はこの和訳のように味気ないものでは決してない。しかし、ここは太字にした動詞をみていただくだけで、全体が全て過去形で貫かれていることに誰でもが気がつく。津島氏などもすでに指摘しているが、モリスは過去叙述によって貫く傾向がある。しかも先に見たように、太字にはしなかったが、ここでも、主語は一人称のIであり、清少納言は前面に姿を現している[*11]。新しい、マッキニー訳は、次のようになっている。

Setting off to climb the slope up to Kiyomizu and suchlike temples, **it's** delightful to find oneself deeply moved by the scent of burning firewood.（清水とかそういったところの寺へ向かって、その坂を登ろうと出発すると、たき火の薪の香りに深く感動したのは心地よい）。

最初を動名詞として訳し出し、文章を切らず、無生物主語 **it** を使い現在時制 is（ここでは主語と接合して it's と省略されている）で訳している。先にも見たが、マッキニー訳では無生物主語を使用することにより、清少納言が全面的に文章を支配して顔を出してはいない。主体を後退させるという意味においては、日本語の文章に近いと言えよう。付け加えると、マッキニーは「清水など」とある「など」を忠実に訳出して、and suchlike temples（そして、そう言う類の寺々）としている。次には、先にもみてきたが、マッキニー訳が無生物主語ではなく、一般を対象とした「人」と取れる意味で二人称 you を使い、現在時制で訳している例を見よう。「物へ行く道に、清げなるをのこの」（新全集二二〇、M二一九、モリス二〇八）からであるが、冒頭の部分を引く。
ものへ行く路に、きよげなる男のほそやかなるが、立文もちていそぎ行くこそ、いづちならんと見ゆれ。（傍線稿者）

モリス訳から見ていく。

One day **I passed a handsome man** carrying a narrowly folded letter. Where could he be going?（ある日、私は美しい男性が細長く折った手紙をもっていくのとすれ違った。かれはどこに行ったのでしょうか）。

マッキニー訳は、

On your way somewhere, if you come across a slender, fine-looking fellow hurrying along the road with an official straight-folded letter, you do wonder where he can be off to.（［あなた方が］どこかへ向かっているとき、［あなた方は］細くて素敵な男性が公の立てに折った手紙を持って道を急いでるのにすれ違うとしたら、［あなた方は］彼がどこへ向かっているのかしらと思うことでしょう）。

見てきたように、モリス訳は一人称過去形。マッキニー訳は一般を対象とした二人称現在形となっている。マッキニー訳に付した和訳では、英文の you をわざわざ「あなた方」と訳出してみた。これは単数形「あなた」でも良い。日本語の文章としては全く無いものとして読む方が、自然な文章となる。こういう英文における、一人称の文章と二人称の文章は、その表す世界はかなり異なってくる。もう一例見てみよう。「見物は」（新全集二〇六、M二〇五、モリス一九九）の章段からである。章段後半部、賀茂の臨時の祭の行列が通り過ぎてしまったあとの描写である。

わたり果てぬる、…中略…「かくないそぎそ」と扇をさし出でて制するに、聞きも入れねば、…以下略

やはりモリス訳から見ていくが、まず、日本語では引用しなかった章段の始めの部分、次のようにモリスは一貫し

て一人称過去形で訳している。すべてを引用しないが、主語と動詞の部分を書き抜いておく。

I found the sight immensely delightful…**I could** see.. **I wondered**…**I was** relishing the beauty…While we were still watching the dancers.

太字にしたとおり、一人称過去形である。このことを確認し、先の日本語引用部の英訳をみるが、モリス訳は次のようになっている。

After the Procession had gone, […] I stuck my fan out of the window to summon my attendants. 'Don't be in such a hurry,' I scolded them. 'Go slowly.' Since they paid not the slightest attention and […]（行列が過ぎた後…私は自分の扇を窓から差し出して、従者を呼びつけ「そんなに急がないで」と彼らを叱りつけた。「ゆっくり行きなさい」。彼らはちっとも注意を払おうとはしなかったので…）

モリスは当然、一人称過去形を使用し、原文の「かくないそぎそ」も直接話法として引用符を付している。ここは金子評釈の本文は「かうな急ぎそ。のどやかに遣れ」（八六〇頁）とあるので、モリスはこれを二つの部分に分けてDon't be in such a hurry と Go slowly と英訳している。次は、マッキニー訳である。

No sooner has the procession passed […] You thrust out your fan and order your men not to be in such a hurry…（行列が過ぎるやいなや…［あなた方は、あなた方の］扇を突き出して、［あなた方の］従者にそんなに急ぐなと命じる）。

モリス訳よりずっと簡潔である。先と同じく you を「あなた方」と訳したが、自然な日本語としては、主語を全く取り除いて読む方が良い。ここでも両訳のもたらす世界の雰囲気の差異は甚大である。マッキニー訳は一人称清少納言の姿を、その英訳から払拭しようとやっきになっているとさえ感じられる。直接話法の「かくないそぎそ」が出てきていても、一般的な人称として、you を用いている。日本語はどちらの訳が提出している世界観により近いのであろうか。

おわりに

マッキニー訳は、確実に今後『枕草子』の英訳の標準的な一冊となるであろう。文体の好みは別として、実際信頼がおける翻訳である。見てきたようにマッキニー訳においては、おそらく、作者清少納言という人物が、実在の人物というよりは、実在の人物を核として一千年以上にわたって『枕草子』を受容してきた読者が創り上げてきたものだという考え方にかなった英訳になっていると言えるのかも知れない。そういう英訳にしようと意図したのかも知れないし、モリス訳が徹底して清少納言を前面に押し出しすぎていることを意識しての、新しい英訳の提示なのかもしれない。しかし、始めに見たように英語圏の一般読者はそのような新しい試みに歩調をあわせられない。翻訳も進化しなければならないし、とくに古典の翻訳においては日本の研究の動向や深まりに大きな影響を受けることもある。が同時に、文学作品の翻訳として無味乾燥な翻訳を提供してはならないであろう。モリス訳とマッキニー訳はその人称と時制の翻訳において、みてきたように驚くほど大きな翻訳上の相違を提示しており、このような相異なる英訳の存在は、英語という言語が主語や目的語の明示を要求する言語であるということもあり、日本人研究者に、『枕草子』という作品と清少納言という人物の関係性のあり方を赤裸々に突きつけて、問い直しを迫り、学問の役割というものをあらためて考えさせるとはいえないであろうか。

注

＊1　新英訳の詳細は以下の通り。Meredith McKinney, *Sei Shōnagon The Pillow Book* (London : Penguin Books, 2006).

＊2　当該書評はバーンズ・アンド・ノーブル書店、オンライン版における、マッキニー訳についての Michael Dirda 氏の書評からの引用である。リンクなどは以下の通り。"The Pillow Book By SEI SHONAGON, Translated by MEREDITH McKINNEY." Essay by Michael Dirda. "Library without Walls," *Barnes & Noble Review*, August 17, 2009.

http://bnreview.barnesandnoble.com/t5/Library-Without-Walls/The-Pillow-Book/ba-p/1203

"As with *The Tale of Genji*, there are currently three important English versions of *The Pillow Book*. In 1928 Arthur Waley published a slender volume that mixes in his own commentary with a translation of about a quarter of the original text. In some ways, his is the most appealing version for the general reader : Waley writes beautifully and he emphasizes the best passage of Sei. The most scholarly translation is that by Ivan Morris, first published in 1967, in two volumes, the second being entirely devoted to notes and appendices. Morris's text generally feels more careful and punctilious, sometimes even academic, as one might expect of a contribution to the Columbia College Program of Translations from the Oriental Classics. But Morris certainly knows Heian literature, as he is also the author of *The World of the Shining Prince*, the best popular account of "Court Life in Ancient Japan"; it is an absolutely enthralling work of cultural history.

The newest translation of *The Pillow Book* is Meredith McKinney's recent Penguin, which uses an alternate base text to that chosen by Morris and gives Sei a more modern, colloquial voice. It also provides excellent maps, glossaries, and notes. This is now the obvious edition for anyone wishing to read the text in its entirety and is the one I quote from. Yet none of the three translators holds an absolute monopoly for the passionate admirer of Sei's work. Consider that among "Things that make you feel nostalgic," McKinney includes this item : "On a rainy day when time hangs heavy, searching out an old letter that touched you deeply at the time you received it." But here is Morris : "It is a rainy day and one is feeling bored. To pass the time, one starts looking through some old papers. And then one comes across the letters of a man one used to love." The McKinney version is doubtless accurate in its succinctness and may even reflect a slightly different original text, but Morris's words catch us by the heart."

*3 引用は、それぞれ『新編古典文学全集』から『枕草子』（小学館、一九九七）、マッキニー訳は注1に同じ。モリス訳は、Ivan Morris, The Pillow Book of Sei Shōnagon (Oxford : Oxford University Press, 1967)に拠る。章段の冒頭文を記した後、括弧内にそれぞれ順に小学館本は「新全集」、マッキニー訳は「M」、モリス訳は「モリス」と記し、続けて章段番号を付した。

*4 検索当時のURLは以下の通り。http://uk.answers.yahoo.com/question/index?qid=20100610161909AABhvPX

*5 Andre Beaujard, *Les Notes de Chevet de Sei Shōnagon : Dame d'Honneur au Palais de Kyōto* (Paris: Librarie Orientale et Américaine, G.-P. Maisonneuve, 1934).

*6 著者や訳者の伝記的側面を解釈に積極的に持ち込もうとするなら、何度も結婚と離婚を繰り返したモリスについて女性論的立場からこういう文章の解釈とその翻訳の仕方を分析したりすることも可能なのだろう。

*7 「内的焦点化人物」とはfocal character（焦点的人物）という意味で使う。プリンス著『物語人物辞典』（松柏社、一九九一）では、「ある視点を通して物語られる状況・事情が提示される場合、その視点を所有している登場人物を焦点的人物という」などと定義されている。

*8 跋文は、その有無、本文ともに諸本系統それぞれ食い違っており、その研究も精緻を極めるが、跋文自体を章段の一つとして読むという見方の提示もある（小森潔「枕草子跋文の喚起力」『日本文学』一九九八、五月号）。

*9 永井和子「動態としての『枕草子』―本文と作者と―」、『国文』（お茶の水女子大国語国文学会）第九一号、一

九九一。内的焦点化人物

＊10　津島知明『動態としての枕草子』おうふう、二〇〇五。

＊11　右に同じ。

枕草子関連作品リスト（平成元年〜二十二年）

東　望歩

◉研究書

1 **単著** 今井卓爾『枕草子の研究』早稲田大学出版部、一九八九年三月
2 **単著** 森本元子『古典文学論考―枕草子・和歌・日記』新典社、一九八九年九月
3 **資料** 今井源衛『王朝物語と漢詩文』（「翻刻 山鹿素行写・古注「枕草子」乾坤」所収）笠間書院、一九九〇年二月
4 **注釈** 速水博司『堺本枕草子評釈―本文・校異・評釈・現代語訳・語彙索引』有朋堂、一九九〇年十一月
5 **注釈** 渡辺実『新日本古典文学大系25 枕草子』岩波書店、一九九一年一月
6 **資料** 根来司『新校本枕草子』笠間書院、一九九一年四月
7 **単著** 萩谷朴『枕草子解釈の諸問題』新典社、一九九一年五月
8 **単著** 榊原邦彦『枕草子研究及び資料』和泉書院、一九九一年六月
9 **単著** 石川徹編『平安時代の作家と作品』武蔵野書院、一九九二年一月
10 **資料** 松尾聰『能因本枕草子（上）（下）』笠間書院、一九九二年三月〔※初出 笠間影印叢書、一九七一年〕
11 **論集** 山中裕編『古記録と日記（下）』思文閣出版、一九九三年一月
12 **単著** 宮崎荘平『紫式部と清少納言―その対比論序説』朝文社、一九九三年四月
13 **資料** 中野幸一編『早稲田大学蔵資料影印叢書国書篇33 古代物語随筆集』（「枕雙帋」所収）早稲田大学出版部、一九九四年三月
14 **論集** 三田村雅子編『日本文学研究資料新集4 枕草子 表現と構造』有精堂、一九九四年七月
15 **注釈** 田中重太郎『旺文社全訳古典撰集 枕冊子（上）（下）』旺文社、一九九四年七月

16 **資料** 榊原邦彦『枕草子―本文及び総索引』和泉書院、一九九四年十月
17 **論集** 紫式部学会編『源氏物語と源氏以前 研究と資料』武蔵野書院、一九九四年十二月
18 **注釈** 田中重太郎・鈴木弘道・中西健治『枕冊子全注釈五』角川書店、一九九五年一月（↓オンデマンド版、二〇一〇年七月）
19 **単著** 下玉利百合子『枕草子周辺論 続篇』笠間書院、一九九五年二月
20 **単著** 三田村雅子『枕草子 表現の論理』有精堂、一九九五年二月
21 **単著** 増淵勝一『紫清照林―古人才人考』星雲社、一九九五年十一月
22 **論集** 小嶋菜温子編『王朝の性と身体―逸脱する物語』森話社、一九九六年四月（↓新装版、二〇〇二年九月）
23 **注釈** 石田穣二『新版枕草子（上）（下）』角川ソフィア文庫、一九九六年七月
24 **論集** 久保朝孝編『王朝女流日記を学ぶ人のために』世界思想社、一九九六年八月
25 **資料** 吉田幸一編『堺本枕草子 斑山文庫本』古典文庫、一九九六年十月
26 **論集** 雨海博洋編『歌語りと説話』新典社、一九九六年十月
27 **注釈** 松尾聰・永井和子『新編日本古典文学全集18 枕草子』小学館、一九九七年十一月
28 **単著** ジャクリーヌ・ピジョー『物尽くし―日本的レトリックの伝統』平凡社、一九九七年十一月
29 **単著** 小森潔『枕草子 逸脱のまなざし』笠間書院、一九九八年一月
30 **資料** 中田武司・枕草子研究会『枕草子』勉誠出版、一九九八年六月
31 **論集** 稲賀敬二編『論考平安王朝の文学―一条朝の前と後』新典社、一九九八年十一月
32 **資料** 杉山重行『三巻本枕草子本文集成』笠間書院、一九九九年三月
33 **単著** 小林美和子『王朝の表現と文化―源氏物語・枕草子を軸として』笠間書院、一九九九年四月
34 **論集** 河添房江・神田龍身・小嶋菜温子・小林正明・深沢徹・吉井美弥子編『叢書想像する平安文学1 〈平安文学〉というイデオロギー』勉誠出版、一九九九年五月

35　論集　河添房江・神田龍身・小嶋菜温子・小林正明・深沢徹・吉井美弥子編『叢書想像する平安文学4　交渉することば』勉誠出版、一九九九年五月

36　資料　柿谷雄三・山本和明編『重要古典籍叢書3　富岡家旧蔵能因本枕草子』和泉書院、一九九九年八月

37　注釈　上坂信男・神作光一・湯本なぎさ・鈴木美弥『枕草子（上）（中）（下）』講談社学術文庫、一九九九年十月・二〇〇一年五月・二〇〇三年七月

38　論集　守屋省吾編『論集日記文学の地平』新典社、二〇〇〇年三月

39　単著　上坂信男『交響・清少納言と紫式部―源氏物語捷径別冊』江ノ電沿線新聞社、二〇〇〇年六月

40　単著　葛綿正一『枕草子・徒然草・浮世草子―言説の変容』北溟社、二〇〇一年二月

41　事典　枕草子研究会編『枕草子大事典』勉誠出版、二〇〇一年四月

42　論集　河添房江・神田龍身・小嶋菜温子・小林正明・深沢徹・吉井美弥子編『叢書想像する平安文学6　家と血のイリュージョン』勉誠出版、二〇〇一年五月

43　論集　片桐洋一編『王朝文学の本質と変容　散文編』和泉書院、二〇〇一年十一月

44　単著　藤本宗利『枕草子研究』風間書房、二〇〇二年二月

45　注釈　五十嵐力・岡一男『枕草子精講―研究と評釋』国研出版、二〇〇二年三月〔※初出　学燈社、一九五四年九月〕

46　単著　安藤亨子『物語そして枕草子』おうふう、二〇〇二年四月

47　単著　鄭順粉『枕草子　表現の方法』勉誠出版、二〇〇二年四月

48　資料　津島知明『ウエイリーと読む枕草子』鼎書房、二〇〇二年九月

49　論集　平田喜信編『平安朝文学表現の位相』新典社、二〇〇二年十一月

50　論集　前田雅之・田中実・小嶋菜温子・須貝千里編『〈新しい作品論〉へ、〈新しい教材論〉へ―古典編3』右文書院、二〇〇三年一月

51　論集　中野幸一編『平安時代の風貌』武蔵野書院、二〇〇三年三月

52　単著　角田文衛『二条の后藤原高子―業平との恋』幻戯書房、二〇〇三年三月
53　単著　目加田さくを『平安朝サロン文芸史論』風間書房、二〇〇三年四月
54　単著　圷美奈子『新しい枕草子論―主題・手法そして本文』新典社、二〇〇四年四月
55　事典　田中登・山本登朗編『平安文学研究ハンドブック』和泉書院、二〇〇四年五月
56　単著　武久康高『枕草子の言説研究』笠間書院、二〇〇四年七月
57　単著　塚原鉄雄『枕草子研究』新典社、二〇〇五年二月
58　単著　榊原邦彦『枕草子及び平安作品研究』和泉書院、二〇〇五年七月
59　単著　津島知明『動態としての枕草子』おうふう、二〇〇五年九月
60　論集　浜口俊裕・古瀬雅義『枕草子の新研究―作品の世界を考える』新典社、二〇〇六年五月
61　単著　久保木哲夫『折の文学―平安和歌文学論』笠間書院、二〇〇七年一月
62　単著　今井源衛『今井源衛著作集9　花山院と清少納言』笠間書院、二〇〇七年三月
63　論集　糸井通浩編『日本古典随筆の研究と資料』思文閣出版、二〇〇七年三月
64　単著　土方洋一『日記の声域―平安朝の一人称言説』右文書院、二〇〇七年四月
65　論集　倉田実編『平安文学と隣接諸学1　王朝文学と建築・庭園』竹林舎、二〇〇七年五月
66　論集　藤本勝義編『平安文学と隣接諸学2　王朝文学と仏教・神道・陰陽道』竹林舎、二〇〇七年五月
67　論集　加藤睦・小嶋菜温子編『源氏物語と和歌を学ぶ人のために』世界思想社、二〇〇七年十月
68　論集　小嶋菜温子編『平安文学と隣接諸学3　王朝文学と人生儀礼』竹林舎、二〇〇七年十一月
69　単著　稲賀敬二『稲賀敬二コレクション⑥日記文学と『枕草子』の探求』笠間書院、二〇〇八年二月
70　単著　李暁梅『枕草子と漢籍』溪水社、二〇〇八年三月
71　注釈　松尾聰・永井和子『枕草子〔能因本〕』笠間文庫、二〇〇八年三月〔※初出『完訳日本の古典12・13『枕草子』一・二』小学館、一九八四年七月・八月〕

72　論集　日向一雅編『平安文学と隣接諸学4　王朝文学と官職・位階』竹林舎、二〇〇八年五月
73　論集　仁平道明編『平安文学と隣接諸学5　王朝文学と東アジアの宮廷文学』竹林舎、二〇〇八年五月
74　単著　赤間恵都子『枕草子日記的章段の研究』三省堂、二〇〇九年三月
75　単著　圷美奈子『王朝文学論―古典作品の新しい解釈』新典社、二〇〇九年五月
76　論集　久保田孝夫・倉田実編『平安文学と隣接諸学7　王朝文学と交通』竹林舎、二〇〇九年五月
77　論集　鈴木泰恵・高木信・助川幸逸郎・黒木朋興編『〈国語教育〉とテクスト論』ひつじ書房、二〇〇九年十一月
78　論集　堀淳一郎編『平安文学と隣接諸学8　王朝文学と音楽』竹林舎、二〇〇九年十二月
79　注釈　津島知明・中島和歌子『新編枕草子』おうふう、二〇一〇年四月
80　論集　日向一雅・河添房江編『平安文学と隣接諸学9　王朝文学と服飾・容飾』竹林舎、二〇一〇年五月
81　単著　宮崎荘平『王朝女流文学論攷―物語と日記』新典社、二〇一〇年十月
82　単著　山田利博『源氏物語解析』明治書院、二〇一〇年十一月

◉一般書

1　学参　長尾高明・石井秀夫『古文の核心（核心ブックス）』学習研究社、一九八九年二月（→改訂新版、一九九八年四月）
2　訳注　稲賀敬二『現代語訳枕草子』学燈文庫、一九八九年五月（→学燈社、二〇〇六年七月）
3　学参　加藤是子『枕草子新解（要所研究シリーズ）』一九八九年六月
4　学参　高橋いづみ『ハートで古文を読む方法』飛鳥新社、一九八九年七月（→『ハートで読む古文　誰でも古文が好きになるユニーク読解法』PHP文庫、一九九五年四月）
5　学参　日栄社編集所『枕草子　短期演習』日栄社、一九八九年七月
6　学参　桑原博史『要説枕草子』新塔社、一九八九年九月

7　学参　伴久美『枕草子要解　新版（文法解明叢書6）』有精堂、一九八九年九月（※初出　一九六八年）
8　学参　佐成謙太郎『明解枕草子（学習受験国文叢書）』新塔社、一九八九年九月（※初出　一九六二年）
9　学参　加藤是子『現代文で解く枕草子（現代文で解く古文シリーズ2）』右文書院、一九八九年十一月
10　解説　田中澄江『古典の旅3　枕草子』講談社、一九八九年十二月（↓『「枕草子」を旅しよう』講談社文庫、一九九八年八月）
11　教育　長尾高明『古典指導の方法』有精堂、一九九〇年一月
12　学参　篭谷典子『枕草子・徒然草（国語Ⅰシリーズ）』中道館、一九九〇年一月
13　学参　日栄社編集所『要抄枕草子』日栄社、一九九〇年一月
14　学参　小垣貞夫『頻出枕草子（アルファプラス5週間実力アップ問題集）』開拓社、一九九〇年二月
15　学参　田中重太郎『枕草子（わかりやすい要点セミナー）』新興出版社啓林館、一九九〇年四月
16　漫画　長谷川孝士・水沢遥子・柳川創造・まるやま佳『コミックストーリーわたしたちの古典　枕草子』学校図書、一九九〇年五月（↓新装版、一九九八年一月）
17　学参　西谷元夫『枕草子（必読古典シリーズ2）』有朋堂、一九九〇年五月
18　資料　鈴木日出男・中村真一郎『枕草子・紫式部日記（新潮古典アルバム7）』新潮社、一九九〇年六月
19　学参　AUEアドバイザーズ・フォー・ヤングスカラーズ『中学生のための自由研究　国語・社会・英語』誠文堂新光社、一九九〇年七月
20　学参　桑原博史『枕草子（新明解古典シリーズ4）』三省堂、一九九〇年八月
21　学参　田近洵一『たのしくわかる高校国語Ⅰ・Ⅱの授業3』あゆみ出版、一九九〇年十月
22　絵本　大和和紀・紀野恵『枕草子（イラスト古典）』学習研究社、一九九〇年十二月
23　漫画　赤塚不二夫『枕草子　MANGAゼミナール』学習研究社、一九九一年二月（※初出『枕草子　赤塚不二夫のまんが古典入門』一九八四年一月↓『枕草子　赤塚不二夫の古典入門』二〇〇一年七月）

24　漫画　平田喜信・森有子・村上博之『枕草子（くもんのまんが古典文学館）』くもん出版、一九九一年四月
25　解説　朝野利昭『枕草子』朝日出版社、一九九一年四月
26　訳注　大庭みな子『枕草子（少年少女古典文学館4）』講談社、一九九一年十二月（↓改題再編集版『大庭みな子の枕草子（シリーズ古典4）』二〇〇一年十月↓『枕草子（21世紀版少年少女古典文学館4）』二〇〇九年十一月↓『大庭みな子全集20』日本経済新聞出版社、二〇一〇年十二月）
27　解説　荻野文子『枕草子―清少納言をとりまく男たち』ワインブックス（学習研究社）、一九九一年十二月
28　解説　谷川良子『枕草子―女房たちの世界』日本エディタースクール出版部、一九九二年六月
29　学参　橋本武・永井文明『枕草子（イラスト古典全訳）』日栄社、一九九二年六月
30　解説　渡辺実『古典講読シリーズ　枕草子（岩波セミナーブックス103）』岩波書店、一九九二年八月
31　学参　吉沢康夫・渡辺福男『枕草子（イラスト学習古典）』三省堂、一九九二年十月
32　漫画　面堂かずき『枕草子1・2（NHKまんがで読む古典）』角川書店、一九九三年一月・一九九五年五月（↓『枕草子』HMBホーム社漫画文庫（集英社）、二〇〇六年二月）
33　学参　森本茂『注解演習枕草子　新訂版』京都書房、一九九三年一月
34　学参　山田平『枕草子　チェック&DO基礎問題集』文理、一九九四年二月
35　伝記　遠藤寛子『清少納言』講談社火の鳥文庫、一九九三年五月
36　教育　加藤昌孝『授業記録　古典を読む（高校生と教育13）』高校出版、一九九四年六月
37　訳注　橋本治『桃尻語訳枕草子（下）』河出書房新社、一九九五年六月（↓河出文庫、一九九八年四月）
38　解説　寺田透『平安時代の日記文学』ベネッセコーポレーション、一九九五年九月
39　学参　中部日本教育文化会『古典文学シリーズ②枕草子』中部日本教育文化会、一九九五年十月
40　学参　中部日本教育文化会『古典文学シリーズ③枕草子・徒然草』中部日本教育文化会、一九九五年十月
41　学参　中部日本教育文化会『古典文学シリーズ④枕草子・徒然草・方丈記』中部日本教育文化会、一九九五年十月

42 学参 日栄社編集所『新要説枕草子 二色刷』日栄社、一九九五年十月〔↓一色刷、一九九五年十二月〕
43 解説 杉本苑子『杉本苑子の枕草子』集英社文庫、一九九六年四月〔※初出『わたしの古典9 杉本苑子の枕草子』集英社、一九八六年四月〕
44 解説 寺田透『古典を読む 枕草子』同時代ライブラリー（岩波書店）、一九九六年七月〔※初出『枕草子（古典を読む12）』岩波書店、一九八四年〕
45 学参 安西迪夫『文法全解枕草子（古典解釈シリーズ）』旺文社、一九九六年九月〔新装版、二〇〇五年八月〕
46 新書 保立道久『平安王朝』岩波新書、一九九六年十一月
47 学参 増淵恒吉『枕草子評釈 新訂版（古典評釈シリーズ）』清水書院、一九九八年二月〔※初出 一九七五年〕
48 解説 鈴木日出男『清少納言と紫式部―王朝女流文学の世界（放送大学教材）』放送大学教育振興会、一九九八年三月
49 訳注 角川書店『枕草子―これだけは読みたい日本の古典（ミニクラシックス6）』角川ｍｉｎｉ文庫、一九九八年四月
50 解説 鈴木日出男・小島孝之・多田一臣・長島弘明『古典入門―古文解釈の方法と実際』筑摩書房、一九九八年五月
51 学参 向山洋一・森寛『中学の「古典」を1週間で攻略する本 枕草子から徒然草までミルミル読解！（勉強のコツシリーズ）』ＰＨＰ研究所、一九九八年六月〔↓ＰＨＰ文庫、二〇〇四年三月〕
52 解説 吉村光男『清少納言枕草子物語―母と子のために』新風舎、一九九九年九月
53 選書 萩谷朴『紫式部の蛇足貫之の勇み足』新潮選書、二〇〇〇年三月
54 学参 田畑千恵子・山之内英朗『ダブルクリック古文攻略集2 枕草子・徒然草』明治書院、二〇〇〇年三月
55 伝記 藤本宗利『清少納言―感性のきらめき（日本の作家11）』新典社、二〇〇〇年五月
56 学参 山下幸穂『枕草子で覚える古文単語・古文常識』旺文社、二〇〇〇年五月
57 学参 左義彦『超初級わか～る古文』学燈舎、二〇〇〇年五月〔↓『新超わか～る古文』二〇〇五年十二月〕
58 訳注 黒沢広光・西本鶏介・蓬田やすひろ『枕草子（21世紀によむ日本の古典5）』ポプラ社、二〇〇一年四月
59 訳注 角川書店『枕草子』角川ソフィア文庫ビギナーズ・クラシックス、二〇〇一年七月

60 **学参** 荻野文子『マドンナ先生古典を語る』学研M文庫（学習研究社）、二〇〇一年七月
61 **解説** 槇野広造『王朝千年記―平安朝日誌九九〇年代』思文閣出版、二〇〇一年十月
62 **教育** 岩田道雄・田島伸夫『最新中学国語の授業・古典―一時間ごとの授業展開と解説』民衆社、二〇〇二年二月
63 **解説** 小松公成『週刊日本の古典を見る7・8　枕草子（巻1）（巻2）』世界文化社、二〇〇二年六月
64 **解説** 長谷川美智子『『枕草子』の子どもたち』新風舎、二〇〇二年十二月
65 **書道** 兼築信行『変体仮名速習帳（早稲田大学オンデマンド出版シリーズ）』早稲田大学文学部、二〇〇三年三月
66 **伝記** 小西聖一・坂寄雅志『NHKにんげん日本史　紫式部と清少納言―貴族の栄えた時代に』理論社、二〇〇三年八月
67 **選書** 倉本一宏『一条天皇（人物叢書）』吉川弘文館、二〇〇三年十二月
68 **解説** 酒井順子『枕草子REMIX』新潮社、二〇〇四年三月（↓新潮文庫、二〇〇七年二月）
69 **解説** 長谷川美智子『『枕草子』の雅び男たち』新風舎、二〇〇四年三月
70 **伝記** 萩野敦子『清少納言―人と文学（日本の作家100人）』勉誠出版、二〇〇四年六月
71 **書道** 山下静雨『名作・名文で上手くなる筆ペン字』PHP研究所、二〇〇五年七月
72 **絵本** たんじあきこ・斎藤孝『春はあけぼの（声にだすことばえほんシリーズ）』ほるぷ出版、二〇〇五年十二月
73 **絵本** 田辺聖子『ビジュアル版　日本の古典に親しむ⑤枕草子』世界文化社、二〇〇六年三月
74 **書道** ごま書房編集部『名作のさわりを書いて楽しむ　みんなの古典』ごま書房、二〇〇六年三月
75 **絵本** 長尾剛・若菜等＋Ki『枕草子（大型版　これならよめるやさしい古典シリーズ）』汐文社、二〇〇六年九月
76 **学参** 村上まり『枕草子が面白いほどわかる本』中経出版、二〇〇六年九月
77 **塗絵** 須貝稔・川名淳子『大人の塗り絵ノート「枕草子絵巻」編』角川書店、二〇〇六年十月
78 **書道** 谷蒼涯『書き込み式　書いて味わう枕草子―美と知を求めて』廣済社出版、二〇〇六年十月
79 **絵本** 吉村光男・荒井苑子『古典入門絵本　枕草子―思いやりあるやさしさ』文芸社、二〇〇七年一月
80 **書道** 土屋博映・鈴木啓水『えんぴつで楽しむ日本の古典』一ツ橋書店、二〇〇七年一月

81 **書道** 幕田魁心『書でいざなう名言名句』木耳社、二〇〇七年一月
82 **教育** 市毛勝雄『朝の読書 日本の古典を楽しもう！ ②枕草子』明治図書出版、二〇〇七年三月
83 **書道** 大迫閑歩・藤本宗利『えんぴつで枕草子』ポプラ社、二〇〇七年三月
84 **選書** 山本淳子『源氏物語の時代―一条天皇と后たちのものがたり（朝日選書）』朝日新聞社、二〇〇七年四月
85 **書道** 宇野金楓・塙隆満『えんぴつで美しい日本語（フロムムック）』フロム出版、二〇〇七年六月
86 **解説** 大伴茫人『日本の古典は面白い 枕草子』ちくま文庫、二〇〇七年四月
87 **訳注** 松尾聰・永井和子『枕草子（日本の古典を読む８）』小学館、二〇〇七年十一月
88 **訳注** 加藤康子・大沼津代志『枕草子・更級日記（超訳日本の古典３）』学習研究社、二〇〇八年一月
89 **選書** 河添房江『光源氏が愛した王朝ブランド品（角川選書）』角川書店、二〇〇八年三月
90 **解説** 山口仲美『すらすら読める枕草子』講談社、二〇〇八年六月
91 **書道** 鈴木栖鳥『20日で完成 ボールペン字切り取り練習帳』成美堂出版、二〇〇八年十月
92 **新書** 小池清治『『源氏物語』と『枕草子』―謎解き平安ミステリー』ＰＨＰ新書、二〇〇八年十一月
93 **解説** 林望『リンボウ先生のうふふ枕草子』祥伝社、二〇〇九年三月
94 **新書** 宮崎荘平『清少納言〝受難〟の近代』新典社新書、二〇〇九年五月
95 **学参** 河添房江・高木まさき・青山由紀・甲斐利恵子・邑上裕子『光村の国語 はじめて出会う古典作品集１』光村教育図書、二〇〇九年十二月
96 **漫画** 中空朋美『マンガ枕草子 日本の古典を読もう！ 知ろう！』京都府文化環境部文化芸術室、二〇一〇年三月
97 **解説** 荻野文子『ヘタな人生論より枕草子』河出書房新社、二〇一〇年七月
98 **学参** 板野博行『ゴロゴ板野の枕草子・徒然草講座』アルス工房、二〇一〇年七月

◉文芸書

1 **詩集** 津島英昂『詩集 女学生の玩具』（詩「御前」所収）七月堂、一九八九年九月
2 **小説** 内田康夫『菊池伝説殺人事件』カドカワノベルス、一九八九年十一月（↓角川文庫、一九九一年二月）
3 **漫画** 河村恵利・光瀬龍『枕草子』プリンセスコミックス（秋田書店）、一九九〇年七月
4 **小説** 相原精次『みちのく伝承―実方中将と清少納言の恋』彩流社、一九九一年十二月
5 **小説** 山村美沙『清少納言殺人事件』カッパノベルス（光文社）、一九九三年三月（↓光文社文庫、一九九六年四月）
6 **小説** 岡田鯱彦『薫大将と匂の宮』国書刊行会、一九九三年六月（↓扶桑社文庫、二〇〇一年十月　※初出『別冊幻影城№15　岡田鯱彦』一九七八年一月）
7 **小説** 安西篤子『悲愁中宮（大活字本シリーズ）上・下』埼玉福祉社、一九九三年十月（※初出『悲愁中宮』読売新聞社、一九七八年十二月↓集英社文庫、一九八七年八月）
8 **小説** 山浦靖弘『小町姫まいる！』パレット文庫（小学館）、一九九四年六月
9 **小説** 三枝和子『清少納言諾子の恋』福武文庫（福武文庫）、一九九四年十月（※初出『小説清少納言―諾子の恋』読売新聞社、一九八八年六月↓『三枝和子選集5』鼎書房、二〇〇七年十一月）
10 **小説** 藤川桂介『夢違え清少納言（京の影法師シリーズ）』フタバ・ノベルス（双葉社）、一九九五年四月
11 **小説** 立川楽平『枕草子外伝―色好みなる女諾子』近代文藝社、一九九六年二月
12 **小説** 望月俊宏『則光』近代文藝社、一九九六年十月
13 **小説** 斎藤栄『枕草子殺人事件』集英社文庫、一九九七年十月（※初出『枕草子殺人事件』光文社文庫、一九八六年六月徳間文庫、二〇〇〇年二月）
14 **小説** 篠田達明『烏鷺寺異聞―式部少納言碁盤勝負』一九九八年十二月
15 **小説** 富樫倫太郎『陰陽寮1・2』トクマ・ノベルス（徳間書店）、一九九九年四・七月

16 小説 八剣浩太郎『秘艶枕草子』青樹社文庫、一九九九年一月
17 小説 河原撫子『雪のささやき』ぶんりき文庫（彩図社）、二〇〇一年八月
18 小説 松定ちよし『桃の木のトリック（前編）』新風舎、二〇〇一年十月
19 小説 長谷川美智子『小説清少納言―千年の恋文』新風舎、二〇〇一年十一月
20 小説 如月天音『外法陰陽師1～3』学研M文庫（学習研究社）、二〇〇二年一・五・九月
21 小説 藤原眞莉『華つづり夢むすび 清少納言梛子』『華めぐり雪なみだ 清少納言梛子』『華くらべ雪まどい 清少納言梛子』コバルト文庫（集英社）、二〇〇二年八月・二〇〇三年二月・二〇〇四年一月
22 小説 富樫倫太郎『晴明百物語 烈願鬼』トクマ・ノベルス（徳間書店）、二〇〇二年十二月
23 小説 楠木誠一郎『お局さまは名探偵！ 紫式部と清少納言とタイムスリップ探偵団』『牛若丸は名探偵！ 源義経とタイムスリップ探偵団』『清少納言は名探偵！ タイムスリップ探偵と春はあけぼの大暴れの巻』講談社青い鳥文庫、二〇〇三年六月・二〇〇五年十二月・二〇〇九年三月
24 小説 森谷明子『千年の黙 異本源氏物語』東京創元社、二〇〇三年十月〔→創元推理文庫、二〇〇九年六月〕
25 漫画 朱間ひとみ『恋枕』フラワーコミックス（小学館）、二〇〇三年十月
26 小説 松定ちよし『原本枕草子に操られたキツネとタヌキ』新風舎、二〇〇四年三月
27 小説 円地文子『なまみこ物語・源氏物語私見』講談社文芸文庫、二〇〇四年四月〔※初出『なまみこ物語』中央公論社、一九六五年七月（女流文学賞受賞）→新潮文庫、一九七二年八月〕
28 漫画 佐野絵理子『たまゆら童子』SPコミックス（リイド社）、二〇〇四年十二月
29 小説 ライザ・クリフィールド・ファルビー『紫式部物語―その恋と生涯（上・下）』光文社文庫、二〇〇五年八月〔※初出英題"The Tale of Murasaki" First Anchor Books、2000. 5.〕
30 小説 森谷明子『七姫幻想』双葉社、二〇〇六年二月〔→双葉文庫、二〇〇九年一月〕
31 小説 宮田龍夫『枕草子物語』新風舎文庫、二〇〇六年九月

32　漫画　かかし朝浩『暴れん坊少納言Ⅰ～Ⅶ』ワニブックス、二〇〇七年八月・二〇〇八年三月・九月・二〇〇九年三月・九月・二〇一〇年三月・九月

33　小説　北村薫『玻璃の天』文藝春秋、二〇〇七年四月〈→文春文庫、二〇〇九年九月↓『玻璃の天1～3』大活字文庫、二〇一〇年二月〉

34　小説　本宮ことは『されど月に手は届かず　魍魎の都』『花に嵐の喩えもあれど　魍魎の都』／『魍魎の都　姫様、出番ですよ』『魍魎の都　姫様、それはなりませぬ』講談社X文庫、二〇〇七年四月・二〇〇八年五月／二〇〇七年十月・二〇〇八年十一月

35　漫画　大和和紀『春はあけぼの殺人事件』講談社漫画文庫、二〇〇七年十月〈※初出掲載『別冊フレンド』一九九一年六・七月〉

36　小説　大江健三郎『臈たしアナベル・リイ総毛立ちつまかりつ』新潮社、二〇〇七年十一月〈→『美しいアナベル・リイ』新潮文庫、二〇一〇年十一月　※『波』二〇〇七年十二月号掲載の刊行インタビューで雪山章段について言及〉

37　漫画　江平洋巳『恋ひうた　和泉式部異聞一～三』フラワーコミックスアルファ（小学館）、二〇〇八年七月・十二月・二〇〇九年七月

38　詩集　里中智沙『手童のごと』（詩「古りし世にのみ―清少納言考」所収）星雲社、二〇〇八年十一月

39　小説　石毛忠志『秋は夕暮れ物語』日本文学館、二〇〇八年十二月

40　小説　前坊義尚『夢千夜一夜物語』産経新聞出版、二〇一〇年十月

41　小説　鯨統一郎『タイムスリップ紫式部』講談社ノベルス、二〇一〇年十一月

◉メディア作品

1　映像　『まんがで読む枕草子』ＮＨＫ総合（清少納言役　鳥越マリ）、一九八九年十月～一九八九年三月

2 **映像** 『NHK市民大学 日本の女歌―清少納言と紫式部』NHK教育（解説 竹西寛子）、一九八九年二月

3 **音声** 『紫式部・清少納言（NHKカセットブック歴史と人物）』日本放送出版協会（村田リウ・田辺聖子／聞き手 三國一郎）、一九八九年十二月

4 **映像** 『枕草子（アポロンビデオライブラリー）』アポロン音楽工業（朗読 中西妙子）、一九八九年

5 **音声** 『枕草子（アポロンカセットライブラリー）』アポロン音楽工業（朗読 山岡久乃）、一九八九年

6 **音声** 『桃尻語訳枕草子（河出サウンド文庫）』河出書房（朗読 尾崎亜美）、一九八九年

7 **映像** 『NHK高校講座 古典への招待・枕草子』NHK教育（講師 三田村雅子／朗読 加賀美幸子）
①めでたき花々、②名無しの琵琶、③一ひらの山吹、④郊外の発見、一九九〇年四月～五月

8 **映像** 『教育セミナー 古典への招待・枕草子』NHK教育（講師 三田村雅子／朗読 加賀美幸子）
第一シリーズ ①草の庵、②簾の外・簾の内、③つれづれの里居、④一九九二年六月～七月
第二シリーズ ①春はあけぼの、②山里歩き、③大進生昌の門、一九九三年五月
第三シリーズ ①一乗の法、②登華殿の春、③早苗と稲葉、一九九五年九月～十月
第四シリーズ ①虚像の鳥、実像の鳥、②清涼殿の桜、③雪山造りの日々、一九九七年十月
第五シリーズ ①木の花は、②すさまじきもの、③翁丸の涙、一九九九年九月～十月
第六シリーズ ①木・草・鳥・虫、②山里歩き、③鳥のそら音、二〇〇一年九月～十月

9 **映像** 『まんが日本史 激突！ 女の戦い 清少納言VS紫式部』NHK教育（清少納言役 藤崎仁美）、一九九二年七月

10 **映像** 『京都千二百年物語』ANB（清少納言役 紺野美沙子）、一九九四年一月

11 **舞台** 『いずみ！』（於シアターVアカサカ／清少納言役 上月真琴）、一九九四年五月

12 **映像** 『高校実力アップコース国語・古文助詞を知ろう―枕草子』NHK教育（講師 土屋博映）、一九九四年七月

13 **音楽** 『華の雫～古都に咲いた女たち～』ユニバーサルミュージック（香西かおり）、一九九四年十月（↓『華の雫～宇治川哀歌～』一九九六年七月）

14　**映像**　『枕草子（学研ビデオ日本の古典文学シリーズ）』学習研究社、一九九四年

15　**映像**　『ライバル日本史 陽と陰、平安才女の自己演出〜清少納言と紫式部』ＮＨＫ総合（内舘牧子・秋元康・聞き手 三宅民夫）、一九九五年四月

16　**映像**　『古典ボックス 枕草子』ＮＨＫ教育（講師 土屋博映／聞き手 福岡由紀子）、一九九五年八月〜九月

17　**映画**　『The Pillow Book』配給エースピクチャーズ（監督 ピーター・グリーナウェイ／清原諾子役 ヴィヴィアン・ウー／清少納言役 吉田日出子）、一九九六年

関連書籍 ①『ワダエミの衣装』求龍堂、一九九六年四月、②『広告批評二〇六号―特集 もうひとつの「枕草子」』マドラ出版、一九九六年六月、③『キネマ旬報―特集 枕草子』キネマ旬報社、一九九六年六月、④『「ザ・ピロー・ビック」撮影日誌』清水書院、一九九七年六月、⑤『ユアン・マクレガー―ジェダイへの道』徳間書店、一九九九年六月、⑥『辻邦夫全集19』（「名と物が切り裂かれるとき―ピーター・グリナウェイの枕草子（※初出③）」所収）新潮社、二〇〇五年十二月、⑦坪井秀人『感覚の近代―声・身体・表象』「序章3 肌に書く―グリーナウェイと谷崎」名古屋大学出版会、二〇〇六年三月

18　**音声**　『枕草子1〜5（新潮カセットブック）』新潮社（解説 田辺聖子／朗読 坂本和子）、一九九六年六月（→ＣＤブック、二〇〇九年四月）

19　**音声**　『平安魔都からくり綺談 序・破・急の章』バンダイ・ミュージック・エンタテインメント（清少納言役 池澤春菜）、一九九六年六月・八月・十二月

20　**映像**　『枕草子（ビデオ古典名作選）』バンダイ・ミュージック・エンタテインメント（朗読 和田篤・平野啓子／解説 樫山文枝）、一九九八年十二月

21　**音声**　『お嬢様はジュエルマスター（ボイスシアターシリーズ）』東芝ＥＭＩ（清少納言役 冬馬由美）、一九九九年二月

22　**音楽**　『Liv lalala Luv』キューンレコード（ＦＬＩＰ ＦＬＡＰ）、一九九九年十一月

23　**音声**　『古典講読 枕草子』ＮＨＫ教育第２放送（解説 永井和子／朗読 加賀美幸子）、一九九九年四月〜二〇〇二年三

月

24　映画　『千年の恋―ひかる源氏物語』（監督　堀川とんこう／清少納言役　森光子）、二〇〇一年

25　映像　『吉本大活劇電気トオルシリーズ　清少納言編』毎日放送（清少納言役　未知やすえ）、二〇〇二年二月

26　映像　『妖しの清少納言殺人事件』フジテレビ（劇中劇「平安絵巻見果てぬ夢」清少納言役　東ちづる）、二〇〇二年六月

27　音声　『美しい日本語　伝えたい美しい日本のことば』キングレコード（朗読　白坂道子）、二〇〇三年四月

28　映像　『アニメ古典文学館2　枕草子』サン・エデュケーショナル（清少納言役　渡辺菜生子）、二〇〇三年

29　音楽　『枕草子による三つの歌曲』国際芸術連盟（永田考信）、二〇〇三年十一月

30　舞台　『今日の枕草子』東京バレエ団（振付　モーリス・ベジャール）、二〇〇四年二月（※振付師の体調不良により公演中止）

31　音声　『NHK「にほんごであそぼ」ややこしや編』ワーナーミュージック・ジャパン（監修　斎藤孝）、二〇〇四年四月

32　映像　『10min ボックス　第六回・枕草子（清少納言）』NHK教育（朗読　加賀美幸子）、二〇〇六年十月

33　音楽　『春はあけぼの「枕の草子」より箏と歌のための独奏曲』マザーアース（作曲　松本日之春）、二〇〇五年八月

34　映像　『学問の秋スペシャル―日本の歴史』フジテレビ（清少納言役　知念里奈）、二〇〇五年九月

35　舞台　『長野文憲ギターリサイタル二〇〇五　朗読とギター―この素敵な出会い』（於広島市東区民文化センター・銀座王子ホール／朗読　加賀美幸子／演奏　長野文憲）

36　音楽　『わわなな』コロムビア（伊奈かっぺい）、二〇〇六年二月

37　音声　『NHK「にほんごであそぼ」名文しりとり編』ワーナーミュージック・ジャパン（監修　斎藤孝）、二〇〇六年四月

38　舞台　『紫式部ものがたり』（於日生劇場・於大阪松竹座／清少納言役　酒井美紀）、二〇〇六年十二月・二〇〇八年三月

39　映像　『清少納言（一橋DVDシリーズ）』一橋出版、二〇〇七年二月

40　映像　『百人一首歌人紀行―清少納言・右大将道綱母』NHK総合（解説　林和清／聞き手　堀あかり）、二〇〇七年三月

41 **映像**『歴史大河バラエティークイズひらめき偉人伝』TBS（清少納言役　西村雅彦）、二〇〇七年四月
42 **音楽**『混声合唱のための楽興の時―枕草子／平家物語による混声合唱のためのエチュード』全音楽出版社（作曲　千原英喜）、二〇〇七年五月
43 **舞台**『エハラ版枕草子』トモコエハラダンスカンパニー（於シアターX／清少納言役　江原朋子）、二〇〇八年二月
44 **映像**『視点・論点 枕草子―男と女のマナー集』NHK教育（解説　山口仲美）、二〇〇八年九月
45 **舞台**『枕草子が好き』エムスクウェアズカンパニー（於ウッディシアター中目黒）、二〇〇八年九月
46 **音声**『古典講座　枕草子、清少納言の知的世界』NHK教育第2放送（講師　伊井春樹）、二〇〇九年四月～二〇一〇年三月
47 **映像**『Jブンガク　枕草子』NHK教育、二〇〇九年六月
48 **映画**『マイマイ新子と千年の魔法』制作マッドハウス（監督　片渕須直／千年前の少女諾子　森迫永依）、二〇〇九年八月
49 **音楽**『にほんごであそぼ　1月のうた「まくらのそうし（はる～ふゆ）」』NHK教育（作曲　BANANA ICE）、二〇一〇年一月
50 **映像**『みんなでにほんGO！』NHK総合（清少納言役　隅田美保）、二〇一〇年七月

あとがき

今を遡る十四年前の夏、日本文学協会の部会として「枕草子の会」を立ち上げました。その頃、私は自分の論文集をまとめるべく作業を進めていました。そして、自分の研究方法の狭さに、また、その後の研究の見通しが立たないことにも気づき、呆然としているような状態でした。「何とかしなければ」という焦りは、「改めて丁寧に枕草子を読みたい」という思いに変わり、信頼する知己の協力を得て研究会を立ち上げるに至ったのです。

仲間達と定期的に集い、諸注釈をつきあわせながら言葉一つひとつを丁寧に読む作業、わからないことをどこまでも自由に追求する議論は楽しく、知的愉楽に満ちた時間を持つことができました。齢を重ねる中で、若手の方々の力のこもった精緻な発表を何とか形にすることが、自分の取れるせめてもの責任かと考えるようになり、本書を企画することにしたのです。

折しも勤務する短大では、否が応でも文学研究の意味を問い直さざるを得ない状況に置かれていました。私が入職する以前には日本文学を学ぶコースもあったらしいのですが、時代の社会状況に応じて企業が求めるのは実利的なことを学んだ学生になっていったようです。勤務先では、「文学」という科目はまず専門科目から教養科目に移り、さらに、「文学とメディア」に変わりました。そして、ついには「文学」という語を冠した授業そのものがなくなりました。社会の変遷と研究の関係について、今ここであれこれと言及はしませんが、もし「文学」を教えることが自明であるような環境にいたら、おそらくこの研究会を立ち上げることもなかっただろうという思いは持っています。

「枕草子の会」のメンバーには感謝の気持ちでいっぱいです。活動の歩みについては、『日本文学』二〇〇七年四月号の小森による「枕草子の会 活動報告」、同じく『日本文学』二〇〇九年七月号の東望歩・園山千里・山中悠希の三氏による「枕草子の会 活動報告」をご覧いただければと思います。メンバーの皆さんの真摯な発表に触発される中で、私自身は研究の成果を小・中・高の教育現場で活かすことに興味を惹かれるようになりました。この論集で「教育」というテーマを選んだのもそのような理由からです。今後も研究という行為の成果を外部に発信していくことに取り組めればと今は考えています。

論文集としては、はなはだ私的なあとがきになってしまいましたが、ご執筆くださった皆様には感謝の念に堪えません。また、『枕草子』という作品を縁に知り合い、私自身の研究へのスタンスを常に確認させてくれた畏友津島知明氏へも、この場を借りて感謝を捧げたいと思います。

最後に、「今、枕草子の論集を出せることは嬉しい」と快く出版をお引き受けくださり、なかなかはかどらない作業を辛抱強く見守ってくださった翰林書房の今井肇・静江ご夫妻に心からの御礼を申し上げます。ありがとうございました。

二〇一一年五月

小森　潔

執筆者紹介（あいうえお順）

東望歩（あずま・みほ）名古屋大学高等教育センター研究員。「『枕草子』格子考」（『日本古典随筆の研究と資料』思文閣出版、二〇〇七年）、「『枕草子』の言語意識――〈サロン〉とロゴス（ことば／知）――」（『日本文学』二〇〇七年九月）、「大内裏図・内裏図・清涼殿図および解説」（『新編枕草子』おうふう、二〇一〇年）

上原作和（うえはら・さくかず）明星大学教授。『光源氏物語の思想史的変貌』（有精堂、一九九四年）、『光源氏物語學藝史』（翰林書房、二〇〇六年）、『テーマで読む源氏物語論』全3巻（共編著、勉誠出版、二〇〇八年）

落合千春（おちあい・ちはる）愛知淑徳大学大学院博士課程後期修了。「『枕草子』「二月つごもりごろに」考――「花にまがへて散る雪」における雪と花の見立てから見えてくるもの――」（『古代文学研究』二〇〇七年一〇月）

小森潔（こもり・きよし）湘北短期大学教授。『枕草子 逸脱のまなざし』（笠間書院、一九九八年）、「枕草子と和歌――枕草子と源氏物語の〈散文への意志〉――」（『源氏物語と和歌を学ぶ人のために』世界思想社、二〇〇七年）、「女房日記の音楽・舞楽――『枕草子』と『紫式部日記』――」（『王朝文学と音楽』竹林舎、二〇〇九年）

鈴木裕子（すずき・ひろこ）駒澤大学教授。『『源氏物語』を〈母と子〉から読み解く』（角川書店、二〇〇五年）、『とりかへばや物語』（編著、角川学芸出版、二〇〇九年）、「『源氏物語』末摘花巻の仏教的要素」（『駒澤大學佛教文学研究』二〇〇九年三月）

鈴木泰恵（すずき・やすえ）早稲田大学他非常勤講師。『狭衣物語／批評』（翰林書房、二〇〇七年）、「『狭衣物語』とことば――ことばの決定不能性をめぐって―」（『狭衣物説が拓く言説文化の世界』翰林書房、二〇〇八年）、『国語教育とテクスト論』（共編著、ひつじ書房、二〇〇九年）

園山千里（そのやま・せんり）ポーランド国立ヤギェウォ大学准教授。「『枕草子』の法会～延慶本「得長寿院供養事」との対比を軸に～」（『『平家物語』の転生と再生』笠間書院、二〇〇三年）、「源氏物語の和歌を読む――諸説整理を兼ねて（御法巻・手習巻）」（『源氏物語と和歌を学ぶ人のために』世界思想社、二〇〇七年）、「『源氏物語』の法会と和歌――悲哀を基調とした法会の和歌――」（『立教大学日本文学』二〇〇七年一二月）

津島知明（つしま・ともあき）國學院大學・青山学院女子短期大学・白百合女子大学・駒澤大学ほか非常勤講師。『ウェイリーと読む枕草子』（鼎書房、二〇〇二年）、『動態としての枕草子』（おうふう、二〇〇五年）、『新編枕草子』（共編、おうふう、二〇一〇年）

中島和歌子（なかじま・わかこ）北海道教育大学札幌校准教授。「『枕草子』にとっての〈唐〉〈唐土〉〈文〉——香炉峰の雪と撥簾、幼学と孝、初段の天、巫山の朝雲を中心に——」（『日本文学』二〇〇六年五月）、『新編枕草子』（共編、おうふう、二〇一〇年）、「装束表現から見た『枕草子』と『栄花物語』」（『王朝文学と服飾・容飾』竹林舎、二〇一〇年）

沼尻利通（ぬまじり・としみち）福岡教育大学准教授。『平安文学の発想と生成』（國學院大學大学院、二〇〇七年）、「八宮の遺言の動態——「一言」「いさめ」「いましめ」から——」（『源氏物語の新研究——宇治十帖を考える』新典社、二〇〇九年）、「『清少納言枕草子抄』の章段区分方法」（『日本文学』二〇一〇年五月）

橋本ゆかり（はしもと・ゆかり）首都大学東京非常勤講師。『源氏物語の〈記憶〉』（翰林書房、二〇〇八年）、「夕霧・雲居雁・落葉の宮と歌——誤配・転送・遅延する場から——」（『源氏物語の歌と人物』翰林書房、二〇〇九年）、「『源氏物語』第三部における「衣」——変奏する〈かぐや姫〉たちと〈女の生身〉——」（『王朝文学と服飾・容飾』竹林舎、二〇一〇年）

藤本勝義（ふじもと・かつよし）青山学院女子短期大学教授。『源氏物語の物の怪』（笠間書院、一九九四年）、『源氏物語の想像力』（笠間書院、一九九四年）、『長徳二年具注暦』（武生市紫式部顕彰会、一九九六年）、『源氏物語の人ことば文化』（新典社、一九九九年）、『好かれる女・嫌われる女—源氏物語の恋と現代—』（新典社、二〇〇九年）

緑川真知子（みどりかわ・まちこ）明治学院大学非常勤講師。Reading a Heian Blog: A New Translation of Makura no Sōshi（*Monumenta Nipponica*、二〇〇八年）、「『退屈』な小説が『現存する偉大な小説のひとつ』になるまで——「源氏物語」の英語圏における初期受容——」（『日本文学研究ジャーナル』第3号、人間文化研究機構 国文学研究資料館、二〇〇九年）、『源氏物語英訳についての研究』（武蔵野書院、二〇一〇年）

三村友希（みむら・ゆき）跡見学園女子大学・フェリス女学院大学非常勤講師。『姫君たちの源氏物語——二人の紫の上』（翰林書房、二〇〇八年）、「鏡の中の大君——結ばれぬ理由と王昭君伝承」（『源氏物語のことばと身体』青簡舎、二〇一〇年）、「『源氏物語』「みるめ」表現考——紫の上物語を中心に——」（『日本文学』二〇一一年三月）

山中悠希（やまなか・ゆき）法政大学・湘北短期大学非常勤講師。「堺本枕草子の再構成行為——「女」と「宮仕へ」に関する記事をめぐって——」（『国文学研究』二〇〇八年六月）、「堺本枕草子宸翰本系統の本文と受容——前田家本との本文異同をめぐって——」（『国語と国文学』二〇〇九年九月）、「『枕草子』堺本・前田家本における『白氏文集』受容——堺本の随想群と『和漢朗詠集』——」（『日本古代文学と白居易——王朝文学の生成と東アジア文化交流——』勉誠出版、二〇一〇年）

枕草子　創造と新生

発行日	**2011年 5 月 25 日**	初版第一刷
編　者	**小森 潔** **津島知明**	
発行人	**今井 肇**	
発行所	**翰林書房**	

〒101-0051 東京都千代田区神田神保町 2-2
電 話 (03)6380-9601
FAX (03)6380-9602
http://www.kanrin.co.jp
Eメール● Kanrin@nifty.com

装　釘	**矢野徳子＋島津デザイン事務所**
印刷・製本	**シナノ**

落丁・乱丁本はお取替えいたします

ISBN978-4-87737-317-7